# 상실의 기쁨

# 상실의 기쁨

THE BEAUTY OF DUSK

흐릿한 어둠 속에서
인생의 빛을 발견하는 태도에 관하여

프랭크 브루니 지음 · 홍정인 옮김

웅진 지식하우스

# 차례

레슬리 제인 프라이어 브루니(1935~1996)에게,
여전히 어머니를 아주, 아주 가까이에서 느낍니다.

**저자 일러두기**

이 책의 세부 내용과 표현 일부는 나의 《뉴욕타임스》 칼럼과 뉴스레터에 앞서 실렸다. 일부 인용문은 정식 인터뷰가 아니라 대화 도중 우연히 나온 이야기를 기억에 의지해 재구성했음을 밝힌다.

1장

어쩌면, 어쩌면, 어쩌면

내 안에 비관론은 차고도 넘쳤다.

나는 화창한 날을 간절히 원하면서도 비가 내리리라고 확신했고,

마음에 드는 상대가 나를 단칼에 거절하리라고, 궁극적으로는

거절하리라고 생각해 단단히 마음의 준비를 하고 있을 때가 많았다.

간절히 바랐던 승진이나 프로젝트가 결국 다른 사람에게

돌아갈 거라고 확신했으며, 설사 내게 주어지더라도

나중에는 물러나야 할 거라 생각했다.

사실 나의 경험은 이 어둠을 떠받치지 않았다.

유리한 일과 불리한 일, 뜻밖의 행운과 실패가 뒤섞인 내 삶에는

분명히 좋은 일도 많았다. 사실, 과분하게 많았다.

하지만 언제나 최악을 준비하는 것은

특이하고 그리 자랑스럽지 않은 나의 타고난 성벽이었다.

흔히 죽음은 밤손님처럼 찾아온다고들 한다. 죽음보다 덜한 도둑들도 별반 다르지 않다. 내 시력을 앗아간 불행도 잠이 든 사이에 그렇게 다녀갔다. 아침에 일어나니 내게 세상은 전과는 전혀 다른 방식으로 펼쳐졌다.

전날 밤, 나는 삶을 어느 정도 통제하고 있다고 믿으며 잠자리에 들었다. 아직 마치지 못한 일들, 아직 실현하지 못한 꿈들, 그밖에 다른 실망스러운 일들은 근면성과 상상력의 실패이기에 맹렬히 노력만 한다면 결국에는 모두 만회할 수 있으리라고 믿었다. 잠에서 깨어났을 때에야 나는 그 믿음이 얼마나 터무니없는 것이었는지 깨달았다.

이루 헤아릴 수 없는 불만과 함께 긴 잠에 빠졌다가 깨어났을 때 비로소 나는 이루 가늠할 수 없는 감사를 느꼈다. 나의 이야기는 잃음에 관한 이야기인 동시에 얻음에 관한 이야기다.

이 이야기는 실수를 연발하는 어리둥절한 주인공과 함께 시작된다. 그날은 어느 토요일 아침이었다. 대단한 일이라고는 전혀 짐작하지 못했다. 몇 시간이 지나서야 어렴풋하게나마 걱정이 되기 시작했고 점차 막연하지만 강한 의구심이 들었다. 도대체 나에게 무슨 일이 일어난 것인지 알아내려고 안간힘을 써야 했다.

느릿느릿 침대에서 기어 나왔다. 머리가 납덩이처럼 무거웠다. 고약한 인간, 허술하고 무질서한 나라는 인간. 전날 저녁 자리에서 와인을 넉 잔이나 마셨다…… 두 잔이면 충분했을 텐데. 가벼운 숙취에 시달리는 터라 둔중하게 움직였다. 머릿속도 맨해튼의 어퍼웨스트사이드에 있는 나의 아파트 침실에서 주방까지의 발걸음도, 커피를 만드는 동작도. 커피, 그래 그게 필요했어. 카페인이 들어가면 분명히 모든게 원래의 질서대로 착착 돌아가겠지. 모든 것이 한 방에 제자리를 되찾을 것이다.

조금 편해진 마음으로 끓는 물이 담긴 커피포트를 프렌치프레스로 기울였다. 프렌치프레스 대신 싱크대 상판에 물웅덩이가 퍼졌다. 물줄기는 빗나갔다. 어떻게 된 거지? 눈대중을 잘 못했다기보다 스스로 좀 더 집중했어야 했다고 생각했다. 주위가 살짝 흐릿하고 침침했지만 그것 역시 와인 탓으로, 밤새 자다 깨기를 반복했기에 비롯된 수면 부족 탓으로 돌렸다. 나아가 정신 못 차릴 정도로 유난히 바빴던 지난

한 주 탓으로, 자주 들쑥날쑥하는 에너지와 집중력 탓으로 돌렸다. 그저 아직 멍해서 그랬겠지. 석 잔, 아니 넉 잔 정도의 커피, 상쾌한 달리기, 개운한 샤워가 있어야 비로소 정신이 드는 그런 날이겠거니 싶었다. 시간이 지나면 평소의 페이스를 되찾을 것이다.

토요일이지만 해야 할 일이 있었다. 90분이 넘는 인터뷰의 녹취를 떠야 했다. 조지 W. 부시의 쌍둥이 딸들인 바버라와 제나와 나눈 대화였다. 두 사람의 회고록 『시스터즈 퍼스트 Sisters First』가 출간을 앞두고 있었다. 바버라와 제나 자매는 책에 관한 첫 인터뷰를 내게 맡겼다.

녹음된 인터뷰를 글로 푸는 일은 그저 시간이 드는 지루한 타자 작업이다. 특별히 예리한 집중력이 필요하지 않을 테니 현재의 나른한 상태에 더없이 알맞은 일이었다. 나는 컴퓨터 앞에 앉아 새 문서를 열고 작업을 시작했다. 하지만 1~2분이 채 지나지 않아 동작을 멈출 수밖에 없었다.

어째서 단어들이 얼룩덜룩한 안개에 가려져 있을까? 어째서 모니터의 단어들을 파악하느라 이렇게까지 애를 써야 하지? 나는 안경을 벗고 티슈를 몇 장 뽑아 렌즈를 깨끗이 닦았다. 방랑자의 몸에 붙은 때 같은 기름 자국들이 눈에 띄었다. 평소에 안경을 잘 닦지 않으니 틀림없이 이것들이 원인이었다.

다시 타자로 돌아갔다. 하지만 안개는 여전히 걷히지 않았다. 가만 보니 안개는 왼쪽보다 오른쪽에 더 짙게 끼어 있었다. 게다가 단어들은 이따금 몸을 부르르 떨었다. 아니, 물결친다고 해야 하나? 이런 현상을 정확히 묘사할 수조차 없었다. 그것은 미묘하면서도 뚜렷했고, 그래서 아주, 아주 이상했다. 나는 내게 보이는 것, 더 정확하게는 보이지 않는 것을 의심했다.

안경을 다시 닦았다. 이번에는 부드러운 천으로 닦았다. 컴퓨터 화면도 닦아봤다. 문제는 여전히 사라지지 않았다. 분명 이 더께는 내 오른쪽 눈 속에 있었다. 나는 한쪽 눈만 막아보고 그다음 반대쪽 눈도 막아보며 테스트한 뒤 그렇게 결론을 내렸다. 아마도 간밤에 생긴 점액 같은 것, 세수를 하면 씻길 눈곱이 아직 남아 있는 모양이었다. 나는 억지스럽게 한 시간 정도 더 녹취를 푸는 작업을 이어갔다. 반듯하게 수평을 이루고 있어야 할 문자열이 기울어져 보이는 것을 놀라워하면서. 참다 못한 나는 결국 자리를 박차고 일어나 샤워를 시작했다.

얼굴을 샤워기 정면에 갖다 대어봤지만 소용이 없었다. 리버사이드 파크로 나가 6킬로미터 정도를 뛰었지만 역시 소용이 없었다. 달리기를 마치고 다시 샤워를 했지만 여전했다. 이상하게 들리겠지만 그때까지도 나는 패닉에 빠지진 않았다. 의사를 찾지도 않았고 심지어 오랜 연인인 톰에게 알리지도 않았다. 나와 함께 사는 톰은 마침 의사였는데도 말이다.

그다음에 내가 한 일은 왼쪽 눈에만 의지한 채 이 기이

한 상황을 가능한 한 머릿속에 떠올리지 않으려고 노력한 것이었다. 친구 집에서 열릴 디너 파티에 참석할 채비를 하고, 택시를 타고 톰과 함께 이동하고, 파크애비뉴의 어느 고층 건물에서 술을 마시며 웃는 내내 말이다. 우리를 둘러싼 맨해튼의 반짝이는 불빛들은 모니터 속 단어들이 그랬듯이 가벼이 떨리고 있어 어느 때보다 예뻤다. 나는 매료되어 있는 편을 택했다. 경고의 징후는 아주 작은 것이라도 모조리 물리쳤다.

⟋⟍

앞서 나는 이것이 잃음과 얻음에 관한 이야기라고 했다. 그리고 이 이야기는 어느 신념에 관한 이야기, 또는 시간이 흐름에 따라 바뀐 여러 다른 신념들에 관한 이야기다. 맨 처음 등장한 신념은 근거 없이 오만했던, 이제는 버려진 나의 확신이다. 나는 모든 문제는 궁극적으로 바로잡을 수 있다고 믿었다. 내가 속한 시대와 장소의 사람들은 우리보다 운이 좋지 못한 시대에 태어난 사람들은 상상하지 못한 방식으로 질병이나 소소한 체면 손상을 해결할 수 있다고 믿었다. 혈압 상승부터 턱 밑의 처진 살에 이르기까지 말이다.

그렇기에 우리 시대의 사람들은 흔히 변함없는 날씬한 몸매를 고집해 이러저러한 운동 열풍에 빠져들거나 영구적으로 팽팽한 피부를 열망해 여러 미용 시술을 꾸준히 시도한다. 마침 우리가 활용할 수 있는 약은 또 얼마나 많은가. 말썽 많은 콜레스테롤을 잡는 스타틴, 우울증 치료를 위한 선택적 세로토닌 재흡수 저해제, 탈모의 진행을 막는 피나스테리드, 발기 불능 치료제 비아그라나 시알리스, 통풍약 알로푸리놀까지.

오른쪽 눈에 문제가 생겼을 당시 나는 스타틴, 피나스테리드, 알로푸리놀을 복용하고 있었다. 이를 언급하는 이유는 약들이 내가 겪은 일의 요인으로 작용했기 때문이 아니라 이제는 부끄럽게 여기게 된 나의 안이한 태도를 설명해주기 때문이다. 나는 의술을 믿었다. 치료제를 믿었다.

그때 나이 쉰두 살이었다. 나는 앞서 10년 사이 등에 난 비교적 무해한 암종 하나를 시술로 제거했고, 코에 난 또 다른 암종을 항암 치료 크림으로 제거했다. 고통스러운 어깨 염증은 그보다 더 고통스러운 스테로이드 주사로 치료했다. 주사를 맞지 않았다면 지옥으로 떨어졌을 터였다. 오른쪽 다리로 이어지는 좌골 신경이 몇 달간 마치 나사가 풀린 듯 상태가 나빴지만, 처방제와 비슷한 강도의 이부프로펜 계열의 유사 약제를 복용하면서 운동 프로그램에서 줄넘기를 빼니 호전되었다.

이런 모든 증상과 병은 내 몸이 나이 듦의 혼란기를 통과하고 있음을 말해줬지만 나는 한 번도 보폭을 줄이지 않았다. 그때마다 적절한 약을 구했다. 운동량을 조절했다. 이것을 덜 하고 저것을 더 했다. 그러면서 계속 일상을 유지했다.

충분한 집중력과 활력을 확보해 주당 50~60시간을 일했고, 매주 네다섯 번 사람들과 밤에 어울렸으며, 여름휴가에는 그리스로 날아가 외떨어진 해변에서 출발하는 5킬로미터 정도의 급경사 코스를 걷곤 했다. 나는 해변의 암벽을 기어올랐다. 수영을 했다. 나는 제법 잘 지냈다.

그러니까 오른쪽 눈의 변화에 관한 나의 태도는 이런 것이었다. 분명히 어떤 논리적인 설명이 있는 증상일 것이다. 혹시 치료가 필요하다면 따르기만 하면 되는 어떤 준비된 절차가 있을 것이다. 발목이 겹질리든 목이 결리든 두통 따위의 통증이 찾아오든 그것들은 언제 그랬냐는 듯 얼마나 갑자기 사라져버리던가. 어느 날 잠에서 깨니 불가해하게 흐린 시각을 경험했듯 다시 어느 날 잠에서 깨면 불가해하게 또렷한 시각을 되찾을 것이다. 문제의 토요일 밤, 나는 저녁 모임에서 돌아온 뒤에 알람을 설정하지 않으며 톰에게 내일 아침에 되도록 조용히 해달라고 부탁했다. 평소보다 몇 시간 더 자면 회복할 것이다.

그러나 일요일이 되어도 증상은 조금도 나아지지 않았다. 아니 오히려 악화되었다. 여전히 문제는 내 오른쪽 눈에 국한되어 있었다. 왼쪽 눈을 감은 채 오른쪽 눈만 사용하려고 애를 쓰면, 사물의 형체는 보이지만 디테일이 보이지 않았다. 모니터 화면은 그저 하얀 막으로 보였다. 신문이나 잡지, 책에 인쇄된 글자들은 해독이 불가능했다. 문서들은 보풀 같은 글자들과 얼룩 같은 단어들을 떠 넣은 걸쭉한 수프

같았고 아무런 조각도 찾을 수 없었다. 두 눈을 다 사용하면 그럭저럭 읽을 수 있지만 나쁜 시야가 자꾸만 좋은 시야를 방해하며 부분부분 안개를 드리웠다. 안개 조각은 종종 시소처럼 오르내려 멀미가 날 것 같았다.

결국 톰에게 털어놓을 수밖에 없었다. 그리고 이내 톰의 재촉에 못 이겨 아는 안과 의사에게 연락했다. 언젠가 휴대전화 번호를 교환한 적이 있는 서글서글한 성격의 의사였다. 나는 눈의 상태를 알리고 그의 진료실이 열리는 화요일까지 기다려도 괜찮을지, 아니면 곧장 응급실로 가야 할지 묻는 메시지를 남겼다. 의사는 마침 진료실에서 몇 블록 떨어지지 않은 곳에 있으니 한 시간 내로 만나자고 답했다.

의사와 나, 둘뿐이었다. 다른 환자는 없고 접수대도 비어 있었다. 의사도 내가 오기 직전에 도착한 터라 아직 불이 다 켜져 있지 않았다. 지금의 어둠과 정적은 이 방문이 얼마나 이례적인지 여실히 알려주었다. 나는 불길한 예감을 느꼈다.

나는 병원에 한 시간 반가량을 머물렀다. 의사는 내게 이미 익숙한 시력 검사들에 더해 다른 생소한 검사들도 진행했다. 나는 딱딱한 플라스틱 받침대에 턱을 얹고 딱딱한 플라스틱 띠에 이마를 갖다 댄 채 가만히, 가만히, 가만히 있었다. 손바닥이 땀으로 젖고 심장이 딸꾹질하듯 뛰었다. 의사는 망원경 같은 것을 여러 개 가져와 마치 이국적인 새로운 은하를 관찰하는 의심 많은 천문학자처럼 하나씩 내 오른쪽 눈에 갖다 댔다. 내가 '의심 많은'이라고 한 이유는 이 검사가 어째서 이렇게 오래 걸리는지 알 수 없는 데다, 어떤 근거라고 할 것은 없지만 의사가 어쩐지 쩔쩔매고 있다고 판단했기 때문이다. 그렇게 꼼짝 못 하고 장시간 앉아 있다 보면 그저 시간을 흘려보내기 위해 이야기를 지어내게 된다. 머릿속에 가설들이 부화하기 시작한다. 그리하여 나는 불가사의한 우주가 되었다가 블랙홀이 되기도 했다.

의사는 마침내 뒤로 물러서더니 이제 검사기에서 머리를 떼고 편하게 있어도 좋다고 했다. 검진이 끝났다는 뜻이었다. 나는 질문을 쏟아냈다. "제가 뭐가 잘못됐습니까?", "혹시 원인을 모른다면 뭔가 짐작이라도 가는 것이 있습니까?" 나는 진단명을 한 가지만 내놓지 않아도 된다고 했다. 가능성이 있어 보이는 원인이 세 가지, 아니 다섯 가지라도 좋았다. 저널리스트를 평생의 업으로 삼아온 나는 간청하고 요구하고 정보를 교환하는 일에 익숙했다. 나는 곧장 저널리스트 모드로 돌입했다. '무엇을? 어떻게? 왜? 언제?' 의사는 내 질문에 즉답을 피하며 대화에 곧장 들어오지 않더니 결국 천천히 입을 열었다.

어쩌면 다발성 경화증일 수도 있다고 의사는 말했다. 가끔 다발성 경화증은 시력 문제로 처음 나타난다고 한다. 혹은 어쩌면 자가 면역 질환같이 면역 체계의 문제고 그 말썽의 시작이 이것일 수도 있다고 했다. 어쩌면 뇌와 관련된 문제일 수도 있었다. 눈이 보내는 정보를 뇌가 정확히 처리하지 못하고 있을 수 있다는 것이었다. 의사의 말은 온통 하나의 단어에 장악되어 있었다. "어쩌면", "어쩌면", "어쩌면", "어쩌면."

'확실한 것'은 내가 신경 안과 전문의를 만나야 한다는 점이었다. 난생처음 들어보는 과였다. 일반 안과 의사가 하는 피상적인 검사로는 손상 부위가 각막인지 망막인지 확실히 결론지을 수 없다고 했다. 그러니까 오른쪽 시신경과 시력의 연결이 약해졌을 가능성이 있는데, 시신경은 안과와 신경과 모두에 정통한 전문의의 영역이었다.

의사는 알고 있는 전문의의 이름을 건넸다. 그러고는 가만히 내 어깨에 손을 얹으며 행운을 빌어주었다.

복잡하고 흔치 않은 병에 시달려본 사람이라면 누구든 알 것이다. 내게는 절실한 대답이 다른 사람에게는 그만큼 절실하지 않을 수 있다. 내가 급하다고 다른 사람들도 덩달아 급해지지 않는다. 나의 곤경은 내게는 무엇보다 우선하는 일이지만, 하얀 가운을 입은 나의 구원자들에게는 잠시 미뤄둘 수 있는 일이었다. 그들은 똑같이 다급한 사례들과 똑같이 간절한 탄원자들을 상대로 최대한의 효율을 추구하고 있었으니까. 이것은 그들의 냉담함에 대한 완벽한 변명은 못 되더라도 최소한의 설명은 된다. 추천받은 그 전문의는 나를 한 달 뒤에나 진료할 수 있다고 했다.

그래서 톰이 나섰다. 톰은 지역 병원의 의사였고 병원 내의 신경 안과의와 잘 아는 사이기에 수요일 오전 예약을 잡아줄 수 있었다. 진료 대기실은 환자들로 바글거렸고 나는 그중 가장 젊은 축에 속했다. 겉보기에 가장 건강했고 눈에 띄게 활력이 있었다. 맞은편에 앉은 환자는 안대를 차고 있었다. 왼쪽 사람은 두꺼운 거즈를 한쪽 눈에 댄 채 이마에서 반대쪽 뺨까지 길게 테이프로 발려 있었다. 병원을 방문한다고 말하니 친구 몇 명이 동행해주겠다고 했지만 모두 거절한 터였다. 과연 그 결정이 옳았는지 대기실 한가운데에서 다시 생각하게 되었다. 나는 적이 외로운 기분이 들었다.

"브루니 님?"

간호사인지 의료기사인지 모를 한 여성이 내 이름을 부르며 안개의 수수께끼를 풀 관문이 될 어느 복도를 가리켰다. 나는 재빨리 경쾌하게 자리에서 일어났다. 병원에서는 습관처럼 늘 그랬다. 바보 같긴 하지만 지금 불안하지 않다는 것을 스스로에게 그리고 다른 환자나 병원 사람들에게 과시 또는 증명하는 나름의 방식이었다.

나는 불안하지 않았다. 적어도 그때는 아니었다. 기묘하게도 나는 흥분해 있었다. 엄밀하게 보면 정확한 표현은 아니지만 사실에서 아주 벗어난 것도 아니었다. 물론 나에게 닥칠 일을 고대한다거나 이 일을 유쾌하게 받아들였다는 뜻은 아니다. 그럴 리가 없다. 그저 당시 내가 서스펜스를 느끼고 있었다는 것, 여기에는 쩍 하고 금이 가는 어떤 균열, 어떤 찌릿한 전기 같은 것이 있었음을 의미한다. 그리고 아마도 이것은 우리 인간의 경이로운 적응 기제 중 하나일 텐데, 그때의 나는 내가 출연하는 이 작은 멜로드라마를 관람하며 놀라워했다. 지금 일어나고 있는 일의 위험성들이 서로에게 영향을 주지 않도록 사이사이에 칸막이를 치고서 말이다. 나는 흐름에 몸을 맡길 수 있었다.

신경 안과의 골나즈 모아자미는 내가 그동안 만난 보통 의사들이 사용한 것과 대부분 같은 장비와 도구를 써서 대부분 같은 검사를 반복했다. 다만 '시야visual field 검사'가 추가되었다. 굉장히 불편한 자세로 가만히 앉아서 깊은 상자 안에 시선을 고정한 채 매번 다른 사분면의 지점에 아주 작은 불빛이 불규칙한 간격으로 나타나는 것을 열심히 지켜보아야 했다. 나는 불빛이 보일 때마다 버튼을 눌렀다. 환자의 시야에 맹점이 있는지, 맹점이 있다면 어느 위치에 있고 그 주변부 시각은 얼마나 손상되었는지를 차트화하는 이 검사는 이후 두 해 동안 내 불행의 원천이자 일종의 심리적 고문실이 되었다. 나는 이 검사대에 붙들려 있을 때마다 돌아버릴 지경이었다. 검사는 최대 30분까지 소요되었다. 하지만 이날의 첫 검사는 그 절반 정도의 시간이 걸렸던 것 같다.

모아자미 박사는 검사 결과지를 검토하고 직접 검진한 결과를 보며 곰곰이 생각하더니 이윽고 진단을 내렸다. 내가 이곳 뉴욕 장로회 컬럼비아 대학병원의 진료실에 도착한 지 대략 두 시간이 지났을 때였다. 박사는 100퍼센트 확신은 아니라고 미리 주의를 주었다. 박사가 직접 확인할 수 있는 범위를 넘어서는 시나리오를 확보하려면 혈액 검사와 MRI 검사 결과가 필요했다. 하지만 박사는 관찰 내용과 나의 증상을 종합해봤을 때 내게 무슨 일이 일어났는지 안다고 자신했다.

뇌졸중이었다.

그러니까 뇌에서 갑자기 혈관 폐색이나 혈류 중단이 발생해 뇌졸중이나 그와 유사한 증상이 발병한 것이다. 모아자미 박사의 설명에 따르면 내 경우에는 혈압이 갑작스레 떨어지며 시신경 일부에 혈액이 공급되지 않았다고 한다. 이 신경은 양쪽 눈과 뇌를 연결해주는 기능을 하는, 사실상 뇌의 일부였기에 혈액이 꼭 공급되어야 했다. 하지만 그러지 못했고 결국 망가진 것이다.

직접적인 원인이 무엇입니까? 내가 물었다. 가끔 수면무호흡증과 관련이 있다고 박사는 말했다. 내게는 그런 증상이 없다고 말했다. 약리학적으로 비아그라와 유사한 약이 원인일 가능성도 있다고 했다. 나는 10년도 전에 비아그라를 딱 두 번 복용해봤는데, 호기심으로 먹어보았고 그 뒤로는 복용한 적이 없었다. 박사는 비만이나 고혈압이 위험률을 증가시킨다고 했다. 나는 비만이 아니었다. 고혈압도 없었다.

박사는 극도로 드물지만 이러한 일이 그냥 발생하는 사례도 있다고 했다. 아마도 내가 그러한 사례에 해당하는 모양이었다.

나를 가장 괴롭힌 중요한 단서 중 하나는 잠에서 깨어
났을 때 시야가 몹시 흐렸다는 것이다. 수면 중에 혈압이 지
나치게 곤두박질치는 일이 발생했을 가능성이 컸다. 나와 같
은 종류의 뇌졸중을 겪은 사람 중 절반이 그랬다고 한다.

나는 이 이야기에 빠져들었다. 하지만 가장 알고 싶은
이야기는 아직 나오지 않았다. 그러니까 우리는 어떻게 이
문제를 바로잡을 수 있을 것인가?

"치료법은 없습니다." 박사는 말했다. 처음에는 대답의
내용보다 박사의 말투와 목소리의 톤이 내게 더 파고들었다.
거기에는 상대방에게 위로를 전하는 마음과 상대방을 진정
시키려는 차분함이 정교한 비율로 혼합되어 있었다. 경악이
쏙 빠진, 지독한 불운에 대한 인정이었고 앞서 만난 동네 안
과의가 내 어깨에 손을 얹었던 행위의 음성화된 버전이었다.
박사의 어조는 내게 나 자신을 불쌍하게 여겨도 된다고 알려
주는 한편 그럼에도 너무 슬퍼하지 말라고, 너무 충격을 받
지는 말라고 권하는 듯했다. 박사의 어조는 치밀하게 계산되
어 있었다. 나는 박사에게 거의 그렇게 말할 뻔했다.

박사는 잠시 말을 멈췄다. 더 하고 싶은 말이 있는 게
분명했다. 반드시 해야 하는 말인 것 같았다. 그리고 어쩌면
나를 더 자극할 수도 있는 말이었다. 직감은 옳았다. 박사의
다음 말은 아까부터 목소리에 위로가 담겨 있었던 이유를 설
명해주었다. 그리고 지금의 시력으로도 내가 잘 지낼 수 있
는데도 박사가 그토록 걱정스러워하는 이유가 설명되었다.

"미리 알고 계셔야 할 것이 있습니다. 똑같은 일이 반대쪽 눈에도 일어날 수 있습니다."

맥박이 요동쳤다. "그럴 수도 있다는 겁니까, 그럴 거라는 겁니까?" 내가 물었다.

"그럴 수도 있다는 겁니다." 박사가 대답했다. "연구 논문에 따르면 한쪽 눈에 이러한 일을 겪은 환자들은 평균적으로 반대쪽 눈에 똑같은 일이 발생할 위험성이 훨씬 더 큽니다."

"얼마나 큽니까?" 질문이 매번 재빨리 튀어나왔다. 많은 생각이 필요하지 않은 질문이었으니까. 뻔한 질문들이었다.

"약 40퍼센트의 확률입니다." 박사는 만일 내 왼쪽 눈이 앞으로 2년간 건강하다면 이 확률은 현저히 줄어든다고 덧붙였다.

이 지점에서 박사는 돌연 전문가적이고 학자적인 태도를 취했다. 박사는 조사한 결과를 보고하는 학생이자 동시에 전문지식을 나누어주는 교수 역할을 도맡았다. 박사는 연민 어린 다정한 나무 그늘과 혹독하리만치 환한 불이 켜진 과학의 복도 사이를 오갔다. 그러므로 내가 박사의 말을 제대로 듣지 못하거나 알아채지 못할 가능성은 거의 없었다. 박사는 내가 실명할 가능성이 분명히 있다고 말하고 있었다.

나와 같은 상태에 처한 환자 중 일부는 뇌졸중 직후 몇 주나 몇 개월에 걸쳐 시신경의 상처가 아물면서 손상된 눈이 서서히 호전을 보였다고 한다. 아울러 이러한 뇌졸중으로 인한 손상은 환자마다 매우 다양했다. 내가 경험한 것보다 훨씬 미묘한 경우가 흔했다. 그러니 내 왼쪽 눈은 설사 손상된다 하더라도 정도가 경미할 수도 있었다.

손상된 눈이 호전될 가능성을 높이기 위해 내가 할 수 있는 일(운동을 더 한다든가, 식이요법을 해본다든가, 약을 먹는다든가)이 있습니까?

없습니다. 박사는 말했다.

흠, 그렇다면 반대쪽 눈이 손상될 가능성을 낮추기 위해 내가 할 수 있는 일(운동을 더 한다든가, 식이요법을 해본다든가, 약을 먹는다든가, 안약을 넣는다든가, 눈 건강을 위한 체조를 한다든가, 물구나무를 선다든가, 뭐든 말만 해주세요……)이 있습니까?

없다고 봐야 합니다. 박사는 말했다.

몇 가지 소소한 권고사항이 있었지만, 박사는 그런 것은 액막이 부적이 될 수 없다고 재빨리 덧붙였다. 다만 탈수 상태로 잠자리에 들지 않게 주의해야 했다. 이는 밤에는 술을 덜 마시거나 술의 영향을 줄이기 위해 물을 엄청나게 마셔야 한다는 의미였다. 탈수 상태는 혈압을 떨어뜨리기 때문이다. 물론 이 문제는 중요할 수도 있지만, 역시 그리 중요하지 않을 수도 있었다. 혈압과 콜레스테롤 수치도 꾸준히 살펴야 했지만, 이건 이번 일이 아니더라도 원래 해야 하는 일이었다(실제로도 이미 하고 있었다). 나 같은 환자들은 높은 고도와 장시간 비행을 피해야 했다. 이 두 가지가 혈중 산소 농도를 낮춘다는 말이 있기 때문이었다. 하지만 이건 그저 믿음, 그러니까 가설일 뿐이었다. 일단 내 상태에 관한 세상의 이해가 불충분하다는 생각에 이르자 이러한 지식은 추정, 아니 심지어 미신에 할당되는 저 뒷자리로 물러났다.

내가 미처 소화할 수 없을 정도로 정보가 너무 많았기에, 혹시라도 무언가를 놓치거나 오해한 것은 아닌지 궁금했다. 그렇다고 생각하지는 않았지만 그래도 확인은 해야 했다.

"상황이 나쁘군요. 그렇죠?" 나는 모아자미 박사에게 물었다.

박사는 고개를 끄덕였다. "상황이 나쁩니다." 몇 초간 침묵이 흘렀다. 박사가 정적을 깼다. "미안합니다. 제가 달리 해드릴 수 있는 일이 없군요."

'달리해드릴 수 있는 일'이라니. 나는 하마터면 웃음을 터뜨릴 뻔했다. 너무나 고풍스럽고 너무나 상냥한 표현이었기 때문이다. 마치 박사가 식당의 직원이거나 탄산음료 혹은 땅콩이 떨어진 비행편의 승무원이기라도 한 것 같았다.

박사는 내가 알아야 할 한 가지 선택지가 있다고 말했다. 나처럼 뇌졸중으로 손상된 시신경 일부를 복구하는 약의 임상 시험이 뉴욕시를 포함해 미국 각지에서 진행 중이라고 했다. 미국 식약청의 승인을 받은 테스트로, 약의 안전성이 식약청을 설득할 만큼 확보되었고 선행 시험에서 최소한의

27

효능이 확인되었다는 뜻이었다.

"참여하고 싶습니다!" 나는 말했다. 하지만 문득 이렇게 쉽고 명확한 선택지라면 어째서 박사가 더 일찍 더 확고하게 추천하지 않았을까 하는 생각이 들었다. "참여하지 않을 만한 이유가 있습니까?"

몇 가지 이유가 있었다. 첫째, 이러한 시험에서 으레 그렇듯 나는 위약 집단에 배정될 수 있었다. 가짜 약을 배당받게 되면 시간을 쏟고도 얻는 혜택은 전혀 없을 수 있다는 뜻이다. 물론 더 큰 선을 위한 일이기는 하다. 만일 약이 실제로 효과가 있다면 나중에는 나와 같은 질환을 겪은 모든 사람이 이 약을 이용할 수 있게 될 것이고, 거기에는 당연히 나도 포함될 것이다. 하지만 그건 몇 년 뒤의 일이 될 수도 있었다. 그때는 너무나 먼 미래라서 내가 입은 손상을 회복하는 것은 이미 불가능할지도 모른다.

둘째, 시험에 참여하려면 몇 가지 기준을 만족시켜야 했다. 일단 내 진단 결과가 확실해야 했고, 뇌졸중이 발생한 날로부터 14일 이내에 1회차 약물이 투여되어야 했다. 이미 5일이 지났다. 그러니 다음 주에 상당한 시간을 할애해 박사가 말한 MRI 촬영과 혈액 검사를 비롯해 일반적으로는 이렇게 미친 듯이 진행하지 않을 수많은 의료 검진을 몇 차례의 병원 방문을 통해 압축적으로 처리하려고 이리저리 뛰어다닐 능력과 용의가 있어야 했다.

셋째, 약물의 투여 방법이 쉽지 않았다. 수차례에 걸쳐 안구에 직접 주사를 놓아야 했던 것이다.

달리 말해 이 시험은 비관론자라면 참여할 만한 일이 아니었고, 내 안에 비관론은 차고도 넘쳤다. 나는 화창한 날을 간절히 원하면서도 비가 내리리라고 확신했고, 마음에 드는 상대가 나를 단칼에 거절하리라고, 궁극적으로는 거절하리라고 생각해 단단히 마음의 준비를 하고 있을 때가 많았다. 간절히 바랐던 승진이나 프로젝트가 결국 다른 사람에게 돌아갈 거라고 확신했으며, 설사 내게 주어지더라도 나중에는 물러나야 할 거라 생각했다. 사실 나의 경험은 이 어둠을 떠받치지 않았다. 유리한 일과 불리한 일, 뜻밖의 행운과 실패가 뒤섞인 내 삶에는 분명히 좋은 일도 많았다. 사실, 과분하게 많았다. 하지만 언제나 최악을 준비하는 것은 특이하고 그리 자랑스럽지 않은 나의 타고난 성벽이었다.

이 시험은 또한 겁 많은 사람은 하기 힘든 일이었다. 나는 내가 겁쟁이라는 증거를 수없이 댈 수 있었다. 살면서 지금까지 한 번도 마라톤에 참가하는 투지를 발휘해보지 못했다. 소심해서 데이트를 신청하지 못한 남자들은 꽤나 많았고, 친구나 동료나 상관과 불편한 대화를 나누어야 할 일이 있어도 그냥 피해버리곤 했다.

그러니까 이 임상 시험은 이토록 부정적이고 패기 없는 사람이 굳이 엄두를 낼 만한 것이 아니었다. 하지만 나는 일말의 망설임도 없이 기꺼이 엄두를 내기로 했다. 서둘러 추가 검사를 받고 모아자미 박사의 진단 확인서를 발급받아 미국 전역의 수백 명의 환자와 더불어 이 오디세이아에 뛰어들었다. 이것은, 그렇다, 의료적 오디세이아이기도 했지만 그보다는 심리적이고 정신적인 오디세이아에 더 가까운 어떤 깨달음의 여정이었다. 이 여정에서 나는 스스로에 관해 얼마나 모르는 것이 많았는지, 또는 한 사람이 얼마나 큰 변화를 겪을 수 있는지 알게 되었다. 나는 필요할 때마다 적응했고 다시 일어나 앞으로, 앞으로, 앞으로 움직였다. 그것만이 지금 내가 유일하게 향할 수 있는 분별 있는 길이었다.

증상은 하루하루 악화되었지만 나는 손상된 시각으로 글을 읽고 자판을 치는 일에 차츰 익숙해졌다. 때때로 마치 누군가가 오른쪽 눈에 시럽 한 방울을 주입한 듯 시야는 더 비스듬히 기울고 비틀려 있었다. 동시에 내게는 훨씬 어려운 과제가 주어졌다. 몸의 변화를 제대로 파악하고 정서적 반응을 미세하게 조정해야 했던 것이다. 나는 여러 가지 질문을 했다. 그 질문들은 어떤 예상치 못한 한계를 마주할 때 스스로에게 반드시 묻게 될 것이었다. '나는 여기에 얼마나 저항할 수 있을까?', '이렇게 해결책에 매달리며 변함없이 엄격한 일과와 주간 일정과 월간 목표를 고집해야 할까?', '나는 이것을 얼마나 수용할 수 있을까?', '나이가 들면서 한때 했던 일을 더는 할 수 없게 되고 과거의 열망과 성취에 안녕을 고해야 하는 때가 반드시 오기 마련이라는 것을 나는 받아들이고 있는가?'

저항 또는 체념? 두 가지 다 필요해 보였다. 다만 적절하게 양립해야 했다. 희망과 두려움도 마찬가지였다. 희망이든 두려움이든 나는 절망을 헤치며 천천히 움직일 수는 있지만 거기에 그냥 주저앉아 있을 수는 없었다.

약간의 저항 그리고 거기에 넉넉히 끼얹어진 희망이 시험에 참여하라고 나를 밀어붙였기에, 뇌졸중이 발생하고 12일째 되는 날, 나는 브로드웨이와 웨스트 72번가에서 지하철을 타고 이스트 14번가와 서드애비뉴에서 내려 뉴욕 시나이산 병원까지 길게 이어진 보도를 따라 추위를 뚫고 걸었다. 보행기 위로 어깨를 수그린 나이 든 여성들과 휠체어를 탄 나이 든 남성들과 머리에 감은 붕대 때문에 보는 사람의 마음이 더 아픈 밝은 미소의 어린이들 사이를 지나, 길이 사방으로 뻗어 있는 병원의 미로 같은 구조를 저주하며 접수대를 찾아 한참 동안 헤맸다. 도박하는 심정으로 뒤편 복도에서 엘리베이터 한 대를 골라 타고 운 좋게도 목적지인 5층 특별실에 도착했다. 창유리 너머에서 누군가가 나를 호출했다. 신경이 파르르 떨리는 느낌, 아니면 아드레날린의 솟구침을 느끼며, 특색 없는 접수대로 가서 대기하고, 또 대기하고, 조금 더 대기해, 마침내 역시 특색 없고 이번에는 볼품없기까지 한 검사실로 호출을 받았다. 새로운 의사 로널드 젠틸레가 이제 뭘 할 건지 설명하고는 참을 만할 거라고, 아니면 최소한 금방 끝날 거라고 나를 안심시켰다. 좀 더 푹신했으면 좋았을 안락의자가 뒤로 젖혀졌고, 의사는 나의 오른쪽 눈에 차가운 젤리 형태의 국부 마취제를 바른 다음 10분 뒤 다시 와서 마취제를 재차 펴 발랐다. 그로부터 10분 뒤 나는 방으로 걸어오는 의사의 발소리를 듣고 이제는 마취가 다 되었고 찌르기를 할 차례라는 것을 알았다. 충분히 푹신하지 않은 안락의자의 팔걸이를 꽉 붙들며 나 자신이 영화 속 인물이라고 상상했다. 이어 중저음의 목관악기와 고음의 바이올린이 마치 예포의 총성처럼 나의 용기를 환대하는 사이, 나는 고개를 돌려 젠틸레 박사를 바라보았다. 박사가 그만두기를, 모든 것이 실수였고 이 일을 계속할 필요가 없다고 말해주기를 간절히 바라면서. 하지만 박사가 금속 클램프로 오른쪽 눈을 벌려 깜빡이지 않게 고정하자 나는 피부가 당겨지는 불쾌한 기분을 느꼈고, 그다음에는 더 불쾌한 기분, 몹시 불쾌한 기분, 마치 눈에 염산 방울이 튀는 동시에 강펀치를 맞는 기분을 느꼈다. 박사가 내 눈에 주삿바늘을 찔러 넣고 있었다.

## 2장

내 세계는 흐릿해졌지만
동시에 예리해졌다

삶이 시다 못해 쓰디쓴 레몬을 내민대도

당신은 그것으로 레모네이드를 만들 수 있다.

이것은 내가 얻은 큰 배움이었다.

언제나 이웃집 잔디가 더 푸르게 보인다는 것도

구름의 저편은 늘 은빛으로 빛난다는 것도

밤은 새벽이 오기 전에 가장 어둡다는 것도 비로소 깨달았다.

생의 마지막 10년 동안 친구로 지낸 노라 에프론은 "모든 것은 카피다 Everything is copy"라는 명언을 남겼다. 사후에 이 말은 노라에 관한 다큐멘터리의 제목으로 쓰이기도 했다. '카피'는 신문사에서 글의 소재를 일컫는 오래된 용어로, 작가들은 본인이나 주변 사람의 사생활을 지나치게 작품에 드러낸다는 비난을 받을 때 주로 노라의 명언으로 스스로를 방어했다. 그 말은 경고였다. 이곳에 발을 들였다면 사생활은 버려라. 하지만 여기에는 그보다 진지한 다른 의미도 담겨 있었다. 글 쓰는 사람은 자신에게 흥미롭거나 신기한 일, 심지어 심오한 일이 일어나면 그 일을 소재로 쓰게 된다는 단순한 의미 말이다. 글 쓰는 사람은 경험을 카피로 바꾼다. 그것이 직업이니까. 어쩌면 그것은 그의 소명일지도 모른다.

자, 나는 2017년 10월에 어떤 신기한 일을 경험했다.

이 일은 수많은 사람이 직면하는 트라우마나 시련의 수준에는 좀처럼 미치지 않지만 나를 전율하게 했고 나를 시험에 들게 했으며 내가 세상을 새로운 방식으로 볼 수밖에 없게 만들었다. 이것은 신체적으로 진실이었다. 철학적으로는 더더욱 진실이었다.

당신은 '보다see'라는 동사와 변이형들이 얼마나 유연한지 또 얼마나 널리 퍼져 있는지 알고 있는가? '보는 것'은 단순히 주변의 지형이나 사람에게 눈길을 주는 것만이 아니다. '보는 것'은 그것이 의미하는 바를 파악하는 것이다. 알아봄을 요구하는 어떤 것을 알아보는 것이고, 유레카의 순간까지 붙잡히지 않았던 깨달음을 얻는 것이다. 유레카의 순간을 뜻하는 통찰insight에도 '보다'의 변이형이 포함되어 있다.

"너는 이게 안 보여?" 우리는 무지한 사람에게 묻는다. "드디어 눈을 떴구나." 새로운 것을 깨우친 사람에게 하는 말이다. 무언가를 지시할 때 우리는 '봐Look'라는 말로 시작하고, 누군가는 우리의 '관점point of view'을 인정하고 이해한다. 관점은 공간적인 것을 가리키기도 하고 정신적인 것을 가리키기도 하는 유연한 말이다. 그리고 '통찰'은 '선견foresight'과 '회고hindsight'와 어원학적으로나 언어학적으로 가깝다. 세 단어 모두 다 시각이나 눈과 관련된 어휘를 사용해 매우 예리하고 지적인 관찰을 나타낸다. 물론 '알아들었어'와 '공감해' 또는 '네 아픔에 공감해'도 비슷한 이중적 의미를 띠지만, 앞의 표현들만큼 철저히 이중적이지는 않다. 현재 상황을 누군가가 도통 이해하지 못할 때 '귀먹었다'라고도 하지만 '눈 멀었다'라는 표현을 더 자주 사용한다. '맹점 blind spot'은 있지만 '농점 deaf spot'은 없다. 그리고 세상을 깊고 특별하게 이해하는 누군가에게 '비전 vision'이 있다고 표현하고, 원대한 계획에서 활력을 얻은 사람에게도 '비전을 갖고 있다'라는 표현을 쓴다.

이는 문학이나 회화 작품에서 나타나는 눈에 대한 집착과 일치한다. 눈은 무려 "영혼의 거울"이다. "실명은 저항할수 없는 호소력을 지닌 문학적 비유인 듯하다." 시각장애인이자 작가이자 공연가이자 교육자인 M. 리오나 고댕은 『거기 눈을 심어라 There Plant Eyes』에 이렇게 썼다. 2021년에 출간된 이 책에 따르면 우화, 메타포, 플롯을 만드는 편리한 장치로 실명이 사용된 다양한 사례가 성서, 호메로스의 서사시, 단편소설, 심지어 드라마 〈왕좌의 게임〉의 원작인 조지 R. R. 마틴의 장편 서사극 『얼음과 불의 노래』에서 발견된다. "특히 눈먼 관찰자는 매우 기본적인 요소이기 때문에 이제 하나의 클리셰가 되었다. 시각장애인이 등장하지 않는 과학소설이나 환상소설 책을 찾기 쉽지 않을 것"이라고 고댕은 지적했다.

눈은 힘을 발하는 상징이기도 하지만 취약성을 드러낼때가 더 많다. 소포클레스가 쓴 불멸의 비극에 등장하는 오이디푸스부터 셰익스피어의 희곡 『리어 왕』의 글로스터 백작, 그리고 연쇄살인범을 다룬 소설이나 영화의 수많은 희생자들에 이르기까지, 눈을 잃는다는 것은 최악의 추락이자 궁극적인 공포다. 앞을 보지 못한다는 것은 일단 그 자체로 궁극적인 위험이다. 오드리 햅번이 1967년 스릴러 영화 〈어두워질 때까지〉에서, 그로부터 25년 뒤에 우마 서먼이 〈제니퍼 연쇄 살인 사건〉에서 보여준 눈멂은 그 어떤 기발한 서술로도 설명할 수 없는 것을 표현했다. 그들이 가진 장애는 무자비한 약탈자나 초조해하는 관객에게 이들이 만만한 먹잇감임을 확인시켜준다. 살인자의 접근을 눈으로 직접 확인할 수 있는 사람에 비해 그들은 속이거나 지배하기 더 쉽다. 과학소설에서든, 결속을 다지는 집단에서든, 서로 합의한 두 성인의 침대에서든, 사람들이 신뢰 게임에서 덮는 것은 대개 귀가 아니다. 눈이다.

경험해보지 않았거나 심각하게 숙고할 필요가 없었던 사람에게 실명은 흔히 생각할 수 없는 것, 견딜 수 없는 것, 우주의 전원 플러그를 확 뽑아버리는 어떤 코스모스적인 손과 같은 것이다. 나는 대체로 그 범주에 속하지는 않았지만, 내 시력이 위험한 상태라는 것을 알게 되는 것은 청각이나 촉각, 미각, 후각에 대해 비슷한 통보를 받는 것과는 사뭇 다르리라고 생각한다. 우리의 정신에서, 우리의 뼛속에서, 우리의 오장육부에서 시각은 독보적인 감각의 군주다. 당연히 나는 전율했다.

하지만, 앞서 말했듯이, 나는 전율하는 데에서 그치지 않았다. 나는 삶을 재정비했다. 과거에 하지 않은 질문을 하고, 완전히 새로운 정서적 해협을 항해하고, 친구들과 지인들을 다른 눈으로 바라보고, 낯선 사람들에게 다가갔다. 이 낯선 사람들 중에 누군가는 시력을 상실했고, 누군가는 시력 상실의 가능성을 상대했으며, 누군가는 다른 장애나 질병을 겪고 있었다. 우리가 흔히 고통의 시기로 여기는 노년에 이르기 한참 전에 말이다. 이들은 예정된 시기보다 훨씬 앞서 한계와 불확실성과 타협에 관한 집중 훈련을 받은 사람들이었다. 그리고 이제 나도 그 훈련 과정에 등록한 셈이었다.

저명한 저널리스트 마이클 킨슬리는 이 렌즈를 통해 파킨슨병을 바라보았다. 마흔세 살에 파킨슨병을 진단받은 킨슬리는 이 일에 관해 회고록을 쓰고 "노년Old Age"이라는 제목을 붙였다(한국어판 제목은 『처음 늙어보는 사람들에게』다ㅡ옮긴이). 이 책의 3분의 1이 살짝 지날 즈음 킨슬리는 이따금 자신이 "내 세대가 파견한 정찰병이 된 기분"을 느꼈다고 말한다. "건강한 내 또래라면 60~80대는 되어야 경험하게 될 것을 나는 50대에 미리 경험해보기 위해 파견된 것 같았다. 파킨슨병보다 훨씬 나쁜 병도 있고, 나보다 훨씬 심각한 형태의 파킨슨병을 겪는 사람도 있다. 그러니까 내가 경험한 이 수준의 이 질병은 앞선 미래의 흥미로운 맛보기에 가깝다. 그러니까 이것은 노년에 대한 비기너Beginner 가이드다."

이제 내 몫의 맛보기가 찾아왔다. 킨슬리의 맛보기보다 미묘하지만, 그렇기에 오히려 더 보편적이고 유익할지도 모르겠다. 나는 내 신체는 망가질 수 없다는 환상을 박탈당했다.

그리고 가능성의 한계가 줄어드는 것을 목격했다. 아니, 수정하겠다. 나는 가능성의 한계가 달라지는 것을 목격했다. 나는 내게 일어난 일을 더 친절하고 다정한 언어로 해석하는 것의 중요성을 배우고 있었다. 이것은 단지 타당한 해석이기만 한 것이 아니라 건강한 해석이자 행복을 지키는 해석이기도 했다.

이상하게도 나는 더욱 살아 있고, 삶에 더 조응하고 있고, 삶을 잘 음미하고 있다고 느꼈다. 클리셰로 보이는가? 그렇다면 앞으로 클리셰가 가득한 배가 기다리고 있으니 각오를 단단히 했으면 한다. 아무래도 그것들이 영 거슬릴 것 같으면 배에서 뛰어내리는 편이 나을 것이다. 그러나 클리셰가 클리셰가 된 데에는, 그러니까 어디서나 사용되고 오래가는 자명한 이치가 된 데에는 그만한 이유가 있다는 것을 새롭게 깨달았다. 클리셰는 진실의 아주 가까운 친척이고, 통찰의 보급형 유사품이다. 삶이 시다 못해 쓰디쓴 레몬을 내민대도 당신은 그것으로 레모네이드를 만들 수 있다. 이것은 내가 얻은 큰 배움이었다. 언제나 이웃집 잔디가 더 푸르게 보인다는 것도, 구름의 저편은 늘 은빛으로 빛난다는 것도, 밤은 새벽이 오기 전에 가장 어둡다는 것도 비로소 깨달았다.

물론 내 이야기는 새벽에 관한 이야기가 아니다. 이것은 황혼에 관한 이야기다. 낮은 영원하지 않으며 빛은 가차없이 사그라든다는 것을 처음으로 깨닫게 된 이야기다. 인생의 정점에 이르러 우리는 어디선가 빌려온 유한한 시간을 살아가는 것임을 자각하게 되는 이야기다. 너무도 달라진 온도와 분위기에 관한 이야기다. 그리고 그 황혼이 얼마나 역설적이고 풍부하며 아름다울 수 있는지에 관한 이야기다. 내 세계는 흐릿해졌지만 동시에 예리해졌다. 나는 숨을 멈추었다 내쉬었다. 나는 새로운 걱정들을 인사로 맞이하고 과거의 걱정들에 작별을 고했다. 한 친구는 내 상황을 재치 있게 한 줄로 요약했다. "한쪽 눈이 감기면 다른 쪽 눈이 뜨인다."

나는 한쪽 눈으로 더 열심히 더 오래 바라보았다. 내 주변의 모든 것을 전보다 정성껏 바라보았다. 나는 우리가 삶에서 만나는 사람들에 관해 아는 것이 너무 없다는 것을 깨달았다. 우리는 그들을 그저 피상적으로만 보고, 서로에게 불편하지 않은 의례적인 질문만을 한다. 그들을 여러 조각으로 편집해 그중 가장 덜 복잡하고 가장 즉각적인 즐거움을 주는 부분만을 취하기 때문이다. 그들에게는 우리가 충분히 알아보지 못한 마음의 상처가, 우리가 충분히 추앙하지 않은 승리가 있다. 뇌졸중 이후 처음 맞은 아침, 나는 그 사실에도 눈을 떴다.

$\mathcal{M}$

빠른 이해를 위해 배경 지식부터 살펴보자. 약간의 기초 지식이다. 내가 겪은 뇌졸중을 가리키는 정식 용어, 그러니까 그 원인과 의미를 가리키는 이름은 비동맥류성 전방 허혈성 시신경병증 non-arteritic anterior ischemic optic neuropathy 이다. 이 장황하고 불가사의한 이름을 보면 내가 약칭을 쓰는 이유를 짐작할 수 있을 것이다. 단언컨대, 나와 대화를 나눈 의사 중에 저 단어들을 전부 나열한 의사는 한 명도 없었다. 의사들은 내 상태를 가리킬 때 대중적인 약칭인 'NAION'을 사용했다. 나는 이 이니셜이 무엇을 상징하는지를 직접 참고서적을 찾아보고 나서야 알게 되었다. 아울러 'AION'도 있다는 것을 알게 되었다. NAION보다 더욱 희귀한 사례인 AION 역시 다른 종류의 수많은 시신경병증을 동반했다. 신경병증은 신경계에 일어난 손상이나 질병을 뜻하기 때문에 우리 몸 전체에 적용된다. 그래서 그 앞에 중요한 수식어 '시 optic'가 붙은 것이다. '허혈성 ischemic'은 신경 손상을 일으킨 주범이 혈류 장애란 뜻이다.

자, 깊게 들어간 것 같으니 이쯤에서 용어에서 빠져나와 몇 가지 숫자를 제시하겠다. 다만 한 가지 주의사항이 있다. 이 모든 숫자는 전문가들이 제시한 최선의 추정치일 뿐이다. 전문가들은 이 점을 솔직하게 인정한다. "허혈성 시신경병증에 관해 우리가 아는 것을 말씀드려도 될까요." 뉴욕시에서 손꼽히는 시신경 전문의인 마크 쿠퍼스미스는 이 질병의 치료법이 왜 그리 더디게 개발되는지에 관해 나와 이야기하던 중 말했다. "별로 없습니다!"

이 분야에서의 통념은 허혈성 증상, 즉 뇌졸중이 발생한 환자의 무려 40퍼센트가 몇 달 안에 수수께끼 같은 신경의 치유를 경험한다는 것이었다. 하지만 쿠퍼스미스 박사는 이러한 통념에 회의적이다. 시각에서 뇌졸중으로 손상되지 않았거나 덜 손상된 부분의 시각 능력을 극대화하는 방법을 뇌가 스스로 터득하는 자가 보정 효과라는 것이다. 환자들이 뇌졸중을 겪고 사흘 뒤에 받은 검사에서보다 석 달 뒤에 받은 검사에서 더 나은 결과를 얻는 이유는 이 때문일 수 있었다. 하지만 어떤 경우에도 대다수의 NAION 환자들은 호전되지 않는다. 신경 손상은 영구적이다. 이것이 내가 처한 상황이었다.

일반적으로 인용되는 수치에 따르면 NAION 환자는 인구 1만 명 중 한 명이다. 하지만 일부 전문의들은 실제 수치가 이보다 높을 것으로 본다. 그들은 명명하기 어려운 여러 미묘한 사례들은 오진이 내려졌을 것이라고 생각한다. 그렇다고 해도 NAION은 이례적인 질병이다. 이 병에 걸렸다는 것은 운이 엄청나게 나빴다는 뜻이다. 시력을 심각하게 감퇴시키거나 박탈하는 질병의 목록에서 NAION은 저 하단에 자리한다. 다만 원인을 불문하고 시력이 손상된 사람들의 수는 아마도 당신이 짐작하는 것보다 많다. 미국인 100만 명이 법률상의 시각장애인으로 추산된다. 320명당 한 명꼴이다. 시각장애인의 기준은 교정시력 0.10 이하다. 이보다 몇백만 명 더 많은 미국인이 인생을 뒤바꾸어놓는 시력 손상을 경험한다. 게다가 교정시력 0.5 이하의 '저시력'을 가진 사람들까지 여기에 포함한다면 이 수치는 더욱 늘어날 것이다.

그런데 사람들은 흔히 실명이 암흑이나 공백 또는 아무 것도 보이지 않는 상태라고 잘못 알고 있다. 사실 대부분의 시각장애인에게 실명은 그런 상태를 의미하지 않는다. 시각장애인 작가 스티븐 쿠시스토 Stephen Kuusisto 는 저서 『눈먼 사람들의 행성 Planet of the Blind 』에서 이렇게 설명했다. "정상 시력을 가진 사람들은 흔히 실명을 이것 아니면 저것의 상태로 인식한다." 쿠시스토의 경우는 그렇지 않았다. "나는 얼룩지고 깨진 창유리를 통해 세상을 바라본다." 얼룩과 파손만으로도 충분히 중대한 결핍이고 매머드급 도전이다. "얼룩." 이 단어를 읽을 때 나도 모르게 고개를 끄덕였다. 마치 귀신이 들린 듯한 내 오른눈의 상태를 절묘하게 표현했기 때문이다. 나는 얼룩은 농도를 갖는다고 생각하는데 다행히 내 경우에는 쿠시스토에 비해 얼룩이 더 옅고 고른 편이며 시야의 일부에 국한되어 있다. 하지만 내 창유리도 쿠시스토의 창유리와 마찬가지로 결함이 있다. 그리고 쿠시스토의 창유리와 마찬가지로 더는 깨끗하게 닦이지 않는다.

실명하거나 시각 손상을 입은 사람들 중 압도적 다수가 출생 때와 유년기에 충분한 시력을 갖고 있었다. 그들은 눈에 장막이 드리워지기 전의 시각적 찬란함을 알고 있었다. 이 장막이 드리워지는 것은 대개 인생의 후반기로 주로 백내장, 녹내장, 황반변성, 당뇨병성 망막증 때문이었다. 실명하는 사람들은 보통 자신에게 일어나는 일을 어느 정도 미리 알게 되고 그때부터 기나긴 기다림과 점진적인 시력 손실,

두려움의 시기가 뒤따른다.

NAION도 늦은 나이에 찾아온다. 거의 항상 50세 이후지만 내 경우에는 다소 일찍 찾아왔다. 심각도와 영향은 사람마다 다양하다. NAION이 두 번째 눈까지 옮겨 갈 수도 있지만 첫 번째 눈만으로 만족할 수도 있고, 손상 정도는 경증이나 중증 또는 그 중간 어디쯤에 해당한다. 손상 부위는 대개 주변부 시야이기 때문에 NAION 환자들은 대체로 위쪽이나 아래쪽 또는 옆쪽에 있는 대상을 보는 것이 더 어렵다. 그런데 내 경우에는 중심부 시야가 손상되어 읽고 쓰고 컴퓨터 화면을 보는 일이 더 어려웠다. 왼눈을 감고 오른눈만 사용하면 컴퓨터 화면은 흰색으로 문지른 듯한 막이었고 글자들은 해독 불가능한 얼룩이었다. 책도 마찬가지였다. 페이지에 단락들이 있다는 것은 알 수 있었고, 집중하면 그 단락이 어디서 시작되고 어디서 끝나는지도 알 수 있었다. 하지만 무슨 내용인지는 전혀 알 수 없었다. 안개가 단락들을 봉인하고 있었다. 단락들은 얼룩의 저편에 힘없이 존재했다.

NAION의 효과적인 치료제가 없는 주된 이유는 이 병이 세상에 잘 알려져 있지 않기 때문이다. 제약 회사들은 신약의 잠재적 수익성에 신경을 쓰기 마련이고, 우리 NAION 환자들은 그들에게 딱히 동기부여가 되지 않는 보잘것없는 시장이다. 하지만 그 반대의 경우라고 해도 우리는 여전히 불리하다. 우리가 경험하는 안개의 해부학적 원천 때문이다.

"신경 손상은 실명 문제에서 아무도 찾지 못하는 성배

聖杯나 다름없습니다." 존스 홉킨스 의대의 안과·신경과·신경외과 교수 닐 밀러가 내게 말했다. "백내장 환자의 경우에는 사실상 완전히 실명한 사람까지 치료할 수 있습니다. 각막 손상? 그것도 치료할 수 있습니다. 망막 질환을 가진 환자도 도울 수 있습니다. 하지만 시신경 질환으로 손상된 시력을 복구하기 위해 우리가 할 수 있는 일은 사실 거의 없습니다."

루드라니 바니크 박사는 내가 참여한 첫 번째와 두 번째 임상 시험에서 NAION 환자들의 상태를 추적한 신경 안과의 중 한 명이었다. 박사는 내게 신경 그 신경을 감싼 피복을 "케이블 전선과 그 전선을 감싼 관"으로 생각해보라고 말했다. 내 눈을 대대적이고도 정밀하게 검진한 결과 내 관은 정상 크기의 4분의 1 정도에 불과했다. 만일 신경이 부풀면 (신경은 산소가 박탈되면 부푼다) 이 관이 파열되어 손상을 입을 가능성이 컸다. "모든 것이 꽉 막힙니다. 해부학적으로 '원판 위험 상태disk at risk'라고 부르지요. 환자들이 무서워해서 이 표현을 잘 쓰지 않지만요."

나는 무서웠다. 나는 내 오른쪽 시신경이 쉬이익 또는 지글지글 (뭐가 정확한 표현일지 모르겠다) 타버리고 시신경 원판이 난장판이 되고서야 알게 되었다. 내 시신경이 다른 사람들의 시신경과 달리 중대한 문제를 일으킬 잠재성이 있다는 것을 말이다. 내 시신경은 언제라도 터질 수 있는 시한폭탄과 같았다. 띡, 띡, 띡.

내가 운이 좋은 점은, 아주아주 좋은 점은 안경을 쓰면

왼눈은 여전히 시력이 잘 나왔다는 것이다. 잘 안 나오는 날은 0.8, 잘 나오는 날은 1.0이었다. 하지만 오른눈이 자꾸 왼눈을 방해하며 수치를 끌어내렸다. 망가진 눈에 안대를 할까도 생각했지만, 만일 그렇게 한다면 동일한 현상을 처리하는 내 뇌의 최종 능력이 느려지거나 방해받을 수 있었다. 나는 뇌를 자극하고 훈련시키고 싶었다. 그로부터 4년 넘는 시간이 흐른 지금도 나는 여전히 뇌를 훈련시키고 있다. "최종"이라는 표현은 그래서 나온 것이다. 내 뇌의 발전 속도는 줄곧 일정했다. 아울러 지루하리만치, 미치고 팔짝 뛸 만큼 서서히 발전하고 있다.

진단을 받고 처음 몇 개월 동안에는 둔중하고 완강한 뇌가 양 눈을 잘 조율할지보다 내게 남은 좋은 눈이 과연 현상 유지를 할 수 있을지가 더 걱정이었다. 나는 왼눈을 파베르제의 달걀(19세기 러시아 차르 황실의 보물—옮긴이)처럼 여기게 되었다. 혹시 시신경 사진을 본 적이 있는가? 나는 뇌졸중을 겪은 후 이 사진들의 감정가를 루브르 박물관의 값어치보다도 높게 산정했다. 시신경이 얼마나 연약해 보였는지, 여남은 개의 얇은 혈관들로부터 양분을 얻는 이 가느다란 실이 어떻게 안구의 뒤쪽을 뇌에 연결해 내가 태양이 뜨고 지고 수플레가 부푸는 것을 볼지 말지를 결정할 수 있는지 궁금해한 순간을 나는 도무지 잊을 수 없다.

인체가 전부 그렇다. 헤아릴 수 없을 만큼 섬세하고 상상할 수 없을 만큼 튼튼한 수백만 개의 윤곽선과 연결점으로 이루어져 있고 이것들은 언제든 잘못될 수 있다. 지금보다 더 많이 잘못되지 않은 것이 오히려 경이로운 일, 아니, 심지어 기적이다. 기나긴 삶의 너른 스케이트장을 도는 그 많은 사람이 단 한 번도 넘어지지 않고 직선을 그리며 미끄러져 나아간다는 것은 논리적으로 타당하지 않다. 하지만 이 미끄러짐은 마침내 끝난다. 그 직선은 여러 지점에서 꺾인다. 우리의 몸은 시한폭탄이다. 다만 각각의 폭탄은 각기 다른 방식으로 터진다.

나는 남들처럼 무심결에 눈을 비비다 불현듯 공포에 사로잡히곤 했다. 너무 세게 비볐나? 왼눈 뒤의 혼잡한 신경이 아직 괜찮을까? 공원을 달리다 바람이 불어 눈에 먼지라도 들어가면 패닉에 빠졌다. 왼눈에 상처가 생기게 둘 수 없었다. 나에게 더는 여분이 없었다.

밤이 가장 힘들었다. 왼눈이 고장 날 거라면 그 순간은 지금일 수도 있지 않을까. 나는 베개에 머리를 대기 직전에 물을 두 컵, 세 컵, 네 컵까지 벌컥벌컥 마셨다. 마치 미신을 믿는 사람처럼 소아용 아스피린을 매일 복용했다. 소아용 아스피린 복용은 혈류의 흐름을 촉진하는 방법으로 바니크 박사가 추천했다. 혹시 혈류가 문제된다면 말이다. 물이나 아스피린 둘 중 하나라도 깜빡한 날은 잠들기 직전이었더라도 침대에서 용수철처럼 뛰어올라 오류를 수정했다.

그러다 한밤중에 방광이 소리를 지를 즈음 나는 눈을 뜨려다 잠시 망설였다. 혹시 뇌졸중이 또 왔으면 어쩌지? 날

카로운 긴장감 속에서 눈을 뜨고 여전히 왼눈으로 세상을 볼 수 있다는 것을 확인하자 폭풍처럼 밀려드는 안도감을 느끼는 일이 매일 아침 반복되었다.

～

이 이야기는 희망컨대 지혜로워지는 것에 관한 이야기이기도 하지만 지독히 어리석은 이의 증언이기도 하다. 동시에 시력에 이상이 생기기까지 내가 지나온 경로, 그러니까 그동안 낭비한 모든 정신적이고 정서적인 에너지에 대한 증언이다. 그간 당연한 것으로만 여겼던 그 모든 좋은 것, 아니, 위대한 것에 대한 증언 말이다. 진정한 불운을 마주하고 나서 과거를 돌이켜보니 그 시간이 몹시 부끄럽게 여겨졌다. 그 시간은 어리석은 분개로 점철되어 있었고 무의미한 앙심으로 가득했다. 나는 내게 열린 도로보다 닫힌 도로를 밟으려고 너무 많은 시간을 허비했고, 비뚤어진 시선 속에서 모욕으로 여긴 것들의 총계를 냈다. 어째서 몸무게는 느는 건 이리도 빠른데 빼는 건 그리도 더딘지? 어째서 햇빛에 이리도 잘 타는지? 형은 여러 사람과 편하게 어울리고, 남동생은 〈스타트렉〉의 정교한 프로젝트와 신화에 마냥 행복해하고, 여동생은 그야말로 끝내주는 재치를 타고났는데 나는 왜 그러지 못한지? 아버지와의 만남은 어째서 이리도 껄끄러운지? 어머니와의 관계는 어째서 그리도 복잡하고 걱정이 많았는지? 사실 아무 걱정할 게 없을 때도 내게는 헤아릴 수 없이 많은 불만이 있었다.

아버지? 아버지는 사람들을 대하는 태도에서 너그러움과 품위의 모범이었다. 내게 중요한 것은 항상 부족하지 않게 지원해주었고 좋은 교육을 받게 해주었다. 아버지는 나를 사립 고등학교에 보내주었고, 이 학교를 통해 나는 특별 장학금을 받고 노스캐롤라이나대 채플힐에 진학할 수 있었다.

어머니? 어머니의 요구들은 그동안 내게 보내준 응원 앞에서 무색해진다. 어머니가 간혹 보인 변덕들은 나를 강하게 만든 어머니의 사랑과 견줄 수 없다. 어머니는 탁월함의 모범이었고 자신이 추구하는 일에 온몸을 내던졌다. 아울러 언어에 대한 존경심을 물려주었다. 어머니는 내게 그 어떠한 고통도 훔칠 수 없는 언어 속에서 사는 삶을 주었다.

유년기에는 내가 극복해야 할 한 가지 까다로운 문제가 있었다. 열두 살쯤, 어쩌면 그보다 훨씬 일찍, 나는 확고하게 내가 게이라는 것을 알고 있었다. 당시, 그러니까 1970년대 후반의 문화는 지금에 비해 훨씬 수용적이지 않았다. 그래서 게이라면 거의 반드시 자신이 결함 있는 사람은 아닌지 의심하거나 그렇다고 결론짓는 시기를 거쳤다. 나는 고등학교 3학년 때 며칠 동안 강박적으로 자살을 생각했던 기억이 있다. 동급생에 대해 품고 있었던, 말할 수 없고 응답받을 수 없는 열렬한 감정은 마치 앞으로 영원히 이어질 소외의 조짐처럼 느껴졌다. 이성애자 친구들과는 달리 라디오에서 흘러

나오는 노래들의 족히 4분의 3은 차지하는 듯한 사랑 노래들의 가사처럼 살아갈 수는 없을 거라는 조짐 말이다. 무엇이 그 절망을 부수고 나를 계속 살아 있게 했는지는 기억나지 않는다.

그러나 1982년 열여덟 살에 '커밍아웃'했을 때 가족 중 아무도 나를 거부하지 않았고 친구들도 나를 냉대하지 않았다. 그리고 비교적 별다른 어려움이나 극적인 사건 없이 다른 게이들과 만나고 사귀는 방법을 터득했다. 더구나 내가 성인기에 접어드는 여정은 우연히 미국 사회가 성소수자들을 인정하고 존중하는 방향으로 나아가는 흐름과 겹쳤고, 진보의 보폭은 기대한 것보다 넓었다. 다른 건 몰라도 그 점에 관해서만큼은 굉장한 운을 타고났음을 인정한다. 나는 마땅히 감사를 느꼈다.

뇌졸중이 일어날 즈음 나는 뒤늦게 삶에 대해 더 많이 감사하고 있었다. 그동안 내가 운이 좋았다는 사실을 잘 알고 있었다. 톰과 나는 9년여의 세월을 함께했고 어퍼웨스트사이드의 아파트에서 3년 전부터 같이 살고 있었다. 우리는 거의 다툰 적이 없었다. 우리는 자주 웃었다.

우리의 일주일에는 리듬이 있었다. 금요일 밤이면 거의 항상 단둘이 외식을 했다. 대화와 와인을 통해 우리는 이제 막 끝난 일주일 동안의 긴장과 좌절을 털어냈다. 토요일 밤에는 사람들과 어울렸다. 나의 흐릿한 미래의 첫째 날, 우리가 친구 집에서 보낸 저녁처럼. 일요일 밤에는 단백질이 다량 함유된 샐러드를 양껏 만들었다. 올리브유로 뒤섞은 루꼴라, 토마토, 오이, 블루치즈 사이에서 샐러드에 매번 빠지지 않는 껍질 벗긴 닭다리살이 반지르르 눈에 띄었다. 톰은 식사를 마친 다음 치우는 일을 맡았다. 우리의 식탁은 큼지막했고 크리스마스 느낌의 붉은색 의자는 푹신하고 안락했다. 식탁의 반대편에서 보는 톰의 얼굴은 거의 10년째 한결같이 근사해 보였다. 우리가 만나기 시작한 처음 몇 주간과 똑같이.

직업적으로 나는 성공한 사람이었다. 비록 어떤 원대한 야망들은 실현되지 않았고, 주위 친구들처럼 미친 듯이 돈을 많이 벌어서 집을 두 채씩 갖고 있거나 신형 자동차를 몇 대씩 사들일 형편은 아니었지만 내 삶에 만족했다. 30여 년간 언론계에 종사했고 그중 20여 년 이상을 《뉴욕타임스》에서 일하면서 세상의 많은 것을 보았고 사치스러운 모험들을 감행했다. 그중에는 《뉴욕타임스》의 음식 평론가로 지낸 길고 짜릿했던 시기가 있었다. 그리고 칼럼을 쓰고 텔레비전에 정기적으로 출연하며 이따금 부업으로 강연을 했다. 동네 식료품점에 가면 사람들이 알아보고는 듣기 좋은 말을 했다. 그럴 때마다 나는 언제나 입고 있는 헐렁한 티셔츠에 그보다 더 헐렁한 운동복 바지나 늘상 매달고 다니는 약 8킬로그램에 달하는 여분의 살이 몹시 의식되었다. 하지만 대개는 이러한 만남이 자랑스러웠다.

나는 많은 모험을 했고 열심히 일했다. 여전히 어떤 날은 14시간, 심지어 16시간을 일했고 일주일에 60시간 이상

일하는 경우도 잦았다. 아울러 상당한 보상을 받고 있었다. 물질적 안락함이나 재정적 독립, 업계에서의 지위, 안정성의 측면에서 충분한 보상을 누렸다. 물론 이 모든 것이 한순간에 위협받을 수 있고, 심지어는 빼앗길 수도 있다는 것도 알고 있었다. 보통 사람들은 몸에 혹이 있는 것 같으면 '암'을 떠올리고, 가슴팍이 찌릿할 때는 '심장마비'를 떠올리며, 염좌나 접질리는 일이 생기면 내가 영원히 뛸 수 있는 것은 아니라는 생각을 한다. 나 또한 뇌졸중을 겪기 전에는 이 모든 것이 이론적으로 가능한 일일 뿐이었다. 며칠 전, 몇 주 전, 심지어 몇 년 전을 떠올려보건대, 타고난 비관주의를 감안하더라도 나는 걱정이 없었다. 그리고 겁을 내지도 않았다.

〰

　뇌졸중이 나의 평온을 깨뜨린 지 2년이 조금 넘었을 즈음 전 세계적인 규모의 팬데믹이 모든 사람의 평온을 깨뜨렸다. 출현하자마자 급속하게 확산된 코로나바이러스는 한 세대에 한 번 나올까 말까 한 대재앙이었고, 코로나19 이후 우리가 시간을 처리하고 죽음을 대하는 방식은 송두리째 달라졌다. 코로나바이러스는 그 자체로 고통과 노화의 우화였다. 코로나바이러스는 운명은 예측할 수 없고 우리의 세계가 한순간에 뒤바뀔 수 있음을, 상상할 수 없을 정도로 웅대하고 잔인한 방식으로 환기했다. 우리는 예전보다 좁아진 행동반경 안에서 즉흥적인 방식으로 의무를 다하고 즐거움을 붙들어야 했다. 선택지는 전보다 줄었고 두려움이 항상 우리를 갉아먹었다. 심지어 내가 개인적으로 겪고 있는 일이 하찮게 느껴졌다. 다시 말하면 코로나바이러스는 나의 사건을 정확한 관점에서 보게 만들었다. 세상에는 내 기울어지고 흐려진 시야와 앞으로 내가 상실할지도 모르는 시력보다 더 벅찬 일들이 있었다. 그 기나긴 목록에서 수백만 명의 목숨을 앗아간 (그중에는 겨우 1년 사이에 스러진 50만 명이 넘는 미국인들의 목숨도 포함된다) 병원균은 단연 맨 위를 차지했다.

미국은 코로나19 이전과 이후로 나뉘었다. 코로나바이러스는 2020년 3월 6일 훨씬 이전에 이곳에 당도했지만, 내게는 그날이 하나의 현실과 이후의 현실을 가르는 개인적인 분기선이 되었다. 봉쇄조치나 사회적 거리두기가 아직 시행되지 않은 때였다. 그때만 해도 내가 아는 사람들 중에 감염을 심각하게 걱정하는 사람은 거의 없었고, 휴지나 생수를 사재기하는 사람들은 제정신이 아닌 것처럼 보였다. 그날 밤 나는 뉴욕의 웨스트체스터카운티에서 아버지와 함께 지내고 있었다. 아버지는 재혼한 아내와 여러 차례 다투었고 두 분은 몇 달간 차분히 떨어져 지내기로 한 터였다. 당시 여든네 살이었던 아버지는 알츠하이머병을 앓고 있어서 혼자 지낼 수 없었다. 나는 아버지와 영화관에 가서 페미니즘 관점으로 다시 연출된 〈인비저블맨〉을 봤다. 영화관에서 아버지와 보낸 시간은 이후 내 마음속에 오래 머무르며 잃어버린 예전의 순수한 시기처럼 문득문득 떠오르곤 했다. 아버지와 영화관에 있는 동안 내가 걱정했던 것은 다른 사람들과의 물리적 거리가 아버지의 생명을 위협할 수도 있다는 것 따위가 아니었다. 그저 아버지가 보기에 너무 어둡고 폭력적인 영화를 고른 것이 아닌지, 아버지가 줄거리를 따라갈 수 있을지를 걱정했다. 그리고 우리가 팝콘을 너무 많이 먹고 있지 않은지도. 그렇게 많은 소금은 아버지에게 좋을 리가 없었으니까 말이다.

그날로부터 닷새 만에 트럼프 대통령은 황금 시간대를 택해 코로나바이러스에 관한 텔레비전 연설을 했다. 그로부터 다시 닷새 만에 뉴욕은 학교를 폐쇄했다. 이후 빠르게 뉴욕에서 식당 이용이 금지되고, 사무실이 폐쇄되고, 공공 모임이 금지되고, 영화관이든 연극 무대든 음악 공연장이든 극장에 가는 것이 불가능해졌다. 일상생활은 몇 주 만에 완전히 다른 모습을 띠었고 우리의 〈인비저블맨〉 외출은 마치 가짜로 이식된 기억이나 환영처럼 느껴졌다.

그해 봄과 여름, 나는 거의 매일 그리움 속에서 하루를 보냈다. 어떤 스파크나 화학 작용으로 내 곁을 지나갈 때마다 나를 조금씩 기분 좋게 만들어주었던 사무실 동료들의 미소가 그리웠다. 이웃과 내가 언제나 인사와 함께 나누었던 포옹, 이제는 위험한 행위가 되어버린 다정하고 자상한 몸짓들이 그리웠다. 바쁜 시간대의 지하철이 그리웠고, 피트니스 클럽에서 별 내용은 없지만 생기 넘치는 음악을 들으며 헉헉대던 시간이 그리웠다. 물론 이런 것이 그리워질 수 있으리라고 예전에는 미처 생각하지 못했다.

그해 여름과 가을, 나는 날마다 분노 속에서 시간을 보냈다. 미국과 미국인들은 너무 많은 실수를 저지르고 있었고 그 결과는 치명적이었다. 불가피한 수준보다 훨씬 더 큰 참상이 빚어졌다. 하지만 동시에 한편으로는 날마다 감탄 속에서 시간을 보냈다. 내 이웃들은 참으로 민첩했고 임기응변이 뛰어났다. 봉쇄조치 때 사람들은 활동을 일체 중단해버릴 수도 있었고, 망연자실할 수도 있었으며, 공포로 마비될 수도 있었다. 하지만 대부분은 그러지 않았다.

사람들은 마치 사전에 훈련이라도 받은 듯 슈퍼마켓 밖에서 2미터 간격으로 떨어져 줄을 섰다. 침실 바닥에서 팔굽혀펴기와 플랭크 운동을 했다. 줌Zoom으로 회의뿐만 아니라 칵테일 파티까지 열었다. 가상 공간에서 생일을 축하했다. 디지털 장례식을 치렀다. 요리를 배웠다. 천연 발효종 빵을 굽는다고 법석을 떨었다. 화덕과 적외선 램프와 실외용 가구가 날개 돋친 듯 팔려나갔고 파티오(건물에 둘러싸인 스페인식 정원—옮긴이)는 새로운 거실이 되었다. 자녀들이 지나치게 큰 위험을 감수하지 않고도 어느 정도 다른 사람들과 함께 있는 느낌을 유지할 수 있도록 온라인 교육 환경을 조성해주고 소셜 팟social pod(개인적 접촉을 허용하는 가족이나 친구로 구성된 소수의 집단—옮긴이)을 짰다. 일상에 크고 작은 변화를 주었고 다음 날 일어나면 또다시 그렇게 했다.

내가 사는 아파트에서 가까운 구역에 자리한 식당 주인들을 눈여겨보았다. 그들은 파산을 면하기 위해 건물 바깥의 보도와 주차장을 임시 영업 공간이나 미니 정원으로 조성했다. 관목을 갖다 놓고 넝쿨 식물이 자랄 수 있게 지지벽을 세우고 텐트를 치거나 천을 둘렀다. 이들의 '할 수 있다'라는 기업가적 정신은 극심한 충격을 받은 국가 경제가 무너지지 않도록 지탱하는 버팀목이었다. 경제가 무너지고 있다는 것은 주변 어디에서나 볼 수 있는 사실이었다. 호텔은 체크인과 청소 방식을 바꾸었다. 항공사들은 비행기 좌석 배치를 변경하고 직원과 승객 사이의 상호작용에 관해 다시 고민했다. 거의 모든 상업 영역에서 비접촉 교류가 활성화되었다. 예전에는 실행할 수 없었고 받아들여지지 않았을 시나리오였다. 시나리오는 실행되었다. 시나리오는 받아들여졌다. 심각한 물품 부족이 한두 달 이어진 뒤 음식은 양껏 생산되고 효율적으로 배포되었다. 우편물은 느리지만 확실하게 도착했다. 소포도 배달되었다. 어떤 때는 심지어 전보다 더 빨랐다.

가장 중요하고 영웅적인 사람들은 보건 노동자 군단이었다. 그들은 그 누구에게 기대할 수 있는 것보다 더 큰 위험을 감수하고 더 긴 시간을 일했다. 제한된 수량의 의료품을 도저히 불가능해 보이는 수준까지 최대한 오랫동안 사용했다. 그들은 코로나바이러스의 정확한 성격과 위협을 초기에 가늠해야 하는 어려운 예측 작업을 어떻게든 해냈다. 그리고 분명한 끝이 보이지 않는 상황에서도 끈기를 잃지 않았다.

우리 업계 사람들은 그들 중 얼마나 많은 사람이 위기에 처했으며 누가 쇠약해졌는지를 보도했다. 우리로서는 그렇게 하는 것이 옳았다. 그들의 절망은 보건업에 종사하는 사람들이 견뎌내고 있는 시련을 고스란히 보여주었기 때문이다. 하지만 한편으로 그것은 그들의 인내력을 바로 보지 못하게도 했다. 그들의 인내력이야말로 가장 압도적인 현실이자 핵심적인 교훈이었다.

정부의 실패를 빼면 (사실 정부가 완전히 실패한 것은 아니다. 여러 주와 시 정부들은 분명히 실패하지 않았다) 우리는 팬데믹에 대한 한 가지 반응을 보았다. 그것은 통상적인 대처방식이 모두 막혔을 때 차선을 찾는 능력을 확인할 수 있는 시험대였다. 오래된 위안과 기쁨의 원천을 더는 이용할 수 없을 때 새로운 원천을 일구는 능력을 확인할 수 있는 시험대, 병들고 나이 든 사람들이 요구받은 일을 해내는 능력을 확인할 수 있는 시험대였다. 코로나바이러스는 인간이 환경에 적응하고 최적화하는 재능을 분명히 보여주었다. 미국이 드러낸 그 모든 결점과 적나라한 현실에도 불구하고 코로나바이러스는 큰 틀에서 우리의 회복력을 입증했다.

*

나는 대학에서 심리학 강의를 딱 한 번 수강했다. 그 강의를 왜 선택했는지는 기억나지 않는다. 전공으로든 부전공으로든 심리학을 한 번도 고려하지 않았으니 말이다. 아마도 다양한 분야를 두루 배워야 하는 졸업 요건을 맞추느라 선택한 강의였을 것이다. 그 강의에 관해 기억나는 것은 거의 없다. 강의 제목에 "개론"이라는 단어가 있었다는 것, 강의실에 여든 명 정도가 있었다는 것, 교수의 흰 수염, 그리고 무엇보다 교수가 자주 했던 말 정도가 기억날 뿐이다. 교수에게 그 말은 일종의 주문 같아 보였다. 아마도 그 학기에 수업을 진행하면서 그 말을 여섯 번에서 열두 번 정도는 반복했을 것이다. 당시 내게 그 말은 무척 인상적이었다. 이후 몇 해가 지나면서 그 말은 더욱 큰 반향을 일으켰고 나는 머릿속에서 그 말을 듣고 또 들었다. 그 말은 진실일까 허위일까? 심오한 말일까 진부한 말일까? 유익한 말일까 아니면 그냥 김빠지는 평범한 말일까?

교수는 이렇게 말하곤 했다. "삶이란 상실에 적응하는 일입니다." 나는 교수가 한 말이 이것이었다고 생각하지만, 정확히는 "상실을 다루는 일"이었을 수도 있고 "상실과 함께 살아가는 법을 배우는 일"이었을 수도 있다. 뭐라고 표현하든 그 안에 담긴 생각은 동일했다. 나는 이따금 마치 『탈무드』를 공부하는 사람처럼 이 말에 트집을 잡았다. 삶이라는 지칭은 지나치게 넓고 감상적이지 않은가? 삶의 첫 10년을 사는 아이는 새로운 정보, 새로운 능력, 새로운 친구, 새로운 지평처럼 그저 얻는 것만 있지 않을까? 우리는 그렇게 얻은 것들을 10년이 지난 후에도 계속 지니고 살지 않는가? 결승점에 도달할 때까지? 나는 그 교수의 대차대조표는 어떨지 궁금했다. 교수가 지나친 일반화의 오류를 범했다고 생각했다.

하지만 인생의 여섯 번째 10년을 살아가는 지금에서야 생각해보니 교수의 말은 아무래도 맞다는 생각이 든다. 그리고 그 말의 경제성을 고려할 때 (표현의 경제성에 동반되는 부정확성을 어느 정도 허용하고 용서한다면) 교수는 어떤 본질적인 것을 드러내고 있었다.

삶의 도전은 상실에 적응하는 것, 더 구체적으로는 판단력과 품위를 키워서 상실은 불가피한 것일 뿐만 아니라 삶의 유일한 궤적임을 아는 것이다. 삶의 도전을 마주하고 가늠하는 방법에는 여러 가지가 있다는 것을, 우리에게는 여전히 남아 있는 것들이 있고 그중에는 위안도 있다는 것을 아는 것이다. 우리에게 남은 것을 소중히 여기는 것은 잘 살기 위한 비결, 가끔은 살아남기 위한 비결인 셈이었다.

## 3장

완벽하게 대처하는 것처럼
보이고 싶은 마음은 없지만

나는 와인을 한 모금 더 마셨다.

마음이 한결 더 가벼워졌지만 와인 때문은 아니었다.

만족과 위안이 물결처럼 몰려왔다.

그러더니 놀랍게도 낙관적인 기분이 잔물결처럼 퍼졌다.

이것 봐, 어떻게든 해나가고 있잖아.

내게 가해지는 이 심각하고 끔찍한 위협에 얼마나 잘 대처하고 있는지 보라고.

그저 오늘 하루만을, 그저 오늘 하루를 달려 내가 도착한 곳만을 보기를.

대학 때 멋진 친구들을 많이 두었고 그들 모두 나름의 방식으로 기쁨과 위안의 원천이었지만 유난히 순수한 햇살 같은 친구가 한 명 있었다. 도리. 나는 그토록 기꺼이 웃는 사람을 한 번도 만나본 적이 없었다. 그토록 활짝 웃는 사람도 만나본 적이 없었다. 달리기를 열심히 했던 도리는 깡마른 체형이었다. 미소를 저울에 잴 수 있다면 도리의 미소는 몸무게의 절반을 차지하리라고 생각하곤 했다. '도리, 도리, 할렐루야.' 나는 어릴 적 교회에서 들은 노랫말 "영광, 영광, 할렐루야"에 맞춰 속으로 도리를 그렇게 부르곤 했다. 나는 도리의 미소뿐만 아니라 도리의 웃음에도 마음이 가벼워지곤 했다. 도리의 기분은 믿을 수 없을 만큼 늘 가뿐해 보였다.

우리는 졸업 후에도 서로 연락하며 지냈지만 세월이 지나면서 연락하는 빈도는 점차 줄어들었다. 사이에 금이 간

것은 아니었다. 그저 연락이 서서히 뜸해졌을 뿐이다. 나는 도리가 어디에 사는지, 무슨 일을 하는지 늘 알고 있었고, 도리는 결혼생활이 실패했을 때나 새로운 사람을 만나 재혼했을 때 늘 소식을 전해왔다. 1995년에는 도리가 두 번째 결혼으로 아이가 생겼다고 연락해왔다. 도리를 못 본 지 벌써 몇 년이 지난 시점이었다. 그로부터 10여 년이 지나 도리가 내게 연락을 해왔다. 며칠간 뉴욕시에 머물 예정인데 나를 꼭 만나고 싶다고 했다. 도리를 본 지 수백 년은 된 듯한 기분이었다.

우리는 함께 점심을 들었다. 나는 곧장 무언가가 잘못되었음을 감지했다. 도리는 나를 보고 미소를 지었지만, 그것은 대학 시절에 보던 미소가 아니었다. 거기에는 경계선들이 있었다. 도리의 미소는 대학 시절과 달리 억제되고 조여진 것처럼 보였다. 심지어 살짝 비뚤어진 것 같은 인상마저 주었다. 나는 직감적으로 이것은 정서적인 변화가 아니라 신체적인 어떤 것임을 알아차렸다. 그러고 보니 머리의 각도, 즉 고개를 들고 있는 모습도 어딘가 달랐고, 말의 억양이나 왼쪽 팔의 동작에도 차이가 있었다. 둘 다 어쩐지 경직되어 있었다. 식사를 시작하고 몇 분이 지나 도리는 자신이 파킨슨병에 걸렸고 대략 5년 전인 서른여섯 살에 진단을 받았다고 고백했다.

나는 깜짝 놀랐고 이내 슬픔에 휩싸였다. 이어 패닉 상태에 빠졌다. 도리에게 적절한 질문을 하고 싶었지만 지나치게 많은 질문을 하고 싶지는 않았다. 도리를 걱정하는 마음을 표현하고 싶었지만 혹여 지나치게 많이 드러낼까 조심스러웠다. 도리는 자신의 병을 어떤 비극으로 대하지 않았고 그런 식으로 표현하지도 않았기 때문에 나 역시 그러고 싶지 않았다. 나는 그냥 도리를 안아주고 싶었다. 우리는 긴 대화를 나누었다. 파킨슨병으로 시작한 대화는 어느덧 위스콘신주 매디슨에서 남편 에릭과 이제 열 살이 된 딸 매들린과 지내는 생활에 관한 이야기로 채워졌다. 한눈에도 도리는 딸아이에게 푹 빠진 듯했고 딸아이도 엄마를 무척 좋아하는 것 같았다.

이후 나는 도리와 전보다는 자주 연락하게 되었다. 우리는 페이스북으로 메시지를 주고받았고 나는 이따금 도리가 페이스북에 쓴 글을 읽곤 했다. 그러는 동안에도 나는 도리에게 뇌졸중에 관해 따로 이야기하지 않았다. 하지만 이일에 관해 털어놓은 나의 칼럼이 2018년 2월 《뉴욕타임스》에 실리자 도리가 이메일을 보내왔다.

"이제야 너의 칼럼을 보았어. 우리 가족이 2주간 독일에 있었거든. 눈은 어떻니? 글을 읽고 울 수밖에 없었어…….결국 네 말은 이거잖아. 삶이 나에게 무슨 패를 돌릴지 결코 알 수 없다는 것. 내가 파킨슨병을 앓으면서 날마다 느끼는 것도 그거야."

나는 도리의 메일을 읽는 동안 목이 멨다. 아울러 도리가 파킨슨병을 스스럼없이 언급하는 것에도 눈길이 갔다. 그

병이 도리에게 무엇을 가르쳐주었고 도리를 어떻게 변화시켰는지도 그제야 궁금해졌다. 어째서 나는 더 많은 것을 물어보지 않았을까? 아니, 어째서 나는 원하는 만큼 충분히 그 경험을 나누어달라고 하지 않았을까? 그래서 나는 이야기를 들려달라는 부탁을 했고 도리는 아름다운 성찰과 긴 회고의 글을 보내왔다.

도리의 이야기는 23년 전인 1995년에 시작되었다. 그때 도리는 임신 4개월째였고 버지니아주의 쇼핑센터 몇 개 지점을 관리하는 마케팅 매니저로 일했다. 그러던 어느 날 유지보수팀의 동료가 물어왔다. "도리, 팔이 왜 그래?" 도리는 질문을 이해하지 못했다. 상대의 시선을 따라 아래를 내려다보니 자신의 왼쪽 팔이 등 뒤로 이상하게 꺾여 있는 것을 발견했다. 도리는 팔을 스스로 꺾지 않았다. 아니면 적어도 그럴 의도는 없었다.

이후 몇 개월간 도리의 왼손은 도무지 말을 듣지 않았다. 도리는 임신 중이었으므로 의사들은 엑스레이나 MRI 촬영을 권하지 않았다. 척수를 둘러싼 신경 뿌리가 접혔을 수도 있다고만 했다. 접힌 신경 뿌리는 흔히 저절로 펴진다고 했다. 하지만 도리는 10월에 매들린을 출산한 뒤에도 여전히 왼손을 움직일 수 없었다. 도리는 꿈틀대는 갓난아기에게 오른손만으로 옷을 입히고 기저귀를 채울 방법을 궁리해야 했다.

어느 날은 달리던 도중 이상한 일을 겪었다. 왼쪽 다리가 과도하게 홱 꺾인 것이다. 이런 증상이 반복적으로 일어나자 도리는 여기에 "당나귀 발길질"이라는 재미있는 이름을 붙였다. 당시 도리는 왼쪽 다리로 바닥을 딛지 못해 다리를 질질 끌고 다녀야 했다.

한 의사는 '첨족 증상'이라는 알 수 없는 말을 했다. 다른 의사는 무릎 교체 수술을 권했다. 세 번째 의사는 도리에게 '운동이상증'이 있다고 했다. 모두 이러한 증상이 왜 나타나는지에 관한 설명이 아니라 그저 증상을 지칭하는 현학적인 이름을 들먹일 뿐이었다. 운동이상증은 신체 일부가 비자발적으로 움직이거나 의도대로 움직여지지 않는 증상을 의미한다. 운동이상증의 원인은 근육 문제나 약물, 뇌 손상, 뇌졸중 등이 있다. 가능성은 무궁무진하다. 도리는 그중 자신에게 해당할 만한 원인은 하나도 듣지 못했다.

도리는 다른 전문가들을 더 만나보았다. 한 명은 도리의 운동이상증을 '근육긴장이상증'으로 다시 분류했다. 근육긴장이상증은 제어되지 않는 근육 수축을 가리키는 말이었고 이 증상에도 여러 가지 가능한 원인이 있었다. 이번에도 도리의 사례에 해당하는 원인은 없었다. 당시 만났다는 전문가는 보톡스를 권했다. 할리우드의 모든 팽팽한 이마가 증명하듯 보톡스는 근육이 움직이지 못하게 막기 때문이다. 그리하여 도리는 새로운 고문을 경험했다. 끝나지 않을 듯 길게 이어지는 한 시간 동안 치료사가 도리의 "근육긴장이상증 발"을 붙잡고 약물을 주입하기 좋은 지점을 찾아 주삿바늘을 꽂고 또 꽂았다. 마침내 주삿바늘은 잠잠해졌고 치료사는 보톡스를 펌프질해 넣었다. 그리고 도리는 그냥 잠든 것처럼 느껴지는 발과 함께 병원을 나섰다.

"다만 왼발은 이제 5년은 더 젊어 보였지." 도리는 덧붙였다.

유머. 현재 벌어지고 있는 일에서 빠져나오려면 공포를 실소로 바꾸는 풍자와 독설이 필요하다. 도리의 이야기뿐만 아니라 나의 경험에서 얻은 교훈이기도 했다. 나는 이것이 마법을 발휘하는 순간들을 경험했다. 그것은 진실을 회피하는 것이 아니라 진실에서 송곳니를 제거하는 것과 같았다. 비명을 지른다고 달라지는 것은 아무것도 없다. 흐느껴 울어도 마찬가지다. 하지만 웃음은? 웃음은 사람이 가진 정서의 레퍼토리에서 만병통치약이라 불릴 만한 것이었다. 유머는 어떻게든 모든 것을 진정시키는 힘이 있었다. 게다가 유머에는 어떤 미적이고 극적인 논리가 있었다. 유머는 의료적으로 고충을 겪는 사람, 신체적으로 고통을 겪는 사람이 마주치는 기이한 상황들과 잘 맞았다.

도리는 급소를 찌르는 재담들을 쏟아냈다. 도리는 그래야 했다. 그리고 도리는 자신에게 이미 일어난 일, 현재 일어나고 있는 일, 훗날 일어날 수도 있는 일에 관해 지나치게 또는 과장되게 파고들지 않았다. 어느 선까지만 생각했다. 물론 도리는 자신에게 일어난 일에 관해 필요한 만큼 평가했고, 필요한 만큼 적응했으며, 필요한 만큼 전념했다. 적당한 의사들을 찾아다니고 의사들의 말을 신중하게 그리고 때로는 회의적으로 따져보는 것도 놓치지 않았다. 하지만 도리는 자신에게 일어난 일을 뚫어지게 쳐다보는 일은 하지 않았다. 문제 자체에 초점을 두지 않았던 것이다. 그것은 운동이 상증을 겪을 때, 근육긴장이상증을 겪을 때, 그리고 마침내 2000년 파킨슨병이라는 정확한 최종 진단을 받았을 때마다 도리가 한 선택이었고 실천한 수련이었다.

도리는 약을 복용했다. 나중에는 약을 먹어도 의사들이 바라는 만큼의 효과가 없자 뇌수술을 받았다. 머리에 드릴로 구멍을 내고 두개골을 여는 무시무시한 수술이었다. 도리의 설명에 따르면 두개골이 후광처럼 보이는 금속판에 고정되어 꿈쩍할 수 없었고 머리 일부를 삭발해야 했다.

의사들은 케이블로 뇌와 가슴을 연결한 다음 가슴 피부 밑에 건전지를 넣고 전류 자극을 흘려넣었다. 가까이에서 보면 목덜미에 길고 얇고 살짝 굴곡진 케이블의 윤곽이 그대로 보였다. 의사들은 자극의 양을 적절한 수준으로 조정했다. 그리고 다시 조정했다. 그리고 또다시 조정했다.

하지만 도리는 이 모든 일을 절대 오래 생각하지 않았다. 이런 것에 집착하지 않았다. 그건 전혀 유용하지 않았으니까.

"에릭에게는 오토바이가 있었어. 나는 첫 데이트에서 오토바이 운전을 배워야겠다고 결심했어. 에릭이 몸을 쓰지 못하게 되면 내가 끌고 와야 할 테니까. 오토바이 수업 중에 지금까지 기억하는 건 딱 하나밖에 없는데, 그건 '뭐든 쳐다만 봐도 나는 이미 그리로 향하고 있다'는 거였어. 나는 그걸 삶에 대한 은유로 받아들였어. 구멍과 같은 나쁜 일을 곱씹으면 그 구멍에 빠지게 돼. 내가 이걸 어떻게 알까? 말은 이래도 이미 그 구멍을 여러 번 들여다봤어." 그때마다 도리는 깨달았다. "들어가는 건 너무 쉬워. 다시 빠져나오기가 어렵지."

그래서 도리는 더는 구멍 속으로 들어가지 않았다. 도리는 더는 달릴 수 없게 되자 자전거를 탔다. 몸의 움직임을 조절하기 어려워지자 그마저도 지나치게 위험해졌고, 그래서 실내 자전거를 탔다. 지금도 도리는 계속 여행하며 세계를 구경하고 있다. 도리는 예전처럼 사뿐하게 걸을 수는 없겠지만 여전히 많은 곳을 가보고, 느끼고 있었다. 그렇게 도리는 자신이 할 수 있는 일에 집중했다.

내가 만일 어떤 심한 부상이나 질병을 겪게 된다면 그것이 주는 혜택에 열심히 기대리라고 생각하곤 했다. 그것을 변명 삼아 한동안 일을 쉬리라. 소설책을 쌓아두고 볼 만한 텔레비전 프로그램 목록을 만들어 침대에 파묻혀 지내야지. 사람들에게 연락을 돌려 위로를 받으리라. 아예 위로 파티를 열까. 편집장님, 죄송하지만 이번 칼럼을 쓸 수 없습니다. 제가 실명을 하게 생겨서요. 국장님, 양해 부탁드립니다. 며칠간 자리를 비워야겠습니다. 누가 방금 제 안구에 주삿바늘을 꽂았거든요. 세상 누구도 누려보지 못한 완벽한 요양의 시간을 가지리라. 여기 샤르도네 화이트 와인 한 잔 더 갖다 주겠어? 내가 일어나고 싶지만 눈이 영 흐려서 넘어질지도 몰라서 말이야.

오른눈에 문제가 생기고 처음 1~2주간 나는 정말로 스스로에게 멜로드라마를 허락했다. 정확히 멜로드라마라기보다는 그것의 패러디에 더 가까운, 멜로드라마와 코미디가 뒤섞인 장르였다. 앞서 말했듯이 코미디는 도움이 된다. 내게는 그랬다.

"내가 지팡이를 짚으며 여기저기 쿵쿵 부딪히고 다녀도 여전히 나를 사랑할 거지?" 톰에게 물었다. 사실 그런 종류의 질문을 여러 번 쏟아낸 터였다. 그때마다 톰은 눈동자를 굴렸다. 나는 지나치게 기대고 싶지 않았다. 눈동자를 굴리는 톰의 반응이 불편하기도 했지만 그가 줄곧 이상하게 무표정했기 때문이었다. 내가 걱정이 되어서 그런 거라고 짐작했지만 실은 다른 이유가, 더 안 좋은 이유가 있었다는 것을 나중에야 알게 되었다.

"나는 뚱뚱해. 나는 늙었어. 게다가 이제는 외눈박이야." 나는 전화 걸 사람을 목록으로 정리한 다음 근황을 알리며 무슨 말을 할지 문장을 다듬고 순서를 조정했다. 수시간에 걸쳐 모두에게 전화를 걸었다. 혼자서 어두운 생각에 잠기거나 내게 일어난 일을 말없이 되씹는 시간을 피하고, 내가 가진 이 이상한 기운을 완전히 소진하기 위한 한 가지 방법이었다.

정말이지 나는 에너지가 넘쳤다. 아드레날린이 너무 많이 솟구쳤다. 이 기운은 평범하지 않은 일을 겪고 있다는 자각 탓에 전혀 줄지 않았다. 기이하게 들리겠지만 나의 일부와도 같은, 이야기를 사랑하고 말하는 부분은 이 일에서 스릴을 느끼고 있었다. 우리의 정신은 얼마나 이상한 마법을 발휘하는지, 어떤 구원의 행위를 할 수 있는지. 나는 내가 처한 위험을 생각하며 낮게 가라앉는 것이 아니라 어떤 면에서는 높이 솟아올랐다. 나는 들떠 있었다. 부산했다.

그것은 보상이었을까? 예방이었을까? 둘 다였을까? 나는 아마도 도리가 구멍이라고 부른 것을 피하기 위한 방편이었을 거라고 생각한다. 나는 냉소적이어야 했고 영화적이어야 했고 계속 앞으로 치고 나가야 했다. 왜냐하면 잠시라도 마비 상태에 빠지는 것은 함정과도 같으니까. 잠깐이 자칫 영원이 될 수도 있으니까. 정체된 나 자신을 깨워 일으키는 것은 계속 움직이는 것보다 더 힘든 일이다. 어떤 식으로든 움직이고 있으면 그 관성으로 앞으로 나아갈 수 있고, 또 조금이라도 멀리 나아갈 수 있고, 거기서 또 조금 더 나아갈 수 있다.

적응은 점증적이고 순차적일 수 있다. 그렇게 접근하면 버거운 일을 좀 더 쉽게 감당할 수 있다. 작가 앤 라모트는 언제나처럼 유려한 문장으로 『쓰기의 감각 Bird by Bird』에서 말했다. 그 단락을 뇌졸중 전에 읽었는지 후에 읽었는지는 정확히 기억나지 않는다. 나는 이 책을 몇 달도 아니고 몇 년에 걸쳐 부분부분 읽었기 때문이다. 어떤 대목은 두 번, 세 번, 심지어 네 번도 읽었다. 다음 단락도 그렇다.

"작가 E. L. 닥터로는 이렇게 말했다. '소설을 쓴다는 것은 밤중에 차를 모는 것과 같다. 우리는 헤드라이트가 비추는 만큼밖에 볼 수 없지만 그런 식으로 끝까지 갈 수 있다.' 우리는 우리가 향한 곳을 반드시 봐야 할 필요는 없다. 목적지가 보이지 않아도 괜찮고 그 길을 가는 동안 지나치는 모든 것을 보지 않아도 괜찮다. 그저 전방 1미터 정도만 볼 수 있으면 된다. 이것이야말로 내가 살면서 들어본 글쓰기 또는 삶에 대한 최고의 조언이었다."

라모트는 오빠와의 일화를 통해 이와 비슷한 생각을 소개한다. 열 살이었던 라모트의 오빠는 학교 숙제로 제출할 새에 관한 보고서를 급하게 완성해야 했다. 지난 몇 달간 미루고 미루었던 숙제는 이제 할 수 있는 시간이 얼마 남지 않았다. 숙제는 다음 날까지 내야 했다. "오빠는 금방이라도 울음을 터뜨릴 듯한 표정으로 식탁에 앉아 있었다. 식탁에는 종이와 연필, 한 번도 펼쳐 보지 않은 새에 관한 책들이 놓여 있었다. 오빠는 숙제의 어마어마한 양에 압도된 채 꼼짝하지 못하고 앉아 있었다." 라모트는 회상했다. "그때 아버지가 옆에 앉더니 오빠의 어깨에 팔을 얹으며 말했다. '얘야, 한 마리씩 차근차근 그려보자. 그저 한 마리씩 차근차근 그리면 돼.'"

한 마리씩 차근차근. 빛은 1미터 정도의 땅밖에 비추어

주지 않았지만 나는 그렇게 앞으로 나아갔다.

*M*

　제나와 바버라 부시 자매에 관한 칼럼은 뇌졸중을 겪은 날로부터 열흘 뒤가 마감이었다. 그 열흘 동안 나는 총 서른 시간 안과 검진을 받고 채혈을 하고 MRI 기계에 드러눕고 이 병원에서 저 병원으로 튀어가고 안구 주사 임상 시험에 참여하기 위해 장시간 신체검사를 받으면서도 늦지 않게 원고를 보냈다. 《뉴욕타임스》는 그 칼럼을 내가 처음으로 안구 주사를 맞은 날 아침에 게재했다.

　그리고 그 주에 두 번째 원고 마감이 있었다. 10월 중에는 이번 시즌에 출시되어 커피에, 도넛에, 시리얼에, 심지어 반려동물용 샴푸에도 첨가된 어떤 맛과 향에 관한 유머스러운(또는 그랬기를 소망하는!) 불평을 글로 풀어놓았다.

　칼럼들을 쓰기 위해 나는 더 많이 집중했고, 불안하게 뛰는 심장을 진정시켰고, 컴퓨터 화면의 글자들이 제자리에 있기를 거부하는 상황을 애써 무시했고, 크고 작은 물결처럼 밀려드는 안개를 피해 화면의 왼쪽에 가까스로 시선을 고정했다. 나의 뇌는 적응 과제를 아직 제대로 수행하지 못하고 있었다. 사실 뇌는 앞으로도 한참 동안 내가 바라는 적응 과제를 대체로 수행해내지 못할 터였다. 하지만 굴복할 수 없었다. 포기할 수 없었다. 이러한 저항이 가끔 우울하게 느껴지기도 했지만 묵묵히 노력해 나아가는 것에 미래가 있었다.

나는 오히려 평소보다 일을 더 많이 했다. 이미 앵커 돈 레몬이 오후 10시에 진행하는 방송 프로그램에 일주일에 두 차례 출연하기로 CNN과 계약이 되어 있었는데, 그중 하루 는 첫 안구 주사를 맞기로 한 날이었다. 주사를 맞고 몇 시간 동안 눈에 붕대를 감고 있어야 한다는 것을 알았지만 병원에 서는 저녁 식사 시간 즈음에는 붕대를 벗어도 될 거라고 했 다. 그러나 저녁이 다 되어가도록 안구의 찌르는 듯한 통증 은 영 가시지 않았다. 거울로 붕대 안을 살짝 들여다보니 눈 꺼풀이 반쯤은 감긴 채 눈물이 흥건했고 눈은 엉망으로 충 혈되어 있었다. 나는 방송국 피디에게 연락을 취해 정중하게 사과하며 일정을 취소해야겠다고 말했다. 피디에게 내게 일 어난 일을 이야기했고 꼭 필요하다면 출연할 수 있지만 눈은 가리고 있어야 할 것이라고 설명했다. 안 그러면 놀랄 일이 라고는 트럼프 대통령이 최근에 새로 보인 엉뚱한 행보 정도 를 각오하고 있을 시청자들의 간담이 서늘해질지도 모른다 고, 다만 눈을 어떤 식으로 가리더라도 시청자들로부터 질문 이 쏟아질 것 같다고 덧붙였다. 피디는 내게 시청자들을 위 해서가 아니라 나의 스트레스와 건강을 고려해 그날 저녁만 큼은 부디 휴식을 취하라고 말했다.

그로부터 닷새 뒤에는 뉴저지의 한 사립학교에서 강연 을 하기로 되어 있었다. 여동생의 두 아이, 개빈과 벨라가 다 니는 학교였다. 나는 전에 대학 입학과 진로를 주제로 『네가 가는 곳이 너의 미래를 결정하지는 않아 Where You Go Is Not Who You'll Be』라는 책을 썼고 중고등학교에서 수십 차례 강연회를 가졌다. 그래서 이번에는 여동생과 조카들을 위해 기꺼이 시간을 내기로 했었다. 여동생과 조카들은 이 일로 굉장히 들떠 있다고 내게 몇 번이고 이야기했다. 이 강연은 결코 취소할 수 없었다.

하지만 나는 기진맥진해 있었다. 그리고 겁이 났다. 이 일은 뭉개지고 침침한 시력을 이겨내며 자료를 조사하고 칼럼을 쓰는 일과 차원이 달랐다. 강연을 할 때면 보통 독서대에 놓인 원고를 흘끗흘끗 보면서 발언했다. 그리고 청중을 위해 리모컨으로 준비된 슬라이드를 넘겼다. 강연에는 이렇듯 많은 동작이 수반되었다. 내가 강연 원고의 어느 페이지를 지나고 있는지를 순간적으로 놓치거나 페이지들이 잘 분간되지 않으면 어색한 침묵의 시간과 버벅거림이 시작될 것이다. 이에 당황한 나는 맥박이 빨라지며 상황을 더욱 악화시키고 말 터였다. 어떻게 하면 그런 일을 피할 수 있을까? 아니, 그것은 애초에 피할 수 있는 일일까?

평소에 나는 원고의 폰트를 보기 편하게 17~18포인트 정도로 인쇄했다. 이번에는 22포인트로 맞췄다. 페이지당 들어가는 글자 수가 줄어든 만큼 페이지 수는 늘어났고 다루기가 번거로웠다. 어쩔 도리가 없었다. 이제 나는 더는 '완벽의 땅'에 살고 있지 않았다. 애초에 내가 그런 곳에 살았던 적이 있는지 모르겠지만 말이다. 나는 이제 '용케도 해냄의 땅'에 살고 있었다. 실패할 경우를 대비해 발표할 내용의 많은 부분을 평소보다 더 열심히 암기했다. 나는 되도록 느긋해지려고 노력했다. 내가 할 수 있는 최상을 끌어내지 못해도 세상은 무너지지 않는다고 나 자신에게 말했다.

학교에서는 맨해튼에서 강연장까지 차를 보내주고 강연이 끝나면 다시 나를 집으로 데려다주기로 했다. 이동하는 한 시간 반 동안 원고를 꼼꼼히 살피며 되도록 많은 내용을 암기했다. 차에서 원고를 읽으려니 살짝 멀미가 올라왔다. 비까지 내려 속이 더 울렁거렸다. 나는 학교에 도착해 여러 학교 임원들과 교사들을 만나 환담을 나누었다. 머리가 깨질 듯이 아팠지만 그런 말은 하지 않았다. 내가 이미 얼마나 지쳤는지, 얼마나 초조한지, 얼마나 간절히 지금 여기가 아닌 다른 어느 곳에 있기를 바라는지도 일절 내색하지 않았다. 나는 강연을 약속했다. 그러니 기분 좋게 끝마쳐야 한다. 게다가 불과 몇 시간 뒤면 끝나지 않는가. 겨우 몇 시간이면 될 일을 누군들 참지 못하겠는가?

연단에 서자 어지럼증이 몰려왔다. 이 행사는, 그러니까 내 눈앞에 펼쳐진 수많은 학생들의 모습은 무언가 나를 시각적으로 압도했다. 등줄기에 땀이 흐르며 셔츠가 젖었다. 티셔츠와 드레스셔츠만 젖은 것인지, 아니면 스포츠재킷까지 몽땅 젖었는지 걱정되었다. 순간 청중 쪽을 바라보니 내 조카 개빈이 웃고 있었다. 벨라도 발견했다. 역시 웃고 있었다. 나는 이 일을 해낼 수 있을 것이었다. 이 일을 해내고 말

터였다. 그리고 결국은 해냈다. 예전만큼은 아니었지만 충분히 능숙했다.

맨해튼으로 돌아오는 차 안에서 나는 두 명의 심리치료사와 전화 인터뷰를 진행했다. 수년에 걸쳐 다수의 여성을 성추행한 영화제작자 하비 와인스타인에 관한 칼럼을 쓰기 위해서였다. 그다음 차 안에서 칼럼의 도입부를 썼다. 셔츠는 이제 흠뻑 젖어 있었다. 오후 6시에 원고를 마감해야 했다. 절대로 마감을 어기고 싶지는 않았다. 왜냐하면 이번 원고의 마감을 맞추지 못하면 앞으로 줄줄이 마감을 맞출 수 없을 것이기 때문이었다. 게다가 다른 원고들은 포기할 수 있을지 몰라도 이것만큼은 꼭 보내야 했다. 왜냐하면 이미 머릿속에서 구상이 끝나 이제 쓰기만 하면 되기 때문이었다. 제기랄, 쓰기만 하면 된단 말이다. 오후 4시를 몇 분 남기고 아파트에 도착해 원고를 마무리해 제출하고 편집장에게 확인 연락을 했다. 6시 반에 그날의 할 일을 마쳤다. 임무 완수, 끝.

나는 샤워를 하고 새 티셔츠와 운동복을 꺼내 입고 화이트 와인 한 잔을 따랐다. 그러고는 거실 소파에 주저앉았다. 창밖으로 보이는 하늘은 어두웠다. 앰스터댐 애비뉴를 달리는 자동차들의 희미한 경적 소리가 들렸다. 반대편 컬럼버스 애비뉴에서 개 짖는 소리도 들려왔다. 나는 마지막 힘을 짜내어 와인 잔을 들어올려 입술에 갖다 댔다. 몸이 납덩이 같았다.

정신에서도 소용돌이가 몰아쳤다. 하룻밤 새 변신을 겪

은 이후 채 3주가 지나지 않았는데도 벌써 1년은 된 것 같았다. 이 오디세이아는 아직 끝나지 않았다. 아니, 이제 겨우 시작이었다. 나는 한 달이 채 지나지 않아 다시 주사를 맞으러 병원에 가야 했다. 그로부터 다시 한 달 뒤에 마지막 주사를 맞아야 했다. 사이사이에 추가로 병원에 방문할 일들이 늘었다. 병원까지 가려면 매번 지하철에서 불편한 40분을 보내고 내려서도 더 걸어야 했다. 나는 기꺼이 안과학의 기니피그가 되기로 약속했으니 최선을 다해 찔리고 또 찔리고 연구될 예정이었다.

와인을 한 모금 더 마셨다. 마음이 한결 더 가벼워졌지만 와인 때문은 아니었다. 만족과 위안이 물결처럼 몰려왔다. 그러더니 놀랍게도 낙관적인 기분이 잔물결처럼 퍼졌다. 이것 봐, 어떻게든 해나가고 있잖아. 내게 가해지는 이 심각하고 끔찍한 위협에 얼마나 잘 대처하고 있는지 보라고.

그저 오늘 하루만을, 그저 오늘 하루를 달려 내가 도착한 곳만을 보기를.

4장

나는 다행스러운 것들을
부둥켜안았다

아무도 내 괴로움을 곁에서 지켜보지 않았다.

읽기를 힘겨워하는 모습과 휴대전화 문자의 우스꽝스러운 오타는

주변 사람 누구에게도 보이지 않았다. 내게 가해진 고통은

부목이나 붕대, 절뚝거림이나 떨림 따위로 스스로를 드러내지 않았다.

겉모습은 변한 것이 없었다. 나빠진 눈은 표면적으로는 예전과 다름없어 보였다.

내게 일어난 일을 기억하고 안부를 물어주는 소수의 친구들조차

"아무 문제도 없어 보이는데"라고 자주 말했다.

위로나 칭찬을 의도한 것이었으리라.

하지만 그 말은 이따금 질책으로 느껴지기도 했다.

"그러게, 이상하지." 나는 보통 그렇게 대꾸했다.

그것은 진실이기도 했다. 몸이 쇠약해지는 문제에 관해

나는 쉽게 이름을 붙일 수 없는 어느 불확실한 상태에 살고 있었다.

생활을 예전과 상당히 비슷하게 유지할 수 있다는 것이 무엇도 변하지 않으리라는 의미는 아니다. 모아자미 박사는 첫 만남에서 잠정적이지만 결국 정확했던 진단을 내리며 내게 비행을 조심하라고 했다. 내 시신경을 망친 주범은 혈류량 감소로 인한 불충분한 산소였다. 남은 시신경을 보호하려면 내가 들이마시는 공기의 산소 농도가 평상시보다 낮은 상황을 피하거나 그러한 상황을 보완할 조치를 마련해야 한다고 말했다. 비행기는 그러한 상황의 예였다.

나는 그로부터 한 달간 뉴욕과 시카고, 그리고 뉴욕과 오스틴의 왕복 비행편을 예약해둔 터였다. 모아자미 박사는 피치 못할 사정이 있는 것이 아니라면 탑승 시간이 지나치게 긴 두 번째 비행편은 취소하라고 권했다. 그리고 이번 뉴욕과 시카고 편도 그렇고, 앞으로는 탑승 시간에 상관없이 비행기를 탈 때는 항상 산소를 보충하게 권고하겠다고 했다. "저는 제가 담당하는 모든 환자분에게 그렇게 합니다." NAION 환자를 의미하는 말이었다. 산소를 보충하는 것이 흔하고 간단하기 이를 데 없는 조치처럼 들렸다.

나보고 직접 산소통을 들고 비행기에 탑승하라는 것인가? 코에 작은 고무관을 꽂은 채? 박사는 고개를 끄덕였다. 일주일 뒤 모아자미 박사를 두 번째로 만났을 때 나는 비행과 산소 문제를 다시 꺼냈다. 산소는 무엇보다 중요한 문제 같았지만, 이 지시를 실행할 구체적인 세부 방법에 대해서 박사는 여전히 언급이 없었다.

"제가 편지를 한 통 써드릴게요." 역시나 대수롭지 않은 듯한 말투였다. "항공사 측에서 조치해줄 겁니다." 훌륭하군요, 내가 말했다. 하지만 편지에 관해 또 의문이 생겼다. 오늘 내가 병원에서 받아가야 하나? 일이 어떻게 돌아가는 거지? 박사의 모호한 태도와 별일 아니라는 듯한 자세에 나는 외려 주눅이 들었다.

일주일이 지났다. 편지는 오지 않았다. 시카고로 가는 비행편을 타려면 불과 엿새밖에 남지 않았다. 나는 모아자미 박사의 병원에 전화를 걸어 내가 누구인지 밝히고 "비행편을 타기 위해 필요한 편지, 비행 시의 산소 보충에 관한 편지" 때문에 전화했다고 말했다.

그로부터 몇 시간이 지나자 마침내 모아자미 박사의 병원으로부터 이메일을 받았다. 박사의 편지를 스캔한 사본이

첨부되어 있었고, 편지는 레터헤드가 박힌 사무용 편지지에 작성되어 있었다. 수신자 란에 "관련 담당자께"로 적힌 편지의 내용은 이랬다. "귀사의 승객 프랭크 브루니 씨와 관련해 이 편지를 드립니다. 비행 시 기내 압력이 반드시 안정적으로 유지되어야 합니다. 혹시 기내 압력이 낮아질 경우 브루니 씨에게는 시간당 120리터의 산소가 제공되어야 합니다. 질문 사항이 있다면 연락 바랍니다." 휴. 의사의 지시가 있으니 항공사에서 나를 챙겨줄 것이다. 이제 해결됐다.

아니, 해결되지 않았던 거였다. 나는 시카고에서 열리는 예술 축제의 심사단에 참여하기로 했고 주최 측은 사우스웨스트항공의 왕복 비행편을 준비해주었다. 나는 언제나처럼 짜증스러운 음성 안내의 미로를 겨우겨우 통과해 사우스웨스트항공 고객센터 상담원과 통화할 수 있었다. 모아자미 박사의 편지를 어디로 보내야 하는지 문의해야 했다. 답은 그런 곳은 없다는 것이었다. 상담원은 사우스웨스트항공은 환자들에게 산소를 제공하지 않는다고 답했다. 사우스웨스트항공은 환자의 의료적 처치에 관여하지 않았다.

상담원은 내가 직접 산소를 준비해 오는 것은 가능하다고 설명했다. 단, 그 사실을 사우스웨스트항공과 교통안전국에 미리 알려야 했다. 하지만 상담원은 기내에서 사용할 수 있는 이동식 산소 장치나 탱크에 대한 정보는 아무것도 알려주지 않았다.

혹시 델타항공은? 나는 평소에도 자주 이용했고 델타항

공에 이미 예약해둔 비행편들도 있었기 때문에 문의해봐야 겠다고 생각했다. 델타항공의 상담원 역시 산소를 제공하지 않는다고 말했지만 대신에 '옥시전 투 고 $^{Oxigen\ To\ Go}$' 서비스를 이용할 수 있을 거라고 알려주었다. 옥시전 투 고는 최소 비행 2주 전에 산소탱크와 부대 장치를 주문해야 하며 사용료는 주당 325달러라고 했다. 최소 이용 기간은 일주일이었고 이 325달러에 왕복 운송료는 포함되어 있지 않았다. 시카고 여행은 일주일도 채 남지 않았다.

세상에. 앞으로 매번 이런 식으로 비행기를 타야 한다면 매년 수천 달러의 추가 지출을 감수하고, 번거로운 화물을 받아 다시 부치고, 제시간에 산소를 주문할 수 있도록 일정을 탁월하게 조정해야 했다. 기내에서 얼마나 눈길을 끌 것인지는 두말할 필요도 없다. 마치 바다로 가려다 길을 잘못 든 스쿠버다이버처럼 보일 것이다.

나는 망연자실했다. 하지만, 잠깐, 이 까다로운 절차가 필요할 가능성이 100퍼센트랬나 아니면 겨우 50퍼센트랬나? 모아자미 박사는 기내에서 산소를 보충할 여건이 쉽게 마련될 거라고 했지만 사실상 잘못된 정보였음을 보여주는 여러 증거를 맞닥뜨리는 동안에도 나는 줄곧 박사가 옳다고 생각하고 있었다. 그래서 아무래도 그의 말을 직접 다시 확인해봐야겠다고 생각했다.

우선 나는 인터넷을 뒤졌다. 하지만 안과적 신경 장애가 있는 환자들에게 비행이 특별히 더 위험하다는 어떠한 일치된 의견도 찾을 수 없었다. 나는 임상 시험에 참여하고 있었기 때문에 모아자미 박사 말고도 다른 신경 안과의들을 소개받았고 그들과 소통하고 있었다. 그들은 임상 시험을 벗어나는 범위에서까지 나를 도와줄 의무는 없었지만 그들에게 비행과 산소 문제에 관해 물어보는 것이 큰 문제가 되지는 않으리라고 판단했다. 나는 이 문제를 바니크 박사에게 문의했고, 바니크 박사는 신경 안과의들의 인터넷 토론 게시판에서 이 문제를 공유하겠다고 했다. 이튿날 바니크 박사는 평결을 전해주었다. 바니크 박사와 그녀의 동료 안과 신경의들은 내가 기내에서 굳이 산소를 보충할 필요가 없다고 판단했다. 위험성이 분명하지 않았고, 혹시 위험하더라도 미미한 수준이라는 것이었다.

따라서 모아자미 박사는 이 문제에 관한 한 아웃라이어(평균치에서 크게 벗어나서 다른 대상들과 확연히 구분되는 표본-옮긴이)였다. 박사는 또 다른 근본적인 문제에서도 그랬다. NAION에 관해 더 많은 자료를 읽고, 바니크 박사 및 저명한 신경 안과의들과 대화를 나눈 다음 나는 NAION이 반대쪽 눈에도 재발할 가능성이 40퍼센트가 아닌 20퍼센트라는 것도 알게 되었다. 20퍼센트라고 해서 이마 끝에 대롱대롱 매달린 예리한 칼을 둔 것 같은 공포가 사라진 것은 아니지만 40퍼센트로 믿고 있었던 때보다는 훨씬 나았다.

모아자미 박사의 잘못을 지적하는 것은 그를 깎아내리기 위해서가 아니다. 내가 모아자미 박사와 겪은 일은 나처럼 질병이나 노화 때문에 의료적 처치를 받기 시작한 사람들이 반드시 이해해야 할 중요한 어떤 것을 시사한다. 의사들도 틀릴 수 있다. 의사도 사람이다. 우리는 흔히 의사가 신이 되기를 바란다. 그러한 확실성, 그러한 구원을 바라기 때문이다. 우리는 명확한 역할을 원한다. 의사는 지시하고 환자는 따른다. 하지만 의사들은 이따금 불완전하고 오만하고 서두르기 때문에 때로는 억측하고 때로는 착각한다. 그러므로 어떤 의사를 만나더라도 의사와의 관계를 하나의 파트너십으로 생각하고 접근하는 것이 중요하다. 그렇기에 의사를 존중하되 의사에게 순종적이지만은 않은, 의사에게 수용적이되 비판도 하는 동등한 파트너로 스스로를 여겨야 한다.

뇌졸중을 겪고 몇 달간 나는 십수 명의 의사와 의료 기술자에게 검진이나 검사를 받았다. 그들이 보여준 참을성 있고 친절한 태도에 감동하기도 했지만 간혹 그들이 어떤 중요한 것을 미처 보지 못하고 지나치는 모습에 깜짝 놀라기도 했다. 그들 중 아무도 내게 심리적으로나 정서적으로 괜찮은지, 그 점에서 어떤 도움이 필요하지 않은지 묻지 않았다. 그들은 내가 하룻밤 사이 실명이라는 것은 한 번도 생각해보지 못했던 사람에서 확실한 실명의 가능성을 안고 있는 사람으로 바뀌었다는 사실을 알고 있었다. 그러나 단 한 명도 내게 상담을 권하거나 지금 당장은 아니라도 나중에 불안이나 공포가 심각해질 경우에 대비해 상담 프로그램이 있다는 것을 알아두라고 말해주지 않았다.

누구도 저시력 치료나 저시력 재활이라는 분야가 있다는 사실을 언급하지 않았다. 손상된 시력을 최대한 활용할 방법을 배우려는 사람들을 위한 작업 치료다. 그들은 어쩌면 나는 아직 그러한 것까지 걱정할 필요가 없으리라고 여겼는지 모른다. 하지만 지금은 괜찮은 눈이 나중에 진짜로 손상을 입으면 나는 저시력 치료를 위한 이상적인 요건을 갖추게 될 것이었다.

의료 전문가들은 대부분 당장 해야 할 일부터 처리한다. 얼마나 양심적이냐와는 상관없는 문제라는 것을 확실히 알게 되었다. 여기서 당장 해야 할 일이란 환자가 제시한 특정한 괴로움, 당장 제거하고 싶어 하는 통증이나 불편, 당신이 통과해야 하는 현재의 지점을 의미한다. 그들이 감당하고 있는 것은 환자의 전부는 아니다. 그토록 거대하고 장구한 파노라마 같은 과업은 누구에게도 전적으로 맡길 수 없다.

정신이 손상되지 않고 에너지가 견뎌준다면 나의 최고 관리자는 나 자신이다. 내가 느끼는 기분이나 감정의 조절 스위치는 내가 쥐고 있다. 나 홀로 그 모든 정보를 갖고 있다. 나 홀로 이 일이 무엇보다 시급하다. 나 홀로 그 결과와 함께 살아간다. 다른 사람들이 나를 구조하려고 실질적으로 노력할 수도 있다. 하지만 그들은 손님이지 주인이 아니다. 그들은 이 집에 영원히 머무르지 않는다.

'홀로.' 어쩌면 이 단어가 두뇌의 최전면과 심장의 최상단에 견고히 자리를 잡아버려서 전에는 어쩌다 한 번씩 드물게 하던 그 행동을 하게 된 것인지도 모르겠다. 나 자신도 놀랐다. 가족이나 친구들에게는 이야기하지 않았다. 그런 이야기까지 하면 내가 정말로 멜로드라마 주인공 흉내를 내고 있다고 생각할 것 같았다. 그리고 그 행동은 평소의 나와는 너무나 어울리지 않았기 때문에 다들 왜 그러느냐고 내게 설명을 구할 것 같았다. 하지만 사실 나조차 이해할 수 없었다. 그건 바로 기도였다.

신에게는 아니었다. 글쎄…… 잘 모르겠다. 우주에? 내 내면의 가장 고요한 장소에? 분별과 겸손과 희망의 망토를 두른 나의 선한 천사들에게? 나는 이 질문과 싸우고 있다. 왜냐하면 나는 종교, 그러니까 형식화된 종교와 싸워왔기 때문이다. 형식화된 종교는 너무도 자주 분열의 대리자이자 지극한 편견의 원천이자 해로운 정치적 세력이 되어왔다. 더구나 나는 광신자들에게는 일말의 인내심도 갖고 있지 않다. 그들이 위선자든 아니든 마찬가지다(상당수가 위선자다). 무엇보다 우주에 인간을 창조하고 인간의 애원을 기꺼이 들으며 가장 필요한 곳부터 자비를 나누어준다는 존재를 믿지 않는다. 만일 그렇다면 세상이 이토록 엉망일 수는 없다. 세상에 만연한 고통과 고삐 풀린 잔인성을 보라. 그리고 신에 관해 이러한 설명이나 확신을 이토록 필요로 한다는 사실 자체가 그 타당성이 약하다는 방증이다. 대부분의 종교에서 신이라는 개념은 의심스러울 정도로 편의적이다.

하지만 단 한 번도 나 자신을 무신론자라고 과감하게 선언하지는 못했다. 언제나 나를 붙드는 무언가가 있었다. 그저 미신에 낚인 걸까? 혹시 나는 이단자를 맞이할 불구덩이에 빠질 0.000001퍼센트의 가능성에 대비해 보험을 들려는 것일까? 나의 머뭇거림이 신성의 증거일까?

그저 내가 말할 수 있는 것은 뇌졸중을 겪고 몇 주, 몇 개월 동안 속으로 독백을 했고 그 독백은 이따금 대화가 되었으며 대화의 내용이 기도의 정의에 더할 나위 없이 들어맞았다는 것뿐이다.

나는 내게 일어나고 있는 일에 이유가 있는지 물었다. 이것은 혹시 지난날 내가 저지른 과오에 대한 벌 혹은 과실에 대한 속죄인가? 이것은 내가 배워야 하는 교훈의 일부이거나 내가 책임져야 하는 결점의 일부인가? 나는 내가 감당할 수 있는 것 이상의 짐을 지지 않게 해달라고, 많은 짐을 져도 좋을 만큼 내 등을 튼튼하게 만들어달라고 부탁했다.

나는 나 자신과 대화하고 있었다. 하지만 어쩐지 둘 간의 대화보다 더 큰 것이 나에게 스며든 느낌이, 심지어 나를 안내하고 있는 느낌이 들었다. 그리고 그것은 수많은 종교에서 묘사하는 것과 아주 비슷한 평화를 내게 가져다주었다. 일종의 동반자적인 관계를 선사해준 것이다.

뇌졸중을 겪고 일상을 보내는 동안, 임상 시험에 참여하는 동안, 입을 굳게 다물고 이따금 고함을 질러대는 뇌를 조용히 시키는 동안 나는 이 모든 것이 얼마나 눈에 띄지 않는 사적인 일인지 받아들일 준비가 되어 있지 않았다. 내게 일어난 일을 대부분의 주변 사람들이 얼마나 빨리 잊어버리는지를 받아들일 준비가 되어 있지 않았다. 어리석게도 일어난 일에 합리적으로 잘 대처하는 방법 중 하나는 내가 그렇게 하기 위해 얼마나 애를 썼는지 사람들이 알아보지 못하는 것임을 미처 생각하지 못했다. 그리고 내가 기울인 노력은 눈에 잘 띄지 않았다.

나는 글을 읽을 때 많은 애를 썼다. 읽기는 사랑하는 일이었고 해야 하는 일이었으며 뇌졸중 뒤에 더 많이 하게 된 일이었다. 읽기는 뇌졸중이 내 삶을 끝장낼 수 없다는 것을 확신시켜줄 부적, 또는 그 반대로 뇌졸중이 내 삶을 끝장내기 전에 누릴 수 있는 도락이었다. 하지만 나는 집중하기 위해 전보다 더 찬찬히 읽어야 했다. 깔끔하게 나열되어 있던 행들이 별안간 그물망 모양으로 바뀔 때마다 잠시 멈추어야 했다. 그러지 않으면 좁디좁은 공간에 갇힌 범퍼카처럼 단어들 사이에 갇혀 꼼짝하지 못했다. 어떨 때는 한 시간에 한 번이었지만 어떨 때는 10분 단위로 그랬다.

글쓰기도 전보다 복잡해졌다. 예전에는 좀처럼 오타를 내지 않았지만 이제는 사정이 달랐다. 나는 앞에 쓴 문장과 단락으로 매번 되돌아가 확인하고 수정했다. 그래도 자꾸 실수가 나왔다. 나는 《뉴욕타임스》에 주간 뉴스레터를 써 보내면서 다섯 단락 정도의 분량에서만 "은빛 테두리 silver lining"를 "조각의 테두리 sliver lining"로, "자연의 길 nature trail"을 "자연의 시련 nature trial"으로 잘못 썼다. 일을 정확하게 해내려는 한쪽 눈과 자신의 무능함에 아랑곳하지 않고 어떻게든 간섭하려 드는 반대쪽 눈의 이 징글징글한 팀워크는 기이하게 뒤섞이고 휘저어진 어떤 것으로 나타났다.

깊이 지각도 살짝 어긋나곤 했다. 한 대상을 기준으로 다른 대상의 정확한 위치를 판별하는 감각도 그랬다. 아이폰으로 문자를 보낼 때 "lived"라고 쳐야 할 때 자꾸 "loved"를 치고 "loved"를 쳐야 할 때 "lived"를 쳤다. "i"와 "o"가 나란히 붙은 자판에서 내 시각은 엄지를 자꾸 틀린 모음으로 이끌었다. 뉴욕시 지하철 교통카드를 사거나 요금을 충전할 때 특히 짜증이 솟구쳤다. 나는 전자 화면에서 올바른 직사각형을 누르고 있다고 생각하지만 내 검지는 사실 그 바깥쪽을 누르고 있었기 때문이다. 두 눈이 전달하는 정보가 달라서였다.

내 집을 찾은 손님들에게도 좋은 주인이 되지 못했다. 손님에게 와인을 들이붓기 일쑤였으니 말이다. 그러니 내 주변에서는 레드 와인보다는 화이트 와인을 마시는 것이 현명했다. 내가 와인 병을 들고 친구의 잔을 채우기 시작하면 이내 "그만!" 하는 비명이 터져 나왔다. 어떨 때는 잔에 닿기도 전에 따르는 바람에 와인이 테이블이나 바닥으로 폭포수처럼 쏟아졌고, 어떨 때는 잔을 지나 따르는 바람에 와인이 친구의 무릎에 튀었다. 나는 무엇이든 (대체로) 빨리 배우는 사람이기 때문에 이제는 병목이 와인 잔 가장자리에 부딪힐 때 나는 쨍그랑 소리로 정확한 위치를 확인한다. 반드시 그런 다음에야 병을 기울인다.

나는 여전히 법적으로 운전면허를 소지하고 있었다. 낮에는 운전에 별문제가 없었지만 밤에는 스트레스가 심했다. 텍사스에서 운전한 어느 날 밤은 특히 공포스러웠다. 내가 텍사스를 찾은 것은 샌안토니오의 한 여성 퇴역 군인과의 인터뷰 때문이었다. 현재 공화당이 차지하고 있는 하원 의석을 빼앗기 위해 민주당이 후보자로 선택한 인물이었다. 앞서 나는 민주당이 똑같은 임무를 맡긴 또 다른 여성 퇴역 군인을 오스틴 근처에서 인터뷰하고 왔다. 오스틴에서 샌안토니오로 갈 때는 비행편을 이용했지만 다시 오스틴으로 이동할 때는 차를 렌트했다. 샌안토니오에서 오스틴은 운전해서 대략 80분 정도 걸리는 거리다. 그런데 어쩌다 보니 해가 지고 한참이 지나서야 길을 나서게 되었고 설상가상으로 폭우까지 쏟아졌다. NAION 이전에도 그리 이상적인 조건은 아니었겠지만 이제는 기진맥진해질 정도로 힘든 일이 되었다. 도로에 다른 차들이 없었는데도 거의 네 시간이나 걸려서 도착했다. 시속 70킬로미터 정도로 천천히 달리기도 했지만, 눈과 뇌를 쉬게 하고 미친 듯이 쏟아지는 비를 잠시 피하기 위해 자주 고속도로에서 빠져나온 탓이었다. 굳이 운전대를 잡은 이유는 내 일을 스스로 해결하고 싶어서였다. 나는 뇌졸중 이전의 삶을 가능한 한 유지하고 싶었다. 하지만 죽고 싶은 것은 아니었다. 더군다나 남을 죽게 하고 싶지는 않았다.

아무도 내 괴로움을 곁에서 지켜보지 않았다. 읽기를 힘겨워하는 모습과 휴대전화 문자의 우스꽝스러운 오타는 주변 사람 누구에게도 보이지 않았다. 내게 가해진 고통은 부목이나 붕대, 절뚝거림이나 떨림 따위로 스스로를 드러내지 않았다. 겉모습은 변한 것이 없었다. 눈이 나빠졌다 해도 표면적으로는 예전과 다름없어 보였다. 내게 일어난 일을 기억하고 안부를 물어주는 소수의 친구들조차 "아무 문제도 없어 보이는데"라고 자주 말했다. 위로나 칭찬을 의도한 것이었으리라. 하지만 그 말은 이따금 질책으로 느껴지기도 했다.

"그러게, 이상하지." 나는 보통 그렇게 대꾸했다. 그런 식으로 대화를 이어가곤 했다. 그것은 진실이기도 했다. 몸이 쇠약해지는 문제에 관해 나는 쉽게 이름을 붙일 수 없는 불확실한 상태에 살고 있었다. 그곳은 만만치는 않지만 감당할 수 있는 환경이었다. 그리고 그곳은 외로운 장소이기도 했다. 어느 정도는 정상성을 가장해야 하기 때문이다.

하지만 내가 홀로 표류하는 듯한 느낌이 드는 또 다른 이유가 있었다. 뇌졸중이 나를 찾아온 타이밍이 너무나도 절묘했던 것이다. 뇌졸중이 발생한 때를 즈음해 내 인생에서 가장 중요한 두 남자 중 한 명과 이별했다. 그리고 나머지 한 명도 조만간 그리될 터였다.

50대 초반의 사람들이 흔히 그렇듯 나도 양친이 모두 살아 있지는 않았다. 어머니는 20여 년 전에 겨우 61세를 일기로 돌아가셨다. 희귀한 유형의 자궁암 때문이었다. 두 분 중에 더 내향적이고 무관심한 쪽이었던 아버지는 어머니가 돌아가신 다음 자식 일에 더 나서게 되었다.

아버지는 어머니를 대신할 수 없었다. 애초에 아버지는 그런 성향이 아니었다. 하지만 아버지는 나나 다른 세 자식에게 전에는 하지 않았던 솔직한 질문을 이제는 당신이 해야 한다는 것을 이해했다. 아버지는 우리에게 전보다 더 마음을 드러내고 더 열려 있어야 한다는 것을 잘 알았다. 그래서 아버지는 그렇게 했다. 나는 아버지와 점차 더 많이 대화했고 실은 아버지도 나 못지않게 그러한 대화가 필요했다는 것을 알게 되었다. 아버지는 어머니를 위해 더 강해지지 못한 것에 대한 후회나 어머니가 돌아가시고 몇 차례 다른 여성분들과 데이트를 하면서 느낀 어색함, 그리고 그중 가장 꾸준하게 만남을 이어온 분과 결혼을 해야 할지에 관한 고민을 털어놓았다.

그때까지 나는 아버지를 자신감이 가득한 슈퍼맨으로 여겨왔다. 아버지는 어려운 환경에서 자랐다. 조부모님은 이탈리아 이민자 출신이라서 아버지가 어릴 때는 제대로 된 영어를 거의 하지 못했다. 아버지는 8학년에서 12학년까지 가족이 운영하는 식품 잡화점에서 길게는 하루에 네 시간까지 일을 거들어야 했다. 내가 아버지 덕분에 누릴 수 있었던 이점들을 당신은 누리지 못했음에도 아버지는 반에서 우수한 성적을 거두었고, 고등학교 2학년 때는 전교 회장으로 당선되었으며, 전액 장학금을 받고 아이비리그에 다녔다. 아버지는 MBA 학위를 취득했고 이후 세계 최대의 회계법인에서 높은 보수를 받으며 성공적인 경력을 쌓았고 결국 시니어 파트너까지 승진한 다음 퇴직했다. 내게 아버지는 그저 사랑하는 누군가가 아니었다. 아버지는 경외의 대상이었다.

하지만 어머니가 돌아가신 다음 나는 점차 아버지를 이전과는 전혀 다른 새로운 방식으로 좋아하게 되었다. 그리고 아마도 처음으로, 아버지가 나를 좋아한다는 것을 알 수 있었다. 아버지로서의 의무를 넘어서서 말이다. 더욱 좋은 것은, 아버지가 나를 좋은 사람으로 평가했다는 것이었다. 아버지는 꾸준히 만나온 그 여성분과 결혼했다. 하지만 종종 소란스러웠던 결혼생활이 10년째 지속되었을 무렵 아버지는 이런저런 법률 문서의 내용을 상세히 다듬고 수정했다. 그러면서 나를 자신의 건강관리 대리인으로 지명했다. 이후에도 아버지는 내게 폭넓은 권한을 위임했다. 이 권한은 아버지의 일을 처리할 때 나의 조력을 승인할 뿐만 아니라 요청하기도 했다.

아버지의 일을 내가 관리한다고? 아버지를 내가 지원한다고? 초현실적으로 느껴졌다. 아버지는 늘 말수가 적고 거리감이 있었지만 동시에 내게 바위 같은 사람이었다. 나의 바위였다. 아버지는 늘 그 자리에 있으면서 화려하고 비싼 식당에서 밥을 사주며 내 삶의 이정표가 된 일들을 축하해주고, 모기지나 세금 같은 복잡한 문제에서 당신의 사업 감각을 활용해 조언을 해주며, 내가 금전적으로 어려울 때 언제라도 은행이 되어주고 내가 잘 곳이 없을 때 호텔이 되어주겠다고 말해주어야 할, 그리고 언제나 그렇게 말해온 존재였다. 내게 아버지는 세상에 대한 두려움의 온도를 결정적으로 몇 도 낮춰주어야 할 존재였다.

하지만 아버지는 내가 뇌졸중을 겪기 1년여 전부터 뚜렷한 인지 능력의 감퇴를 보였다. 같은 질문을 20분 간격으로 다시 묻거나 같은 이야기를 세 번씩 했다. 가족 모임에서 우리가 사랑하는 '오, 헬oh, hell!' 카드 게임을 할 때 점수를 기록하는 역할이었던 아버지는 종종 어떤 숫자를 써넣어야 할지 몰라 한참 동안 가만히 있곤 했다. 신발을 어디에 벗어두었는지, 허리띠나 지갑을 어디에 두었는지, 가게에서 값을 치렀는지, 개인 수표를 썼는지 따위를, 평범한 수준을 넘어서는 정도와 빈도로 잊어버렸다.

내 시력이 나빠질 즈음 아버지는 여든두 살이었다. 아버지는 그해 노인성 치매를 진단받았다(한 의사는 즉시 알츠하이머병이 주요 원인이라고 구체적으로 명시했다). 이 병이 얼마나 빨리 진행될지는 알 방법이 없지만 이 병이 따르는 궤적은 단 하나였다. 한 달 후, 아버지는 자신의 금융 계좌가 어디에 개설되어 있고 얼마가 들어 있는지 기억하지 못했다. 다시 한 달 후, 아버지는 투자 상담원이 아버지의 돈을 몽땅 빼돌렸다는 잘못된 확신에 잠시 차 있기도 했다. 여러 명이 식사하고 있을 때 아버지는 가끔 말이 없었는데 이는 아버지가 대화의 맥락을 놓쳤다는 뚜렷한 신호였다. 종종 아버지는 아주 오래된 이야기를 끄집어내 이야기하곤 했다. 아버지로서는 몇 분 전보다 수십 년 전 일에 대한 기억이 더 완전하고 접근하기 쉽기 때문이었다.

아버지는 이메일을 쓰다 자꾸 당황하는 일이 생겨 더는 엄두를 내지 않게 되었다. 나중에는 컴퓨터에서 아예 손을 떼셨고 점차 스마트폰을 사용하는 일도 버거워졌다. 음성 메시지가 도착해도 며칠, 심지어 몇 주째 알아채지 못했고 나중에는 음성 메시지를 확인하는 방법 자체를 잊어버렸다. 아버지는 언제나 내가 음성 메시지를 보내고 한참이 지나서야 전화를 주었기 때문에 용건이 이미 해결된 터였다. 애초에 내 음성 메시지를 듣고 전화하는 일 자체가 거의 없었다. 그때쯤부터 아버지와 나는 통화로 기계적인 대화만 몇 마디 나누곤 했다. 그러고 나면 아버지는 우리의 대화가 인사말을 나누는 것보다 더 깊게, 아버지가 감당하기에는 너무 버거워져버린 영역으로 옮겨갈까 봐 서둘러 전화를 끊곤 했다.

이런 상황은 스스로 얼마나 강하다고 느끼든 상관없이 우리 모두가 얼마나 취약한 존재인지를 되새기게 했다. 아버지는 미래는 예측할 수 없다는 것을 되새기게 했다. 알츠하이머병 이력이 있는 쪽은 친가가 아닌 외가였기 때문에 굳이 따지자면 알츠하이머병을 걱정해야 할 분은 아버지가 아니라 어머니였다. 하지만 어머니에게는 어머니가 미처 예상하지 못했던 어떤 것, 알츠하이머병보다 더 치명적인 것이 찾아왔다. 그리고 지금 여기서 아버지는 나의 시각적 안개보다 더 짙은 인지적 안개 속에서 이름들을 잃어버리고 시간을 잃어버렸다. 세상에는 내가 마주친 것보다 한없이 더 잔인한 운명의 반전들이 있었다.

아버지는 더는 나의 바위가 될 수 없었다. 아버지는 내게 일어난 일을 이해할 수조차 없었다. 내가 아버지에게 오른눈에 관해 이야기하자 아버지는 고개를 가로저으며 그리 중요하지 않은 질문을 두어 가지 하더니 이내 화제를 다른 데로 돌렸다. 그 뒤로 아버지는 내 시력에 관한 이야기를 다시 꺼내지 않았고 나도 그랬다. 내가 이 시점에 아버지에게 갚아야 할 것이 있다면 그것은 든든한 모습이지 안쓰러운 모습이 아니었다.

톰이 내게 갚아야 할 것은 무엇이었을까? 톰은 내가 말한 또 다른 중요한 남자였다. 톰은 내가 집을 같이 쓰고 침대를 같이 쓰고 휴가를 같이 쓰고 비밀을 공유하는 사람이었다. 톰은 본질적으로 배우자, 나의 남편이었다. 우리가 결혼을 하지 않았다는 사실은 그리 중요하게 느껴지지 않았다. 결혼은 그저 고려하지 않았을 뿐인, 복잡하고 시간을 많이 요구하는 일에 지나지 않았다. 극도로 보수적인 기독교 신자인 톰의 가족들을 불필요하게 자극할 수 있는 일일 뿐이었다. 그것은 우리가 살림을 합침으로써 확고히 한 헌신의 약속을 그저 형식화하는 일에 지나지 않았다. 그리고 서로에 대한 헌신은 우리가 거의 매시간, 때로는 30분마다 주고받은 전화 통화와 문자 메시지에서 명백히 드러났다.

하지만 이따금 초조해질 때가 있었다. 톰은 자신이 말했던 것처럼 그저 성격상 언어적인 감정 표현에 약하거나 로맨틱하지 않은 사람인 걸까? 아니면 그가 항상 나와 비슷하게 느끼는 것은 아니었던 걸까? 내가 결혼 문제를 더 깊이 파고들지 않은 것은 어쩌면 나도 어느 수준에서는 그만큼 마음을 쓰지 않았고 우리의 관계가 그렇게까지 멀리 가지는 못하리라고 예상했기 때문일까?

뇌졸중을 겪기 전에 나는 답을 알지 못했다. 그로부터 대략 7개월 후 나는 막연한 초조함에 대한 대답을 얻을 수 있었다.

우선 그 7개월 사이 톰은 모아자미 박사에게 첫 진료를 받을 수 있게 손을 써주었다. 톰의 인맥 덕분에 NAION 환자임을 확인시켜주는 검진을 제시간에 받아 임상 시험도 시작할 수 있었다. 톰은 자료를 읽어보고 주변에 문의하면서 내가 모은 지식에 자신이 쌓은 정보를 보태주었다. 우리는 내게 일어난 일의 과학적 지식 체계에 관해 대화를 나누었다.

하지만 내가 실명할 수도 있는 상황이나 그에 수반될 수밖에 없는 두려움은? 내가 그런 이야기를 꺼내려고만 하면 톰은 화제를 다른 데로 돌렸다. 지나친 걱정은 금물이라면서 나중에는 이 일도 별일 아닌 게 될 거라고 나를 위로했다. 눈에 주삿바늘이 꽂히는 공포는? 톰은 나를 진정시키려는 의도로, 다른 증상을 보이는 수많은 환자가 비슷한 치료를 받지만 대체로 끄떡없이 견딘다고 가볍게 말했다.

주사를 맞는 첫 번째 날은 톰의 근무일 한가운데에 박혀 있었다. 병원을 오가는 시간에 주사를 맞을 때까지 준비하는 과정을 더하면 이 일은 수시간이 소요될 터였다. 나는 톰의 진료 시간표가 때로 얼마나 복잡하고 빡빡한지 잘 알고 있었으므로 병원에 같이 가달라고 부탁하지는 않았다. 대신 친구 엘리와 같이 갔다. 그로부터 한 달 뒤 두 번째 주사를 맞을 때는 친구 앨러산드라가 와주었다. 두 달 뒤에 세 번째 주사를 맞을 때는 혼자서 갔다.

더더욱 톰이 예전 같지 않았던 것은 몇 주에 걸쳐 문자 메시지에 답장을 즉각즉각 보내지 않고 서너 시간이 지나서야 답을 했다는 사실이다. 그리고 한두 번은 내가 다른 도시로 나갔다가 평소처럼 잘 자라는 인사를 하려고 전화를 걸면 톰은 전화를 잘 받지 않고 메시지에 답장을 주지도 않았다. 톰이 평소 자는 시간보다 훨씬 이른 시간대였다. 나는 톰에게 이유를 물었고 어떨 때는 살짝 추궁하기도 했다. 톰은 평소보다 일찍 잠이 들었고 이튿날 아침에 일어나서야 전화 온 것을 알았다고 했다.

한번은 "혹시 바람피워?"라고 묻기도 했던 것을 기억한다. 그렇게 말하는 나 자신도 싫었다. 이건 너무 진부했다. 지나치게 수준 낮은 TV 드라마 같았다.

"미쳤어?" 톰은 이렇게 대꾸했다. (형편없는 드라마 각본의 세계에서 이 대화가 사라질 날이 과연 올까?) 그냥 짜증을 내는 정도가 아니라 기분이 상한 것처럼 보여서 마치 바보가 된 기분이었다. 나는 그쯤에서 그만두었다. 그리고 머릿속에서 그런 생각을 전부 지웠다.

하지만 지금 돌아보면 머릿속에서 전부 몰아내지는 못했던 것 같다. 왜냐하면 그로부터 수개월이 지난 어느 일요일 밤, 내가 준비한 저녁 식사를 마친 톰이 설거지를 하면서 우리 관계에 만족하느냐고 물어왔기 때문이다. 앞서 나누고 있던 대화와 전혀 상관없는 질문이었다. 내가 기억하기로는 우리는 불과 몇 초 전까지도 블루치즈에 관해 이야기하고 있었다. 그 질문은 또한 톰의 평소 성격과 전혀 어울리지 않는 것이기도 했다. 톰은 감정에 관한 대화를 항상 불편하게 여겼다. 그래서 나는 직감적으로 알게 되었다.

"다른 사람을 만나고 있구나?" 내가 물었다. 아니, 그것은 최소한 질문이어야 했지만 마치 어떤 진술, 어떤 선언처럼 내뱉어졌고, 실제로도 그랬다. 나는 그만큼 확신에 차 있었다.

"그래." 톰이 말했다.

"아마도 그 사람과 함께하고 싶을 정도로, 함께 살고 싶을 정도로 심각한 관계이고." 내가 말했다. 나는 이것 역시 확신했다. 왜냐하면 그것만이 톰이 이 대화를 시작한 이유를 설명해주기 때문이었다. 이렇게 지저분한 대화를 피할 방법이 있다면, 일이 그렇게까지 많이 진행되지 않았다면 톰이 굳이 이런 말을 꺼내지 않으리라는 데 생각이 미쳤다.

다시, "그래"라는 대답.

"얼마나 오래된 거야?" 이번에는 실질적인 질문이었다. 그리고 더더욱 진부한 질문이었다.

"9월부터." 톰이 말했다.

나는 현실을 받아들였다. 머릿속에서 달력을 넘겨보았다. 그러니까 톰은 내가 뇌졸중을 겪은 10월에 그 남자와 딱 한 달 된 사이였다. 그런데도 톰은 그 관계를 끝내지 않았다. 톰은 내게 뇌졸중이 찾아오고 2주 동안 정신없이 지내는 것을 지켜보았다. 나는 이 병원 저 병원으로 바쁘게 뛰어다니며 이 기계 앞에 앉아 있다가 저 기계 밑에 꼼짝 못 하고 붙어 있었다. 그런데도 그는 그 관계를 끝내지 않았다. 자신이 하고 있는 행동이 평소보다 두 배, 세 배의 죄책감을 불러일으켰어야 하는 것 아닐까? 죄책감 때문에 그 관계가 틀어졌어야 하지 않을까?

아니면 나는 결국 톰에게 아무것도 아니었던 걸까? 그렇게 쉽게 무시하고 버릴 수 있을 만큼?

"오늘 밤에 그 남자한테 가." 내가 말했다. "지금 떠나. 그 남자와 있고 싶잖아. 그렇게 해." 나는 주방에서 나와 거실로 갔다. 그리고 톰이 가방을 싸서 문을 나서는 내내 침묵 속에 앉아 있었다.

그것은 끝이 아니었다. 그때는 아니었다. 일주일이 채 지나지 않아 톰은 다시 짐을 싸 들고 돌아와 이 일을 바로잡고 싶다고 분명하게 말했다. 나는 무슨 말을 해야 할지도, 내가 정확히 어떤 기분인지도 알 수 없었다. 뇌졸중을 겪은 후 내 감정은 자주 변하고 뒤죽박죽인 상태였다. 그렇기에 하필 지금, 10년 가까이 이어진 관계를 끝내는 결정, 서로 단단히 얽혀 있는 두 삶을 단절하려는 결정을 이렇게 급하게 내려도 괜찮은지 걱정이 되었다. 이것은 평범한 교차로가 아니었다. 나는 이곳을 빠르게 지나칠 수 없었다.

게다가 톰과 나에게는 여름의 계획이 있었다. 때는 5월이었고 그해 7월에 우리는 내 남동생 해리와 아내 실비아, 그리고 그들의 네 아이와 함께 그리스에서 열흘을 보낼 예정이었다. 조카들은 프랭크 삼촌과 톰 삼촌의 소개로 이 멋진 전설의 나라를 방문하게 된 것에 한껏 들떠 있었다. 혹시 두 삼촌 중 한 명이 나타나지 않는다면 이 여행에 어두운 먹구름이 드리우거나 어쩌면 여행이 취소될지도 모를 일이었다. 나는 그렇게 되기를 원하지 않았다. 그건 참을 수 없는 일이었다. 나는 톰에게 우리 문제는 당분간 우리 사이의 일로 하고 행복한 커플의 얼굴로 동생네와 좋은 시간을 보낼 수 없겠느냐고 물었다. 우리의 미래에 관한 결정이 무엇이든 그리스를 다녀온 다음으로 미룰 수 없겠느냐고도 청했다. 톰은 그러겠다고 했다. 그래서 우리 여덟 명은 바위산을 오르고, 숨겨진 작은 만을 구경하고, 보석 빛깔의 바다에서 헤엄치고, 에게해의 석양을 바라보며 와인을 마셨다. 달곰쌉쌀한 이별이나 어긋난 약속, 상처받은 마음에 관한 이야기는 없었다. 동생네는 속을 수밖에 없었다. 분명히 그랬을 것이다. 아흐레 동안 우리 스스로도 속아 넘어갔으니까. 우리는 설화의 나라에서 직접 이야기를 쓰고 연기했다.

8월은 우리를 다시 현실로 데려다주었다. 흠, 나를 다시 현실로 데려다주었다. 톰은 이상하게도 우리 사이에 무슨 일이 있었는지, 그 일이 우리를 어디로 데려다 놓았는지, 우리가 무엇을 해야 할지 따위에 관해 한마디도 꺼내지 않았다. 마치 그 기억을 머릿속에서 완전히 씻어내버린 것 같았다. 나는 그렇지 않았다. 그럴 수 없었다. 나는 우리의 미래에 관한 대답에 조금씩 근접해갔고, 결국 도달했다. 그렇다, 우리에게는 미래가 없었다.

약해져가는 내 건강이 그러한 결심에 이르게 했다.

나의 일부분은 나를 반대로 잡아끌었다. 내 인생의 모든 챕터 중 이번 챕터에 접어들어 미래는 몹시 불확실해졌고 나는 어느 때보다 독립적일 수 없었다. 이럴 때 어떻게 혼자 있기로 선택할 수 있을까. 누구라도 타인의 손길이 필요할 때였다.

하지만 만일 내가 정말로 실명할 때가 되어서야 톰이 나와 함께하고 싶지 않다는 것이 분명해지거나 톰의 애정과 관심이 또다시 다른 데로 분산된다면, 그런데 우리가 내 장애 때문에 덫에 사로잡힌 기분이 든다면, 그것은 얼마나 지옥 같을 것인가. 이제 톰의 신뢰와 사랑에 한도가 있다는 것을 알게 되었으니 그 상황을 상상해보아야 했다. 무시할 수 없었다.

그리고 이제 내가 불확실성은 삶에 주어진 초기값이며 그것을 받아들이는 편이 낫다고 여기는 마음을 외면할 수 없었다. 톰 다음에는 무엇이 기다리고 있을까? 그 미지에 어떻게 다가갈지는 나에게 달려 있었다. 이제 나는 그 신비를 향해 자신 있게 걸어갈 수 있었다. 발을 질질 끌거나 고개를 숙이거나 몸을 웅크리지 않은 채.

노동절이 낀 주말에 톰과 나는 이삿짐센터 사람들을 불러 가구 중 3분의 1 정도를 차지하는 톰의 가구를 빼서 그의 새 아파트로 옮기기로 했다. 톰은 짐을 빼는 동안 내가 동생 집을 방문한다거나 다른 주에 사는 친구를 만나러 간다든가 하는 용건으로 외출해 있는 것이 어떻겠냐고 권했다. 자신이 떠날 때 내가 있으면 우리가 함께 살던 집을 영영 떠나는 슬픔을 감당하기 힘들 것 같다는 것이 그 이유였다. 나는 사흘간 산타페에 여행을 다녀오기로 했다. 내가 전부터 쓰고 싶었던 고등교육에 관한 칼럼에 필요한 자료를 구하기 위해서였다. 나는 오스틴에 사는 친구 바버라를 산타페로 초대했다. 나는 일도 하고 놀기도 하고 술도 몇 잔 마실 터였다. 나는 어도비(뉴멕시코의 명물인 황톳빛 진흙 건물 양식−옮긴이)와 애거비(뉴멕시코에 흔한 선인장의 일종인 용설란−옮긴이)에 흠뻑 취할 작정이었다.

ᨆ

공항으로 가는 길에 생각했다. 이것이야말로 영화의 한 장면이라고. 사운드트랙까지 들려오는 듯했다. 몇 대의 바이올린이 덤불처럼 깔리고 나무들 뒤로 플루트가 망설이듯 얼굴을 내민다. 우리의 주인공은 눈가에 눈물이 어리고 택시가 서둘러 달려가는 동안 어금니를 꽉 깨문다. 백미러에서 점점 멀어지는 맨해튼의 스카이라인처럼 그의 인생에서 가장 길고 가장 로맨틱했던 관계가 희미해져간다.

하지만 나는 그 음악을 물리칠 수 있었다. 각본을 다시 쓸 수 있었다. 나는 가장 밝은 시나리오를 그릴 줄 알았다. 나는 투박하고 까탈스럽고 낡은 자동차를 상상했다. 그 자동차는 충분한 노력을 기울이면 어느 방향으로든 움직일 수 있었다. 그리고 앞에는 두 갈래의 길이 놓여 있었다. 한 방향은 잘못되어버린 모든 일과 그만큼의 슬픔이 들어차 있는 창고를 향해 있었다. 다른 한 방향은 좋은 것이 여전히 많이 남아 있고 행복이 여전히 손 닿는 곳에 있다는 자각을 향해 있었다.

나는 후자를 택했다. 나는 다행스러운 것들을 부둥켜안았다. 그래도 나는 온전히 내 명의로 그 아파트를 구입하고 그곳에 혼자 살 만한 재산이 있었으므로 결별 때문에 이사를 나가야 하지는 않았다. 내 인생의 어느 한 부분은 헝클어졌지만 나는 여전히 그 자리에 머물며 예전의 가구가 나간 자리를 다시 채울 형편이 되었다.

더 다행스럽게도 내게는 친구들이 있었다. 바버라는 톰이 떠난 자리에 생긴 정서적인 빈자리를 채워주었다. 그리고 내게는 일이 있었다. 이 일에는 모험과 여행이 늘 함께했다. 나는 단순히 휴가를 떠나는 것이 아니라, 이야기가 있는 도시들을 찾아다녔다. 이 도시들에는 각기 독특한 건축물, 특별한 빛, 산자락의 풍경이 있었다.

산자락! 비행기가 이륙하고 나서야 산타페의 고도가 높다는 사실을 깨달았다. 순간 멈칫했다. 그러고 보니 나는 뉴멕시코주 산타페의 매력은 이 지역이 고지대라는 사실에서 비롯된다는 것을 완전히 간과하고 있었다.

예전에 매년 아스펜에서 열리는 콘퍼런스에 가끔 참석하고 강연도 했지만 앞으로는 아스펜에 가지 않겠다고 결심한 터였다. 나는 버킷리스트에서 마추픽추를 지웠다. 그런데도 산타페를 그 지역들과 한데 묶어서 생각하지 못한 채 이렇게 계획을 잡았고 지금 벌써 절반이나 지나온 것이다. 이런 멍청이가 어디 또 있을까.

기내 와이파이를 사용하고 있었기 때문에 구글에서 산타페가 정확히 얼마나 높은지 검색해보았다. 2킬로미터보다 조금 높은 수준이었다. 안심할 정도는 아니었지만 그렇다고 크게 걱정할 정도도 아니었다. 분명히 나와 나의 시신경은 고도 2킬로미터 정도는 견뎌낼 수 있을 것이다. 아스펜보다 수백 미터 낮고, 내가 뇌졸중을 겪기 전에 수차례 방문한 또 다른 도시 콜롬비아 보고타의 일부 지대보다 수백 미터 낮았다. 어쩌면 내 몸은 2킬로미터 정도의 높이를 알아채지도 못할지 모른다. 사실 그냥 큰 언덕에 지나지 않으니까.

5장

기꺼이 바늘꽂이가 되리라

"팔로마가 다섯 살일 때 자주 하던 장난이 있어요.

나와 손을 잡고 나란히 걸어가다 갑자기 '거기 발 조심해!'라고

외치는 거죠. 실은 아무것도 없는데."

"짓궂네요." 내가 장난스럽게 말했다.

"아니요." 후안 호세가 내 말을 바로잡았다. "아름답죠."

"어째서 아름답죠?" 내가 물었다.

"내가 성공했다는 뜻이니까요."

"아이가 이 문제를 가볍게 여길 수 있었다는 점에서요?

그걸로 장난을 칠 만큼?"

"네. 정확히 그겁니다." 후안 호세는 빙긋 웃었다.

내가 뇌졸중을 겪고 얼마 지나지 않아 나의 친구 조엘
과 니콜, 그리고 처음 만난 후안 호세와 맨해튼 어퍼이스트
사이드의 어느 식당에서 저녁 식사를 했다. 후안 호세는 유
엔에서 멕시코 상임 대표를 맡은 직업 외교관이다. 그날은
연인 마리앤젤라와 동행했다. 마리앤젤라는 이탈리아인으로
역시 유엔에서 일하는 외교관이었다. 그들은 수려한 외모를
지녔고 여러 개의 언어를 구사하며 전 세계를 누비는 커플이
었다. 이것이 이 커플을 처음 만난 사람들이 오랫동안 간직
할 법한 그들의 첫인상이었다. 하지만 나는 그날 밤 니콜이
후안 호세에게 무언가를 속삭이듯 지시하는 모습에 눈길이
갔다.

"2시에 아스파라거스." 니콜이 말했다. 시간과는 전혀
관련이 없는 언급이었다. "6시에 소고기." 이것은 후안 호세

앞에 놓인 접시를 커다란 시계로 보았을 때의 정보였다. 니콜은 후안 호세가 포크를 어디로 조종해야 접시 위의 다양한 음식과 연결될 수 있는지 알려주고 있었다.

후안 호세가 앞을 보지 못한다는 증거는 그것이 유일했다. 여기에 한 가지를 덧붙이자면 그가 마리앤젤라와 식당에 도착해 식탁으로 다가올 때 두 사람이 서로 밀착한 상태를 유지했다는 점 정도였다. 그러한 몸짓은 애정의 표현이기도 했지만 그가 방향을 잡을 수 있도록 도움을 주는 행동이기도 했다. 후안 호세는 대화할 때 상대방의 눈을 똑바로 바라보며 시선을 그대로 유지했다. 다른 사람이 말할 때는 여느 사람들과 다를 바 없이 자신 있게 재빨리 고개를 그리로 돌렸다. 언어적인 힌트를 얻거나 손가락을 미묘하게 놀려서 자신 앞에 놓인 물건의 위치를 파악하고 나면 물건을 집을 때 손을 더듬거리지 않았고 다른 사람에게 더는 도움을 청하지 않았다. 몇 달 뒤 나는 그와의 만찬 자리에 동석했다. 그 자리에는 내 친구 앨러산드라를 포함해 열두 명 정도가 더 있었다. 나중에 앨러산드라와 후안 호세에 관해 이야기하면서 나는 무심결에 그가 앞을 보지 못한다는 사실을 언급했는데 앨러산드라는 내 말을 전혀 이해하지 못했다. 앨러산드라는 후안 호세로부터 불과 몇십 센티미터밖에 떨어지지 않은 자리에서 네 시간 정도나 함께 있었으면서 그 사실을 전혀 눈치채지 못한 것이다.

후안 호세가 장애를 숨기기 때문이 아니었다. 후안 호

세는 자신의 장애에 물 흐르듯 우아하게 적응했고 굳이 그 사실을 언급하지 않는 것뿐이었다. 내가 그에게 어떻게 시력을 잃게 되었는지, 실명한 상태에 어떻게 적응해나갔는지, 실명이 자신에게 어떤 영향을 미쳤는지 묻자 그는 아주 상세하게 대답했다. 후안 호세는 지금까지의 여정을 무척 자랑스럽게 여겼다. 후안 호세가 그 여정을 그토록 성공적으로 해낸 주된 이유는 그것이었다. 후안 호세는 그 여정을 자신의 짐이 아닌 특별함으로 여겼다.

후안 호세는 1960~70년대에 멕시코시티의 중상계층 동네에서 자랐다. 후안 호세의 부모는 자녀들에게 풍족한 생활환경을 제공해주었다. 후안 호세는 눈에 띄지 않는 아이였다. 적어도 그는 그렇게 기억했다. 후안 호세는 야구를 못했다. 농구도 못했다. 축구를 하면 늘 얼떨떨했다. 동급생들에 비해 눈과 다리의 협응 능력이 형편없었다. 시간 가는 줄 모르고 밖에서 놀다가 해가 뉘엿뉘엿 질 무렵이 되면 공의 동선을 포착하지 못했고 다른 사람에게 부딪히기 일쑤였다. 학교 공부도 특별히 잘 따라가지 못했다. 후안 호세는 이따금 "스스로를 공식적인 바보라고 생각했습니다"라고 회상했다.

시력은 늘 나빴다. 후안 호세는 아주 어릴 때부터 안경을 썼다. 10대 후반이 되니 캄캄하거나 어둑어둑한 곳에서는 거의 아무것도 보이지 않게 되었다. 후안 호세를 진찰한 의사는 그의 문제가 평범한 근시나 원시, 난시 따위가 아님을 깨달았다. "의사가 갑자기 흥분하더군요." 후안이 내게 말했다. "정말 흥분했어요. 그분은 작은 동네에서 진료하는 의사였습니다. 책장에 가서 책을 한 권 꺼내 오더니 '자네는 망막색소변성증retinitis pigmentosa이야'라고 하더군요. 이 질병을 가진 환자를 처음 만난 거죠. '자네는 시력을 잃게 돼.' 정말 그렇게 말했습니다. '마흔에 시각장애인이 될 거야. 거의 그즈음에.' 어머니는 그 자리에 주저앉으셨어요. 충격을 받으셨죠. 내가? 그럴 리가 없다고 생각했어요. 우습지만 그 상황에 뭐랄까, 매료된 느낌이 들었습니다."

의사는 태도가 부적절했을지는 모르지만 판단은 정확했다. 후안은 정말로 망막색소변성증을 앓고 있었다. 이 희귀성 망막 질환은 여성보다 남성에게 흔하고, 후안의 당시 나이를 즈음해 최초 증상이 발현되어 그로부터 대개 10~20년 사이에 실명을 초래한다. 치료법은 오늘날까지도 여전히 발견되지 않았지만, 후안의 어머니는 아들을 데리고 이 병원 저 병원을 전전했다. 멕시코뿐만 아니라 인근 나라의 전문가들을 찾아가는 것도 마다하지 않았다.

"어머니는 세계를 뒤집어 탈탈 털 기세였습니다." 후안은 말했다. "나는 정말로 여행을 즐겼지요. 이 의사 저 의사를 찾아다니는 건 고역이었지만요. 하지만 콜롬비아에 가는 건 재미있었어요. 모험이었죠." 그의 병은 설명이 되어주기도 했다. 후안이 육상계의 신이 아니고 학업적으로도 천재가 아니었던 건 당연한 일이었다. 후안은 지면의 단어를 읽거나 운동장에서 공을 보기 위해 동급생보다 훨씬 많은 노력을 기울였지만 그들보다 잘 보이지 않았다. 후안은 이제야 그 이유를 알게 되었다. 이제 후안은 삶에서 자신을 다른 사람들과 다르게 만드는 어떤 새로운 차원을 발견했다. 후안은 심지어 '나는 특별해'라고 생각했다.

어쩌면 일종의 현실 부정이었는지 모른다. 현실 부정은 흔히 부당한 비난을 받지만 사실 어느 정도까지는 편리하다. 어쩌면 시간이 후안의 기억을 왜곡했을 수도 있다. 하지만 후안이 진단을 받고 수개월, 그리고 수년 동안 보인 반응이라고 기억하는 내용은 그로부터 수십 년이 흐른 지금 후안이 자신의 눈앞에 보이는 반응과 일치한다. 내가 아는 한 후안은 절대로 겁먹지 않았고 절대로 포기하지 않았으며 절대로 곱씹어 생각하지 않았다.

후안은 신체적으로나 정서적으로 심각한 어려움을 겪었고, 자신이 지속적으로 놓치고 있는 것을 이따금 고통스럽게 의식했다. 이 진단으로 후안은 자신의 지능이 부족하다는 확신이 잘못되었음을 알게 되었고 이것이 동기가 되어 멕시코의 대학에 지원하고 나중에는 미국 조지타운대 석사 과정에 지원했다. 둘 다 진정한 의지력을 요구하는 공부였다. 후안은 당시 실명한 것은 아니었지만 글을 읽으려면 특수한 소프트웨어와 장치를 활용해야 했다. 후안은 자기 자신을 밀어붙여야 했다.

20대 중반에 멕시코 외교부에서 경력을 시작하고 승진의 사다리를 오를 때도 마찬가지였다. 후안은 이 시기에는 사실 시력 문제를 감추었다. 여러 겹의 에너지 위에 또 한 겹의 에너지를 얹어야 하는, 실로 힘겨운 제스처 놀이였다. 후안은 자신이 점점 실명에 이르고 있다는 것을 직속 상관에게 알리지 않다가 서른 즈음에 런던에서 근무할 때 이 사실을 알리고 장기 휴가를 받았다. 쿠바에 가서 실험적인 치료 절차를 밟아야 했기 때문이었다. 이 치료에는 이식과 광범위한 봉합을 수반하는 복잡한 수술이 포함되어 있었다고 후안은 회상한다. 수술에서 깨어났을 때 그는 엄청난 통증을 느꼈다. 며칠 동안 눈 속에 해변의 모래가 몽땅 들어 있는 것 같았다.

수술은 효과가 없었다. 30대 중반, 후안은 시력을 사실상 완전히 잃었다. 실명은 결혼생활에 압박으로 작용했고 결국 그는 파경을 맞았다. 실명이 온갖 새로운 문제를 야기한 탓도 있었고 부부 사이의 역학 관계가 달라진 탓도 있었다. 아울러 후안은 실명한 자신이 어린 두 딸 소피아와 팔로마에게 좋은 아버지가 되어줄 수 있을지 걱정이 깊었다. 후안은 아이들이 아빠를 약하고 의존적인 사람으로 보거나 자기 자신을 지나치게 의식하는 사람으로 여기지 않기를 바랐다.

후안은 말했다. "팔로마가 다섯 살일 때 자주 하던 장난이 있어요. 나와 손을 잡고 나란히 걸어가다 갑자기 '거기 발 조심해!'라고 외치는 거죠. 실은 아무것도 없는데."

"짓궂네요." 내가 장난스럽게 말했다. 어쨌든 다섯 살짜리 꼬마의 이야기였다.

"아니요." 후안 호세가 내 말을 바로잡았다. "아름답죠."

"어째서 아름답죠?" 내가 물었다.

"내가 성공했다는 뜻이니까요."

"아이가 이 문제를 가볍게 여길 수 있었다는 점에서요? 그걸로 장난을 칠 만큼?"

"네. 정확히 그겁니다." 후안 호세는 빙긋 웃었다.

후안은 이제 아가씨가 된 소피아와 팔로마가 어떻게 생겼는지 알고, 그가 실명하고 한참이 지나 만난 마리앤젤라 역시 어떻게 생겼는지 알고 있거나 또는 아는 것처럼 느낀다고 했다. 후안의 세계는 완전히 흐릿하지만은 않다. 대상의 근접성과 조명 상태에 따라 다르지만, 후안은 사물이나 얼굴을 작은 조각들의 형태로 포착한다. 그는 윤곽선들을 알아본다. 그것들은 마치 후안이 머릿속에서 찬찬히 맞춰나갈 수 있는 퍼즐 조각 같다. 후안은 장소들에 대해서도 이와 비슷한 작업을 한다. 특히 전에 가본 적이 있는 곳이라면 더욱 그렇다. 그는 기억에서 이미지들을 호출하고 현재 적게나마 수집하고 조립할 수 있는 세부 정보에 이 이미지들을 접목한다.

후안은 거리에서 마주치는 낯선 사람들의 얼굴은 전혀 알아보지 못한다. 그 얼굴들은 후안이 피카소풍의 그림을 완성하기에는 너무 짧은 시간에 너무 빨리 지나간다. 후안은 이것이 속상하다. 후안은 시력이 좋은 사람들은 낯선 이들의 얼굴이 가져다주는 기분 전환이나 위안, 동행의 느낌을 과소평가한다고 말한다. "시선을 마주칩니다. 표정을 읽고요. 당신을 지나치는 사람과 대체로 의사소통을 합니다. 그저 보는 것만으로도 서로 연결되지요." 후안은 말을 잠시 멈추었다. "보이지 않는 세계는 외로운 세계입니다."

하지만 후안은 아쉬움보다 만족감을 더 많이 드러냈다. 그리고 실명한다는 전망이나 실명 그 자체가 없었더라면 자신이 외교관으로서 이처럼 흥미진진한 커리어나 이 정도의 성공을 일구지는 못했을 거라고 확신한다. "이루 말할 수 없는 감사를 느낍니다." 그러면서 후안은 재빨리 덧붙였다. 후안이 이러한 감정을 드러내면 사람들은 그가 자기 자신을 "세뇌했다"고 생각할 거라고.

하지만 눈멀어가는 시간과 이후의 눈먼 시간은 후안의 의지를 더욱 단단하게 만들었고 후안이 에너지를 한곳에 집중할 수 있게 했다. 후안은 시력 손상을 자신과 자신의 삶을 훨씬 더 흥미롭게 만든 시험으로 간주했다. 어느 정도는 부모의 지원이 있었기에 가능한 일이었다. 후안의 부모는 후안에게 안전망을 제공했고 후안이 훌륭한 교육을 받을 수 있게 해주었다. 하지만 실명은 여전히 정신적 수행이었다. 결단이었다. 그리고 후안이 다른 방식으로는 가질 수 없었을 자신감으로 후안을 이끈 경로이자 길잡이였다. 후안은 그저 대단한 성취를 거둔 사람만이 아니다. 후안은 그 자신을 포함한 여러 사람들에 의해 주변화되기 쉬웠음에도 대단한 성취를 거둔 사람이다.

덧붙여 후안은 "시력 상실은 나를 이 자리로 데려온 능력들과 도구들, 사고방식, 두뇌를 주었습니다. 장애가 있는 사람이라면 누구나 아침에 눈을 떠서 밤에 다시 잠들기까지 온갖 종류의 도전과 방해에 부딪칩니다. 나는 뉴욕에서 출근하기 위해 차에서 내리고 건물에 들어가고 엘리베이터에 타는 일처럼 다른 사람들은 생각하지 않고 자동으로 하는 이 모든 일을 위해 전략을 수립하고 문제를 해결해야 합니다" 라고 말했다. 이것은 오전에 단 30분 동안 일어나는 일이다. 하루 동안에 이와 같은 30분들은 훨씬 더 많다.

후안의 성품 역시 보이지 않음으로 단련되었다. "참을성이 많아졌습니다." 후안은 내게 말했다. "참을성은 아마도 나의 가장 큰 자질 중 하나일 것입니다. 내게는 결점이 많지만 참을성은 장점 중 하나입니다. 왜냐하면 참을성이 있어야 하거든요. 그리고 끈질기기도 해야 합니다. 왜냐고요? 언제나 온갖 종류의 소소한 문제들과 더불어 살아가야 하기 때문입니다. 안 그러면 큰 난관에 처할 수 있습니다. 거듭 멈춰서 생각하고 신중해야 합니다." 그렇지 않으면 엉뚱한 문을 열고 들어가거나 엉뚱한 복도를 걸어가거나 엉뚱한 출구로 나갈 수 있다. 자칫 잘못하면 신체적으로 위험한 장소나 공간에 들어설 수 있다. 그러한 일을 피하기 위해 후안은 조심성을 기르고, 이 조심성은 후안에게 삶의 나머지 일들에 관해 더 많은 정보를 주고 더 많은 것을 개선해준다. 모두 실명한 덕분이라고 후안은 말했다.

"나는 단 한 번도 실명을 짐으로 보지 않았습니다. 나는 실명을 개성으로 여겼습니다. 우리는 우리의 외모에 만족할 수도 있고 그렇지 않을 수도 있습니다. 키가 더 컸으면, 좀 더 날씬했으면 하고 바랄 수 있지요. 하지만 지금 이대로의 내가 나입니다. 내게 실명은 정확히 그런 것이었습니다."

후안은 내게 말했다. "정직하게 말해서 나는 보이지 않음의 장점을 온전히 누려왔습니다."

$$\mathcal{M}$$

그 말은 장애나 질병을 가진 사람들이 휘파람을 불며 유유히 현실을 헤쳐나갈 수 있다는 뜻이 아니다. 후안의 가족, 낙관적 성향, 실명하기 전에 세상을 볼 수 있었던 수십 년의 세월, 시력이 본질적 문제가 되지 않는 직업에 잘 맞는 적성 등은 성공한 삶을 누릴 더 큰 가능성을 그에게 제공했다. 덧붙여 후안은 아마도 자신의 과거와 현재를 미화하기도 했을 것이다. 우리도 우리에게 유리하게 흔히 그렇게 한다. 그것은 세상을 살아나가는 꽤 효과적이고 분별 있는 방법이 될 수 있다.

하지만 그렇다고 하더라도 후안 호세가 세상에 전하는 서사는, 그리고 더 중요하게는 후안 자신은 그 자체로 하나의 타당한 서사다. 그것은 물이 절반 채워진 컵의 또 다른 이야기로서 절대적으로 유용하고 사뭇 그럴직하다. 이 서사는 하나의 모범이다. 여기에는 교훈이 있다. 우리는 우리에게 일어나는 사건들에 대해 통제력이 별로 없지만, 그 사건들을 무엇으로 정의하고 어떻게 반응을 보일지에 대해서는 최종적인 결정권을 갖고 있다. 후안 호세는 시력을 바로잡을 수 없지만 자신의 이야기를 스스로 빚어낼 수는 있다. 후안은 만족감과 충만감, 자긍심을 위해 자신이 강조하고 싶은 주제에 밑줄을 그을 수 있다. 후안은, 아니 우리 모두는 정확히 그래야 하지 않을까?

후안이 자신이 처한 상황에서 보인 반응의 두 가지 측면은 뇌졸중을 겪은 나에게 특별한 공명을 일으켰다. 이 두 측면은 후안의 경험을 모범으로 삼고자 하는 내게 특히 유용한 역할을 했다. 한 가지 측면은 그가 트라우마나 곤경을 명예로운 훈장으로 탈바꿈시킨 것이다. "내가 이런 일을 겪고 있다니 정말이지 믿을 수 없다"라는 진술을 불평에서 자랑으로 바꾸는 것, 그러니까 "내가 이런 상황에 놓여 있는 것을 정말이지 믿을 수 없다"를 "내가 이런 상황을 헤쳐나가는 것을 정말이지 믿을 수 없다"로 바꾸는 것이다. 다른 한 가지 측면은 벤다이어그램으로 나타내면 첫 번째와 다소 겹치지만, 고난을 도전으로 재구성하는 것이다. 궁지를 내가 풀고 있는 퍼즐로, 내가 관장하는 세미나로, 새로운 정보와 기술을 배우는 교과과정으로 전환하는 것이다. 후안 호세는 역경으로 여길 수도 있는 상황에서 '모험'을 보았다. 나는 후안을 만나기 전에 본능적으로 똑같은 시도를 하고 있었다. 후안과 나눈 대화는 나의 그러한 노력에 힘을 보태주었다. 특히 내가 등록한 두 번째 임상 시험과 관련해 그랬다.

나는 앞서 첫 번째 임상 시험을 이미 언급했다. 그 자리에서 바로 참여하기로 결정하고 매달 오른눈에 주사를 맞은 그 시험 말이다. 분명히 말했지만 그건 결코 쉬운 일이 아니었다. 그런데 그 시험에 관한 설명을 보충해야겠다. 내 눈에 주사된 것은 특수하게 조작된 분자였다. 이 분자가 효과를 발휘한다면 뇌졸중 후에 세포들을 죽음으로 이끄는 연쇄 반응이 중단될 터였다. 이 과정에서 뇌졸중 이전의 기능을 일부 복구할 것으로도 기대되었다. 하지만 기대한 결과는 아마도 나오지 않았던 것 같다. 그 시험을 시행한 제약 회사는 나를 포함해 투여를 완료한 환자들이 기대했던 만큼의 호전도를 보이지 않자 시험을 중단했다. 내 경우 어쩌면 두 번째와 세 번째에는 사실 주사를 맞지 않았는지도 몰랐다. 그때 나는 강렬한 통증 대신 약간의 불편함만 느꼈다. 나중에 나는 약은 한 번만 투여되고 두 번은 위약이 투여된 환자군이 있다는 것을 알게 되었다. 이 경우 위약이 투여된다는 것은 사실상 눈에 아무것도 들어가지 않았다는 뜻이었다. 의사는 똑같이 안구를 마취하고 눈꺼풀을 클램프로 고정했으며 처치가 끝난 다음에는 붕대를 넉넉하게 감아주었지만, 끝이 뭉툭한 주삿바늘을 안구 표면에 갖다 대기만 했을 뿐 실제로 찌르지는 않은 것이다. 이렇게 하는 이유는 환자들이 아무런 치료도 받지 않고 있다는 것을 스스로 알아차리지 못하게 해서 실제로 치료를 받은 환자들로 구성된 실험 집단과 대조할 수 있는 통제 집단을 조성하기 위해서였다.

두 번째 임상 시험은 훨씬 더 오랜 시일이 소요되었다. 이 시험이 NAION 환자들을 모집하기 시작한 것은 내가 첫 번째 임상 시험을 마치고 1년쯤 지났을 때였다. 이 시험은 북미 전역 열두 군데에서 시행되었고 나는 아마도 맨해튼에서 두 번째 신청자였던 것 같다. 이 시험의 목적은 지중해 연안에서 주로 볼 수 있는 근사한 늘푸른나무인 유향수의 송진으로 만든 화합물 용액이 손상된 신경세포를 복구할 수 있는지 확인하는 것이었다. 우리 NAION 환자들은 이 시험의 이상적인 피험자였다. 우리는 어떤 식으로든 시신경 기능의 복구가 일어났을 때 훌륭한 구식 시력 검사표를 통해 이를 감지하고 정량화하기가 쉬웠기 때문이다. 평소에 글자를 많이 읽는지 여부는 아무런 상관이 없었다. 하지만 이 화합물에 특허를 받은 이스라엘 바이오테크 스타트업이 염두에 둔 실제 대상층은 우리가 아니었다. 이 화합물은 실효성이 입증되면 다른 종류의 뇌졸중을 겪은 환자, 척수 부상 환자, 알츠하이머병 환자, 신경학적 또는 신경변성 질환자 등에게 사용될 전망이었다. 나와 같은 질병을 앓는 사람들을 넘어서 잠재적으로 엄청난 규모의 시장이 있었다.

임상 시험을 받는 동안 그리고 치료를 마치고도 한동안 두 달마다 뉴욕 시나이산 병원을 방문해야 했다. 얼핏 단순한 절차처럼 들릴지 모르지만 그렇지 않았다. 각종 검사는 총 세 시간 정도가 소요되었고 단지 시력 검사표만으로 이루어지지 않았다. 심지어 이 시력 검사마저도 흔히 검안사에게 받는 그런 간단한 검사가 아니었다.

시력 검사표 앞에 서기 전에 나는 서로 거의 차이가 없는 듯한 여러 교정 렌즈를 양쪽 눈에 차례차례 시험해보고 어느 렌즈가 더 잘 맞는지 확인하는 지루하기 짝이 없는 절차를 거쳐야 했다. 사실 대단한 일은 아니다. 이 반복 작업이 5분을 훌쩍 넘겨 계속되고, 정확히 똑같이 고통스러운 방식으로 이달에도 다음 달에도 그다음 달에도 계속된다는 점을 제외한다면 말이다. 그리고 나는 왼눈으로 보는 것과 똑같은 반구를 오른눈으로 보았지만 이 반구의 형태를 어떤 식으로든 또렷하게 만들어주는 렌즈는 없었다. 오른눈 앞에 겹겹이 쌓은 수많은 렌즈는 그 사실을 다시금 확인시켜줄 뿐이었다. 마치 누군가가 "귀하는 교정이 불가능합니다!"라고 반복적으로 소리치는 것만 같았다. 그 사실을 이미 오래전에 깨달은 사람에게 말이다.

검사자가 가장 적당한 렌즈를 고르고 나면 이제 시력 검사를 받았다. 왼눈의 경우 별다른 일이 없었다. 왼눈은 확실히 1.0이 나왔고, 한두 번 1.33이 나오기도 했다. 하지만 오른눈은 시력 검사 시간을 통째로 하나의 촌극으로 느껴지게 했고 내게는 무척이나 잔인한 시간이었다. 맞다, 내 오른눈이 이번 방문과 또 다른 방문에서 각각 어떤 상태인지를 비교하는 것은 이 시험 치료가 성공적으로 이루어지고 있는지 그리고 내 시력이 조금이라도 향상되고 있는지를 보여주는 신뢰할 만한 지표였다. 그리고 나는 0.2대에 있는 글자들, 심지어 0.25대에 있는 글자들도 보였다.

하지만 내가 그 글자들을 맞힌 과정을 생각하면 이 성취는 죄다 무의미해졌다. 글자를 쳐다보면 여러 다른 곡선과 각도가 나타났다 사라지기를 반복했기 때문에 길게는 10초, 15초, 20초 동안 글자를 바라보고 있어야 했다. 글자는 옅어졌다가 짙어지고 때로는 자리를 이동하는 안개 뒤에 숨어 있는 것 같았다. 나는 어떤 글자인지 말하려고 할 때 ("아, C인 것 같은데…… 아니, D네요. 잠깐, 잠깐만요, 방금 조금 더 보였어요. 아, O입니다!") 예전에 본 영화들이 떠오르곤 했다. 어느 해적의 배나 청부살인업자의 자동차나 칼을 휘두르는 사이코패스가 어둠 속에서 나타나는 그런 영화에서는 아무리 숨기려고 해도 절대 숨길 수 없는 단서들이 자꾸만 나타난다. 20초 정도가 지나 내가 마침내 올바른 글자를 말하면 그것은 정답으로 인정되었다. 그래서 여전히 나는 0.2라고 말할 수 있지만, 냉정히 말해서 그 말은 현실 세계에서의 시력과 아무런 연관이 없었다. 『오만과 편견』처럼 어떤 간명한 문체의 글을 읽는다고 상상해보자. 매번 오랜 시간을 머무르며 각각의 단락에 들어 있는 각각의 문장을 구성하는 각각의 단어를 이루는 각각의 문자의 신비를 풀어야 한다고 상상해보자. 나는 제인 오스틴을 좋아하지만 그래도 마찬가지다. 그런 속도로는 엘리자베스 베넷은 결코 피츠윌리엄 다아시와 결혼할 수 없다. 삼중으로 꽉 막힌 이 로맨스는 결코 완성될 수 없을 것이다.

여기서 더 좌절하는 일이 과연 가능할까 싶지만, 그렇

다, 가능했다. 보통 그다음에는 고문과도 같은 '시야 검사'가 이어졌다. 시야 검사는 아무도 하고 싶지 않을 비디오게임과 비슷했다. 그것은 오락의 옷을 입은 형벌로, 만일 마르키드 사드(18세기 후반의 프랑스 작가로 가학적 이상 성욕을 가리키는 사디즘은 이 이름에서 유래했다―옮긴이)가 그의 에너지를 안과학에 집중했다면 만들었을 법한 기묘한 기계 장치였다. 나는 차가운 플라스틱 받침대에 턱을 괴고 차가운 플라스틱 밴드에 이마를 댄 다음 머리를 절대 움직이지 않고 고정한 채, 검사 중인 눈을 화면의 중심점에 집중하고 그 상태를 오래 유지해야 했다. 그동안 중심점 주변의 사분면들 안에서 불규칙한 간격으로 빛이 나타났다. 빛이 나타날 때마다 나는 단추를 눌러야 했고 이러한 반응의 정확성은 내 시각의 맹점을 보여주는 지도를 산출해낼 것이었다. 유성우가 마구잡이로 쏟아지는 이 인공적인 코스모스를 보고 있노라면 나는 언제나 멍해졌다. 그러다 최면에 걸린 듯한 기분이 들었고 나중에는 결국 미칠 지경이 되었다. 나는 무슨 일이 일어나고 있는지, 내가 무엇을 상상하고 있는지 분간할 수 없었고, 그사이 안달 난 손가락은 혼자서 어떤 막연한 삶을 사는 듯 초조하게, 아무렇게나, 돌발적으로 단추를 눌러대곤 했다. 병원에 갈 때마다 이 검사를 각각의 눈에 총 두 번 연달아 받아야 했고, 검사가 끝나면 처음부터 전부 다시 해야겠다는 말을 들었다. 내가 머리를 제대로 고정하지 않았고, 단추를 누르는 동작의 오류 패턴이 평범하지 않은 특이한 비일관성을 띤다는 이유에서였다.

"제발 그냥 머리에 총을 쏘세요." 나는 말했다. 진심이었다.

내가 짜증을 잘 내는 성격이고 소근육 운동능력이 엉망이라는 사실을 아마 알아챘을 것이다. 이 점을 잘 기억하고 내가 두 번째 임상 시험에서 해야 했던 일을 듣길 바란다. 유향수 송진은 첫 번째 임상 시험의 조작된 분자와 마찬가지로 주사로 투입되었다. 하지만 감사하게도 눈에 맞지는 않았다. 팔뚝이나 허벅지 또는 배에 주사를 놓았다. 이건 좋은 소식이다. 나쁜 소식은? 주사기를 준비하고 바늘을 꽂고 공기를 빼낸 후 살에 푹 꽂아야 할 사람은…… 나였다. 그리고 나는 이걸 일주일에 두 번씩 해야 했다. 여섯 달 동안.

스스로에게 주사를 놓는 일은 그다지 특별한 상황은 아니다. 당뇨병 환자들은 오래전부터 자가 주사를 이용해왔다. 임신을 원하는 여성들도 몸에 호르몬을 직접 투여한다. 하지만 단언컨대 그들 중 압도적 다수가 나보다는 주사를 잘 다룰 것이다. 왜냐하면 나는 슬링키(계단을 내려가는 금속 코일 장난감―옮긴이)보다도 손재주가 없기 때문이다. 내가 어릴 때 아버지는 나에게 넥타이 매는 법을 가르치기를 포기하고 이 일을 짐 삼촌에게 맡겼다. 전문 교사였던 짐 삼촌은 내

게 하프윈저 매듭과 비슷한 어떤 것을 매는 법까지 가르치는
데 성공했다. 그때 이후로 내 넥타이 매듭은 친구들, 남자친
구들, 이따금은 CNN을 보는 시청자들에게서까지 가시 돋친
비난을 자아냈다. 내가 묶거나 풀 수 있는 매듭은 이 세상에
없다. 내가 실을 끼울 수 있는 바늘은 이 세상에 없다. 한번
은 내가 쓰던 스마트폰에서 SIM 카드를 직접 뽑아 새 스마
트폰에 꽂아야 할 일이 있었다. 나는 SIM 카드를 바닥에 두
번이나 떨어뜨렸고 15분이 넘도록 찾지 못했으며 절대로 새
스마트폰에 올바르게 안착시키지 못했다. 한 시간 동안 쩔쩔
매며 실패에 실패를 거듭한 끝에 나는 가장 가까운 전자기기
매장으로 걸어가 계산대를 지키는 직원에게 10달러를 주고
카드를 꽂아달라고 부탁했다. 그는 30초 만에 임무를 완수
했다.

시나이산 병원에서 바니크 박사와 의료기사는 15분에
걸쳐 주사 놓는 법을 알려주었고 첫 투여를 실습하도록 도와
준 다음 안내 책자와 안내 영상, 한 달 분량의 주사기와 주삿
바늘과 화합물 용액이 든 유리병과 알코올 솜을 잔뜩 들려서
나를 집으로 돌려보냈다. 유리병들은 냉장고에 보관해야 했
기에 가로로 놓인 샤도니 와인병들 사이에 놓아두었다. 그곳
이 가장 멋진 장소로 보였기 때문이다. 각 유리병은 투여 한
시간 전에 상온에 미리 꺼내놓으면 뿌연 상태에서 맑은 상태
로 바뀌었다. 화합물 용액을 유리병에서 주사기로 옮기는 작
업은 큰 주삿바늘을 이용해야 했다. 그다음에는 작은 바늘로

바꿔 끼우고 화합물 용액을 주사해야 했다. 주사기에는 작은 실선이 그어져 있어서 용액의 양을 확인할 수 있었다. 눈금을 보려면 눈을 가늘게 떠야 했다. 이것은 내게 다소 중대한 디자인 오류로 보였다. 시력에 문제가 있는 사람들이 이렇게나 작디작은 시각적 표시를 봐야 하다니.

임상 시험에 참가하는 사람 중 상당수는 짐작건대 배우자나 파트너가 연습을 거쳐 주사를 놓아줄 것이다. 하지만 내게는 그런 선택권이 없었다. 처음으로 자가 주사를 시도할 때 나는 안내 책자를 두 차례 읽고 안내 영상을 세 차례 보았다. 탁자 위에 깨끗한 수건을 펼치고 그 위에 도구를 전부 늘어놓은 다음 전체 과정을 상상해보고 우스꽝스러울 정도로 느린 동작으로 차근차근 실행에 옮겼다. 전 과정은 45분이 소요되었다. 앞서 냉장고에서 유리병을 꺼내 한 시간 기다린 것이 여기에 추가되어야 한다. 그동안 나는 그저 기다리는 것 말고는 아무것도 할 일이 없었다. 주삿바늘이 피부를 관통할 때 문득 유리병의 액체를 냉장고 밖에 지나치게 오래 방치한 것은 아닐까 하는 걱정이 들었다. 만일 그렇다면 무슨 일이 일어날까? 약물의 효력이 사라질까? 혹시 오히려 독성을 띠게 될까? 나는 그렇게나 쉽게 일이 잘못될 수 있고 잠재적 위험성이 그토록 중대하다면 애초에 환자가 약물을 직접 투여하게 하지는 않았으리라고 짐작했다.

이날 나는 오른쪽 허벅지에 주사를 놓았다. 주삿바늘은 매우 가늘어서 거의 아무런 느낌이 들지 않았다. 나는 주사기의 플런저를 누르는 동안 액체가 주사기에서 빠져나오면 화끈거리는 느낌이 들 거라고 각오했다. 하지만 아주 살짝 따끔한 느낌이 전부였다. 이어 주삿바늘을 뽑을 때 약하게 꼬집는 느낌이 들었고 그 자리에 핏방울이 씨앗처럼 피어올랐다. 그것으로 끝이었다.

사흘 뒤 나는 왼쪽 허벅지에 주사를 놓았고 그로부터 나흘 뒤에는 배의 오른쪽에 놓았다. 이때는 조금 더 따끔했다. 그다음에는 다시 양쪽 허벅지에 번갈아 놓았다. (절대로 한 자리에 연속해서 두 번 놓지 말라는 주의를 받았다.) 2주 만에 45분이 5분으로 줄었다. 그로부터 몇 주 지나 다시 2분으로, 심지어 1분으로 단축되었다. 나는 거의 자동 운전 모드로 순식간에 일을 마쳤다. 치실을 쓸 때처럼 꼼꼼했지만 단시간 내에 끝냈다.

내가 성과를 좀 떠벌리긴 했지만 이것은 나 자신을 후안 호세와 연결한 지점이자 방식이었다. 이상하게도 나는 주사 놓는 시간을 기다리게 되었다. 그 시간들은 내가 정복한 두려움이었다. 그 시간들은 삶에 독특한 리듬을, 특별한 투지를 부여했다. 내 친구들은 소울 사이클(클럽 음악을 틀어놓고 단체로 실내 자전거를 타는 운동—옮긴이) 수업을 마스터했다. 나는 주사기를 마스터했다. 나는 큼직한 빨간색 주사기 수거함을 굳이 찬장에 넣지 않고 주방 조리대에 올려두고는 수거함이 눈에 띌 때마다 흐뭇해했다. 집을 방문한 사람들에게도 쉽게 눈에 띄는 위치였다. 사람들이 질문해오면 왜 거기 수

거함이 있는지 대답해줄 수 있었다. 나의 마법 같고 기적적인 변신에 관해 떠벌릴 수 있었다. 나는 기꺼이 바늘꽂이가 되었다. 신이 당신에게 레몬을 주면 고개를 숙여 인사하라.

신이 레몬을 주어도 그 쓰디쓴 유산에 관해 지적 호기심을 동원해 생각해보고, 내가 겪고 있는 일의 과학과 신비에서 어떤 매력을 찾아내기 위해 최선을 다하라. 후안 호세는 그렇게 했다. 암에 걸린 친구들도 그런 관점을 취했다. 그들은 학생이 되고 수사관이 되고 탐험가가 되었다. 그리고 목적의식과 결단력을 발휘해 모든 관심을 암에 집중했다. 그런다고 갑자기 암이 낫지는 않는다. 당장 병세의 악화를 막거나 통증을 날려버리거나 슬픔을 막지는 못한다. 정말 심각한 상황에서는 좀처럼 도움이 되기 어렵다. 하지만 다른 상황에서는 가장자리를 조금은 잘라낼 수 있다. 생각을 불안과 절망으로부터 아주 조금이라도 다른 방향으로 돌릴 수 있다. 이러한 시도는 행동이라는 범주에 속한다고 말할 수 없을지 모르지만, 그렇다고 범주의 바깥에 속한다고 말할 수도 없다.

〰

나는 이미 가진 자원과 선택권을 행동에 반영했다. 저널리스트답게 행동을 취한 것이다. 주사하고 있는 화합물 용액에 관해 구글 검색을 통해 피상적인 조사를 했고 유황에 얽힌 유구한 역사와 풍부한 문화에 관해 새로 알게 되었다.

상당히 긴 분량의 칼럼을 쓸 수 있는 소재였다. 나는 편집장에게 자기 몸에 주사하는 약을 만나러 떠나는 한 남자에 관한 아이디어를 이야기했고 그리스 키오스섬으로 출발했다. 키오스섬의 정체성은 유향수와 떼려야 뗄 수 없다. 유향수는 키오스섬에서 유독 많이 자랐다.

'송진'은 어딘가 고급스러운 느낌을 불러일으키는 단어다. 나는 그러한 느낌을 모두 지우겠다. 송진은 나무의 껍질이 벗겨진 상처에서 스며 나오는 찐득찐득한 액체다. 유향수 송진은 수천 년 전부터 강력한 치료적 속성을 지닌 것으로 명성이 높았다. 고대 그리스인들은 구강 청결을 위해 유향수 송진을 씹었다. 일부 성경학자들은 "길르앗의 유향"이 실은 유향수 송진이라고 생각한다. 예전부터 유향수 송진은 염증을 가라앉히고 상처를 치유하는 크림으로 사용되었다. 장이 불편하거나 궤양이 생겼을 때 가루약으로 쓰기도 하고 천식을 다스리기 위해 연기로 피우기도 한다.

유향수 송진을 약으로 쓰는 관습은 지구의 숲과 들판에서 우리에게 꼭 필요한 약을 찾을 수 있다는 더 광범위한 사고의 전통에 속한다. 오늘날 우리는 합성된 아스피린을 사용하지만, 아스피린은 원래 버드나무 껍질에서 발견되는 물질로 만들었다. 히포크라테스는 환자의 통증을 가라앉힐 때 버드나무 껍질을 씹게 하거나 달여서 차로 마시게 했다고 알려져 있다. 암 치료제 탁솔, 말라리아 치료제 아르테미니신, 아편 유사제 모르핀 등 많은 약물이 나무껍질, 잎, 꽃, 열매, 약초, 뿌리에서 나온다. 현대 과학자들이 애초에 이것들에 관심을 갖게 된 정확한 이유는 고대의 민간 치료사들이 이것들을 귀하게 여겼기 때문이었다. 이러한 약물을 찾는 탐색을 일컫는 정식 명칭을 생물 자원 탐사<sup>bioprospecting</sup>라고 한다. 그런데 이러한 활동에 참여하는 과학자들은 자연의 어디에서 시작해야 할지 단서를 얻기 위해 두꺼운 옛날 책을 뒤진다. 우리는 자연에 있는 것들을 피상적으로만 다루어왔다.

에게해 동북부에 위치한 키오스섬에서는 튀르키예의 서부를 볼 수 있다. 키오스섬의 상주 인구는 5만여 명 정도이고, 그중 4500명 정도가 유향 산업에 종사한다. 유향 산업의 역사는 수세기를 거슬러 올라간다. 키오스섬이 제노바 공화국의 지배를 받았던 1300~1400년대에는 유향수 송진을 10파운드(약 4.5킬로그램) 이상 훔치면 그 벌로 한쪽 귀를 잃었다. 200파운드 이상을 훔치면 교수형에 처해졌다. 키오스섬 남부에는 유향수 농원 근처에 석조 주택들이 많은 마을이 높은 외벽, 적은 수의 입구와 미로 같은 출구를 갖춘 요새처럼 조성되어 있어서 송진을 훔치려는 외부 침략자들의 접근을 막았다.

키오스섬에 도착해 보니 이제는 얼마 남지 않은 이러한 마을의 일부가 잘 보존되어 있었다. 키오스섬에 머무르는 사흘간 미묘하고 섬세한 유향의 향기가 나를 줄곧 따라다니는 것 같았다(소나무 향 같기도 하고 바닐라 향 같기도 하고 얼핏 해수 냄새도 나는 듯하지만 이것들 다 아니란 걸 나중에 확인했다).

나는 개관한 지 얼마 되지 않은 유향 박물관에서 몇 시간을 보냈다. 언덕 위에 높이 세워진 유리 건물인 이곳에서는 키오스섬의 황갈색과 연두색 언덕들이 파노라마처럼 펼쳐지는 풍경을 한눈에 담을 수 있었다. 박물관의 카페에서 유향이 첨가된 에스프레소를 마셨는데 향이 고스란히 맛으로 되살아났다. 키오스섬의 사업가들은 오랜 세월에 걸쳐 다양한 음식에 유향을 첨가해 이 지역에서 미식가들이 찾아다닐 만한 음식의 목록을 확장해왔다.

"시리얼, 파스타, 토마토소스, 가지소스, 올리브오일, 소금, 잼." 키오스섬의 한 식품 회사 임원 마이리 지아나카키가 손가락을 꼽으며 말했다. 지아나카키와 나는 이러한 제품들이 올려진 컨베이어벨트 주변을 걷고 있었다. "우리는 모든 음식에 유향을 넣습니다." 정말 그랬다. 하지만 이 기업은 여전히 껌과 사탕, 리큐어 같은 전통적인 품목에서 가장 큰 인기를 누리고 있었다.

나는 별도의 생산 현장을 방문해 위생복을 입은 수십 명의 여성이 유향 조각을 씻고 윤내는 모습을 지켜보았다. 유향 덩어리는 말라서 굳으면 점차 상아색을 띠었다. 나는 갓길에 차를 대고 전설의 유향수들을 따라 산책했다. 전설로 가득하긴 하지만 솔직히 시류에는 뒤처져 있었다. 키오스섬의 남쪽 경사면을 상당 부분 뒤덮은 유향수들은 은빛 잎이 반짝이는 올리브 나무들에게 밀리는 듯했다. 올리브 나무들은 더 크고 통통하고 화려했다. 오페라 무대의 디바 같은 올리브 나무들 옆에서 유향수들은 구부정하게 어깨를 수그린 것처럼 보였다.

나는 한 유향수의 바스락거리는 잎사귀를 살짝 만져보았다. 또 다른 유향수로 가서 갈라진 가지 사이를 오른손으로 매만졌다. 내가 잔뜩 긴장해 있는 것을 알 수 있었다. 그중 한 나무에게 "너희들을 믿는다"라고 속삭일 때도 그랬다. 나는 스스로를 기쁘게 해주고 싶었고 그것은 이 여행을 정당화하기에 충분히 중요한 목적인 듯했다.

집으로 돌아가는 장시간 비행 중 책을 좀 더 집중해 읽거나 잠깐이라도 푹 자고 싶어서 두꺼운 노이즈 캔슬링 헤드폰을 썼다. 세상으로부터 스스로를 차단하고 귀를 닫으려는 시도였다. 나는 속으로 웃었다. 역시나 나는 소설에나 나올 법한 이상한 사람이었다. 시각장애인이 될까 두렵다면서도 자청하여 청각장애인이 되는 남자라니.

실청. 실명. 이 둘은 쌍을 이루는 재난이다. 사람들은 실청과 실명을 일부 똑같은 방식으로 일부 똑같은 표현을 써서 저어하고 묘사한다. 둘 다 잔인한 감각의 절단이며 소박한 쾌락들을 더는 누리지 못하고 소박한 과업들을 더는 성취할 수 없게 만든다. 만일 둘 중 하나를 반드시 선택해야 한다면 어느 쪽을 고르겠어? 태어날 때부터 듣지 못하는 것과 태어날 때부터 보지 못하는 것 중에? 어디선가 우연히 들은 적이 있는 대화이고 (어쩌면 한 번쯤은 나도 그런 대화에 참여했을지 모른다) 온라인 게시판에서 이런 질문에 댓글이 줄줄이 달린 것을 보기도 했다. 비장애인들이 장애에 관해 이론적인 차원에서 이야기하는 언어적 유희다.

그런데 이것이 더는 이론적인 이야기로 그치지 않는다면? 나는 머릿속으로 혼자 이 놀이를 하고 있었다. 다만 내 경우, 이제 이것은 그저 놀이에 불과한 것이 아니게 되었다. 이것은 나에게 닥친 불운의 척도를 가늠하는 행위였다. 내게 주어진 운명의 수준을 산정하는 것. 박탈의 스펙트럼에서 내 자리가 어디쯤일지를 헤아려보는 것.

앤 랜더스의 칼럼은 사람들에게 두루 읽혔고 큰 인기를 누렸다. 랜더스도 실명이냐 실청이냐의 문제를 다룬 적이 있다. 랜더스는 실명과 실청을 동시에 겪은 헬렌 켈러의 주장에 이의를 제기했다. 헬렌 켈러의 주장은 이렇다. "실청 문제는 실명 문제보다 설혹 더 중요하지 않을지언정 더 심오하고 복잡하다. 실청이 훨씬 더 나쁜 불운이다. 그것은 가장 필수적인 자극의 상실을 의미하기 때문이다. 언어를 운반하는 목소리가 있어야 생각은 활기를 띠고 우리는 사람들과 지적인 동반자적 관계를 경험한다." 켈러의 의견은 흔히 이렇게 요약된다. 실청은 즉각적 의사소통의 일차적 수단을 공격함으로써 청각장애인과 다른 사람들 사이에 장벽을 쌓기 때문에 사회적 관계에서 훨씬 더 큰 장애물이다. 반면 실명은 시각장애인과 대상 또는 사물 사이에 장벽을 쌓는다. 랜더스는 이렇게 이의를 제기했다. "꼭 한 가지를 선택해야 한다면 저는 그래도 듣는 쪽보다 보는 쪽을 택하겠습니다. 제게는 안전이 가장 결정적인 요소가 될 것 같아요. 안내견들이 아주 훌륭한 도움이 된다는 것을 잘 알지만요." 랜더스는 청각장애인들이 꼭 비장애인들의 세계와 단절되는 것은 아니라면서 청각장애인인 미스 아메리카 헤더 화이트스톤과 오스카상을 받은 배우 말리 매트린을 언급했다.

물론 랜더스는 실명에 관해서도 정반대되는 근거를 댈 수 있었을 것이다. 20세기에 가장 사랑받은 연주자 레이 찰스와 스티비 원더의 사례를 들면서 말이다. 두 사람 모두 시각장애인이었다. 청각장애인, 시각장애인, 심지어 청각장애인인 동시에 시각장애인인 사람 중에도 위대한 업적을 남긴 사례가 많다. 그들은 장애에 구애받지 않는 초월의 가능성을 장애인 모두에게는 아닐지라도 수많은 장애인에게 증명해 보였다. 이러한 측면에서 실청과 실명은 차이점보다 유사점이 더 많다.

나는 실명하고 싶지 않았다. 드물게 이 두려움이 스며들도록 내버려두었을 때 나는 압도당할 듯한 느낌을 받았다. 그럴 때면 가능한 한 빨리 그 두려움을 떨쳐버리려고 했다. 나는 밖에 나가서 한 바퀴 달렸다. 술을 한 잔 마셨다. 이 어두운 존재가 내 담장을 넘고 내 대문을 통과하도록 허락한 기분이나 분위기를 무조건 세차게 몰아냈다. 나는 영화가 없는 삶을, 넷플릭스가 없는 삶을, 희망봉 주변의 해안선을 보고 과테말라의 마야 사원을 보고 상트페테르부르크의 겨울 궁전을 보기 위해 떠나는 여행이 없는 삶을 상상할 수 없었다. 나는 색을 포기할 수 없었다. 내 거실에는 샤르트뢰즈색 (연노랑에 가까운 색. 프랑스 샤르트뢰즈 수도원에서 만든 리큐어의 색에서 그 이름이 유래했다—옮긴이) 2인용 안락의자가, 틸 그린색(청록색에 가까운 색. 청둥오리의 깃털색—옮긴이) 긴 의자가, 보라색 안락의자와 발 받침대가 있었다. 식탁 의자는 붉은 루비색이었다. 그중 우연히 생긴 물건은 단 하나도 없었다. 그것은 삶의 만화경을 향유하는 나만의 방식이었다. 그것은 이 만화경이 내게 선사한 즐거움을 증거했다.

더구나 나는 독자였다. 저자였다. 나는 이 두 가지 활동을 시각적 행위로 간주했다. 협소하고 틀린 생각이다. 나는 시력 손상 때문에 이 두 활동에서 이따금 실제로 사소한 불편을 겪고 있었다. 청각 상실이 좀 더 편하거나 차라리 더 낫지 않을까? 영화와 넷플릭스 드라마에는 자막만 있으면 된다. 나는 여전히 해안선을 구경하고 박물관을 관람할 수 있을 것이다.

하지만 삶의 만화경이 기쁨을 선사한 것처럼 삶의 협주곡, 심지어 삶의 불협화음도 내게 기쁨을 주었다. 나는 번개가 치는 광경에 전율했지만 천둥이 치는 소리에는 더더욱 전율했다. 내가 남자에게 아주 쉽게 끌리거나 흥미를 잃는 거의 첫 번째 이유는 목소리였고 그다음은 눈빛이었다. 그리고 음악. 내가 과연 음악을 떠나보낼 수 있을까? 톰과 나는 매년 10월에 '오스틴 시티 리미츠 뮤직 페스티벌'에 참가해 사나흘간 하루에 대여섯 시간씩 라이브 음악을 들었다. 집에서는 거의 항상 음악을 틀어놓는다. 달릴 때 음악은 통증을 경감시켜주고 행복감을 고취하며 나를 계속 달리게 했다. 내 심장박동은 사이키델릭 퍼스의 〈하트브레이크 비트 Heartbreak Beat〉에 맞춰 쿵쿵 뛴다. 귀가 들리지 않는다는 것은 메리 J. 블라이즈의 〈노 모어 드라마 No More Drama〉, 더 처치의 〈언더 더 밀키 웨이 Under the Milky Way〉, 밴 모리슨의 〈스위트 싱 Sweet Thing〉을 다시는 들을 수 없다는 뜻이었다. 이 역시 생각할 수 없는 일이었다.

어리석었다. 그러니까 실청이 아니라, 이러한 대결이나 생각 자체가 말이다. 나는 이런 대결을 수백만 번도 더 되풀이할 수 있었다. 실명 대 미각 상실, 실명 대 촉각 상실, 실명 대 뇌전증, 실명 대 루푸스병, 실명 대 난해한 이름이 붙은 수많은 정신장애까지. 어떤 대결이든 나는 현실 대신 판타지 속에서 첨벙거릴 것이다. 그것은 감정의 낭비였다. 우리는 고난에 처하는 방식에서 무엇을 얻을지 선택할 수 없다. 그리고 우리 각각은 예외 없이 무언가를 얻는다.

## 6장

나의 슬픔을 목도한 이들은
자신의 불행도 열어 보여주었다

여기 마음이 산산조각 난 아버지가 있다.

여기 배우자를 잃고 비탄에 빠진 사람이 있다.

여기 상처가, 두려움이, 혼란이 있다.

우리는 이 사람의 인품을 가늠할 때뿐만 아니라

우리 스스로의 인품을 가늠할 때도 그러한 요소를 고려해야 한다.

사람들이 어깨에 진 짐을, 그들이 억누르는 두려움을,

그들이 감추는 흉터를 잠깐만이라도 알아봐준다면

우리는 각자가 경험하는 불운과 모욕감에 덜 사로잡힐 수 있을 것이다.

에밀리 디킨슨의 유명한 시구처럼 희망에 날개가 달렸다면 선망羨望에는 촉수가 달렸다. 스타 셰프 앤서니 보데인Anthony Bourdain을 텔레비전이나 뉴스에서 발견할 때마다 나는 선망에 사로잡혔다.

보데인은 항상 자신감에 차 있었다. 보데인에게서는 진정한 육체적 자신감이 뿜어 나왔다. 호리호리한 몸통과 그 몸통을 앞으로 나아가게 하는 기다란 다리는 나와 달리 왕성한 식욕에 대한 죗값을 치르지 않는 듯했다. 보데인의 탐식은 불가사의하고 웅장했다. 음식에 대해서도, 여행에 대해서도, 언어에 대해서도, 인생에 대해서도. 보데인은 어느 모로 보나 두려움을 모르는 남자였다. 명문대인 바사 칼리지를 졸업하고 돌연 식당 주방의 난투 속으로 뛰어들더니 다시 방향을 바꾸어 작가가 되었고 또다시 변신을 감행해 다재다능한 요리계의 전설이 되었다. 보데인은 트래블 채널에서 〈노 레저베이션스No Reservations〉라는 독자적인 쇼를 진행했고 이어 CNN에서 〈파츠 언노운Parts Unknown〉이라는 더욱 정교한 프로그램을 맡았다. 〈파츠 언노운〉의 위상과 인기는 2016년의 한 에피소드에 등장한 초대 손님을 보면 쉽게 짐작할 수 있다. 보데인은 이 초대 손님과 하노이 식당에서 국수를 먹으며 아버지가 된다는 것, 명예를 얻고 지키는 일, 베트남과 미국의 관계를 이야기했다. 보데인과 국수를 먹은 초대 손님은 당시 미국 대통령이었던 버락 오바마였다.

보데인이 세계를 탐식했다고 말하는 것은 과장법이 아니다. 메타포도 아니다. 나는 2018년 6월 《뉴욕타임스》에 실린 에세이에도 관련한 이야기를 썼다. 보데인은 세계의 모든 장소를 궁금해하며 탐험을 떠났고, 세계의 모든 음식을 기어코 맛보려 했다. 보데인의 허기에는 한도가 없었고 보데인의 환희에는 상한선이 없었다. 아니, 언제나 없는 것처럼 보였다. '보였다'가 중요하다. 내가 그달 에세이를 쓰게 된 것은 보데인의 자살 때문이었다. 보데인은 〈파츠 언노운〉의 새 에피소드를 촬영하기 위해 프랑스 알사스 지역에 머무르던 중 호텔 방에서 스스로 목을 매 생을 마감했다. 향년 61세였다.

모든 사람이 충격에 빠졌다. 여기서 '모든 사람'이란 보데인이 요리계에서 쌓은 성취에 열광했던 모든 독자와 시청자를 의미한다. 우리는 모두 보데인을 쇼맨십과 향락주의의 전형적인 융합이자 여행벽의 화신으로 생각했다. 하지만 '모든 사람'을 좀 더 구체적으로 말하면 요식업계와 그 관련 분야의 종사자들을 의미한다. 나는 《뉴욕타임스》의 음식 평론가로 5년 반을 활동하면서 그들과 가까운 관계를 유지했다. 나도 그들도 여러 해 동안 보데인과 만날 기회가 수차례 있었지만, 보데인이 그토록 강렬한 고통을 겪고 있다는 생각을, 짐작을 누구도 미처 하지 못했다. 그저 보데인의 재능을 아주 조금이라도 나눠 갖고 싶다고, 겉으로 보이는 자신감을 눈곱만큼이라도 나눠 갖고 싶다고 간절히 소망하기 바빴다.

보데인은 내게는 큰 존재였다. 2004년, 로마 지국장 임기가 끝나갈 무렵 《뉴욕타임스》의 새로운 음식 평론가로 선정되었을 때 이탈리아에서 뉴욕으로 실어 보낸 수많은 책 중에는 보데인의 저서로 독자들에게 큰 사랑을 받은 베스트셀러 『키친 컨피덴셜 Kitchen Confidential』이 있었다. 읽은 책이었지만 종종 다시 읽고 싶었다. 이 책에서 보데인은 전문 요리사로 일하며 땀내를 풍기고 소금기에 절고 마약에 취했던 나날을 회고했다. 이 책은 식당을 신화화하면서도 탈신화화했고, 내게는 이런 관점이 옳다고 여겨졌다. 그런데 이 책을 다시 읽었을 때 더 인상적으로 다가온 것은 보데인만의 재치와 불경함이었다. "채식주의자는 인간의 정신에서 훌륭함과 품위를 이루는 모든 것의 적"이라고 보데인은 썼다. 물론 잘못되었고 잔인한 말이지만 사실 이 문장은 다음에 이어질 핵심 문장을 위한 복선이었다. 이어 보데인은 비건(채소, 과일, 해초 등의 식물성 음식 이외에는 아무것도 먹지 않는 철저하고 완전한 채식주의자 — 옮긴이)을 채식주의자의 "헤즈볼라(이슬람 시아파 무장세력 — 옮긴이) 같은 이탈파"로 묘사했다.

2009년 말 나는 식당 비평이 아닌 다른 분야를 맡게 되었다. 이제 예전과 달리 사진에 찍히거나 텔레비전에 출연하는 일은 무엇이든 다 거절하며 마치 잠복근무를 서는 공작원처럼 내 신원을 숨길 필요가 더는 없게 되었다. 때마침 내가 살면서 음식과 줄곧 맺어온 심각한 갈등 관계에 관한 글을 모은 회고록 『둥글게 태어나면 Born Round』이 출간되어 내게 흥미진진한 초대장이 빗발치듯 날아들었다. ABC 뉴스의 〈나이트라인〉은 나를 기획 보도의 주제로 삼았다. 스티븐 콜베어 Steven Colbert 의 〈콜베어 리포트〉도 내 이야기를 다루었다. 〈톱 셰프〉의 판정단으로 한 에피소드에 출연하기도 했다. 하지만 그중 보데인으로부터 〈노 레저베이션스〉의 한 코너에 동행해달라는 요청을 받았을 때가 가장 기뻤다. 어느 오후 맨해튼 시내에서 보데인과 만났다. 한때 요리사 다니엘 불뤼가 운영했던 식당 디비지비 DBGB 에서였다. 우리는 카메라 앞에서 맥주와 함께 뷔페식으로 놓인 소시지를 먹었다. 나중에 보데인은 한가로이, 아니 그 예의 자신감에 찬 몸짓으로 성큼성큼 걸어서 그 자리를 떠났다. 우리가 그 모든 술과 지방질을 잔뜩 섭취하기 전과 마찬가지로 정력적이고 힘찬 발걸음이었다. 나는 한숨 자야 할 것 같아서 택시를 잡아타고 집으로 갔다.

그때를 즈음해 나는 화제의 인물이나 유명 인사와 대화

를 나누는 '타임스 톡스 TimesTalks' 행사 중에 보데인을 무대
에서 인터뷰했다. 《뉴욕타임스》의 맨해튼 본사와 가까운 한
강당에 보데인의 팬 수백 명이 모였다. 내가 맡은 일은 상상
할 수 있는 가장 쉬운 일이었다. 그도 그럴 것이 내가 한 일
이라고는 보데인의 태엽을 한 번 감았다가 뗀 것이 전부였기
때문이다. 보데인은 물 흐르듯 자연스럽게 자기 생각을 밝혔
고 미칠 듯이 매력적이었다.

보데인의 공적인 페르소나가 보여주는 화창하고 찬란
한 빛이 실은 내면의 날씨와 사뭇 다를 수 있었음을 우리 모
두 찬찬히 생각해봤어야 했다. 사실 보데인은 우리에게 여
러 차례 힌트를 주었다. 『키친 컨피덴셜』에서 보데인은 코카
인과 헤로인 중독에 관해 쓰면서 자신이 술과 마약에 취했던
이유는 만족감에 금박 장식을 입히기 위해서였다기보다 그
반대 감정의 내장을 제거하기 위해서였다고 설명했다.

"나는 20대에 죽었어야 했다." 보데인은 말했다. 20대
였던 때로부터 30년도 더 지나서였다. "나는 40대에 이르러
성공을 이뤘고 50대에는 아빠가 되었다. 하지만 자꾸만 비
싼 차를 절도한 기분이 들고 저 뒤에 나를 쫓아오는 불빛이
있지 않은지 백미러를 자꾸만 살핀다." 마지막 문장을 보고
누군가는 이것이 보데인의 또 다른 농담, 보데인의 입에서
자연스럽게 흘러나오는 완벽한 메타포라고 생각했을 것이
다. 하지만 누군가는 불안감과 불길한 느낌을 보여주는 척도
가 아니었을까 궁금히 여길 수도 있었다. 보데인이 죽은 후

지인들과 팬들은 후자를 떠올렸다. 나는 보데인이 그즈음 다른 인터뷰에서 한 말을 떠올렸다. "내 안에는 어두운 정령이 살고 있었습니다." 약물 중독에 대한 언급이었다. 그런 정령은 쉽게 사라지지 않는다.

그것은 2020년 7월에 개봉된 〈로드러너 Roadrunner〉에 담긴 모럴 중 하나였을 것이다. 보데인의 삶과 죽음을 다룬 다큐멘터리 〈로드러너〉는 보데인이 좇은 열정들이 얼마나 통제 불가능하고 파괴적이었는지를 시사한다. 명성이 정점에 달했을 때 보데인은 초조와 갈망과 후회를 발견했다. 그는 어디로 향해야 할지 알지 못했다. 〈파츠 언노운〉의 감독으로서 보데인과 함께 작업한 마이클 스티드는 다큐멘터리에서 말했다. "보데인은 마지막에 혼자라고 느낀 것 같아요. 내면의 고통에 관해 이야기할 사람이 아무도 없다고 느낀 것 같습니다."

그 말을 듣고 나는 보데인의 자살에 관해 루스 라이셜이 《뉴욕타임스》에 밝힌 소회를 떠올렸다. 루스 라이셜은 《뉴욕타임스》의 음식 평론가였고 보데인과 잘 아는 사이였다. "자신감 넘치는 모습 뒤에는 항상 지독히 괴로워하는 수줍은 남자가 있었다." '자신감.' 그러니까 보데인의 태도가 인상 깊었던 사람은 나 혼자만이 아니었다. 모든 사람이 완전히 속아 넘어간 것은 아니었음이 분명하다.

보데인의 자살은 그 자체로도 엄청난 관심을 불러모았지만, 패션 디자이너 케이트 스페이드 Kate Spade가 자살한 지

사흘 뒤에 일어난 사건이라 더더욱 이목을 끌었다. 케이트 스페이드 역시 침실에서 붉은색 스카프로 목을 매 생을 마감했다. 향년 55세였다. 스페이드는 이 시대의 문화 아이콘이었다. 나는 '케이트 스페이드'가 거리에서 두 개 건너 하나꼴로 보이는 듯한 핸드백에 박힌 고유명사일 뿐만 아니라 실존 인물의 이름이기도 하다는 것이 솔직히 실감 나지 않았다. 그것은 이제 매일의 분투가 배인 피와 땀과 눈물로부터 완전히 단절된 하나의 브랜드로만 느껴졌다. 보데인에게 자신감이 있었다면 스페이드에게는 경쾌함이 있었다. 대프니 머킨이 스페이드의 갑작스러운 죽음을 추모하며 《뉴욕타임스》에 기고한 글에 썼듯이 스페이드의 회사가 판매하는 "고집스럽게 쾌활하고 기발한 액세서리"는 스페이드 자신을 대변했다.

머킨에 따르면 스페이드의 친구였고 미국 패션 디자이너 평의회의 의장을 지낸 바 있는 펀 맬리스는 스페이드의 죽음이 "평소 성격에서 크게 벗어난" 일이라고 말했다. 그러나 스페이드의 남편에 따르면 경쾌하고 명랑하고 발랄했던 케이트는 실은 수년째 우울증과 싸우고 있었다.

"평소 성격에서 벗어난 일." 누군가의 죽음을 수식하기에 얼마나 기이한 표현인가. 하지만 이 일에서만큼은 어떤 뒤틀린 의미에서 이치에 닿는 듯했다. 이 표현은 스페이드와 보데인 모두에게 적용되었다. 그들의 최후는 우리에게 보여지는 사람들의 외면과 그들 내면 사이의 간극을 강렬하게 증언했다. 공적인 광채와 사적인 곤경 사이의 간극. 그리고 재산, 수상 경력에 따라 집계된 성공과 은폐된 더욱 중대한 결산 사이의 간극. "미지의 부분들Parts Unknown." 그 말은 보데인에게 적용되는 진실이자 스페이드에게 적용되는 진실이었다. 그리고 우리 모두에게 적용되는 진실이다.

나는 오래전부터 이러한 간극을 알고 있었다. 우리 모두 그렇다. 하지만 우리가 그 사실을 얼마나 예리하게 알아차리는지, 얼마나 꾸준히 기억하는지는 모르겠다. 뇌졸중을 겪고 안개 같은 시야를 경험하며 한동안 내면의 날씨를 감당할 방법을 모색하다 이 근본적 진실을 새로이 음미하게 되었다. 주변 사람들은 앞으로 매끄럽게 나아가는데 나만 삐걱거리며 하루하루를 힘들게 감당하고 있다는, 남들은 토끼풀에 안착했는데 나만 가시덤불에 들어섰다는 믿음. 자기 연민은 대개 이러한 망상에서 나온다. 자기 자신을 불쌍하게 여기는 것은 실은 모든 사람이 언제라도 강렬한 고통을 겪을 수 있다는 사실, 거의 모든 사람이 자신만의 고통을 헤쳐나가기 위해 과거에도 노력했고 현재에도 노력하고 있다는 사실을 인정하지 않는 것과 같다.

$\mathcal{M}$

"어째서 나일까?" 물론, 더 나은 질문이 있다. "어째서 나라고 아니겠는가?" 분투가 평안보다 더 보편적인 조건이라면, 분투가 만족보다, 평화보다, 어쩌면 사랑보다 더 보편적인 조건이라면 분투를 피해갈 수 있을까? 아니, 애초에 그것을 분투라고 불러야 할까? 분투로 여겨야 할까? 분투라는 말은 보통 수준을 넘어서는 노력, 기준에서 벗어남을 함축한다.

미국인 100만 명이, 즉 320명 중 한 명이 교정시력이 0.1 미만인 법률적 시각장애인이다. 여기에 더해 18세 이상의 미국인 중 3500만 명 이상이, 즉 여섯 명 중 한 명이 청각과 관련된 어려움을 겪고 있다고 보고된다. 일부 추정치에 따르면 내가 속한 구간인 55세와 64세 사이의 성인은 거의 열 명 중 한 명, 65세와 74세 사이의 성인은 네 명 중 한 명, 75세 이상의 성인은 두 명 중 한 명이 장애 등급의 청력 상실을 경험한다. 신체적 쇠퇴는 노화에 따라 가속화한다. 살아남는 것, 그리고 운이 좋아서 장수한다는 것의 의미는 이런 것이다.

시력과 청력은 확실한 관심을 받는 영역일 뿐 우리가 알지 못하는 영역의 '균열'은 훨씬 다양하다. 미국 질병통제예방센터에서 2018년 발표한 보고서에 따르면 18세 이상의 미국인 네 명 중 한 명이 신체적 또는 인지적 장애를 겪는 것으로 추산된다. 여기에는 장기화된 또는 반복적인 정신 질환이나 기분 장애를 겪는 수많은 사람들은 포함되지 않았다. 나에게 이 숫자들은 그저 호기심의 대상이 아니다. 이 숫자들은 맥락이다. 우리는 지구에 대한 권리를 주장하고 지구를 장악했다고 선전한다. 중력을 거부하고 지구 바깥으로 탐사를 떠난다. 무수한 예술적 업적이나 체육에서의 성취를 과시하지만 여전히 부서질 수 있는 종이고 그 균열은 주변 어디에나 있다. 그렇지만 우리는 그 균열들을 쳐다보고 그냥 지나친다. 전부는 아닐지라도 너무나 많은 사람이 그렇다.

나는 이 균열들에 집중하기 시작했다. 친구들이나 지인들에게 내가 모르고 지나친 어떤 미지의 부분들이 있지 않은지 살폈다. "미안해"라는 막연한 말이나 형식적인 위로 메시지로 지나친 부분들, 때로는 예리하게 살피는 사람들만이 해소해줄 수 있는 부분들, 자주 웃음에 묻히거나 화장 또는 미소로 덮이는 부분들.

나는 뇌졸중을 겪고 몇 주 후 《뉴욕타임스》 칼럼니스트 로스 두다트가 쓴 칼럼을 흥미롭게 읽었다. 그 칼럼은 시간이 흐를수록 내 안에서 점점 더 큰 반향을 일으켰고, 균열들에 대한 나의 관심도 점점 강렬해지고 있었다. 로스의 칼럼 '불행 필터The Misery Filter'는 심리치료사이자 블로거인 스콧 알렉산더의 글을 인용했다. 알렉산더는 자신이 치료한 환자들을 통해 판단하건대 겉으로 건강해 보이는 부유한 사람들은 정서적 혼란을 흔하게 겪지만 이러한 사례들은 밖으로 좀처럼 드러나지 않는다고 했다. 알렉산더는 우리는 주변의 세계를 관찰할 때 불행이 저절로 시들해지거나 사라지기를 바라며 "불행을 필터로 거르는" 경향이 있다고 주장했다.

로스는 이 의견에 공감하며 논지를 정교화했다. 로스에 따르면 이러한 필터가 특히 강력하게 작동하는 것은 "쉬운

위기 해결의 호弧에 맞지 않는 만성적 불행이 닥쳤을 때다. 우리가 다른 사람들의 고통을 알게 되는 경우는 대개 그 고통이 처음으로 그들을 덮쳤을 때, 또는 그들이 결국 바닥을 쳐서 심각한 병을 진단받거나 중독 상태를 갑자기 알아채거나 공개적으로 끔찍한 사건이 벌어졌을 때다. 다른 경우에는 대체로 장막이 내려져 있다. 사적인 분투를 건강과 정상성의 영역에 통합시킬 방법이 없기 때문이다." 이러한 장막이나 필터는 진짜 문제를 야기한다. 로스는 이렇게 덧붙였다. "왜냐하면 장막이나 필터는 건강한 사람이나 아픈 사람 모두에게 현실에 관해 사실상 거짓말을 하기 때문이다. [···] 장막이나 필터는 아픈 사람들에게 그들이 실제로 얼마나 혼자인지에 관해 거짓말을 한다. 왜냐하면 그들이 건강했을 때는 그것이 완벽한 정상성으로 느껴졌기 때문이다. 따라서 그들은 이제 아웃라이어, 실패자, 괴물이 될 수밖에 없다."

로스가 알렉산더의 관점에 관심을 갖게 된 것은 "개인적인 이유"에서였다면서도 그 이유가 무엇인지는 자세히 밝히지 않았다. 로스 역시 그런 식으로 자기 자신의 삶에 장막을 치고 있었다. 당시 나는 이유를 알고 있었다. 로스는 라임병으로 한동안 위독한 상태였고 여전히 회복 중이었다. 로스는 이 병으로 수년에 걸쳐 몹시 약해졌고 때로는 심각할 정도로 쇠약해졌다. 그럼에도 왕성한 집필 활동을 이어갔고 그런 기색을 겉으로 잘 드러내지 않았다. 눈에 띄지 않게 엄청난 노력을 기울이며 뛰어난 글을 잇달아 발표했고, 그 와중에 세 자녀를 돌보는 아내도 도왔다.

　뇌졸중의 충격이 서서히 가시고 소름 끼치게 기이한 임상 시험에 조금씩 적응하면서, 나는 삶에서 만나는 사람들의 목록을 머릿속으로 만들어보았다. 그리고 그들에게 균열들, 가시덤불은 어떤 것인지 새롭게 헤아려보았다. 한 친구는 아직 60세가 채 되지 않았는데도 뇌출혈에서 완전히 회복되지 않은 상태였다. 그 친구는 예전에는 나무랄 데 없이 건강했다. 의사들은 뇌출혈의 원인이 무엇인지, 이 일로 정확히 어떤 결과가 초래될지, 친구에게 어떤 준비가 필요한지 등에 관해 알지 못했고 따라서 그녀가 생활을 어떻게 변화시켜야 할지에 관해서도 믿을 만한 조언을 제공해줄 수 없었다. 친구는 한동안 장시간 비행을 삼갔다. 대서양을 건너다 공중에서 무슨 일이라도 생긴다면 어떻게 하겠는가? 친구는 원래도 술을 많이 마시지 않았지만 술자리를 많이 줄였고, 이름과 주소뿐만 아니라 비상 연락처를 함께 적어둔 카드를 가방에 넣어두었다. 친구에게 일어날 일(또는 일어나지 않을 일)은 예고 없이 갑작스럽게 닥칠 수 있었고, 그녀가 집이 아닌 장소에 있거나 주변에 아는 사람이 없을 때 벌어질 수 있었다. 친구가 이러한 이야기들을 털어놓은 것은 내가 NAION을 얻은 후였다. 아마도 NAION 환자인 내가 어둑하고 두려운 땅을 함께 걸어갈 동료 여행자로 느껴졌기 때문이었을 것이다.

　다른 친구는 배우자가 서른아홉 살의 나이로 세상을 떠

난 뒤 슬픔에 빠져 있었다. 40대 중반의 엄마인 또 다른 친구
는 지난 수년간 자신을 쇠약하게 만든 희귀암으로부터 확실
히 완치된 것인지, 두 아이의 고등학교 졸업식에 같이 있어
줄 수 있으리라는 희망을 품어도 되는 것인지 아직 확신하지
못했다. 내가 일상적으로 소통하는 퍽 좁은 범위의 사람들만
따져보아도, 특별한 관심이 필요한 노쇠한 부모, 치료비가 많
이 드는 병약한 자녀, 영혼을 망가뜨리는 결혼 생활, 달콤한
꿈을 산산이 깨뜨리는 불임, 자존감을 파쇄하는 직장, 만성
우울증, 만성 통증, 약물 남용 등등의 균열, 가시덤불을 안고
있다. 그러나 이 중에 즉각적으로 눈에 띄거나 겉으로 두드
러지는 괴로움은 거의 없다. 일부는 자존심 때문에, 또는 나
약함을 밖으로 드러내거나 고민을 광고해서는 안 된다는 무
언의 약속 때문에 적극적으로 부지런히 은폐되었다.

　　나는 또 다른 목록을 만들어보았다. 이제 곁에 있지 않
은 일찍 세상을 떠난 친구들의 목록이었다. 《뉴욕타임스》 동
료 중에만 무려 세 명이 있었다. 그들을 무척이나 오랜만에
생각했다는 사실에 마음이 불편했다. 나는 그들 중 두 명과
《뉴욕타임스》 워싱턴 D.C. 지부에서 3년 반을 같이 근무했
다. 한 명은 남성으로 나이가 예순셋이었고 은퇴를 채 한 달
도 남기지 않고 집 근처에서 노상강도에게 머리를 가격당해
숨졌다. 한 명은 여성으로 쉰네 살에 암에 걸려 열한 살이 된
쌍둥이 자녀를 남겨두고 세상을 떠났다. 세 번째 동료 역시
암으로 마흔아홉 살에 생을 마쳤다. 그는 내가 한때 사귀었

던 사람이었다.

고등학교 때 가장 친했던 친구들 중 하나는 세상을 떠난 지 오래되었다. 심각한 우울증과 불안증으로 예일대를 졸업한 지 겨우 2년 만에 결국 스스로 목숨을 끊었다. 대학에서 가장 친했던 친구들 중 한 명도 사실상 스스로 목숨을 끊었다고 할 수 있다. 나는 이 사실을 수년 뒤에야 알게 되었다. 우리는 한동안 서로 연락 없이 지냈고 나는 우연히 그녀의 전 남자친구와 마주쳤다. 그는 그 친구가 점점 스스로 몸을 가누지 못할 정도로 폭음을 했고 어느 날 혼자 사는 집의 계단 밑에서 죽은 채 발견되었다고 했다. 술에 취해 계단에서 발을 헛디딘 듯했다.

세상에, 나는 생각했다. 내가 이 친구들에게 호감을 느낀 이유는 그들 내면에 자리한 괴로움이 마치 나 자신의 괴로움을 거울처럼 비추어주는 듯했기 때문이다. 그들이 겪는 괴로움이 내게 몹시 익숙했던 터라 위로를 느꼈다. 우리는 함께 그것으로부터 벗어나기를 갈망했다. 우리는 어떤 신경생화학적 해결책을 갈망했고 거기에는 독약도 하나의 가능성으로 상존했다. 비록 처음에만 그랬을지라도 말이다. 내가 그러한 가능성을 피할 수 있었던 것은 삶에 매료되었기 때문이다. 나는 천성적으로 항상 가장자리를 따라 춤을 추면서도 심연으로 떨어지지는 않았다. 춤을 너무 오래 추었다거나 지나치게 위험해졌다 싶으면 언제나 뒤로 물러섰다. 나의 신경생화학 안에는 음주, 약물 복용, 자기 파괴에 한도를 두는 능력이 있었다. 내가 그 점에 얼마나 감사해야 했는지, 얼마나 감사를 느끼기 시작했는지.

그다음으로는 에이즈 AIDS 가 유행하던 최악의 시기를 무사히 통과하지 못한 친구들이 있었다. 그중에는 론이 있었다. 신랄한 위트가 있었던 론은 늘 고집하는 샤넬의 안테우스 향수의 향을 풍기고 다녔다. 맥스도 있었다. 올리브빛 피부와 흑발에 비현실적으로 잘생겼던 맥스. 이들을 비롯한 수많은 게이 친구들은 모두 나처럼 젊었고, 육감적인 것을 좇으며 모험을 마다하지 않았고, 수많은 실수를 저질렀다. 1980년대에는 죽음에 이를 수도 있는 실수들이었다. 나는 조심해서 행동했지만 절대 완벽과는 거리가 멀었다. 하지만 나는 여기 이렇게 있다. 자격이 부족한 복권 당첨자였지만 내가 살아남은 이유의 상당 부분은 그저 뜻밖의 행운에서 찾을 수 있었다.

행운. 내가 행운에 관해 생각이 많아졌을 때, 행운이라는 이름을 가진 한 유명인이 세상의 오해를 바로잡았다. 세상은 그가 매우 운 좋은 사람이라고 짐작하고 있었다. 인디애나폴리스 콜츠 미식축구팀의 스타 쿼터백 앤드류 럭의 이야기다. 럭은 겨우 스물아홉 살의 나이에 은퇴를 선언했다.

섹시한 몸뿐만 아니라 명석한 두뇌의 소유자이기도 했던 럭은 장학금을 받으며 스탠퍼드대에 다녔고 하이즈먼 트로피(매년 뛰어난 대학 미식축구 선수에게 주어지는 상—옮긴이) 투표 순위에서 두 차례 차점자였을 정도로 화려한 기량을 펼쳐 보였다. 미국 프로 미식축구 연맹의 2012년 드래프트에서 럭은 1순위 대상자였다. 럭은 콜츠팀에 합류했고 첫 세 시즌을 전부 플레이오프로 이끌었다. 럭은 마법이 지켜주는 커리어란 어떤 것인지, 마법이 지켜주는 인생이란 어떤 것인지를 보여주었다.

하지만 실상은 그렇지 않았다. 럭은 2019년 기자회견에서 은퇴 결정이 외부에 먼저 새어나가는 바람에 시기를 서둘러 앞당기게 되었음을 분명히 했다. "지난 4년여 동안 부상, 통증, 재활을 겪고, 또다시 부상, 통증, 재활을 겪는 사이클이 끝없이 반복되었습니다." 럭은 이렇게 덧붙였다. "이 사이클에서 벗어날 방법은 미식축구를 그만두는 것밖에 없는 것 같습니다. 이 때문에 저는 미식축구를 하는 기쁨을 느끼지 못하게 되었습니다." 럭은 잠시 말을 멈추고 스스로를 다독였다. 럭의 침묵은 15초 이상 길게 이어졌다. 마침내 럭은 잠긴 목소리로 한마디를 뱉어냈다. "죄송합니다."

나는 럭의 말을 듣고 미식축구는 육체적으로 지나치게 가혹한 경기라고 백만 번도 더 욕했다. 미식축구 관람을 좋아하지만 볼 때마다 큰 도덕적 가책을 느낀다. 미식축구의 가혹함은 럭에게 갈비연골의 열상을, 복부의 부분 열상을, 신장의 열상을, 어깨뼈 관절 테두리의 열상을, 적어도 한 번의 뇌진탕을 의미했다. 럭은 발목 부상을 입은 터라 다음 달 시작될 예정인 새로운 프로리그 시즌에 참여해 경기를 뛸 수 있을지 걱정되는 상황이었다.

하지만 이때 내가 얻은 가장 큰 교훈은 미식축구의 야
만성이 아니라 행복이라는 수수께끼였다. 럭에게 재능은 고
문이 되었고, 복잡하게 얽힌 이 둘을 떼어놓을 방법은 없었
다. 럭이 운동선수로서 누리는 영예는 럭을 선망하는 팬들은
알지 못했던 어마어마한 대가를 요구했다. 가장 중요한 쿼터
백인 앤드류 럭처럼 되고 싶은 남자들은 일개 군단을 이루었
다. 하지만 정작 럭은 그 군단에 없었다.

〰

우리의 역경, 장애물, 고통, 절망을 모든 사람이 볼 수
있도록 쓰여 있다면 어떨까. 각각의 목에 걸린 광고판에 그
내용이 모두 적혀 있다면.

"실패한 결혼 생활, 충실하지 않았던 전남편, 돌보미들
을 거부하는 자폐증 아들." 내가 아는 한 여성이 걸고 있을
광고판이다. 그러면 이 여성을 아는 사람들은 정규직 일자리
를 유지하는 능력과 지칠 줄 모르는 투철한 직업의식이 단순
히 존경스러운 차원을 넘어서서 영웅적인 것임을 깨닫게 될
것이다. 그들은 그녀가 이따금 어떤 일을 잘 기억하지 못하
는 것을, 이따금 성급하게 구는 것을 너그러운 마음으로 이
해해줄 수 있을 것이다. 그녀의 삶 자체가 기적이라는 것, 건
망증과 조급증은 사소하고 일시적인 것에 지나지 않음을 이
해할 것이기 때문이다.

"자전거 사고, 안면 열상, 괴로운 통증, 10여 차례의 수술, 입맞춤의 감각을 더는 온전히 느낄 수 없음." 내가 잘 아는 한 남성이 걸고 있을 광고판이다. 이 남성은 그 사고로 인위적 혼수상태(의료진이 환자의 뇌 기능을 보호하거나 고통을 줄여주고자 약물로 유도한 혼수상태—옮긴이)를 경험했고, 수술 뒤에도 미소를 지을 때 얼굴이 살짝 비대칭을 이루고 코도 살짝 비틀어져 있었다. 그의 낙관론과 쾌활함은 실로 경이의 대상이었다. 동일한 궤도에서 패배주의에 빠진 사람들에게 귀감과 교훈이 될 만했다.

"비행기 사고, 의족, 여덟 살 난 아들의 죽음." 참혹한 사고를 간략하게 요약한 이 광고판은 맨해튼에서 나와 같은 짐 Gym 을 이용하던 한 동료 작가의 것이다. 비행은 그의 취미였다. 비행기가 추락한 날, 직접 조종하고 있었고 그의 유일한 승객이자 유일한 자식이 숨졌다. 그는 하마터면 의족조차 착용할 수 없을 정도로 큰 다리 부상을 입었고 이후 5개월을 치료 센터에서 지내야 했다. 나는 이 모든 이야기를 당사자가 아닌 그의 지인들로부터 들었다. 그전에 그와 활기차고 생기 있는 대화를 여러 차례 나누었고 그런 사고를 겪은 기색은 전혀 느낄 수 없었다. 나는 말문이 막혔고 이내 겸허해졌다.

"심신을 망가뜨리는 두통, 거의 끊이지 않는 귓속의 비명, 자살을 자주 떠올림." 내게 속내를 털어놓은 어느 유명인이 매고 있을 광고판이다. 이 사람의 부와 명예를 부러워하는 사람 중에 이를 알고도 여전히 그의 삶을 탐할 사람이 있을지 의심스럽다.

이러한 사례들을 떠올리기 위해 장시간 힘들여 고민할 필요는 없었다. 문제를 겪는 사람들을 찾아다니며 어떤 힘든 일을 겪고 있는지 말해달라고 조를 필요도 없었다. 이러한 말들은 무심한 순간에 낮은 목소리로 내뱉어졌다. 예민하게 귀를 열고 구체적인 내용을 기억하기만 하면 되었다. 나는 그렇게 했다. 예전 같으면 스쳐 지나갔을 이야기에 관심을 기울였고, 한때는 서둘러 지나치거나 회피하던 대화의 공간에 오래 머물렀다.

뇌졸중이 발생하고 1년이 조금 넘었을 때, 보데인과 스페이드가 자살하고 5개월 정도 지났을 때, 나는 강연을 부탁받은 남부의 한 대학을 방문했다. 그때도 나는 강연 원고와 슬라이드와 마이크를 동시에 다루면서 관객들과 호응하기 위해 그들의 흐릿한 얼굴들을 보면서 여전히 증상을 경험하고 있었다. 강연에 앞서 대학 임원은 함께 점심을 들며 계획을 짰고, 나는 행사가 열리기 한 시간 반 전부터 근처 회의실에서 시간을 보내고 있었다. 그동안 대학의 다른 행정 직원들과 교수들과 학생들이 회의실에 찾아와 내게 인사했다.

몇 명은 대학 총장이 출타 중이어서 직접 나를 맞아줄 수 없다는 점에 양해를 구했다. 이럴 때는 가끔 총장의 아내가 남편 대신 행사에 참석했지만, 이번에는 건강상의 문제로 그렇게 하기 어려울 수도 있다고 했다. 우리는 상황을 지켜보기로 했다.

하지만 총장의 아내는 행사장에 모습을 보였다. 부인의 악수는 힘찼고 미소는 밝았다. 그녀의 쾌활한 몸가짐에서는 불편한 기미가 느껴지지 않았다. 하지만 대학 관계자가 내게 그녀의 건강에 관해 이미 언급했으니 아마도 그 이야기를 꺼내도 괜찮겠지 싶었다.

"오늘 밤 이렇게 와주셔서 기쁩니다. 송구스럽게도 몸이 편찮으셨다고 들었습니다. 지금은 괜찮으셨으면 좋겠군요."

이내 그녀의 얼굴이 한결 편안해 보였다. 씩씩한 표정을 띠고 있어야 한다는 부담감을 내려놓은 듯했다. 그러면서 척추에 낭종이 생겼다고 설명했다. 벌써 두 차례의 수술을 받았고 기력이 따라주면 한 번 더 해야 할지도 모른다면서. 변수 중 하나는 낭종이 계속 일으키는 통증을 그녀가 얼마나 견뎌낼 수 있는지였다.

"통증이 잦은가요?" 내가 물었다.

"늘 있지요." 그녀가 대답했다.

"이 병을 얼마나 오래 앓으셨나요?"

"10년 정도요."

나의 놀란 마음을 표정에서 미처 숨기지 못했는지 그녀는 서둘러 갈수록 통증의 달인이 되어가고 있다고 덧붙였다. 어떤 신발, 어떤 등받이 의자, 어떤 자세가 편한지 등등을 잘 안다는 것이었다. 그녀는 나를 안심시키려고 했지만 나는 그녀가 스스로도 안심시키고 있음을 눈치챘다. 어떤 주문이 들

리는 듯했다. '나는 할 수 있다, 할 수 있다, 하고 있다.'

여하튼 심한 날이 있는가 하면 나은 날도 있었다. 통증에 장악되는 시간이 있는가 하면 그저 불편한 정도로 그치는 시간도 있었다. 전자를 지날 때면 그저 후자가 곧 찾아오리라는 믿음을 품어야 했다. 오늘은 더 나은 날, 그저 불편한 정도인 날이다. 그래서 그녀는 나와 함께 여기에 있었다. 그녀의 광고판에는 이렇게 쓰여 있을 것이다. "고장 난 척추, 기댈 데 없음, 끝이 보이지 않음." 어쩌면 이보다 더 많은 말이 쓰여 있을 수도 있다. 나는 그녀를 그저 조금 알게 되었을 뿐이었다. 우리가 조금보다 많이 알게 되는 사람은 그리 많지 않다.

회의실을 찾은 어느 학생은 나와 대화를 더 나누고 싶어 했다. 그 학생은 게이였다. 그는 내가 게이임을 공개한 최초의 《뉴욕타임스》 칼럼니스트이며 동성애자의 권리에 관해 많은 글을 썼다는 것을 알고 있었다. 하지만 우리에게는 시간이 많지 않았고 그는 훨씬 더 많은 이야기를 나누고 싶어 하는 것 같았기에, 나는 나중에 같이 간단한 저녁을 들자고 제안했다.

역시나 그에게는 사연이 있었다. 그는 그 이야기를 하면서 나처럼 뉴욕 같은 대규모의 세계적인 도시에 사는 사람들은 더 작고 덜 세계적인 도시의 상황이 얼마나 열악한지 알아야 한다고 했다. 사연은 이랬다. 그는 10대에 자신의 성적 지향을 솔직하게 밝혔다. 부모는 그가 전향 치료를 받게 했다. 결국 그가 이 치욕을 더는 참지 않겠다고, 이 우스꽝스러운 소극을 그만두겠다고 선언하자 부모는 그와 의절했다. 그는 등록금을 스스로 마련했다. 가족이 등록금을 내줄 형편이 안 되어서가 아니었다. 그는 스스로를 대단한 불의를 겪은 불쌍한 희생자로 여기지 않고 담담한 태도로 이야기했다. 중간중간 그는 정말로 신난 표정으로 자신이 대학에서 얼마나 많은 것을 배우고 있으며 대학 생활을 얼마나 즐겁게 보내고 있는지 고백했다. 그는 어느 상원의원의 사무실에 인턴십을 신청할 계획이라고 했다. 나는 그 사무실의 직원들을 잘 알고 있었기 때문에 그를 추천하는 이메일을 보내주겠다고 자청했고 실제로 그렇게 했다.

그의 광고판에는 아마 이렇게 쓰여 있을 것 같다. "부모님의 사랑은 조건적이었고 나는 그 조건에 맞지 않았다."

〰

내가 이러한 광고판들을 알아볼 수 있었던 것은 세상을 전과 다르게 읽고 있었기 때문이다. 또한 내 목에 걸린 "손상된 시야, 실명의 가능성"이라는 광고판을 본 사람들은 내게 자신의 광고판을 보여주었다. 2018년 말 라스베이거스에서 방문한 어느 식당의 매니저도 그랬다.

라스베이거스의 뻔뻔한 키치적 감성과 자유로운 생기에 언제나 특별한 애착을 느끼는 나는 잠깐 새로운 풍경으로 기분 전환을 하고 싶어서 그곳에 갔다. 친구 케리가 며칠간 동행했다. 우리는 라스베이거스 스트립에서 멀리 떨어진 곳에 자리한 식당에서 저녁 식사를 했다. 어쩌면 내 이름을 보고 내가 식당 비평가로 글을 쓰던 과거를 기억해낼 수도 있을 법한, 작지만 야심만만한 식당이었다. 실제로 그들은 예약 명단에 있는 내 이름을 알아본 모양이었다. 식사를 시작하고 얼마 지나지 않아 식당 매니저 한 명이 우리 테이블로 와서 인사를 건넸다.

"음식 천재이신 걸 잘 알고 있습니다만," 매니저는 농담으로 시작했다. "저에게 무척 의미가 있는 글은 시력에 관한 것이었습니다." 매니저는 자신의 눈이 항상 "흔들린다"고 설명했다. 평생을 따라다닌 이 병은 앞으로 몇 년 안에 예측할 수 없는 속도로 더 심해질 수 있다고 했다. 그가 무척 긴장해 있는 데다 말이 빨라서 전부 이해하지는 못했다. 하지만 나는 이야기를 나누어준 것에 대해 감사를 표현하고 힘든 일을 겪고 있는 것이 몹시 안타깝다고 전했다.

그날의 대화는 내 안에 오래 머물렀다. 나는 그날 밤에 그 대화를 다시 생각했다. 이튿날 아침에도 생각했다. 혹시 그가 원한다면 이야기를 더 듣고 싶었다. 그래서 나는 식당에 전화를 걸었다. 그는 식당에 없었다. 하지만 다른 매니저가 그 청년의 이메일 주소를 알려주었다. 나는 그에게 이메일을 보냈고 마침내 전화 통화를 할 수 있었다.

그의 이름은 대니다. 대니는 스코틀랜드에서 왔다. 대

니는 비범한 사람이지만 이 사실을 제대로 알려면 다소 꼬치 꼬치 캐물어야 한다. 대니의 어머니는 임신 중에 힘든 시간을 보냈고 그를 조산했다. 대니는 눈이 덜 발달한 상태로 태어났다. 대니는 설명했다. "눈이 일종의 원운동을 하듯 좌우로 회전해요. 정상인은 어딘가에 초점을 맞출 수 있지요. 저는 절대 그렇게 하지 못합니다. 눈이 항상 회전하고 있으니까요. 피곤할 때는 더 심해집니다." 세상은 늘 안절부절 움직이고 달리고 있었다. 그래서 그는 이따금 모든 일을 멈추고 눈과 뇌를 쉬게 해주어야 했다.

어릴 때 받은 수술로 증상이 나아지기는 했지만 그리 대단한 수준은 아니었고 이후 더 취할 수 있는 조치가 없었다. 대니는 글자를 읽으려면 칠판 바로 앞에 앉거나 책에 코를 바짝 붙이거나 컴퓨터 화면에 얼굴을 아주 가까이 갖다 대야 했다. 그렇게 하면 다른 아이들이 놀렸다. 대니는 놀림을 받는 데 익숙했다. 별다른 도리가 없었다. 배워야 하니까 글을 읽어야 했다.

패스트푸드점에서 그는 계산대 위에 높이 부착된 메뉴판을 도저히 읽을 수 없었기 때문에 예전에 먹어봤고 아직까지 파는 음식만 주문했다. 대니는 글자를 읽는 데 어려움을 겪은 반면 생각하는 데에는 아무런 어려움이 없었다. 특히 말로 전해진 정보는 많은 양을 습득하고 저장할 수 있었다. "어느 하나의 기능이 약하면 다른 기능이 더욱 발달하는 것 같습니다. 저는 기억력이 정말 좋습니다."

대니는 고등학교를 마쳤다. 대학교를 마쳤다. 접객업에 관심이 생긴 그는 기왕이면 일을 크게 벌여서 호텔경영학 대학원에 진학해 진짜 모험을 해보리라고 결심했다. 그것도 미국의 그 어느 도시보다 명실상부하게 접객업이 중심을 이루는 곳의 대학원에서 말이다. 대니는 라스베이거스의 네바다 대로 갔다.

대니가 이러한 결정을 내리게 된 데는 손상되고 취약한 시력이 중요한 요인으로 작용했다. 대니는 말했다. "저는 생각했습니다. '공포에 빠져 괴로워하고 사회의 보호를 받으며 반쪽짜리 삶을 영위할 수도 있어. 하지만 결코 행복하지 않을 거야. 아니면 나는 삶을 붙잡을 수 있어. 미국으로 날아가서 최대한 커리어를 잘 쌓아보면 어떨까. 어차피 무슨 목표를 설정하든 30년 안에 도달하기 힘들 테니까.'"

우리가 삶에서 서로 마주쳤을 때 대니는 서른 살이었고 그에게 펼쳐진 세상에 감사하고 있었다. 대니는 학교에서 좋은 성적을 거두었다. 무려 졸업식 연사로 선발될 정도로. 대니가 매니저로 있는 '블랙 쉽Black Sheep'은 평판이 훌륭한 식당이었다. 대니는 자신이 실명할 때('실명한다면'이 아니었다) 식당을 떠나야 한다는 사실이 걱정되었다. 그래서 법률사무소 몇 군데에서 무급으로 인턴 일을 하며 인생의 다음 장을 준비했다. 시각장애인 식당 매니저나 식당 주인은 상상할 수 없지만, 시각장애인 법대생이나 변호사는 상상할 수 있지 않을까? 어쩌면, 어쩌면 그럴지도.

대니를 힘들게 하는 것이 있다면 그것은 운전을 할 수 없다는 사실이었다. 대니는 대중교통에 전적으로 의존했지만 그가 사는 도시는 이용이 까다로웠다. 대니는 때로는 친구의 호의에 기댔고, 경제적 형편이 괜찮을 때는 우버Uber나 리프트Lyft 서비스를 이용했다. 대중교통으로 블랙 쳅을 오가는 데 90분이 소요되었다. 통근 시간이 이보다 긴 일자리는 포기할 수밖에 없었다. 불가피하게 거절해야 했던 초대 자리도 있었다. 대니는 여느 남자처럼 여자친구를 차로 데리러 가는 경험을 고등학교에서든 대학에서든 어디서든 한 번도 해보지 못했다. 대니는 어릴 때 자동차 장난감을 갖고 놀았고 자기 방 벽에 자동차 그림을 붙이기도 했다. 어느 날 대니는 자기도 언젠가 운전을 할 수 있는지 물었고 그에게 돌아온 대답은 "그럴 가능성은 적단다"였다. 대니는 '적다'보다 '가능성'이라는 단어에 더 꽂혔고 나중에 운전면허를 취득할 수 있는 나이가 되었을 때 검안사를 찾아가 적격성을 확인했다. 부적격이라는 대답이 돌아왔다. 대니의 시력은 턱없이 부족했다.

그 일은 그때까지 경험한 것 중 가장 큰 역경이었지만 마지막 역경은 아니었다. 삶에서 어려움이 계속될 테지만 대니는 어려움에 대처하는 전략들을 갖고 있다. 대니는 그중 한 가지를 내게 공유했다. "진부하게 들리겠지만, 힘들 때 저는 휴대전화에 저장된 사진들을 넘겨볼 겁니다." 사진 속에서 대니는 졸업식장에서 연설을 하고 있다. 하와이를 여행하며 마법 같은 시간을 보내고 있다. 대니가 몹시 사랑하는 어머니와 함께한 더 어린 시절의 그가 있다. 대니는 이 사진들을 찬찬히 보며 스스로에게 "우는소리 그만해"라고 말한다.

대니는 앞으로 기회를 잡을 수 있으리라고 믿는다. 수많은 요식업계 사람들을 거리로 내몬 코로나 감염병이 유행하기 직전, 대니는 라스베이거스에서 빠르게 성장하는 식당 그룹에서 서비스 책임자라는 중대한 직책을 맡았다. 이 그룹은 2020년에 봉쇄조치와 영업 중단 사태를 견뎌냈을 뿐만 아니라 2021년 말에도 지속적인 확장세를 보였다. 그 덕분에 대니는 새 아파트로 이사할 수 있었다. 이 그룹에 속한 식당 두 군데를 걸어서 갈 수 있는 아파트였다. 90분의 통근 시간은 이제 과거의 이야기가 되었다.

"감사한 일이 있어요." 대니가 말했다. "우리 개요! 무척 큰 개예요. 제가 없으면 우리 개가 어떻게 하겠어요?" 대니는 항상 퍼그를 키우고 싶었다고 했다. 4년 전쯤 대니가 페이스북에서 알고 지내던 누군가가 혹하는 포스팅을 올렸다. 그의 여자 형제가 키우는 퍼그가 강아지들을 낳았다는 것이었다.

'이건 계시야!' 대니는 생각했다. 그리고 한 마리를 얻었다.

"제가 지금까지 해본 제일 멍청하고 제일 잘한 행동이었습니다." 대니는 말했다. "돈을 버는 족족 그 녀석에게 들어가요. 하지만 컨디션이 안 좋을 땐 언제나 녀석 덕분에 그 기분에서 빠져나올 수 있습니다."

"위맨 Wee Man (스코틀랜드에서 자그마한 남자를 의미한다 - 옮긴이). 이름이 위맨이에요." 대니는 말했다.

〽️

라스베이거스에 머무는 동안 전화 한 통을 받았다. 아버지가 쓰러지셨다. 한 번도 아니고 두 번이나. 아버지는 균형을 잃고 몸을 가누지 못해 결국 넘어졌고, 이후 신체적으로나 정신적으로 원래대로 돌아오는 데 어려움을 겪었다. 아버지는 병원에 계셨다. 의료진은 검사를 진행하고 있었다. 아버지는 안정된 상태라고 아버지의 아내는 말했다. 의사들은 아버지가 위급하고 심각한 상태는 아니라고 판단하고 있다고 했다. 하지만 그분은 걱정하고 있었다. 아버지도 걱정하고 있었다.

나는 새해 연휴를 동부 롱아일랜드에서 친구들과 보내려던 계획을 취소하고 애틀랜타로 가는 비행편을 구했다. 아버지의 아내는 애틀랜타에 살고 있었기에 두 사람은 추운 시즌에는 반년 정도 애틀랜타에서 지내다 부활절을 즈음해 아버지의 동네인 뉴욕시로 돌아갔다. 내가 도착했을 즈음 아버지는 퇴원한 상태였다. 하지만 아직은 통원 치료 중이어서 의사에게 아버지가 그동안 정신이 흐릿하거나 자주 깜빡

깜빡했다고 알렸다. 아버지 스스로 떠올리지 못하는 질문을 대신 물어보기도 했다. 세월이 지나면 부모와 자식의 역할이 이토록 뒤바뀔 수도 있다는 것이 놀라웠다. 이분이 정말 내 아버지란 말인가?

그랬다. 이분이 내 아버지였다. 이 사실에 겁이 났다. 나는 다른 사람은커녕 나 자신을 돌보는 일에서조차 늘 자신이 없었기 때문이다. 그러나 어떤 강력하고 특별한 온기가 내 안에 차오르기도 했다. 빚을 갚고 있다는 느낌 때문이었다. 나는 굳이 말로 하지 않은 약속을 잘 지키고 있었다. 말로는 결코 강력하게 전달될 수 없는 것을 행동을 통해 아버지에게 보여주고 있었다. '아버지를 위해 제가 여기 있어요. 아버지, 감사합니다. 사랑해요. 제가 아버지 뒤를 지키고 있어요.'

몇 주 뒤 의사들은 아버지에게 인공 심박 조율기가 필요하다고 판단할 테고 아버지는 기기를 구입할 터였다. 아버지가 일주일 동안 복용할 약을 담아두는 약통은 갈수록 더 붐비고 내용물의 색깔과 기하학적 형태도 다양해질 것이다. 동그란 흰색 알약, 다이아몬드 모양의 흰색 알약, 달걀 모양의 파란색 알약…….

나는 아직 새해를 기다리며 여전히 그곳 애틀랜타에 있었다. 그해 마지막 날, 아버지는 애틀랜타의 고급 컨트리클럽에서 아내 동반 저녁 식사 약속이 있었다. 두 사람은 내가 그 자리에 따라가야 한다고 고집했다. 이 쉰네 살의 풋내기가 칠순과 팔순의 어르신들과 함께 있어야 한다는 것이었다. 우리 셋은 클럽에 가장 먼저 도착해 천장이 높은 화려한 라운지로 안내를 받았다. 화려한 나무 장식과 엄청나게 큰 오리엔탈풍의 카펫, 로코코양식의 액자에 담긴 그림들. 부티가 뚝뚝 떨어지다 못해 줄줄 흘렀다. 두껍고 무거운 잔에 칵테일이 담겨 나왔다. 나는 내 앞에 놓인 진 마티니를 아주 열렬히 입으로 가져가 첫 한 모금의 타는 듯한 느낌을 만끽했다. 이 순간 이 장소에서 이 진은 세상에 걱정거리가 하나도 없다는 것이 어떤 느낌인지 가르쳐주었다.

하지만 세상에 그런 장소, 그런 상태란 없다. 다른 커플들이 도착했고 우리는 정식 만찬장으로 자리를 옮겼다. 나는 예의 바르게 대화에 참여했고 정중하게 다른 분들의 안부를 물었다. 다만 남부 지역의 대학교 회의실에서 그랬듯 여기서도 나는 예전의 나와 달랐다. 전보다 사람들과 더 조용했고 더 과감했다. 나는 전보다 더 나은 질문을 했고 더 많은 대답을 얻었다.

한 여성은 남편을 가리키며 "우리 사이에는 자식 일곱이 있답니다"라고 말했다. '우리 사이에는?' 알고 보니 그들은 나의 아버지처럼 재혼한 사람들이었다. 나의 아버지는 어머니와 사별했고, 아버지의 아내는 전남편과 이혼했다. 자식이 일곱이라는 두 사람은 모두 전 배우자와 사별했다. 그 여성은 내게 전남편은 30대 중반에 흑색종으로 사망했고 그들 사이의 딸은 그때 고작 한 살이었다고 했다. 그녀의 지금 남편은 전처가 마흔다섯에 세상을 떠났다. 사인은 밝히지 않았다. 전처와 사별하고 그는 여섯 아이의 편부가 되었다.

나는 인생의 광고판 이론을 언급했다. 사람들이 어깨에 진 짐을, 그들이 억누르는 두려움을, 그들이 감추는 흉터를 잠깐만이라도 알아봐준다면, 우리는 각자가 경험하는 불운과 모욕감에 덜 사로잡힐 거라고, 그리고 다른 사람의 기분과 잘못을 더 이해해줄 수 있으리라 믿는다고. 테이블 여기저기에서 고개를 끄덕였다.

그중 한 여성은 며칠 전에 어느 상점에서 겪은 일을 들려주었다. 화가 난 손님 한 명이 이성을 잃고 점원들에게 소리를 지르기 시작했다고 한다. 주변 사람들은 경악했고 그 손님이 자리를 뜨자 무슨 그런 인간이 다 있느냐고 불평을 늘어놓았다. 그런데 그 자리에는 그 손님을 아는 사람이 있었다. 그는 다른 사람들에게 아까 그 손님의 딸이 최근에 자동차 사고로 죽었다고 설명했다. 그러니까 소리를 고래고래 지르던 남자는 성질 급한 불한당이 아니었다. 그는 슬픔으로 혼란에 빠져 있었다.

"마이크로칩이어야지." 우리의 만찬 모임에 함께한 다른 사람이 말했다. "광고판이 아니라 마이크로칩이어야지. 우리에게 마이크로칩이 내장되어 있고 스마트폰을 거기 갖다 대면 정보를 내려받는 거야." 여기 마음이 산산조각 난 아버지가 있다. 여기 배우자를 잃고 비탄에 빠진 사람이 있다. 여기 상처가, 두려움이, 혼란이 있다. 우리는 이 사람의 인품을 가늠할 때뿐만 아니라 우리 스스로의 인품을 가늠할 때도 그러한 요소를 고려해야 한다.

～

기자로서 오랜 경력에도 불구하고 내게는 숨기고 싶은 비밀이 하나 있다. 나의 자기 의심과 소심함에 대한 힌트이기도 하다. 사실 나는 인터뷰를 위해 전화를 걸기 전에 꼭 스스로를 진정시키는 시간을 가져야 할 만큼 긴장한다, 여전히. 반드시 몇 차례 심호흡을 해야 하고, 매번 잘못된 질문을 하거나 반드시 해야 할 질문을 놓칠까 두렵다. 말을 더듬거리거나 상대를 당황하게 할까도 걱정된다. 인터뷰 상대가 유명한 인물이거나 권위 있는 학자이기라도 하면 더욱 으레 겁을 먹는다. 그래서 보통 오전 11시 인터뷰는 11시 2분에 시작되고 오후 3시 인터뷰는 3시 3분에 시작된다. 덜렁대거나 시간에 쫓겨서가 아니라 몇 분을 심호흡에 써야 해서 그런 것이다. 심호흡 때문에 나는 약간의 지체에 대해 사과해야 하지만 충분히 그럴 가치가 있다.

하지만 앨런 크루거에게는 제시간에 전화했던 것 같다. 우리는 전화 인터뷰를 하기 전에 이메일을 여러 차례 교환했고 나는 크루거의 다정다감하고 사근사근한 태도에 편안함을 느껴왔기 때문이다. 당시 프린스턴대 경제학 교수였던 크루거는 앞서 오바마 행정부에서 경제자문위원회 위원장을 맡은 바 있었다. 크루거는 최저임금 인상의 효과에 관한 선구적인 연구를 수행했고 최저임금 인상은 고용 감소로 이어지지 않는다는 결론에 도달했다.

아울러 크루거는 대단히 흥미롭게도 데이터에 근거해 고통과 행복에 관한 결론들을 도출했다. 크루거는 실업이 단순한 정서적 괴로움 이상을 초래한다는 것을 발견했다. 구직 활동을 하는 남성들은 신체적 통증을 보고했고 더 많은 진통제를 복용했다. 설문 자료를 분석한 결과 행복을 증진할 가장 좋은 방법 중 하나는 친구들과 시간을 보내는 것이었다. 크루거는 주말의 피로 때문에 종종 거르고 싶은 유혹이 들더라도 사교 모임에 참석했다.

나는 크루거에게 인터뷰를 요청한 2014년 말에 미국인들이 프린스턴대 같은 명문대 진학에 강박적으로 매달리는 현상을 주제로 책을 쓰고 있었다. 우연히도 프린스턴대는 내가 그해 봄 방문 교수 자격으로 강의를 한 곳이기도 했다. 크루거와 수학자 스테이시 데일 Stacy Dale 은 방대한 수치를 분석한 결과 명문대 출신이 누리는 경제적 혜택은 과대평가되어 있다고 결론지었다. 크루거의 이메일 주소는 공개되어 있었고 나는 이 연구 결과에 관해 전화로 대화를 나눌 수 있는지 그에게 문의했다. 분위기를 부드럽게 만드는 동시에 그를 설득하기 위한 한 가지 수단으로서 내가 잠깐 프린스턴대에서 교수를 지냈다는 사실을 언급했다.

크루거는 곧바로 회신했다. "제 수업에서 언제라도 강

의해주실 수 있겠군요!" 크루거는 자신의 연구에 관해 기꺼이 대화하고 싶지만 현재 이탈리아에 머무르고 있고 귀국 직후에는 딸의 대학 졸업과 관련된 몇 가지 행사에 참석하느라 며칠간 시간을 내기 어렵다고 했다. "인터뷰를 다음 주 수요일이나 목요일에 하면 어떨까요? 혹시 너무 늦을까요?" 이 말은 내가 기다릴 형편이 되지 않는다면 이탈리아든 졸업식이든 상관없이 어떻게든 더 일찍 인터뷰할 방법을 찾아보겠다는 의미로 들렸다.

다음 주 수요일이면 충분했다. 우리는 그날 대화를 나누었다. 크루거는 그보다 더 정중할 수 없고 그보다 더 유쾌할 수 없으며 그보다 더 잘 기다릴 수 없고 그보다 더 멋질 수 없었다. 나는 크루거의 말을 원고에 반영했고 그 책은 이듬해에 출간되었다. 나는 뉴스에서 크루거의 이름을 발견할 때마다 따뜻한 느낌을 받았다(크루거는 기자들에게 매우 관대했으므로 나는 자주 그의 이름을 보았다). 심지어 그를 살짝 흠모하기까지 했다. 기사에 이따금 등장하는 사진을 보면 크루거는 똑똑하고 친절할 뿐만 아니라 미남이기까지 했다. 어떤 사람들은 모든 것을 다 가졌다.

애틀랜타에서 내가 송년 만찬에 참석하고 석 달이 채 지나지 않은 2019년 3월 16일, 크루거는 세상을 떠났다. 향년 58세였다. 보데인과 스페이드처럼 자살이었다. 자살 방법은 언론에 일절 공개되지 않았다.

오바마는 성명서를 발표해 크루거를 "한없는 미소와

다정한 영혼"을 가진 남자로 기억했다. "심지어 잘못을 지적할 때조차"도 말이다. 노벨상을 받은 경제학자로 프린스턴대에서는 크루거의 동료 교수였고 《뉴욕타임스》에서는 내 동료 칼럼니스트였던 폴 크루그먼은 이렇게 썼다. "나는 앨런과 상당히 잘 알고 지냈지만 이런 일이 일어나리라는 징후는 단 한 번도 발견하지 못했다."

이어 크루거가 경제자문위원회에서 임기를 마친 직후 그 자리를 채운 뱃시 스티븐슨 Batsey Stevenson 은 트위터에서 크루거의 고통에 대한 연구를 언급했다. "이제 나는 크루거 역시 고통 속에 있었음을 알게 되었다. 아마도 크루거는 자기 자신의 고통을 타인들의 고통에 관해 생각하는 통로로 삼았을 것이다."

스티븐슨은 이렇게 덧붙였다. "진실은, 우리는 모두 세상이 흔히 아는 것보다 더 많은 고통을 겪고 있다는 것이다."

7장

그들은 기쁨을 향해 몸을 돌린다

어머니는 수차례의 항암치료로 머리가 많이 빠지자

재미 삼아 가발을 사러 다녔다.

치료 때문에 몸이 쇠약해지거나 속에 탈이 나면 몇 시간 쉬었다.

하지만 낮잠을 자고 움직일 기력이 생기면

곧바로 하루를, 일주일을, 한 달을 시작했다.

어머니는 다시 일어날 기력이 조금이라도 있는데도

스스로를 망가뜨리게 내버려둔다면 암이 두 번 이긴다고 생각했다.

어머니는 암에게 이중의 승리를 안겨주지 않으리라는 점에서

그 누구보다 단호했다.

사람들은 예상치 못한 곤경에 다양한 반응을 보인다. 매리언 셰퍼드는 실명을 알게 되었을 때 자기 자신을 연민하며 오래 많이 울었다. 이것은 옳지 않기 때문이었다. 이것은 부당했다. 매리언은 아주 어릴 때 청력이 손상되었고 그 때문에 학창 시절 내내 놀림을 받았다. 그만하면 값을 다 치르지 않았을까? 그만하면 형을 다 채우지 않았을까? 매리언은 분노했다. 부당하게 자신만 이런 일을 당한다고 느꼈다. 매리언은 전율했다. 이제 다 끝났다. 그렇지 않은가? 생명은 다하지 않았을지언정 독립성은 끝이었다. 자유도. 적어도 그것이 매리언의 두려움이었다.

매리언은 수개월간 이러한 감정들과 싸운 끝에 이것이 자신을 한자리에 붙박아놓았다는 것을 깨달았다. 시간은 흐르고 있는데 매리언은 조금도 움직이지 않고 있었다. 매리언의 선택은 분명했다. 매리언은 어둠에 굴복할 수도 있었고, 춤을 출 수도 있었다. 매리언은 춤을 추기로 선택했다.

비영리 사회복지기관 비전스<sup>Visions</sup>가 시각장애인들을 위해 운영하는 맨해튼 지역센터에 방문한 어느 월요일, 매리언은 그곳에서 춤을 추고 있었다. 일흔세 살의 매리언은 매주 라인댄스 반을 이끌며 열 명 남짓의 수강생들에게 '일렉트릭 슬라이드' 같은 인기 스텝을 가르치고 있었다. 하지만 매리언이 그들에게 가르치는 것은 사실 기쁨이었다. 매리언은 삶이 우리 마음의 문을 닫아버리고 싶게 만들더라도 그러지 말라고, 스스로를 과소평가하지 말라고, 도피하지 말라고 가르쳤다. 매리언은 그것들을 다 짧게 해보았지만 전부 시간 낭비였다.

"신사 숙녀 여러분, 여기를 주목해주세요!" 음악이 흐르는 가운데 매리언이 소리쳤다. 수강생은 대부분 예순을 넘긴 사람들이었다. 그들은 이미 성인이 되어서 시력이 나빠진 사람들, 그러니까 지금과 다른, 더 쉬웠던 시절을 기억하는 사람들이었다. 매리언은 그들에게 말했다. "우리는 앞이 잘 안 보이기 때문에 여전히 할 수 있는 일이 있어요. 춤이 그중 하나예요." 매리언은 턱을 높이 치켜들고 어깨를 펴고 가슴을 앞으로 내밀었다.

"우리는 계속 움직여야 해요. 왜 그런지 아세요? 우리는 살아 있기 때문이에요! 우리는 살아 있는 한 계속 움직여야 해요." 매리언이 이어서 말했다.

나는 매리언을 비전스의 상임 이사 낸시 밀러를 통해 만났다. 어느 날 나는 내 아파트에서 몇 블록 떨어진 식당에서 낸시와 아침을 들다 혹시 비전스에 장애인에 관한 고정관념을 타파한다는 측면에서 특별한 프로그램 또는 사람들이 있는지 낸시에게 물었다.

"우리 춤 강사분이 70대인데 청각장애인인 동시에 시각장애인이에요."

"춤 강사가 있다고요?" 내가 되물었다. 그것은 비전스에 관한 나의 무지한 시선과는 전혀 맞지 않는 말이었다.

나는 매리언의 강좌에 잠시 방문해 매리언과 수강생들과 대화를 나누었다. 서로 편안하게 농담을 주고받는 모습에서 그들이 이 수업에 열심인 고정 수강생들이라는 것을 느낄 수 있었다. 반백의 머리를 관자놀이를 따라 짧게 깎은 매리언은 몸이 탄탄한 단신의 흑인 여성이었다. 매리언은 수강생들의 얼굴을 몰랐지만 (수강생들 역시 매리언의 얼굴을 몰랐다) 그들은 모두 전반적인 체형이나 걸음걸이, 목소리로 서로를 알았다. 매리언은 보청기를 꼈지만 가까이에 있는 사람이 하는 말도 대략적으로만 알아들을 수 있었다. 메리언은 적은 정보로 많은 일을 했다.

매리언은 부족한 감각 지각을 매력과 허세로 메웠다. 매리언은 수강생들을 흔히 "베이비 baby"나 "자기야 sweetheart" 같은 애칭으로 불렀다. 긴장하면 얼굴에 살짝 경련이 일었고 목소리는 크고 쇳소리가 났다. 매리언은 그 목소리로 수강생

전체에게 명령을 외쳤다. "오른쪽으로! 왼쪽으로! 뒤로! 돌고 오오오오오!" 훈련 조교와 생활 코치를 결합하고 하트 모양 사탕에 쓰여 있을 법한 따뜻한 조언을 잔뜩 곁들이면 그것이 바로 매리언이었다.

이따금은 누군가가 도움을 요청했다. 출석표를 만지작거리던 매리언도 그랬다. "잠깐 도와주세요." 매리언은 옆에 서 있는 수강생에게 말했다. "그쪽 눈이 필요해요. 눈 좀 잠깐 빌려줄래요?"

매리언은 40대에 수차례 무서운 시력 손상을 겪기 시작했다. 매리언은 망막색소변성증을 진단받았다. 후안 호세의 경우처럼 망막색소변성증은 대개 일찍 발현되는 병이지만, 매리언의 경우에는 동시다발적으로 나타났다. 매리언의 역량이 시험대에 오른 것은 이번이 결코 처음이 아니었다. 매리언이 겪은 불운을 내게 상세히 알려준 사람은 매리언이 아니었다. 엄마가 얼마나 강한 사람인지 이야기한 매리언의 딸 코케다 셰퍼드였다. 매리언은 거의 평생을 뉴욕시 브롱크스 자치구에서 살았고 지금도 여전히 그곳에 살고 있었다. 매리언은 아버지가 누구인지 모르고 자랐고 겨우 열네 살의 나이에 어머니를 여의었다. 매리언은 친척들의 도움을 받아가며 동생들에게 부모나 다름없는 역할을 했다.

매리언은 대학에서 학위를 받았고 공교롭게도 내가 일한 《뉴욕타임스》에서 수십 년간 일했지만 우리는 서로 모른 채 근무했다. 매리언은 처음에는 천공원(정보를 입력하기 위하여 컴퓨터용 카드나 종이테이프에 천공기로 구멍 뚫는 일을 하는 사람—옮긴이)으로 일했고 나중에는 사내 도서관에서 근무하다 50대 초에 은퇴했다. 이즈음 매리언의 시력은 심하게 감퇴했다.

매리언이 처음에 시력을 잃고 그토록 괴로워한 이유는 이렇듯 항상 활동적이고 독립적이며 남을 돕는 성향 탓도 있었다. 매리언은 무력함이라는 생소한 기분을 느꼈다. 약해진 기분도 들었다. 반 친구들에게 놀림을 받던 때 이후 오래전에 잠재웠다고 생각했던 감정이었다.

"정말 겁이 났어요." 매리언은 내게 말했다. 그리고 이 공포는 매리언의 머릿속에 자꾸만 떠오르는 한 가지 생각에 스며들었다. 낯선 사람이 가까이 다가와도 눈으로 볼 수가 없으니 강도에게 당할 것만 같았다. '사람들이 나를 다르게 보고 다르게 대하겠지'라고 믿기도 했다. 그런 일은 도저히 견딜 수 없었다. 수개월에 걸쳐 시력은 점점 나빠졌고 매리언은 아파트에서 좀처럼 나가지 않았다. 자기 주변을 다시 정리하기 위해 갖는 일시적인 은거가 아니었다. 지나치게 길어지지는 않아야 한다고 마음먹은 기간이 아니었다. 그것은 무계획적인 완전한 도피였다. 진창에 깊이 빠져 꿈쩍도 하지 않는 바퀴였다.

하지만 주변 사람들의 회유에 못 이겨 아주 오랜만에 아파트에서 나온 어느 날 매리언은 우연히 시각장애인들도 몇 명 있는 사교 모임에 자리하게 되었다. 그런데 그들은 사실 무리 안에 섞여 있지 않았다. 매리언은 그것이 잘 보였다. 그 사람들은 유독 조용하고 신체적으로 위축되어 있었으며 소심한 기운이 감돌았다. 그들은 다른 사람들에게 무대를 내주고 자청하여 옆으로 물러나 있었다. 매리언이 보기에 그런 식으로는 안전과 평온을 제대로 구축할 수 없었다. 그것은 마치 스스로 자처한 망명 같았다. 매리언은 문득 자기가 보고 있는 사람이 실은 자기 자신이라는 것을 깨달았다. 위험을 무릅쓰고 세상에 다시 나가는 도전과 모험보다 이 깨달음이 더 무서웠다. 매리언은 그때를 회상했다. "나는 '오, 안 돼' 하고 말했어요. 앞으로 내 인생이 이런 식으로 흘러간다고? 오, 안 돼."

'우리는 살아 있는 한 계속 움직여야 해요.' 매리언은 움직였다. 매리언은 크게 움직였다. 시각장애인이라는 자의식은 저리 치워버렸다. 매리언은 자신의 장애를 세상에 알리는 지팡이를 받아들이는 데에서 그치지 않았다. 그것을 친구로 삼았다. "내게 아들이 있다면 타이리크라는 이름을 붙여주겠다고 늘 말했어요. 내겐 아들이 생기지 않았으니 내 지팡이에 타이리크라는 이름을 붙여주었어요." 매리언이 내게 말했다. "타이리크는 나의 가장 좋은 벗이랍니다."

'우리는 살아 있는 한 계속 움직여야 해요.' 라인댄스는 매리언의 오래된 취미였다. 비전스에서 주최하는 행사에 참여하기 시작한 매리언은 낸시를 만났고 라인댄스 강좌를 제안했다. 낸시는 흔쾌히 동의하며 매리언에게 수강생을 모아보라고 했다. 매리언은 재빨리 수강생을 확보했고 이후 10년 넘게 이 수업을 이끌어오고 있다. 매리언은 자신이 일을 해낸 것은 음악보다는 사명감 때문이라고 했다. 매리언은 실명한 사람들이 집 밖에서 신체적으로 제약받지 않고 움직일 수 있는 귀한 환경을 조성하고 있었다. 여기에서 그들은 공간을 조심하면서가 아니라 기뻐하면서 누빌 수 있었다.

나는 매리언의 수업을 두 차례 참관했다. 수업 중에는 매리언이 모든 수강생을 대상으로 가르치는 시간이 있었다. 이때 수강생들은 옆으로 나란히 서서 하나의 큰 원을 이루었다. 그러고는 한 명씩 가운데로 나와 자신만의 동작을 선보였고 다른 사람들은 잘했다는 의미에서 손뼉을 치거나 환호하거나 발을 굴렀다.

이제 매리언의 차례가 돌아왔다. 매리언은 선 자세에서 나선형으로 움직이기 시작해 바닥에 쭈그려 앉았다. 매리언은 몸을 이리저리 비틀었다. 매리언은 아무런 안무도 아무런 대본도 따르지 않았다. 매리언은 자신의 충동을 충실히 따랐다. 매리언은 기쁨이 이끄는 대로 움직이고 있었다.

$\mathcal{M}$

결단이 필요한 갈림길이 나타난다. 내가 매리언의 이야기에서 매료된 부분 중 하나였다. 이 부분이 특별히 인상적이었던 이유는 그것이 삶에서 새로운 경계를 만난 다른 사람들의 이야기와 상당히 유사했기 때문이다. 그것은 톰과 결별한 후 내가 마주친 갈림길을 생각나게 했다. 갈림길에 이르렀을 때 매리언은 슬픔과 공포에 무릎을 꿇을 수도 있었다. 아니면 의식적이고 구체적인 걸음으로 그것들을 넘어서서 계속 움직일 수도 있었다. 매리언은 후자를 택했다.

우리는 살면서 이러한 '일어나느냐 주저앉느냐'의 시기를 몇 차례 통과할 수 있다. 잇따르는 갈림길. 그것은 신체적인 것이든 심리적인 것이든 어떤 이례적인 곤경의 산물일 수 있다. 그저 평범한 노화의 대가일 수도 있다. 이러한 일이 벌어질 때 우리는 시험대에 오른다. 우리는 살아 있는 한 계속 움직여야 한다고 결심할 수도 있고, 아니면 움직이는 것이 전처럼 여의치 않다는 사실에 충격받아 아무 데도 가지 못할 수도 있다. 내 친구 도리가 전형적인 예다. 도리가 채택한 신조, "구멍을 들여다보지 마"는 비록 두 다리가 예전 같지 않더라도 앞으로 나아가겠다는 결심이었다.

나는 《뉴욕타임스》의 동료 존 리랜드가 나이 듦에 관해 쓴 책을 읽을 때 도리와 매리언을 떠올렸다. 이 두 여성은 책의 제목에 담긴 대담한 선언인 "행복은 당신이 내린 선택이다"라는 말을 몸소 증명했다. 존은 1년간 85세 이상의 고령자들을 인터뷰하고 그들과 가깝게 지냈다. 그 정도 나이에 이른 사람들이 무릇 그렇듯 그들은 확연한 신체적 쇠퇴나 크나큰 슬픔, 또는 둘 다를 경험했다. "모두가 무언가를 상실했다. 이동 능력, 시력, 청력, 배우자, 자식, 친구, 기억." 이어서

존은 이러한 상실에 대한 그들의 반응을 어떤 결단이나 선택으로 제시했다. 당신은 미술관에 가서 이렇게 생각할 수 있다. '아, 이제는 내가 반은 귀먹은 노인들과 함께 휠체어를 타고 왔구나.' 아니면 당신은 이렇게 생각할 수도 있다. '마티스!'

존이 묘사하는 것은 갈림길이었다. 당신은 갈림길에서 참여를 향할 수도 있고 이탈을 향할 수도 있다. 긍정성의 방향으로 떠날 수도 있고 부정성의 방향으로 떠날 수도 있다. 존의 책을 읽으며 나는 도리와 매리언 말고 또 한 사람을 떠올렸다. 나의 어머니, 레슬리 프라이어 브루니였다. 어머니는 암에 걸린 뒤 의사들이 예상한 기간보다 적어도 두 배에 달하는 기간을 살고 1996년 61세를 일기로 세상을 떠났다.

우리 형제자매들이 어렸을 때 어머니는 늘상 종말론과 패배주의, 암울한 분위기에 도전하곤 했고 내게는 그 방식이 짜증스러웠다(어머니, 용서해주세요). 어머니는 진부한 속담이나 감상적인 노래를 좋아했다. 허세 섞인 철학은 참지 못했고 경구나 노랫가락에 담긴 명언, 특히 운을 맞춘 명언을 아주 좋아했다. 쓸데없는 걱정을 사서 하지 말라거나 맥 빠져 있지 말라는 어머니의 말씀이 그러한 완벽한 예였다.

어머니는 윌리엄 휴스 먼스William Hughes Mearns의 1899년 시 「안티고니시Antigonish」의 첫 번째 연을 자주 읊었다. 어머니는 전후 맥락을 완전히 무시한 채 지나치게 감상적이고 듣기에 몹시 거슬리는 훈계조로 그 연을 활용했다. 일부러 문제를 만들어내거나 부풀리지 말라는 것이었다.

어제, 계단에서
거기에 없는 한 남자를 만났어!
오늘도 그는 거기에 없었어,
제발 그가 가버렸으면!

어머니는 비관론에 대해서는 더욱 감상적인 응징을 가했다. 그것은 한번 들으면 좀처럼 잊을 수 없는 1944년 노래의 도입부였다. 이 노래는 듣는 이를 도저히 저항할 수 없는 함정으로 몰아넣었다. 긍정적인 부분은 강조하고 부정적인 부분은 지워버리고 방해꾼과는 상종하지 말라고 가르치는 이 노래를 어머니는 아카펠라 스타일로 불렀다. 이 모든 일은 1절에서 전부 다루어졌기 때문에 다행스럽게도 어머니는 1절만에 멈추었다.

어머니가 돌아가시고 몇 년 뒤 나는 이 노래의 가사를 찾아 처음부터 끝까지 읽어보았다. 기쁨을 "제일 높이 끌어올려" 퍼뜨리고 슬픔을 "제일 낮게 끌어내려"야 한다는 내용이었다. 어머니에게 어찌나 잘 어울리는지. 그것이 비록 몽롱한 진정제였을지라도 어머니는 기쁨을 퍼뜨렸다. 어머니는 우울을 몰아냈다. 어머니가 시한부 인생을 선고받기 전에 이것은 진실이었다. 그리고 시한부 인생을 선고받은 후에 이것은 더더욱 진실이었다.

기이한 우연의 일치로 어머니는 우리 가족도 다 아는 비슷한 연배의 한 친구와 거의 같은 시기에 비슷한 암을 진단받았고 똑같이 살날이 얼마 남지 않았다는 말을 들었다. 어머니는 역경을 이겨내겠다고 결심했고 삶을 온전하게 유지하기 위해 힘을 냈다. 어머니의 친구는 무너졌다. 그리고 어머니보다 몇 해 앞서 세상을 떠났다. 이러한 차이에는 아마도 의학적인 이유가 있었겠지만 그것만이 전부는 아니었을 것이다. 어머니는 끈질겼다. 어머니는 그 망할 긍정성을 끌어올렸기 때문에 신은 어머니를 사랑했다. 어머니는 그 감상적인 긍정주의를 꽉 붙들었다.

어머니는 수차례의 항암치료로 머리가 많이 빠지자 재미 삼아 가발을 사러 다녔다. 치료 때문에 몸이 쇠약해지거나 속에 탈이 나면 몇 시간 쉬었다. 하지만 낮잠을 자고 움직일 기력이 생기면 곧바로 하루를, 일주일을, 한 달을 시작했다. 어머니는 다시 일어날 기력이 조금이라도 있는데도 스스로를 망가뜨리게 내버려둔다면 암이 두 번 이긴다고 생각했다. 어머니의 삶을 단축함으로써, 그리고 어머니 삶에 여전히 남아 있는 부분을 망침으로써. 어머니는 암에게 이중의 승리를 안겨주지 않으리라는 점에서 그 누구보다 단호했다.

어머니는 계속해서 골프를 쳤다. 계속해서 요리했다. 내가 집에 오래 머무르는 기간에는 언제나처럼 아들이 좋아하는 요리를 전부 준비하고 내가 좋아하는 식당에 데려갔다. 나는 어머니에게 그런 것을 요구한 적이 거의 없지만 말이다. 가발을 쓰든 쓰지 않든, 머리가 곧든 항암치료로 구불거리든, 어머니는 똑같았다. 어머니의 라자냐는 고기가 듬뿍

들어 있었고, 부드러웠으며, 양이 엄청나서 두 번째 먹고, 세 번째 먹고, 네 번째 먹어도 여전히 냉장고에는 식은 라자냐가 있었다. 암이 어머니를 여위게 하는 동안 어머니는 우리 모두를 살찌웠다.

어머니가 암을 진단받고 몇 해 지나 아버지는 시니어 파트너 직을 맡은 회계법인의 샌디에이고 사무소에서 뉴욕시 사무소로 발령받았다. 어머니는 남부 캘리포니아와 그곳의 의사들을 좋아했지만 당장 새집을 찾기 위해 비행기에 올랐고 살던 집을 팔기 위해 내놓았다. 때로 어머니는 어쩔 수 없이 전보다 속도를 늦춰야 했다. 조금씩, 투덜거리며. 그러나 삶은 계속되었다. 삶은 계속되어야 했다. 어머니와 아버지는 나라를 횡단했고 웨스트체스터카운티에 집을 구했다. 나중에 코로나바이러스 팬데믹이 시작된 후 내가 아버지를 돌보며 머물렀던 그 집이었다. 어머니는 주방과 욕실을 개조했다. 어머니는 스무 명이 넘는 대식가로 이루어진 브루니 가족이 반드시 한자리에 모여 크리스마스 전야 만찬을 들어야 한다고 완강히 주장했다. 상차림이 평소보다 화려했다. 저민 소고기 조각을 푸아그라로 감싼 비프웰링턴이 파스타에 곁들여졌다. 아버지는 그날 음식을 나르고 식탁을 치울 사람을 써야 하지 않겠느냐고 말했다. 어머니는 전혀 들으려고 하지 않았다.

어머니가 항암치료를 몇 차까지 받았는지는 기억나지 않는다. 수술은 단 두 차례 받았다. 두 번째 수술은 돌아가시기 직전에 받았다. 수술을 마친 어머니는 그 어느 때보다 수척했다. 어머니는 계단을 오르다 호흡이 가빠 중간에 멈추곤 했다. 드라마 〈로 앤 오더〉를 틀고 3분의 1도 보지 못하고 소파에서 잠들곤 해서 그 뒤에 이어지는 엄청난 반전과 최종 판결을 볼 수 없었다. 어머니는 아버지가 집으로 포장 음식을 사오는 것을 허용했다. 그러나 어머니는 첫 손녀가 태어나는 것을 볼 정도로 충분히 오래 사셨다. 손녀딸은 어머니의 이름을 물려받았고 어머니는 두 번째 손주가 태어나는 것도 봐야겠다고 결심했다.

어머니는 그 결심을 이뤘다. 어머니는 아버지의 이름을 물려받은 손자가 태어나고 일주일 뒤에 세상을 떠났다. 어머니는 손자의 이마에 입 맞출 수 있을 만큼 오래 살았다. 그 무엇으로도 흉내 낼 수 없는 신생아의 가루분 냄새를 단 한 번 들이마실 수 있을 만큼, 달달 떨리는 연약한 두 팔로 아기를 안을 수 있을 만큼 오래.

어머니가 세상을 떠나고 여러 해 동안 매일, 어머니를 생각했다. 뇌졸중 진단 후에는 여러 달 매시간 생각했다. 내가 마주한 이 하찮은 도전을 어머니가 마주했던 도전과 견주어보았고, 어머니의 낙관론과 인내력의 잣대에 비추어도 부족하지 않을 만큼 잘 대처하겠다고 맹세했다. 어머니도 자신에게 닥친 불행을 곱씹지 않는 모습을 보였는데 내가 어떻게 그렇게 하겠는가? 나는 갈림길에서 어머니에게 배운 대로 행동했다.

그렇기에 매번 어머니가 골랐을 만한 길을 택했다. 첫 번째 임상 시험? 어머니라면 하겠다고 했을 것이다. 두 번째 임상 시험도 물론이다. 어머니는 노련한 배우처럼 행동했을 테니 나도 그러려고 노력했다. 마지막 문장의 강조점은 '노력했다'에 찍혀 있다. 나는 여러 번 실패했다. 내 딴에는 전보다 씩씩하고 활기차고 단호하게 방향을 선택했다고 생각했지만 실제로는 평탄하지 않은 길을 불안정하게 걷고 있을 때가 많았다. 나는 수차례 발을 헛디뎠고 적잖이 넘어졌다.

내가 지금까지 스스로를 연민하지 않는 듯한 인상을 주었다면 그건 사실이 아니다. 나는 내면에 자리한 건설적인 충동과 파괴적인 충동의 혼합물, 경쾌한 결단과 묵직한 슬픔의 혼합물을 체로 거르는 방법, 어느 주어진 순간에 어느 것이 우선할지 예측도 통제도 할 수 없다는 것을 받아들이는 법을 배웠다. 대부분의 사람들도 마찬가지일 거라고 믿는다. 하지만 슬픔의 중증도도 빈도도 최소화될 수 있었다. 구멍은 있지만 그 구멍을 너무 오래 또는 너무 자세히 들여다보지 않도록 의지력을 발휘할 수 있었다. 슬픔과 싸워서 한 번 졌다고 해서 완전히 지는 것은 아니었다.

뇌졸중을 겪고 두 번째로 맞은 여름, 나는 일과 관련된 콘퍼런스 때문에 이탈리아로 떠났다. 하고 많은 지역 중에 하필 베네치아였다. 이탈리아는 그리스 못지않게 톰과 자주 방문한 나라였다. 이탈리아에 관한 내 기억의 조각들은 주로 톰과 함께한 식사와 드라이브에 관한 것들이었다. 우리는 같은 이유에서 이탈리아를 사랑했다. 이탈리아의 미에 대한 숭배를 사랑했고, 이탈리아인들의 왕성한 혈기를 사랑했다. 우리는 같은 이유로 이탈리아를 비웃었다. 무의미로 빠지기 쉬운 성향을 비웃었고, 이탈리아인들의 경박함을 비웃었다. 우리는 이탈리아의 도시들을 오랫동안 걸으며 이 모든 것을 논평했고 중간중간 멈추어 에스프레소와 네비올로를 마셨다. 내 인생에서 가장 행복했던 한때였지만 이제 그 시간은 지나갔다.

두 번째 임상 시험에 참여하던 중이어서 나는 투약 일정에 맞추어 유향 추출제가 든 유리병 두 개를 가져가야 했다. 약물을 주사기에 넣기 한 시간 전까지 이 유리병들을 냉장 상태로 유지해야 했다. 그래서 주사기와 주삿바늘뿐만 아니라 유리병을 얼음과 함께 차갑게 보관할 두꺼운 원통형 용기인 '클린 캔틴Klean Kanteen'도 챙겼다.

공항 검색대를 통과하기 위해 나는 장황한 설명을 해야 했고, 만약에 대비해 진단서도 챙겼다. 기내에서 나는 클린 캔틴을 냉장고에 보관해달라고 승무원에게 부탁해야 했다. 호텔에서는 미니바에 보관 공간이 충분하길 바랐다. 안 그러면 클린 캔틴의 내부를 차갑게 유지하기 위해 주기적으로 얼음을 갈아주어야 했다. 어쩔 수 없이 자꾸 짜증이 났다. 나는 늘 여행을 가벼운 차림으로 다니는 것을 좋아했다. 세상을 바람처럼 가볍게 떠돌아다니는 느낌이 좋았다. 하지만 이제는 짐이 많아졌고 결코 소홀히 여길 수 없는 귀중한 화물이 있었다. 나는 이 거추장스러운 짐을 끊임없이 의식했다.

베네치아에서 일정을 마친 뒤에는 밀라노에 이틀을 머물렀다. 기차를 타면 금방 도착하는 밀라노에서는 더 큰 공항을 이용할 수 있어 집으로 돌아가는 값싼 비행편을 구할 수 있었다. 때는 8월 말이었고 이탈리아의 상점들이 대체로 문을 닫았기 때문에 해변으로 도망갈 형편이 되는 사람들은 누구라도 그렇게 했다. 숙소에서 도보로 10분 거리 내에 아침에 에스프레소를 마실 곳이 있는지 간절하게 찾았다. 에어비앤비를 이용해 빌린 아파트는 예상보다 비좁고 어두웠다. 거리의 정적은 어쩐지 멜랑콜리를 불러일으켰다. 나는 마음이 흔들렸다. 아마도 베네치아 콘퍼런스에서의 활발한 움직임과 수다와는 너무나 대조적이어서 그랬을 것이다.

커피점을 발견했을 때 벽에 붙은 큰 팻말 두 개를 보고 그 자리에 톰이 있었다면 그도 나와 똑같은 이유로 재미있어 했으리라고 생각했다. 하나는 이 가게는 8월의 '투토 tutto (모두)'를 위해 열려 있다고 크고 당당한 흘림체로 쓰여 있었다. 이것이 자랑이 될 정도로 희귀한 일이라는 것은 이탈리아에 관한 본질적인 뭔가를 말해주었다. 다른 팻말에 더 길게 쓰여 있는 메시지 역시 이탈리아에 대한 변론이었다. 다음번에 누구한테 직업의식이 부족하다는 비난을 들으면 노아의 방주는 딜레탕트(예술이나 학문을 직업이 아닌 취미로서 하는 사람들—옮긴이)가 지었고 타이타닉호는 전문가들이 지었다는 사실을 지적하라고 했다. 야망에 쫓기는 일벌레가 되지 말 것이며 긴장을 풀고 한숨 돌릴 시간을 넉넉히 남겨두라는 것이었다.

나는 이 말에 담긴 재치에 속으로 웃었지만 (게다가 사실과 겨루는 우화라니) 이 이야기를 함께 나눌 사람이 아무도 없었다. 밀라노에서 뉴욕으로 돌아가는 비행기에서 기장이 파리에 비상 착륙을 해야 하는 이유를 설명할 때 같이 놀랄 사람이 곁에 없었다(엔진 하나가 새를 "삼켰다"고 했다). 샤를 드골 공항에서 여섯 시간을 보내는 동안 아무도 내 곁에 없었다. 아파트에서 엘리베이터가 갑자기 멈추었고 구조대가 도착하기까지 한 시간이나 갇혀 있었지만 불안감을 진정시켜줄 사람이 아무도 없었다. 엘리베이터의 내부 기온은 점점 높아졌다. 나는 땀을 엄청나게 흘렸다. 물도 없었다. 문득 패닉과 블랙코미디가 결합된 어떤 감정과 함께 이런 생각이 떠올랐다. 나의 의료적 오디세이아는 지금 여기서 이렇게 끝나는구나. 탈수 증세는 혈압을 떨어뜨릴 테니 남은 눈의 시신경이 (펑!) 이렇게 망가지는구나.

두 달 뒤, 6개월에 걸쳐 일주일에 두 차례 주사를 놓은 결과를 확인하기 위해 뉴욕 시나이산 병원을 다시 방문했다. 시력 검사표에서 읽을 수 있는 글자의 크기와 개수에서도, 고통스러운 시야 검사의 불규칙한 빛에 반응하는 능력에서도 오른눈의 호전이 보이지 않는다는 사실을 확인하고 집에 돌아왔을 때 나를 기다리는 사람이 아무도 없었다. 나는 몇 시간 동안 혼자 그 사실을 받아들였고, 이후 두 달여를 혼자 보냈다. 그러다 이 약물 덕분에 호전을 보인 사람이 아무도 없었기 때문에 임상 시험 자체가 조기 종결되었다는 이메일 통보를 받았다. 우리는 모두 부질없이 유리병을 냉장 보관하고 주삿바늘을 모시고 다녔던 것이다. 우리는 모두 부질없이 주사를 놓았다. 우리는 모두 실낱같은 희망을 빼앗겼고 이제 다른 실낱도 없었다. 우리가 시도할 수 있는 새로운 임상 시험은 없었다. 이것이 끝이었다.

그리고 나는 괜찮았다. 평온했다. 그 시험이 이렇게 끝날 가능성은 항상 있었다. 아니, 충분했다. 그래서 '실험적'이라거나 '시험'이라는 말이 붙는 것이다. 이것은 결정적인 것이 아니라 이론적인 것이었고, 나의 기대는, 심지어 기분도 그에 따른 것이었다. 나는 모험을 감행해보았고 그럴 만한 이유는 충분했다. 일은 기대대로 펼쳐지지 않았다. 나는 계속 움직일 것이다.

슬픔에 관한 재미있는 점은 그것이 신뢰할 만한 것이 아니라는 사실이다. 만일 어느 기간에 슬픔을 잘 견뎌내면 아마 다음 기간에도 슬픔은 우리를 가만히 내버려둘 것이라는 다행스러운 사실이다. 이를 더 일찍 알았더라면 얼마나 좋았을까. 밀라노의 커피점에서 나 자신이 안쓰럽게 느껴질 때, 내가 〈브레이브하트〉에서 내장이 적출되는 극단적인 방식으로 죽은 멜 깁슨처럼 일종의 순교자가 된 기분일 때, 내가 사는 건물의 층간에 갇혀 땀으로 범벅이 되었을 때, 나는 그저 저 수많은 사람 중 한 명일 뿐이라는 기분이 들었다. 미처 다 헤아릴 수 없이 수많은 사람이 자신이 마주한 곤경을 묵묵한 발걸음으로 훌륭하게 헤쳐나가고 있었다. 나는 내가 단단한 사람으로 느껴졌다. 그렇게 느끼게 된 이유 중 하나는 감정의 롤러코스터는 좀처럼 사전 경고를 주지 않고 나를 아래로 빠르게 떨어뜨리는가 하면 역시 예감할 틈 없이 나를 다시 위로 쏘아 보낼 수도 있다는 것을 경험했기 때문이었다. 나는 그것을 믿어야 했다. 나는 인내심을 길러야 했다. 그리고 나는 그렇게 했다, 처음으로.

일어나는 사람들은 일어나겠다고 결심한다. 그들은 기쁨을 향해 몸을 돌린다.

미구엘 네리는 샌프란시스코에 살고 있는 변호사다. 미구엘은 10년도 더 전인 쉰 살을 즈음해 왼눈의 시력을 잃었다. 거의 같은 시기에 양쪽 귀의 청력이 많이 손상되어 보청기를 착용해도 사람들 말을 잘 알아들을 수 없었다. 미구엘은 이 일이 반갑지 않았지만 그렇다고 슬퍼하지도 않았다. 장애는 미구엘이 자신의 삶에 관해 성찰하도록 자극했고, 이러한 성찰의 결실은 그의 삶이 마법에 걸렸다는 확신이었다.

"동화죠." 미구엘은 내게 말했다.

미구엘은 텍사스주 남부의 멕시코 국경 근처에서 일곱 남매 사이에서 자랐다. 부모는 스페인어를 쓰는 멕시코계 미국인이었고 가난했다. 미구엘의 아버지는 목수였다. 어머니는 조리사였는데 양로원 같은 기관에서 일했다. 어머니는 그 지역 로마가톨릭교회 부속 학교에서 자원봉사를 했고 그 덕분에 등록금을 감면받고 미구엘을 그 학교에 보낼 수 있었다. 미구엘의 어머니는 아들이 신학대에 진학해 신부가 되기를 희망했다.

미구엘은 어머니를 실망시켰다. 하버드대 법대에 진학한 것이다. 그리고 거기서 아내를 만났다. 아내는 중국계 이민자 부모를 두었다. 두 사람은 아들을 낳았고 3년 뒤에는 딸을 낳았다.

어느덧 40대 중반이 된 미구엘은 어느 날 아침 출근하려고 옷을 차려입는데 별안간 눈앞에 검은 유령이 나타났다고 했다. "유령을 만지려고 손을 뻗었어요. 하지만 그건 현실이 아니었습니다. 무언가가 내 눈을 덮고 있었습니다. 피였어요." 일종의 망막 열공(망막이 찢어지며 발생한 구멍—옮긴이)이 생긴 것이었다. 의사는 시력에 심각한 해를 끼치는 문제가 양쪽 눈의 망막에 생겼다고 판단했다. "수술을 대여섯 번은 받았습니다. 수술할 때도 눈을 바늘로 수차례 찔렀죠." 미구엘은 설명했다.

나는 그런 주사를 맞을 때의 충격적인 통증을 경험해봤

기 때문에 악몽 같았겠다고 그에게 말했다.

"뭐, 달리 어쩔 도리가 없으니까요." 미구엘은 대답했다.

미구엘은 결국 왼눈의 시력을 잃었다. 이 일은 오른눈에도 일어날 일의 예고편일 가능성이 높았다. 미구엘은 이 사실을 무시할 수 없었다. 그리고 무시하지 않았다. 하지만 이곳이 미구엘의 갈림길이었다. 미구엘은 그러한 전망을 되씹고 대비하며 공포가 그를 장악하게 방치하고 거기에 익사할 위험에 빠질 수 있었다. 아니면 모든 정서적인 근육과 심리적인 근육을 동원해 더 건강한 생각에 집중할 수도 있었다.

"우리 모두 이미 알고 있어야 할 것을 일찍 깨달았습니다." 미구엘은 어느 날 내게 이렇게 써 보냈다. "삶은 아주 짧고 언젠가 늙고 약해질 것이며 우리의 세계는 필연적으로 줄어듭니다. 나는 현재에 관해서 그리고 내가 통제할 수 있는 것에 관해서만 걱정하려 합니다. '만약에 이렇다면'에 관해 생각하다가는 미칠 수 있어요." 그리고 '걱정'은 사실 정확한 단어가 아니다. 적어도 전체 그림은 아니다. 미구엘은 현재를 예찬하고 만끽한다. 그는 스스로를 밀어붙이는 태도를 멈추고 예전에 미룬 일을 더는 미루지 않는다. 오래전부터 배우고 싶었던 이탈리아어 야간 수업에 등록했고, 이탈리아 가족 여행을 계획했을 때는 일정보다 먼저 이탈리아에 가서 잠시나마 새로운 언어에 몸을 담그고 헤엄쳐보았다. 미구엘은 새로운 목표를 갖고 전보다 자주 여행을 떠난다. 미구엘은 첼로를 배우기 시작했다. 그때까지 악보를 보거나 악기를 다루는 방법을 배운 적이 없었고 지금이 아니면 결코 해볼 수 없겠다는 데 생각이 미쳤다. "첼로가 좋겠다고 생각했어요. 제 청력 문제에 영향을 받지 않는 저음을 내는 악기니까요." 미구엘은 수년째 플라이 피싱(곤충 모양 미끼인 플라이를 쓰는 낚시─옮긴이)을 즐겼지만 이 취미를 즐기는 환경에 변화를 주며 조금씩 모험의 수준을 올렸다. 아울러 낚시에 필요한 액세서리도 구비했다.

"안전 고글이요." 미구엘이 말했다.

"실명에 실청까지 겹친다고 생각하면 여전히 두렵습니다. 하지만 지금으로서는 어떻게 해서든 결승선에 도착할 수 있을 것 같습니다. 네팔, 남아메리카도 다녀왔어요. 혹시 마지막으로 눈을 감는 날이 얼마 남지 않아 몸이 다 망가진다면 이렇게 말하겠습니다. '참 좋은 삶을 살았어. 이 몸이 닳도록 다 썼거든. 나는 포기하지 않았어. 본전을 뽑았지. 이 몸 구석구석을 할 수 있는 한 가장 열심히 가장 오래 썼으니까.'"

"결국 우리가 가진 선택지는 그리 많지 않습니다. 앞으로 가거나 가지 않거나. 그리고 대부분의 사람은 앞으로 가는 편을 선택하리라고 생각합니다." 미구엘의 결론이었다.

8장

주어진 조건을 살아낼 용기

나는 눈먼 사람들이 거둔 놀라운 성취의 감식가가 되었다.

뇌졸중을 겪기 전의 나 같은 사람들에게는 믿기지 않을 성취들이

찾으러 나서지 않아도 여기에, 저기에, 아니 어디서나 발견할 수 있었다.

나는 산악 모험가 에릭 와이헨메이어의 이름을 우연히 알게 되었다.

그는 시각장애인으로서는 최초로 에베레스트산의 정상에 올랐고

이어 세계 7대 봉우리를 모두 등정했을 뿐만 아니라

그랜드캐니언의 급류에서 카약도 탔다.

분명히 나는 이런 정보에 늘 둘러싸여 있었을 테지만

여기에 관심을 기울이기에는 지나치게 다른 데 마음이 쏠려 있었고,

지나치게 순진했으며, 지나치게 우쭐해 있었다.

나에게는 이상한 습관이 있다. 내 집 인터폰이 울리면 10층짜리 우리 아파트 건물의 로비로 그 사람이 들어올 수 있게 버튼을 누른 다음 현관문으로 걸어가 우리 집인 7층으로 음식 배달원이나 친구가 올라올 때까지 조바심을 내며 기다린다. 현관문의 작은 구멍으로 바깥을 지켜보며 엘리베이터가 열리고 그 사람이 나타나는지 확인한다. 그 사람이 초인종을 누르기 전에 인사하고 싶은 마음 때문이다. 나는 상대가 깜짝 놀라는 것이 좋고 손님을 곧장 맞이하는 다정함을 발휘하는 것이 좋다. 아울러 내 집의 초인종은 고장이 났다.

그런데 뇌졸중을 겪고 한참 지난 어느 날 내가 엘리베이터가 언제 열릴지 예측할 수 있다는 사실을 깨달았다. 나는 1, 2초 차이로 엘리베이터가 열리는 시간을 맞힐 수 있었다. 직관력이나 대단히 뛰어난 감각 능력이 아니라 눈과 뇌의 팀워크가 이루어낸 개가였다. 전에는 이런 것을 하지 않았고 아마도 하려고 해도 할 수 없었을 것이다. 이 팀워크 덕분에 전에는 읽을 수 없었던 것을 읽을 수 있게 되었다. 더구나 나는 안경을 쓰지 않고 있었다.

내가 작은 구멍 너머로 읽은 것은 엘리베이터의 외부 숫자판이었다. 작은 유리판 아래에서 층별로 승강과 하강을 추적하는 빛나는 숫자들. 아마도 이것은 그리 대단하거나 마법 같은 일로 들리지 않겠지만 우리 집 현관문은 디스플레이 창을 마주 보고 있지 않았다. 현관문은 디스플레이 창에서 직각 방향에 자리해 있었고 숫자들이 제대로 보이기에는 거리가 상당히 멀었다. 사실 절반도 채 보이지 않았다. 하지만 그토록 열악한 각도와 먼 거리에도 나는 단서를 제공하고 추측을 허락하는 여러 숫자들을 구성하는 수직선이나 수평선의 존재와 부재에 관해 꼭 충분한 만큼의 정보를 얻을 수 있었다. 그것도 현관문의 작은 구멍을 통해서 말이다.

수평선이 다 켜져 있다. 저 숫자는 반드시 3이어야 한다. 엘리베이터는 3층에 있다. 무언가 변화가 있다. 새로운 수직선이 나타났다. 엘리베이터가 4층으로 올라왔다. 3에서 4로 바뀌기까지의 시간 간격을 통해 이다음에 파악할 수 있는 숫자의 변화가 4에서 5라는 것을 알 수 있다. 그다음의 변화는 5에서 6이라는 것도. 그리고 7. 자, 이건 유난히 헐거운 숫자다. 하나의 수직선과 만나는 하나의 수평선이 전부다. 선들이 잘 보이지는 않지만 그것들 간의 각도와 헐거운 정도로부터 연역하고, 머릿속으로 타이밍, 리듬, 엘리베이터의 승강 속도를 가늠한다. "이제 문이 열린다." 나는 혼잣말한다. 그리고 정말로 문이 열린다.

어린이 장기 자랑에서 내보일 만한 이 재주를 분명히 뇌졸중 이전에도 익히거나 연마할 수 있었을 것이다. 시력이 나빠졌다고 해서 내가 이런 재주를 길러야 할 필요는 없었다. 그러나 이러한 재주가 뇌졸중 이후에야 나타났다는 것은 내 뇌의 일부분이 손상된 시각에 적응하고 보완하기 위해 오버드라이브 상태에 돌입했음을 시사했다. 내 뇌는 전에는 필요하지 않았던 능력을 발휘하고 연마하고 있었다. 나는 엘리베이터 문의 개폐를 예언하는 능력이 필요했다는 말을 하는 것이 아니다. 역량이 저하된 눈이 여전히 수용하고 있는 시각 정보를 전보다 더 잘 활용하는 것이 여러모로 좋은데, 엘리베이터와 관련한 경험은 나의 뇌가 그러한 측면에서 진전을 보이고 있음을 시사했다는 말을 하는 것이다.

아울러 나는 어두운 시간에 달릴 때도 이러한 지각 능력의 향상 또는 연역 능력의 발달이 일어났음을 알아챘다. 명백히 안전상의 이유에서 어두울 때는 달리기를 하지 않으려고 했다. 그러나 연중 해가 짧아지는 시기가 찾아오고 이따금 일정이 빡빡해지면 도저히 낮에는 운동할 수 없는 때가 있었다. 나는 리버사이드 파크로 지나치게 멀리 가거나 센트럴 파크에서 과하게 오래 뛰지 않도록 경로를 짰지만, 때때로 센트럴 파크의 저수지를 빙 둘러싼 흙길을 달리고 싶은 충동에 빠져들었다. 그 길의 매력은 바닥이 상대적으로 거칠고 꾸밈없고 소박하며, 길가에 벤치가 없고 가로등이 많지 않다는 것이다. 하지만 그렇기에 위험하기도 했다. 조명이 부족하고 시야가 선명하지 않은 데다 바닥이 고르지 않았다. 달 표면처럼 움푹움푹 패어 있기도 했다. 발목을 삐는 것은 어쩌면 시간문제였다.

하지만 어째서인지 역설적이게도 뇌졸중 후 길을 달리는 것이 전보다 덜 힘들었다. 나는 완전히 그리고 정확히 설명할 수 없는 어떤 방식으로, 희미한 그림자들과 헐벗은 이랑들을 머릿속의 지형학적 지도에 담아냈다. 그래서 옆으로 물러서야 할 때 옆으로 물러섰고, 방향을 바꾸어야 할 때 방향을 바꾸었으며, 발을 평소보다 높이 들어올려야 할 때 그렇게 했고, 길이 구부러지는 정도에 맞추어 부드럽게 방향을 왼쪽으로 틀거나 살짝 오른쪽으로 틀었다. 내가 실수 없이 쉽게 뛰고 있다는 것을 깨달았을 때 처음에는 의아했고 나중에는 뛸 듯이 기뻤다. 그토록 기뻤던 이유는 나의 시력 때문이 아니라 나의 잠재력 때문이었다. 우리는 삶의 후반전에도 깊이를 다 헤아릴 수 없는 능력의 발달, 새로운 근육의 활용, 유연성, 성장을 경험한다. 그런 생각을 하니 앞으로 있을지 모르는 시력의 악화가 다소 두렵지 않았다. 나는 모든 것이 덜 두려워졌다.

지난 몇십 년간 과학자들은 생각을 담당하는 기관에 관한 생각을 바꾸었다. 다시 말해 뇌에 관한 새로운 이해에 도달한 것이다. 이제 과학자들은 과거에 추측했던 것보다 인간의 삶에서 뇌는 훨씬 더 오랜 기간에 걸쳐 훨씬 더 높은 수준으로 스스로를 재조직화하고 재활성화한다고 믿는다. 과학자들은 예전에 신경 가소성을 인정하지 않았다. 현재 과학자들이 뇌에서 발견하는 것은 탄력성(과학자들이 선호하는 용어는 '가소성'이고 정확하게는 '신경 가소성')이다. 신경 가소성은 부상이나 질병 이후 회복하거나 적응하는 과정에 있는 사람들에게 고무적인 소식이다. 아니, 모든 사람에게 고무적인 소식이다. 우리가 겪는 노화가, 적어도 우리의 정신과 관련해서는 단순히 쇠퇴의 과정만이 아님을 의미하기 때문이다. 노화는 변형의 과정이다.

산제이 굽타는 코로나바이러스 팬데믹 시기에 CNN에 매일, 어떤 때는 매시간 출연해 유명한 의사가 되었지만 사실 전염병 전문가가 아닌 신경학자다. 팬데믹이 한창일 때 굽타가 출간한 책의 주제도 전염병이 아니라 그가 더 정통한 분야인 뇌였다. 굽타는 뇌와 관련해 일어난 혁신적인 전환을 설명했다.

"1990년대 초반 의대에서 공부할 때는 신경 세포 같은 뇌세포들은 재생 능력이 없다는 것이 정설이었다." 굽타는

『킵 샤프Keep Sharp』에 썼다. "우리는 정해진 양의 세포를 갖고 태어나, 일생에 걸쳐 이를 서서히 소진한다고 보았다." 굽타는 덧붙였다. 그러나 "나는 우리의 뇌가 성장과 재생을 단순히 멈추리라고 한 번도 믿지 않았다. 우리는 평생 새로운 생각을 떠올리고, 심오한 경험을 하며, 생생한 기억을 간직하고, 새로운 것을 학습한다. 2000년에 내가 신경외과 수련을 마칠 무렵에는 새로운 뇌세포의 생성, 이른바 '신경 발생'을 촉진하고 심지어 뇌의 크기까지 키울 수 있다는 증거가 쏟아졌다. 우리 몸의 최고 통제 시스템을 바라보는 관점에서 놀라우리만치 낙관적인 변화가 일어난 것이다."

베테랑 과학 저술가 샤론 베글리는 『달라이라마, 마음이 뇌에게 묻다Train Your Mind, Change Your Brain』에 이렇게 썼다. "20세기 후반, 소수의 혁신적인 신경과학자들이 성인의 뇌는 변화할 수 없다는 패러다임에 맞서 뇌에는 신경 가소성이라는 놀라운 힘이 있다는 것을 거듭 밝혀냈다." 예를 들면 성인의 뇌는 "숙련된 바이올린 연주자의 민첩한 손놀림을 지원하기 위해 새로운 연결들을 형성함으로써 손가락의 움직임을 관장하는 뇌 영역을 확장할 수 있다. 뇌는 오랫동안 잠들어 있었던 배선을 활성화할 수도 있고 낡은 집에 전선을 설치하는 전기 기사처럼 새로운 전선을 깔 수도 있다." 아동의 뇌와 마찬가지로 성인의 뇌도 새로운 신경 세포를 생성하고 손상 부위를 수리할 수 있으며, 어느 한 가지 과제를 수행하는 뇌 영역이 다른 과제를 추가로 맡을 수 있고, 다양한 뇌 영역을 확장하거나 축소해 "조용한 회로에 활기를 불어넣고 번잡한 회로는 둔화"시킬 수 있었다.

이 주제를 깊이 캐다 보면 앞서 소개한 '신경 발생'과 '신경 가소성'이라는 두 가지 개념과 자주 마주치게 된다. 하지만 이것들은 동의어가 아니다. 본질적으로 뇌세포의 재생과 증가를 일컫는 '신경 발생'은 뇌가 환경 변화와 책임, 도전에 봉착해 끝없이 적응한다는 의미의 '신경 가소성'보다 반대자가 더 많다. 일부 연구는 성인의 뇌가 새로운 신경 세포를 단번에 대량으로 생성하는 듯한 인상을 주지만 다른 연구는 이를 의문시한다. 다른 포유류와는 달리 작동 중인 인간의 뇌에 대해서는 현장에서 바로 실험을 수행할 수 없기 때문에 답을 얻기 어려운 문제들과 해결하기 힘든 논쟁들이 있다. 사람들이 알고 있거나 믿고 있는 내용 중 일부는 실험실 동물을 관찰해서 추론한 결과다.

어디까지 합의가 되었고 어디부터 논란이 될까? 『신경 가소성 Neuroplasticity』과 『일상적이지만 절대적인 뇌 과학 지식 50 50 Ideas You Really Need to Know the Human Brain』의 저자이면서 영국 일간지 《가디언》에 글을 싣는 모헤브 코스탄디는 나에게 말했다. "1990년대에 성인 인간의 뇌에 이른바 줄기세포가 있다는 증거가 나왔습니다. 줄기세포는 새로운 세포를 생성할 수 있는 세포입니다. 여기에는 여전히 논란이 많습니다. 우리는 성인의 뇌가 새로운 세포를 만들 수 있다는 것을 알고, 뇌에는 서로 구분되는 몇 개의 줄기세포 영역들이 있다는 것도 알고 있습니다. 또한 이 줄기세포 영역들은 적은 수이지만 새로운 세포를 생성하는 것으로 보입니다."

"논란이 되는 부분, 또는 우리가 여전히 알지 못하는 부분은 이 새로운 세포들이 인간의 뇌에서 무엇이든 실제 역할을 하는지 여부입니다." 코스탄디는 이어서 말했다. "어쩌면 이 프로세스는 그저 진화적 유물일 수도 있지 않을까요? 이것이 문제입니다. 새로운 세포들은 성인 인간의 뇌에서 기능적으로 얼마나 중요한 자리를 차지할까요?"

그 답은 중요하다. 하지만 어디까지나 신경 발생과 무관하게 신경 가소성이 존재할 때만 그렇다. 신경 가소성은 확정적으로 알려져 있다. 어느 정도는 그 증거가 우리에게서 풍부하게 발견되기 때문에 그렇다. 반복된 작업에서 향상을 보일 때 그것은 그 작업이 뇌에 영향을 주는 방식을 반영한다. 어떤 일을 할 때 과거의 방식이 더는 맞지 않아서 새로운 방식을 적용한다면 이러한 전환은 언제나 영리하고 언제나 가소적인 뇌의 지시에 따른 것이다.

코스탄디는 말했다. "신경 발생의 문제는 일단 한쪽에 치워둡시다. 뇌세포는 물리적 구조를 변화시킬 수 있어요. 새로운 가지를 뻗을 수 있습니다. 오래된 가지를 오므릴 수도 있습니다. 기존의 연결을 강화하거나 약화시킬 수도 있습니다. 완전히 새로운 연결을 구축하거나 오래된 연결을 아예 제거할 수도 있고요. 뇌에는 평생 그러한 변화의 역량이 있습니다."

이러한 역량은 일반적으로 나이가 들면서 쇠퇴한다. 그러나 완전히 사라지지는 않는다. 어떤 사람들은 더 쇠퇴하고 어떤 사람들은 덜 그렇다. 우리가 택한 생활방식이나 결정에 따라 감퇴가 늦춰지기도 하고 멈추기도 한다. 이것이 굽타의 책에서 핵심적인 부분이다. 책의 제목('킵 샤프'는 '예리한 정신을 유지하라'라는 의미를 갖는다─옮긴이)에서 분명히 밝히듯이 말이다. 코스탄디가 강조하는 내용도 마찬가지다. 신경 가소성을 지지하는 증거가 점점 늘어나고 있다면서 코스탄디는 말했다. "신경 가소성이 우리에게 알려주는 것은 늙는다는 것이 꼭 모든 것이 완전히 무너진다는 뜻은 아니라는 겁니다. 우리를 노화로부터 지켜주는 것으로 보이는 몇 가지 방법이 있습니다."

만일 원기 왕성한 활동으로 채워진 생활을 유지한다면, 풍요로운 인간관계를 가꾼다면, 스스로를 지적으로 단련한다면, 식단에 관심을 기울인다면, 규칙적이고 활기차게 운동한다면, 목적의식을 갖고 산다면 이 모든 것은 건강한 인지 능력과 정신적 민첩성을 높여줄 가능성이 크다. 여섯 가지 권장 사항이 흥미롭다. 충만한 삶을 영위하기 위한 조언을 빼다 박은 것 같다. 자, 충만한 삶은 뇌에 좋은 삶이고 뇌에 좋은 삶은 충만한 삶이다. 여기에는 반박할 수 없는 우아한 논리가 담겨 있다.

2017년 12월의 어느 몹시 추운 날, 나는 데이비드 테이틀을 만났다. 뇌졸중을 겪고 두 달쯤 지나서였다. 그해 테이틀은 일흔다섯 살이었다. 컬럼비아주 지구의 연방 순회 항소법원에서 뛰어난 판사로서 오랫동안 명망을 쌓은 테이틀은 곧 은퇴를 앞두고 있었다. 대법원보다 한 심급 낮은 연방 순회 항소법원은 대법원 판사들의 훈련장이기도 하다. 테이틀은 50대 초반이었던 1994년에 이곳 연방 순회 항소법원의 판사로 임명되었다. 실명한 지 거의 20년째 되었을 때였다.

이 사실은 테이틀의 직장 동료나 가까운 지인들 말고는 잘 모른다. 테이틀은 일부러 숨기지는 않았지만 실명에 관해 말하거나 관심을 끌지는 않는 편을 선호했다. 우리는 여러 차례에 걸쳐 오랫동안 대화를 나누었는데 테이틀이 한번은 이렇게 말했다. "나는 절대로 '눈먼 판사'가 되고 싶지 않았습니다." 내가 테이틀을 만나고 싶었던 것은 어떤 식으로든 공적인 장소에서 그의 이야기를 읽거나 들어서가 아니었다. 테이틀의 사무원으로 일하는 내 친구가 우리를 소개해주었다. 테이틀을 만나기 위해 처음 방문한 날 친구가 먼저 나를 맞아준 다음 그의 재판정으로 데려갔다. 덕분에 친구가 나를 테이틀에게 소개해주기 전에 그를 잠시 관찰할 수 있었다.

재판정에 도착했을 때 테이틀은 이미 다른 두 명의 판사와 함께 착석해 변호사의 주장을 듣고 있었다. 그들이 다루는 사건은 나로서는 좀처럼 이해하기 힘든 복잡한 통신 기술 문제였다. 그래서 나는 그냥 테이틀을 찬찬히 살펴보았다. 마른 체구에 머리가 벗어졌고 검은 판사복을 입은 그의 다정한 얼굴은 기민하고 사려 깊은 표정을 띠고 있었다. 방청객들이나 심지어 재판에 참여하는 사람들도 테이틀이 그들을 보지 못한다는 사실을 바로는 알아채지 못한다고 친구가 내 귀에 속삭였다. 실제로 테이틀의 자신감 있는 자세나 유창한 웅변에서는 전혀 그러한 단서나 실마리를 찾을 수 없었다.

45분쯤 지나 재판이 휴정에 들어갔을 때 나는 그제야 범상치 않은 무언가를 발견했다. 순전히 그를 면밀하게 지켜본 덕분이었다. 테이틀은 판사석에서 일어나 뒤쪽의 문으로 가면서 재차 한 손을 뻗어 오른쪽 벽의 굴곡을 손가락으로 가볍게 매만졌다. 아이가 그냥 촉감이 궁금할 때, 주변 환경의 질감을 확인해보고 싶을 때 흔히 하는 행동과 몹시 비슷했다. 테이틀의 나이나 그가 법정 환경에 익숙하다는 점을 고려하면 어울리지 않는 행동이었다. 테이틀은 이 법정에서 무려 수백 시간을 보냈으니까 말이다. 테이틀은 분명히 방위를 확인하고 있었다. 그는 자신이 판사실로 제대로 가고 있는지 확인하는 중이었다.

테이틀도 후안 호세처럼 망막색소변성증으로 시력을 잃었고 후안 호세처럼 이러한 일이 발생하리라는 것을 10대에 처음으로 알게 되었다. 정확히 열다섯 살이었다. 당시 테이틀은 향후 10년 이후 어느 시점에 자신이 실명할 거라는 이야기를 들었다. 테이틀은 이 소식을 그냥 서랍에 고이 넣어두었다. 그것 말고 달리 그가 무엇을 할 수 있었겠는가? 그 일에 관해 걱정하고 잡도리한들 무엇이 나아지겠는가? 테이틀은 대학에 진학했다. 로스쿨에 갔다. 아내 에디와 결혼해 가정을 꾸렸다. 두 사람은 스스로 시기를 선택할 수 없고 속도를 예측할 수 없는 어떤 일이 일어난다고 해서 미리 활동을 조정한다거나 애초부터 꿈을 작게 갖는 일 없이 온전한 삶을 누렸다.

그 시기는 서른한 살에 왔다. 당시 스키를 타던 테이틀은 (그가 온전한 삶을 누렸다고 한 것은 이런 의미에서였다) 산에서 내려올 때 도움을 받아야 했다. 이후 6년간 테이틀의 세계는 점점 어두워지고 흐릿해지다가 이윽고 그는 아무것도 볼 수 없게 되었다. 테이틀은 겁이 났고 방향 감각을 상실했으며 몹시 힘들었다. 테이틀은 독립성의 상실과 마주해야 했다. 테이틀이 아무리 긍정적으로 앞날을 내다본다고 한들, 여전히 남아 있는 모든 것에 아무리 감사한다고 한들, 그것은 결코 부정할 수 없는 현실이었다. 이제 테이틀은 기분 내키는 대로 갑자기 집을 나서 동네를 거닐 수 없었다. 별생각 없이 잡지나 책을 집어 들고 휙 넘겨볼 수 없었다. 그는 차를 몰 수 없었다. 이 모든 것은 지나간 일이 되었다. 그 어느 것도 돌아오지 않을 터였다.

테이틀은 아내와 네 자녀를 다시는 볼 수 없을 터였다.

그들에 관한 기억을 간직한 채 그들이 나이 드는 모습을 머릿속에 상상해보아야 했다. 2016년 테이틀은 실명 퇴치 재단에서 열린 어느 비공개 행사의 강연을 통해 자신이 가족들과 함께 산책을 하면 가족들이 "진정한 청각적 예술가"가 되어 모든 것을 묘사해주었지만 "나는 여전히 구름과 꽃과 구덩이를 직접 볼 수는 없었습니다. 아내의 아름다운 은발도 볼 수 없었지요"라고 이야기했다. 테이틀은 자녀들의 어릴 적 외모를 떠올림으로써 여덟 명이나 되는 손주들의 목소리와 얼굴을 알고 있다고 믿지만, 여전히 확신할 수는 없다.

테이틀은 실명을 앞두고 이러한 회복 탄력적인 태도를 채택해 지금까지 고수하고 있다. 테이틀은 행운에 집중한다. 우리가 대화하는 중에도 행운에 대해 되풀이해 말했다. 테이틀은 무엇보다 자신을 이토록 지지해주는 배우자와 가족이 있기에 스스로를 운 좋은 사람이라고 여겼다. 여러 해에 걸쳐 시력을 유지했던 덕분에 마음속 그림책이 있고 다른 사람들이 주변의 물리적 환경에 관해 설명해줄 때 그 그림책을 참조할 수 있기에 스스로를 운 좋은 사람이라고 여겼다. 테이틀이 실명한 때는 기술이 높은 수준으로 발달한 시점이라서 여러 상황에서 도움을 받을 수 있기에 그는 스스로를 운 좋은 사람이라고 여겼다. 최근 몇십 년에 걸쳐 음성을 문자로 바꾸거나 문자를 음성으로 바꾸는 소프트웨어의 성능이 크게 향상되었다. 오디오북을 재생할 수 있는 기기도 대중화되었다. 스마트폰에는 장애인을 돕는 기능이 통합되어 있다.

물론 이러한 기술이 있다고 해도 뇌가 정보를 입수해 완전히 새로운 방식으로 작동하기 위해서는 다양한 시스템과 조화를 이룰 능력을 갖추어야 한다. 예전에 보거나 들은 단어를 머릿속에 간직할 수 있도록 스스로를 훈련할 능력이 테이틀에게 없었다면 이러한 기술은 조금도 소용이 없었을 것이다. 틀림없이 테이틀은 그 단어들을 눈이 아닌 뇌만으로 보고 있었다. 실명한 사람의 경우, 뇌의 시각 피질(한때 말 그대로 시각을 담당한다고 생각되었던 뇌 영역)은 점자책을 읽거나 그림을 그리거나 물리적인 환경을 상상할 때도 활성화되는 것이 관찰되었다. 뇌는 이렇게 순응적이다.

그리고 뇌는 무엇이든 입수한 정보를 극대화할 수 있는 능력이 있다. 그래서 실명한 사람들은 흔히 다른 사람들보다 뛰어난 청력을 보유하고, 실청한 사람들은 뛰어난 시력을 경험한다. 그들은 다른 사람들은 지나치는 단서들을 포착하고 주의를 기울인다. 내가 만난 수많은 시각장애인이 가족이나 동료가 가까이 올 때 발걸음의 강도와 리듬을 통해, 또는 이와 유사하게 구분 가능한 소리를 통해 누가 누구인지 분간할 수 있다고 말했다(기억하겠지만 매리언 셰퍼드가 그랬다). 어느 한 가지 단서가 박탈되면 뇌는 다른 단서를 활용한다.

그들은 다른 사람들에게는 중요하지 않은 세세한 정보, 한때는 그들에게도 중요하지 않았을 것들을 포착한다. 어느 날 나와 테이틀은 그의 방에서 담소를 나눈 다음 거기서 8킬로미터 정도 떨어진 그의 아파트로 향했다. 나는 테이틀이 택시나 우버 서비스 같은 것을 이용하리라고 짐작했지만 그는 지하철이 더 빠를 거라며 그걸 타자고 했다. 테이틀은 법원 주변 지역의 지도를 자세하게 익힌 터였고 법원에서 가장 가까운 지하철역까지 다섯 블록 정도 되는 거리를 다른 사람의 도움을 거의 받지 않고 혼자 다닐 때가 많았다. 필요할 때는 낯선 사람에게 물어서 이따금 도움을 받았다.

테이틀은 청각 정보로 우리가 교차로에 이르렀다는 것을 알았다. 테이틀은 도로의 폭, 지하철역 공간의 너비, 여기서 저기로 가려면 대략 몇 걸음을 걸어야 하는지 따위를 기억했다. 테이틀이 걷는 경로는 언제나 완벽한 직선은 아니어서 이따금 나는 걷다가 긴장해 소심한 목소리로 "조금 왼쪽으로요"나 "조금 오른쪽으로요"라고 말하곤 했다. 테이틀에게 이러한 정보가 필요한지 확신할 수는 없지만 어쨌든 내가 이런 말을 한다고 해서 그가 딱히 기분이 상할 것 같지는 않았다. 테이틀은 몇 차례 내 팔뚝을 향해 손을 뻗을 뿐이었다. 게다가 지금 길을 안내하는 사람은 내가 아니라 테이틀이었다. 나는 그가 사는 동네로 가려면 몇 호선을 타야 하는지, 어디서 내리는지, 그 지하철역에서 어떻게 나가는지 전혀 알지 못했다. 나는 순순히 그를 따랐고 대체로 그의 뒤를 졸졸 쫓아다녔다.

메트로를 타고 가면서 나는 큰 감명을 받았다고 테이틀에게 말했다. 그즈음 우리는 서로에 대해 잘 알게 되었고 나는 테이틀이 이 말을 선심 쓰는 발언으로 여기지 않으리라는 것을 알고 있었다. 테이틀은 그 말을 진심 어린 찬사, 그리고 인간이 미처 다 헤아릴 수 없는 우리 종의 영특함에 대한 솔직한 경탄으로 받아들이리라는 것을 나는 알고 있었다. 테이틀은 얼굴 가득 미소를 띠었다. 그때 테이틀이 한 말은 그날 저녁 내내 머릿속을 맴돌았고 지금도 여전히 내 안에서 메아리치고 있다.

"불가사리는 팔이 잘려도 새로 자라납니다. 하지만 그조차도 인간이 지닌 능력에 비하면 그리 대단한 것이 아니지요."

*M.*

나는 눈먼 사람들이 거둔 놀라운 성취의 감식가가 되었다. 우리 모두의 내면에 자리한 불가사리에 무관심한 사람들의 눈에는, 그러니까 뇌졸중을 겪기 전의 나 같은 사람들에게는 믿기지 않을 성취들이 일부러 찾아 나서지 않아도 여기에서, 저기에서, 아니 어디에서나 발견할 수 있었다. 시각장애인 무용수, 시각장애인 화가, 시각장애인 갤러리스트…….나는 산악 모험가 에릭 와이헨메이어의 이름을 우연히 알게 되었다. 그는 시각장애인으로서는 최초로 에베레스트산 정상에 올랐고 이어 세계 7대 봉우리를 모두 등정했을 뿐만 아니라 그랜드캐니언의 급류에서 카약도 탔다. 분명히 나는 이런 정보에 늘 둘러싸여 있었을 테지만 여기에 관심을 기울이기에는 지나치게 다른 데 마음이 쏠려 있었고, 지나치게 순진했으며, 지나치게 우쭐해 있었다.

오른눈이 손상되고 1년 조금 넘게 지났을 즈음 인기 텔레비전 뉴스 쇼 〈식스티 미니츠〉의 앵커 레슬리 슈탈이 샌프란시스코의 건축가 크리스 다우니의 사연을 소개했다. 크리스 다우니는 54세에 시신경을 누르고 있던 뇌종양을 제거하는 수술을 받은 후 시력을 잃었다. 그런 위험에 대해서는 수술 전에 들었지만 그런 일은 사실, 정말, 실제로는 일어나지 않는다고 했다. 하지만 다우니에게는 일어났다.

다우니의 실명은 극단적인 케이스로 완전한 암흑이었다. 다우니에게 상담을 해준 사회복지사는 지금의 직업을 대체할 다른 직업에 관해 의논하려고 했다. 그러나 다우니는 이미 하고 있는 일을 계속하기를 원했다. 진심으로 다우니는 마음을 굳게 먹고 충분히 창의적일 수 있다면 지금 하는 일을 계속할 수 있으리라고 느꼈다. 그랬다, 그는 시력을 잃었다. 하지만 예나 지금이나 정신이 더 중요한 것이 아니겠는가?

"창조적인 프로세스는 지적인 프로세스입니다." 다우니는 앵커 슈탈에게 말했다. "창조적인 프로세스는 어떻게 생각하는가의 문제입니다. 제게 필요한 것은 그저 새로운 연장들이었습니다."

다우니는 건물이나 지붕 아래를 거닐다가 자신이 움직이는 소리, 지팡이가 부딪히는 소리, 다른 사람들의 목소리나 발걸음 소리 등이 구조물의 윤곽을 반영한다는 것을 이해하게 되었다. 다우니는 자신에게 낯선 구조물들로부터 이러한 청각적 단서를 얻어 이것을 지식으로, 또는 적어도 새로 세운 가정으로 바꿈으로써 이 구조물들의 형태와 생김새를 추측했다.

"나는 건축물을 듣고 있었습니다. 공간을 느끼고 있었지요." 다우니가 슈탈에게 말했다.

건축 구조도와 방 배치도를 그리고 읽을 때 다우니는 선을 굴곡으로 변환하는 프린터를 사용했다. 말하자면 건축학적 점자책이었다. "촉각 형태로 이제 막 출시되었어요." 다우니는 설명했다. 그 결과 다우니는 자신이 경험하고 있는 것을 실명 그 자체로 여기지 않았다. 그에게 실명은 "다른 종류의 시각"이라고 슈탈에게 설명했다.

시력이 심각하게 손상된 사람들에게는 수많은 다른 종류의 시각이 있고 이 모든 시각은 지각 능력의 진정한 중심부에, 그리고 감각적 빈칸을 채우는 능숙함에 말을 건다.

"우리는 눈으로 보지 않습니다. 뇌로 봅니다." '감각 치환의 아버지'로 알려진 저명한 미국 신경과학자 폴 바키리타는 말했다. 바키리타는 시각장애인들에게 시각 정보를 전달할 방법을 모색하는 혁신적인 연구를 수행했다. 바키리타가 활용한 방법은 시각적 대상을 점자책이나 다우니의 굴곡진 그림 같은 촉각 경험으로 변환하는 것이었다.

바키리타가 1960년대에 개발한 장치는 카메라에서 컴퓨터로 이미지를 전송하면 컴퓨터가 이 이미지를 시각장애인 사용자가 앉아 있는 의자 장치의 등받이에 박힌 핀들의 진동으로 변환했다. 진동 핀의 끝부분에는 테플론이 입혀져 있었다. 진동들의 성격과 위치는 이미지와 조응했고, 사용자는 그 방식을 익혔다.

니콜라 트윌리는 2017년 《뉴요커》에 아래에 이어지는 글을 기고했다. "이 핀들은 어두운 픽셀에는 세게 진동하고 밝은 픽셀에는 정지해 있어 사용자는 등의 진동으로 그림을 느낄 수 있었다. 바키리타의 시험에 자원한 최초의 여섯 명은 전부 태어날 때부터 시각장애인이었지만 단 몇 시간의 연습만으로 직선과 곡선을 구분했고 이어 전화기와 커피잔을 알아보았으며 심지어 슈퍼모델 트위기의 사진을 인식했다."

이 육중한 기계는 현재 크기가 훨씬 작고 휴대성도 좋은 브레인포트의 전신이다. 브레인포트는 시각장애인의 머리에 장착된다. 사용자는 방을 돌아다니며 기기의 진동을 통해 입수되는 정보에 맞춰 걷고 움직인다. 진동은 등이 아니라 혀에 전달된다(트윌리가 쓴 기고문의 제목은 "혀로 보는 세상"이었다). 브레인포트는 복잡하고 비싼 기기라서 지금까지도 앞으로도 시각장애인 안내견을 대체하지 못하겠지만, 특별한 상황에서 중요한 도움을 제공했다. 와이헨메이어도 기록을 세운 등정에서는 아니었지만 이따금 이 기기를 사용했다. 와이헨메이어는 트윌리에게 "에베레스트산에 브레인포트를 가져가지는 않을 겁니다. 오류가 발생할 가능성이 있는 전자 기기를 극단적인 환경에서 사용하는 것은 무모하니까요"라고 말했다고 한다. "그렇지만 와이헨메이어는 유타주와 콜로라도주의 험난한 등정에서 브레인포트를 사용했다. 그는 이 기기가 그동안 잊고 지낸 손과 눈의 협응 능력을 되살리는 방식을 사랑한다."

트윌리가 쓴 글의 초점은 궁극적으로 와이헨메이어나 브레인포트나 시각장애인들에 대한 테스트와 그 성공에 있지 않았다. 트윌리의 글은 사람들이 오랫동안 짐작했던 것보다 뇌의 가소성이 뛰어나고 이 덕분에 제2의 해결책들이 가능하다는 사실을 강조했다. "시각을 촉각으로 치환하는 브레인포트는 점차 증가하고 있는 이른바 감각 치환 기기 중 하나"라고 트윌리는 썼다. "또 다른 감각 치환 기기인 보이스vOICe는 시각 정보를 소리로 바꾼다. 다른 기기들은 청각 장애인들을 위해 청각 정보를 촉각 정보로 바꾸거나 촉각을 일부 상실한 화상 환자나 한센병 환자를 위해 소리로 촉각 정보를 제공한다."

이러한 기기들은 "뇌의 구조와 발달에 관한 우리의 이해를 바로잡는다." 과거의 신경과학자들은 뇌 부위를 '시각 피질', '청각 피질' 등으로 구분하기를 좋아했고 순수하게 시각적이거나 청각적인 자극이 해당 부위를 활성화한다고 가정했지만 이제 갈수록 더 많은 신경과학자가 예전과 다른 관점을 취하고 있다. 이들은 뇌의 구획을 전보다 덜 경직되게 설정하며 뇌는 유연성이 큰 기관임을 인정한다. 어느 특정한 뇌 영역은 우리가 예전에 한정 지은 것과는 다른 작업을 수행할 수 있다.

우리는 길에서 장애물을 만나면 다른 길로 돌아간다. 발밑에 느껴지는 지형이 생소할 때 위치를 다시 확인한다. 이것은 우리 대뇌 회로의 타고난 재능이다. 아니, 사실 그 이상이다. 여기에는 우리의 정서적·정신적 회로가 함께 작동하면서 기본 기능의 부재가 요구하는 특별한 주의와 요령을 끌어낸다. 일상생활에서 경험한 소소한 성취 그리고 탁월한 사람들의 사연과 전기에서 읽은 위대한 성취는 대개 배선과 책략, 시냅스와 영혼의 합류 지점에 자리해 있었다. 그것들은 각각 다양한 결합을 이뤄냈다.

∿

"내연기관이 발명되기 전에 역사상 가장 많이 여행을 다닌 사람은 가장 그럴 법하지 않은 사람이었다. 여러모로 진정한 세계 탐험가였던 제임스 홀먼James Holman은 절제력, 무모함, 재주를 두루 갖춘 멋진 인물로 윈저의 기사였고 왕립협회의 회원이었으며 베스트셀러 작가였다. 사람들은 그가 가끔 다리를 저는 시각장애인이었다는 사실을 쉽게 잊어버리곤 했다."

홀먼에 관한 탁월한 저작 『세계를 더듬다A Sense of the World』의 서론을 시작하는 세 문장이다. 제이슨 로버츠가 2006년에 낸 이 책은 미국 도서 비평가 협회상의 최종 후보에 오르기도 했다. 이 세 문장은 1786년에 태어나 1857년에 사망한 홀먼의 일생에서 '그럴 법하지 않은' 면을 암시할 뿐이다. 저돌적인 여행가였던 홀먼은 흔히 아득히 멀고 험난한 여행지를 선호했다. 홀먼은 혼자 여행할 때가 많았다. 홀먼이 탐험에 관해 쓴 책들은 당시 큰 인기를 끌었고 저널리즘 분야에서도 성공을 거두며 잉글랜드에서 상당히 유명해졌다. 우리가 사용하는 합성어 중 사람들이 먼 지역을 방문할 때의 동기와 행위를 일컫는 한 단어에는 어색하고 불필요한 반복이 담겨 있다. 이 단어는 눈을 한 번도 아니고 두 번 강조한다. 바로 '관광<sup>sightseeing</sup>'이다. 홀먼은 보이지 않는 눈으로 '관광'을 하고 '관광'에 관해 글을 썼다.

시각장애인 작가들이 나의 눈길을 끄는 이유는 명백하다. 나는 최악의 시나리오가 펼쳐졌을 때 어떤 일이 일어날지 미리 알고 싶었다. 다른 사람들이 이 길을 벌써 걸어보았음을, 그리고 내 기대보다 훨씬 뛰어나게 해냈음을 확인하고 안심하고 싶었다. 팁을 얻고 싶었다. 나는 약속을 받고 싶었다.

그러다 나는 시력을 거의 또는 아예 상실한 작가들의 확고하고 매혹적인 전통은 헬렌 켈러보다 훨씬 더 먼 과거로 거슬러 올라가 이따금 '눈먼 시인'으로 일컬어지는 호메로스까지 이어진다는 것을 발견했다. 다만 여기에는 별표가 붙어 있다. 학자들은 호메로스의 작품이 한 명의 단독 작품인지 아니면 여러 시인의 합작품인지에 대해 결코 합의점에 이르지 못했다.

또 다른 작가 존 밀턴은 1652년경 시력을 잃고 그로부터 10년도 더 지나 『실낙원Lost Paradise』과 『복낙원Paradise Regained』을 집필했다. 텍사스대에서 밀턴을 가르치는 존 럼리치는 "그는 실명에도 불구하고가 아니라 오히려 실명 덕분에 이 걸작들을 집필할 수 있었다는 것을 뒷받침하는 논거를 충분히 댈 수 있습니다"라고 내게 말했다. "밀턴 스스로도 그렇게 생각했습니다." 밀턴은 실명을 "내면의 빛"에 대한 대가로 여기기로 선택했다고 럼리치는 말했다. 실명은 밀턴에게 사명감을 북돋았다.

어쩌면 홀먼도 마찬가지였을 것이다. 테이틀과 다우니도 보여주었듯, 홀먼은 무엇보다 신체적 능력이 감소했을 때 우리가 얼마나 치열하게 스스로의 방향을 재설정하고 새로운 조건에 적응할 수 있는지, 얼마나 대단한 문제 해결 능력을 발휘할 수 있는지 보여주었다.

이처럼 인간은 다른 사람들에게서 수집한 것을 시각 못지않게 소중한 표현력이라는 재능으로 필터링해 독자와 나눌 수 있다. 시각적 의미에서 당신이 보고 있는 것이 아닌 사회적 의미에서 당신이 경험하고 있는 것, 즉 여행 중에 우연히 나눈 대화나 어쩌다 휘말린 복잡한 사건을 서술할 수도 있다. 외부 세계로의 여정 못지않게 내면세계로의 여정에 집중할 수도 있다. 이야기의 중심축을 표면적인 것에서 우주적인 것으로 옮길 수도 있다.

1786년에 태어나 스물다섯 살에 알 수 없는 이유로 시력을 잃은 영국 해군 장교 출신의 홀먼이 이러한 시도들을 했다. 홀먼은 회화적인 경험으로서의 여행을 거부했다. 그렇다, 그 거부는 불가피했다. 하지만 여기에는 또 한 가지 교훈이 있었다. 지금도 나는 무의식적으로 시각을 다른 어떤 것보다 높은 자리에 두고 있다. 홀먼은 그럴 수 없었기에 그러지 않았다. 그리고 그렇게 하지 않았더라면 보지 못했을 경이로운 세상을 발견했다.

다음은 홀먼의 『세계 여행: 제1권』의 1장 일부다.

사람들은 내게 끊임없이 묻는다. 여기서 그 질문에 최종적으로 답을 하는 것이 좋겠다. 그러니까 앞을 보지 못하는 사람에게 여행이 무슨 소용이 있단 말인가? 나는 대답한다. 모든 여행자는 자신이 묘사하는 것을 전부 눈으로 보았는가? 사실 자신이 수집하는 정보의 상당 부분을 남에게 의존할 수밖에 없지 않은가?

그렇다, 자연의 아름다운 그림들은 나에게 차단되어 있다. [...] 그러나 어쩌면 바로 이 조건이 내게 오히려 더 강력한 호기심을 불러일으킨다. 그리고 이 호기심 때문에 세부 사항에 대한 면밀하고 철두철미한 탐색을 추구할 수밖에 없다. 피상적인 풍경으로 충분히 만족하고 눈을 통해 전달된 첫인상만으로 흡족해할 여행자라면 필요성을 느끼지 못할 정도로 말이다. 바로 그 정보기관이 박탈된 나로서는 더욱 엄정하고 덜 의심스러운 탐구 과정을 채택해, 다른 여행자들이라면 한 번 보고 지나칠 것들도 끈질긴 검토와 착상과 연역을 통해 분석적으로 조사할 수밖에 없다. 그리하여 겉모습에 오도될 위험으로부터 자유로운 나는 성급하고 그릇된 결론에 이를 가능성이 더 낮다.

홀먼의 여행은 어느 유복한 명문가의 자손이 누린 특혜가 아니었다. 하인들을 동행하지 않았고 두툼한 수표 뭉치나 금화가 순탄한 길을 닦아주지도 않았다. 로버츠는 홀먼이 혼자서 "언어를 한마디도 모르는 나라를 방문"하곤 했다고 썼다. "그는 여러 사람이 함께 타는 대중 마차, 농부의 수레, 말을 타거나 걸어서 여행하기에 충분한 돈만을 갖고 다녔다." 이때는 자동차가 없는 시대였다. 비행기도 당연히 없었다.

홀먼은 나폴리 외곽의 용암이 분출하고 있는 베수비오 화산에 올라갔다. 스리랑카(당시 명칭은 실론)에서 코끼리를 사냥했다. 시베리아의 추위와 씩씩하게 맞섰다. 잔지바르의 열기를 견뎠다. 브라질로 배를 항해해 열대우림을 거닌 다음 오스트레일리아로 가서 오지를 탐험했다. 홀먼은 앞이 보이지 않는 가운데 이 모든 일을 했고 류머티즘 관절염일 가능성이 큰 지병 때문에 때때로 아무 데도 가지 못한 채 극심한 통증에 시달렸다. 홀먼은 통증이 사라질 때까지 그냥 기다리거나 아니면 그대로 돌아다녔다. 로버츠는 홀먼이 다섯 개 대륙을 돌아다니며 여행한 총 거리는 25만 마일(약 4000킬로미터) 정도였을 것으로 추정한다. 홀먼에 비하면 마르코 폴로는 집에 갇혀 지낸 격이다.

홀먼은 수기로 글을 썼다. 그는 끈이 달린 장치를 이용해 행들이 서로 평행을 이루고 잘 구분되게 했다. 아울러 여러 가지 신비한 지식을 많이 알고 있어서 찰스 다윈은 『비글호 항해기』에서 그를 인도양 동물상動物相의 권위자로 언급하기도 했다.

나는 로버츠의 책 『세계를 더듬다』가 언급된 글을 읽고 곧장 이 책을 주문했다. 몹시 떨리는 마음으로 책이 도착하기를 기다리면서 나는 로버츠에게 연락할 방법을 찾았다. 로버츠는 내게 말했다. "처음에는 희망과 영감을 주는 전형적인 이야기를 쓰게 되겠구나 생각했습니다." 하지만 아니었다. 홀먼은 영감보다는 발견이었다. 홀먼은 삶을 향유하는 다채로운 방법의 발견이었고, 흔히 소홀히 여겨지는 감각들의 발견이었으며, 최초의 관찰 너머에 있는 그 모든 정보의 발견이었고, 우리 주변의 모든 것이 품고 있지만 미처 다 음미하지 못하는 풍부한 세부의 발견이었다. 로버츠는 홀먼만큼 세계를 생생하고 완전하게 경험한 사람은 아무도 없었다고 말했다. 로버츠는 이 진술이 품은 폭을 모르지 않는다고 덧붙이면서도 이 진술을 고수했다. "비非시각적 세계가 얼마나 다른지, 그러니까 얼마나 복잡한지에 대한 진정한 이해는 나에게 크나큰 놀라움으로 다가왔습니다." 로버츠는 말했다.

홀먼은 진정으로 시각이 아닌 다른 감각들에 의지했고 이 감각들을 정교화해 '반향 정위'의 달인이 되었다. 반향 정위란 자신이 낸 소음이 주변 대상에 부딪힌 다음 얼마나 많이 또는 적게 되돌아오는지를 파악하는 능력이다. 이를테면 홀먼의 경우 지팡이로 대상을 두드려서 나는 소리를 이용했다. 반향 정위는 다우니가 시력을 잃고 건물을 파악할 때 사용한 능력이다. 홀먼은 한번은 이렇게 말했다. "시각장애인은 들을 때 자신의 영혼을 집중시키고 가장 작은 차이들, 음조의 가장 미세하고 단편적인 지점을 감지할 수 있다."

그러나 홀먼의 산문은 신기하게도 주로 소리나 감촉이나 느낌이나 맛을 예찬하는 내용이 아니었다. 나는 그러리라고 짐작했다. 그러나 이 시대의 기행문은 그러한 스타일을 따르지 않았다고 로버츠는 설명했다. 아울러 홀먼은 일단 글의 초반에 자신이 시각장애인임을 밝히고 이후에는 독자들이 이 사실을 잊어버리기를 바랐기 때문에 스스로를 덜 드러내는 관습적 화자로서 글을 썼다. 그렇다고 홀먼이 그 모든 감각의 언급을 피했다는 뜻은 아니다. 바다에 관해 서술하는 다음 글을 보자. 이 글 역시 『세계 여행: 제1권』의 일부다.

우리는 동쪽에서 불어오는 미풍을 오래 즐기지 못했다. 저녁이 되자 바람이 변덕스러워지고 번개와 천둥이 치고 폭우가 쏟아졌다. 밤은 어둡고 음울했으며, 바다의 풍랑이 거세 배가 몹시 흔들렸다. 그다음에는 오로지 갑판 위에서만 목격할 수 있는 혼란의 장면들이 잇따랐다. 폭풍우에 겹질려 삐걱거리는 나무판들, 노호하는 다중의 목소리, 배의 뒷질과 옆질로 빚어지는 우스꽝스러운 사건들, 사방으로 구르는 것들, 이편에서 저편으로 날아다니는 상자들, 깨지는 그릇들, 여봐요 하고 외치는 사람들, 신음하고 끙끙대는 또 다른 사람들, 빈번한 구토, 이따금 어떤 이례적인 충돌로 인해 다 같이 내지르는 비명.

홀먼은 밤의 '어둠'을 언급했다. 물론 홀먼은 다른 사람들보다 어둠과 빛의 영향을 덜 받았을 것이다. '목격하다witness'라는 동사 역시 속임수에 가깝다. 하지만 우리는 어떤 것을 눈으로 보지 않고도 목격할 수 있지 않은가? 어떤 일이 일어나고 있음을 알려주는 다른 증거가 넘쳐나지 않는가? 남은 빈칸이 무엇이든 당신 주변의 사람들이 채워줄 수 있다. 아마도 그 덕분에 홀먼은 이편에서 저편으로 날아다니는 무거운 물건이 상자라는 것을 알게 되었을 것이다.

홀먼을 가장 괴롭게 만든 것은 눈멂 그 자체가 아니었다. 눈멂이 홀먼의 방랑벽을 가장 방해한 것도 아니었다. 무엇보다 홀먼은 시각장애인에게 따라붙는 오명을 극복해야 했다. 당시 잉글랜드에서 실명은 흔히 매독을 연상시켰다. 매독이 실명을 유발할 수 있기 때문이었다. 따라서 홀먼은 사람들이 그를 꺼리거나 그가 운송수단을 이용하는 것을 거부하지 않도록 담임 목사에게서 그가 고결한 인품을 지닌 사람임을 보증하는 문서를 발급받아야 했다. 더군다나 홀먼은 관절염을 심하게 앓았고 한번은 통증이 극심해 아프리카행 배에 이송되어야 했다.

로버츠는 이렇게 설명했다. "나는 홀먼이 그 모든 통증을 견뎌낼 유일한 방법은 하루하루를 수수께끼로 만드는 것이었음을 깨달았습니다." 이 수수께끼는 홀먼이 육체적 고통을 넘어서 도전과 미래로 자신의 정신을 가득 채울 수 있게 해주었다. "홀먼은 완전히 새로운 환경에서 잠에서 깨어났고 무슨 일이 일어나고 있는지 이해해야 했습니다. 이러한 해체의 과정은 홀먼이 통증이 아닌 다른 데에 집중할 수 있게 해주었습니다." 로버츠는 말했다. "홀먼은 장애를 극복한 것이 아닙니다. 홀먼은 자신의 조건을 살아냈습니다. 그리고 그 덕분에 독창적인 사람이 될 수 있는 용기를 얻었습니다."

우리 시대의 불가사리로는 작곡가이자 음반 제작자 클리프 매그니스를 꼽을 수 있다. 매그니스의 커리어는 40대 중반이었던 2002년에 급상승세를 탔다. 그해 가수 에이브릴 라빈이 출시한 데뷔 음반 〈렛 고Let Go〉는 2000년대 최고의 음반으로 손꼽혔다. 매그니스는 이 앨범에 수록된 곡을 절반 가까이 프로듀싱하고 공동 작곡한 터였다. 이 일로 매그니스는 〈아메리칸 아이돌〉 제작진의 연락을 받았고 켈리 클락슨이나 클레이 에이킨처럼 이 프로그램을 통해 스타로 발돋움한 가수들과 팀을 이루어 작업했다. 매그니스는 클락슨의 2003년 데뷔 앨범 〈생크풀Thankful〉에 수록된 곡 중 두 곡을 프로듀싱했다. 매그니스의 오른쪽 얼굴이 무너진 것은 그해 말이었다.

"사실 그 일은 클레이 에이킨의 녹음 중에 일어났어요." 매그니스가 내게 말했다. "클레이가 노래를 부르는데 내 눈에서 눈물이 나기 시작했습니다. 무슨 알레르기 같은 것인가 보다 생각했어요. 다음 날 깨어 보니 얼굴 오른쪽이 살짝 아래로 처져 있었습니다. 일주일 동안 점점 더 나빠졌어요. 그러더니 결국 오른쪽 얼굴 전체가 마비되었습니다."

뇌졸중이었을까? 구안와사? 의사들은 당황했다. 매그니스는 몇 년에 걸쳐 수십 번의 MRI 촬영을 포함해 각종 검사를 받았고 마침내 의사들은 일종의 피부암이 퍼져서 오른쪽 뇌 신경을 둘러쌌다는 결론에 도달했다. 피부암은 표정을 관장하는 신경들을 옥죄고 있어서 매그니스는 얼마 지나지 않아 미소를 짓지 못했고 눈을 끝까지 감을 수도 없었다. 이윽고 피부암은 귀에서 뇌로 신호를 전달하는 신경까지 옥죄기 시작했다. 매그니스는 1년 반에 걸쳐 오른쪽 귀의 청력을 완전히 상실했다. 음악을 하는 사람이 반*청각장애인이 된 것이다.

다양한 수술을 (한 수술에서 의사들은 귀를 통해 뇌로 진입했고, 또 다른 수술에서는 이마에 드릴로 작은 구멍을 냈다) 받은 후 매그니스가 입은 손상은 부분적으로 완화되거나 회복되었다. 2021년 초 나는 매그니스를 줌 미팅으로 만났을 때 그의 오른쪽 얼굴에서 비대칭이나 마비 증상을 발견하지 못했다. 그러나 청력에 가해진 손상은 영구적이었다. 매그니스는 이제 모든 청각 정보를 왼쪽 귀로만 받아들였다.

그러나 뇌에서는 양쪽 모두에서 소리를 들었다.

처음에는 그렇지 않았다. 매그니스는 로스앤젤레스 브렌트우드의 어느 식당에서 아내를 동반해 다른 친구들과 식사를 들던 밤을 기억했다. "정말이지 패닉에 빠졌습니다. 오른쪽에 있는 사람들 말을 전혀 듣지 못했거든요." 매그니스는 그쪽에서는 아무 소리도 듣지 못했다. 세계는 청각적으로 이등분되어 있었고, 매그니스 주변 소리의 파도는 한쪽으로 기울어 있었다. 매그니스는 그날 자신이 방향 감각을 완전히 잃은 난파선이었다고 고백했다. 매그니스는 어떻게 해야 할지 알 수 없었다.

하지만 사실 그는 어떻게 해야 할지 알 필요가 없었다. 매그니스의 기울어진 세계는 조금씩 바로잡혔고 스스로 균형을 되찾았다. 매그니스는 오른쪽에서 나는 소리를 듣기 시작했고 그 위치를 파악할 수 있게 되었다. 오른쪽 귀가 다시 들렸기 때문은 아니었다. "우리의 경이로운 뇌는 상상을 뛰어넘는 재능을 갖고 있기 때문입니다. 뇌는 새로운 삶에 맞게 스스로를 적응시키고 재배선합니다." 매그니스는 말했다. 매그니스의 경이로운 뇌는 왼쪽으로 입수되는 소리의 크기와 성격으로부터 그것이 실제로는 오른쪽에서 나는 소리라는 것을 간파했고, 이러한 차이를 분류하고 따로 표시해 양쪽 귀로 듣는 것과 동일한 효과를 냈다. 60대 후반의 매그니스는 한쪽 귀로만 소리를 듣지만 음악적 능력은 전과 다름없다고 말했다.

우리 가운데 또 다른 불가사리로 시각장애인 사진작가들을 들 수 있다. 세상에는 시각장애인 사진작가들이 아주 많다. 그들은 수많은 작품을 발표하고 전시를 매년 열며 2016년에는 예술적 이미지가 가득한 멋진 커피 테이블 북(그림이나 사진 위주의 큰판 서적—옮긴이)『눈먼 사진작가 The Blind Photographer』를 출간하기도 했다. 어느 시각장애인 작가는 숨소리의 미묘한 차이를 감지해 인간 피사체가 얼마나 가까이 있는지, 그 사람의 얼굴이 어느 쪽을 향해 있는지 알 수 있었다. 어느 작가는 야외에서 피사체를 손으로 만져 가장 따뜻한 부분과 덜 따뜻한 부분을 확인함으로써 빛이 어떻게 쏟아지고 있는지 가늠했다.

우리 가운데 불가사리로 뉴욕시의 재활 의학 전문의인 70대의 스탠리 와이너플도 들 수 있다. 와이너플은 20대에서 50대까지 서서히 실명이 진행되었다. 50대에 완전히 실명한 그는 한동안 자신이 계속 일을 하고 활동적으로 살 수 있을지 의문이 들었다. 하지만 그 시기를 넘긴 그는 내게 말했다. "새로운 취미를 시작했습니다. 탐조探鳥요."

"탐조라고요? 새를 관찰하려면 망원경을 봐야 할 텐데요." 내가 말했다.

와이너플은 망원경은 아내가 본다고 했다. 와이너플은 덧붙였다. "탐조 활동은 상당 부분 귀로 합니다. 최고의 탐조

가들은 우거진 정글에서 소리를 듣지요." 와이너플은 아내와 감각의 2인조를 이루었다. 아내는 보기에 집중하고 그는 듣기에 집중했다. 와이너플은 실명한 덕분에 이 일을 더 잘할 수 있었다. 한 가지 자극 통로가 차단되었기 때문에 더욱 확고하게 다른 통로에 집중할 수 있었다. 와이너플은 이 역학 관계를 이렇게 설명했다. "의사들이 가슴에 청진기를 대고 심장의 희미한 속삭임을 들을 때 어떻게 하는지 아십니까? 눈을 감습니다."

내가 《뉴욕타임스》에 시력이 위태로워진 사연을 밝히고 얼마 지나지 않아 만나게 된 한 청년의 이야기를 빠뜨릴 수 없다. 청년의 어머니는 기사를 읽고 내게 이메일을 보내 혹시 아들과 만나서 대화를 나누어줄 수 있는지 물었다. 청년은 미국 최고의 명문대로 손꼽히는 학교에 막 진학한 터였다. 어느 날 오후 청년과 그의 어머니는 내 아파트에서 함께 커피를 마시며 사연을 이야기했다. 청년은 태어날 때부터 야맹증과 복시複視(한 개의 물체가 둘로 보이거나 그림자가 생겨 이중으로 보이는 현상-옮긴이) 그리고 이와 연관된 여러 안과적 문제들을 겪었다고 이야기했다. 부모는 처음에는 이를 전혀 알아채지 못했다. 청년은 아기일 때부터 이러한 결점들을 무척이나 훌륭하게 보완해냈기 때문에 문제들이 행동에서 분명하게 드러나지 않았던 것이다. 예를 들어 청년은 세 살에 집의 물리적인 구조와 세부 정보를 모두 외우고 있어서 밤에 불이 꺼져도 완벽한 시야를 확보한 사람처럼 문제없이 돌아다닐 수 있었다.

청년은 공간 지각 능력에 심각한 결손이 있었지만 테니스를 아주 잘 쳤다. 청년은 자신이 어떻게 테니스 코트를 살펴보고 행동을 취하는지 정확히 설명하기는 어렵지만, 부족한 것을 메우기 위해 공과 바닥의 색 대조 그리고 바닥 대비 공의 크기에 주목하고, 상대 선수의 다음 동작을 예측하기 위해 그의 자세와 미묘한 몸의 움직임을 읽는 데 집중한다고 말했다. 많은 경우, 청년은 이 모든 것을 상대 선수보다 더 잘할 수 있었다.

~

한때 나는 오디오북을 제대로 듣지 못했다. 말 그대로 정말 듣지 못했다. 오디오북의 이점이 아무리 설득력이 있다고 한들, 아무리 열심히 노력한다고 한들 오디오북을 듣고 있기가 어려웠다. 걸으면서도, 운전 중에도, 식사 중에도, 오디오북을 듣는 것 말고는 다른 아무것도 하지 않고 긴 의자에 앉아 있을 때도 나는 꾸준히 들을 수 없었다. 두 문장, 두 단락, 많아야 여섯 단락을 듣고 나면 집중력이 흐트러졌다. 내 귀에 울리는 목소리를 인식하고 무슨 말을 하는지도 알지만, 아무리 안 그러려고 노력해도 나도 모르게 다른 생각을 하다 몇 분간 내용을 놓쳐버렸다. 이런 일이 자꾸 반복되자 나는 패배를 인정했다.

그러나 나는 뇌졸중 후에 새 출발을 해보기로 마음먹었다. 왼눈마저 잃으면 오디오북만이 내가 읽을 수 있는 유일한 책이 될 터였다. 그리고 이제 내게 추가적인 동기가 생겼으니까 또는 내 뇌가 어떤 비상 훈련에 돌입했으니까 어쩌면 가능할지도 몰랐다. 곧장 되지는 않았다. 말하자면 유발 하라리의 『사피엔스』는 적합하지 않았다. 나 같은 아마추어 청독자가 듣기에는 복잡한 인류학 용어가 지나치게 자주 등장했다. 그래서 대중소설을 들었고 그다음에는 순문학 소설을 들었으며 18개월 이내에 1.3배나 1.4배로, 심지어 1.5배로도 들을 수 있게 되었다.

나는 이제 예전과 다른 방식으로 임기응변에 능하고 참을성이 많다. 어느 날 밤 잡목 숲에서 아이폰을 잃어버렸을 때 깨달은 사실이다. 당시 나는 아버지를 돌봐드리느라 교외에서 지내고 있었고, 밤에는 산책하면서 친구들과 전화로 담소를 나누고 안부를 챙기곤 했다. 무선 이어폰을 사용했기 때문에 핸드폰은 주머니에 꽂아두었다.

어느 날 밤은 친구 케리와 통화하며 걷고 있었다. 그날은 내가 걷고 있는 길과 가려는 길 사이에 어둡고 빽빽한 잡목 숲이 있었다. 나는 숲을 가로질러 가야겠다고 생각했다. 그러다 덩굴줄기와 가시나무와 나무뿌리가 뜨개실처럼 얽힌 곳을 미처 보지 못한 나머지 발이 걸려 세게 고꾸라졌다. 하마터면 커다란 바위에 머리를 박을 뻔했다. 어쨌든 이어폰은 귀에 그대로 꽂혀 있었고 나는 케리에게 안도감을 표현하고 있었다. 그런데 길을 따라 한 걸음씩 앞으로 갈 때마다 지지 직거리는 통화 잡음이 심해졌다. 이어폰으로 소리를 송출하는 핸드폰과 블루투스 연결이 지나치게 멀어졌음을 시사하는 바로 그런 잡음이었다.

'내 핸드폰!'

나는 호주머니를 더듬었다. 전화기가 없었다. 잡목 숲의 어두운 바닥에 떨어져 있는 게 분명했다. 그걸 도대체 어떻게 찾는단 말인가? 핸드폰도 케이스도 검은색이라는 사실은 전혀 도움이 되지 않을 터였다.

나는 케리에게 전화를 끊고 몇 차례 다시 걸어달라고 했다. 케리의 전화가 걸려 오면 화면에 불이 들어오고 벨 소리가 울릴 테니 핸드폰을 쉽게 발견할 수 있을 터였다. 그러나 불이 들어오는 화면도 울리는 벨 소리도 없었다. 핸드폰이 '방해 금지 모드'로 설정된 모양이었다. 아마도 배터리 잔량이 0에 가까워지고 있었던 탓이리라.

나는 잡목 숲을 헤매며 "헤이, 시리 Siri!" 하고 외쳤다. 혹시라도 이 외침 덕분에 핸드폰 화면에 불이 들어오지 않을까 하는 희망에서였다.

아무 일도 일어나지 않았다.

이튿날 아침에 다시 올까도 생각했다. 그러나 그날 밤에 폭우가 내린다는 예보가 있었고 하루가 지나면 정확한 위치를 찾아갈 가능성은 더 낮아질 것이다. 포기할까도 싶었지만 너무도 자주 게으르고 너무도 빈번히 부주의한 예전의 나였다면 아마도 그랬으리라는 생각을 하니 부끄러운 기분이 들었다.

나는 스스로의 허술함에 너무나 화가 났다. 자꾸만 무력감이 들어서 더더욱 화가 났다. 무력감은 뇌졸중이 일어났을 때 내가 두려워하고 맞섰던 바로 그 감정이었다. 이번에도 그 감정에 맞설 것이다. 나는 전화를 찾을 수 있다, 제기랄. 나는 핸드폰을 찾을 것이다.

지금까지 걸어온 길을 처음부터 다시 걸어보면 어떨까? 잡목 숲의 어느 지점으로부터 걸어 나왔는지는 기억하지 못해도 그 숲을 애초에 어느 지점에서 들어갔었는지는 찾을 수 있을 것이다. 내가 그전에 걷던 길이 끝나는 지점이었으니까. 나는 숲을 빙 돌아 그 지점으로 간 다음 이제 긴장을 풀고 본능과 자연스러운 충동에 따라 걸으라고 스스로에게 말했다. 이 잡목 숲을 횡단해 맞은편에 보이는 저 길로 간다면 내가 어떻게 할지의 차원에서 말이다. 이러한 본능과 충동은 예전과 그리 달라지지 않았을 테니까.

나는 숲을 가로질렀다. 그러는 동안 내 두 눈(쓸모없는 하나와 쓸모 있는 하나)을 땅바닥에 고정하고 검은 물체가 있는지 살폈다. 결코 자연물일 리가 없고 내 핸드폰임이 분명한 사각형의 물체. 나는 아주, 아주 천천히 이동했다. 그리고 마침내 처음에 발견한 것은 전화기가 아니라 내가 넘어지고서야 발견한, 내 머리를 그리로 박지 않은 것에 말없이 감사했던 그 커다란 바위였다.

핸드폰은 바위 가까이 있을 터였다. 나는 실눈을 뜨고 주변의 바닥을 샅샅이 훑었다. 수상쩍을 만치 고른 톤의 어두운 물체가 어느 나뭇가지인지 지푸라기인지 아래에 보였다. 전화기를 찾았다. 나는 확신했고 마침내 팔을 뻗어 손가락이 닿아서야 안심할 수 있었다.

내가 거둔 성공은 향상된 두뇌 활동이나 특수한 재능의 발견 같은 것과 전혀 관련이 없을지 모른다. 그러나 나의 엘리베이터 예언력과 밤에 센트럴 파크에서 달릴 때 구덩이를 잘 피하는 능력과 아이폰 수색 사이에는 분명 어떤 연결고리가 있었다. 그것은 전에는 훈련한 적이 없는 세부적인 것들의 조응이었다. 어쩌면 그것은 끈질긴 집요함이었는지도 모른다. 설사 그렇다고 해도 그것은 변화의 역량에 말을 걸어왔다. 변화가 우리의 가장 큰 위안일 때 또는 그 자체가 구원인 순간에 말이다.

## 9장

나는 아무것도
뒤로 미루고 싶지 않았다

"괜찮습니다. 이런 일이 일어날 줄 모르셨잖아요.

일부러 하신 일도 아닌데요." 그것이 거의 확실한 진실이기에 그렇게 말했다.

피는 많이 나지 않았다. 상처를 꿰맬 필요까지는 없을 것 같았다.

"괜찮습니다." 나는 다시 한번 말했다. 손이 욱신거렸다.

하지만 그 어색하고 긴장된 순간에 나는 어쩌면 전보다 더 큰 사람,

더 나은 사람이 되지 않았을까 하는 생각이 들었다.

그리고 만일 그렇다면 거기에 리건의 공이

약간은 있지 않을까 하는 생각이 들었다.

"정말입니다. 별일 없을 겁니다."

나는 지금까지 내 인생에서 일어난 중요한 변화를 줄곧 감추었다. 해가 떨어지고 한참이 지났는데도 센트럴 파크를 달린 여러 이유 중에는 언급하지 않은 변화가 있었다. 이것은 어째서 내가 늦은 밤에 산책할 때 오래된 보도를 걷는 현명한 방법을 버리고 덤불숲을 가로질렀는지에 대해서도 설명이 된다. 사실 나는 사랑에 빠졌다.

어쩌면 사랑에 빠지기로 결정했다고 말할 수 있을지도 모르겠다. 우리는 진정으로 휩쓸리는 것일까, 아니면 그렇게 되도록 자신을 어떤 조건 속에 놓아두는 것일까? 사랑이 우리를 발견하는 것일까, 아니면 사랑이 발견할 수 있도록 우리가 두 팔을 활짝 벌리고 기다리는 것일까? 나는 두 가지 모두에 해당했다. 나는 너울처럼 커지는 감정에 깜짝 놀란 동시에 그 너울을 스스로 불러들이기도 했다.

그리하여 2019년 3월 중순의 어느 추운 밤, 나는 뉴어크 리버티 국제공항의 터미널 밖에서 나의 새로운 동반자가 도착하기를 기다렸다. 그녀의 이름은 리건이었다. 리건은 다섯 살이었고 몸무게는 22킬로그램 정도였다. 항공사에서 다양한 숫자와 의료 정보를 요구했기 때문에 알게 된 사실이었다. 항공사에서는 아울러 정확한 사양의 켄넬(반려동물 이동장 −옮긴이)을 요구했다. 나는 항공사의 지시와 수의사의 조언에 충실히 따랐다. 리건이 최대한 안전하고 평온하게, 만족한 상태로 내게 올 수 있기를 바랐기 때문이다. 나는 가슴 깊은 곳으로부터 리건을 책임감 있게 대해야 할 의무를 느꼈다. 리건이 오기에 앞서 18개월 동안 나는 내 삶의 많은 부분에 대해 통제력이 없다는 것을 깨달았다. 하지만 리건의 복지에 관해서는 아주 많은 것을 결정할 수 있었다. 나는 리건의 최고 결정권자요, 결함투성이 인간의 형태를 띤 신성이자 외눈박이 신이었다. 앞으로 리건의 일상을 운동으로, 모험으로, 씹는 장난감으로 채워주리라 다짐했다. 이것들은 남동생 해리에게 펼친 주장들이었다. 나는 해리에게서 리건을 떼어 왔다.

　　해리는 태어난 지 겨우 12주 된 리건을 로스앤젤레스의 어느 보더콜리 구조 협회로부터 입양했다. 내가 리건을 처음 만난 것은 아마 그로부터 6개월 뒤였을 것이다. 그 뒤로 나는 1년에 두 번 정도 리건을 만났다. 일이 있어서, 아니면 그냥 여행 삼아 로스앤젤레스에 가면 동생 집에 들러 리건과 시간을 보냈다. 나는 리건을 아주 좋아했다. 리건이 보여주는 완전한 신뢰와 즉각적 애정, 순수한 기쁨이 좋았다. 리건은 한동안 주변에 보이지 않았던 아는 사람을 발견하면 기쁨에 어쩔 줄 몰라 하며 척추동물이 무척추동물로 변신하는 묘기를 보여주었다. 리건의 몸은 전율하는 젤라틴 덩어리가 되었고 깩도 아니고 끼잉도 아닌 황홀경의 청각적 정수라고 할 만한 소리를 냈다. 사람들은 감정을 지나치게 드러내다 혹시 난처해질까 봐 언제나 감정을 억누른다. 개들은 그렇지 않다. 리건에게는 경계심이 없었다. 속임수를 몰랐다.

그리고 얼마나 예쁜지, 마치 새의 깃털 같은 리건의 풍성한 털은 거의 다 검은색이지만 간간이 흰 털이 섞여 있었다. 마치 화가가 직접 그린 것처럼 완벽하게 대칭적으로. 네 발등의 흰 털은 마치 긴 양말을 신은 듯 최소한 15센티미터 정도 위까지 올라와 있었다. 코끝의 흰 털은 저 멀리 꼬리의 긴 털들과 괄호처럼 짝을 이뤘다. 가슴팍에 자리한 불길 모양의 흰 털은 중세시대의 흉갑을 연상시켰고, 배를 뒤덮은 부채꼴의 흰 털은 나비의 형상을 이루었다. 이 나비는 리건이 쓰다듬어달라고 배를 내놓을 때만 볼 수 있었다. 리건은 자주 배를 보였고 나는 많이 쓰다듬어주었다.

리건은 나를 캘리포니아 집에 정기적으로 방문해 자신을 길게 산책시켜주는 사람 정도로 알고 있었다. 나 같은 동북부 사람에게 해리네 동네 근처의 협곡을 통과하는 오솔길은 새로운 발견이었다. 생소한 식물들은 독특한 색조의 초록빛을 띠었고 저 멀리 힘찬 태평양이 언뜻언뜻 보였다. 그래서 나는 수킬로미터를 걸을 수 있는 경로를 택해 둘이 마실 물을 넉넉히 챙기고 리건을 데리고 나갔다. 리건의 발걸음은 믿을 수 없을 만큼 확신에 차 있었고 무한한 호기심을 발산했다. 리건의 귀는 내가 전혀 감지하지 못하는 소리를 향해 전파 망원경처럼 부지런히 회전했고, 리건의 코는 공중의 점자책을 읽는 듯 부들부들 떨렸다. 나는 주변 풍경 못지않게 리건에게도 시선을 빼앗겼다. 그렇게 며칠을 보낸 후 해리의 집을 떠나 뉴욕으로 돌아갈 때 리건에게 하는 작별인사는 그 누구와 나누는 작별인사보다 무거웠다. 왜냐하면 이 작별은 진짜였기 때문이다. 리건과 나 사이에는 다시 만날 때까지 서로를 연결해줄 이메일이나 문자나 전화가 있을 수 없었다. '리건, 보고 싶어, 빨리 다시 만나고 싶어'라고 전할 방법이 없었다.

나는 항상 개가 좋았다. 어릴 때 우리 집에는 언제나 개가 있었고 나는 형제 중에 가장 개들을 예뻐했다. 20대 후반에 디트로이트 지역에 살면서 5년간 파트너와 함께 멋진 저먼 셰퍼드 한 마리를 키웠다. 우리는 헤어졌고, 나는 《뉴욕타임스》에 일자리를 구해 맨해튼으로 이사 가게 되었다. 그는 개를 계속 데리고 있고 싶다고 했고 나는 그렇게 하라고 했다. 그 아이를 무척 아끼는 나로서는 그 아이가 울타리가 쳐진 뒷마당이 있는 교외의 큰 주택에서 살다가 마당도 테라스도 없는 침실 하나짜리 좁은 아파트로 옮겨 가는 변화를 감당하게 할 수 없었다. 이후 나는 줄곧 개 없이 지냈지만 항상 개를 키우고 싶었다.

이 열망은 해가 갈수록 강렬해졌다. 맨해튼에 살면서 나는 어퍼웨스트사이드에서도 행복한 도시의 개들을 보게 되었다. 어퍼웨스트사이드에는 넓은 공원들이 있고 근처에 수많은 반려견 놀이터가 있으며 같이 어울릴 수 있는 개도 많다는 사실을 깨달았다. 밤에 침대에서 너무 피곤해서 무거운 글은 읽을 수 없지만 그렇다고 곧바로 잠들 정도로 녹초가 되지는 않았을 때 웹사이트나 게시판을 돌아다니며 다양한 종의 반려견 입양에 관한 찬반 의견을 찾아보았다. 나는 침대 아래에 비즐라가 몸을 말고 누워 있는 모습을 상상하곤 했다. 아니, 휘핏 혹은 시바 이누로 할까? 아니면 이 세 품종의 믹스견은 어떨까! 나는 잠자리에서 양이 아닌 리트리버를 셌다.

그러다 이내 망설여졌다. 여행을 떠날 때는 개를 어떻게 하지? 외식하고 와서 나는 과연 소파와 한몸이 되어 누워 있지 않고 당장 산책 줄을 잡고 집을 나설 수 있을까? 한겨울에도 밖에 나가서 터덜터덜 걸을 인내심과 불굴의 정신을 소유하고 있을까? 톰은 그랬을까? 톰과 나는 이런 대화를 자주 나누었고 우리는 거의 실행 직전까지 갔다가 결국에는 그러지 않는 쪽으로 대화를 마무리 짓곤 했다. 우리는 좀 더 편안한 때, 좀 더 적당한 때가 오면 키우자고 다짐했다. 하지만 적당한 때라는 것은 결코 오지 않았다. 우리는 시간에 관해 늘 응석을 부렸고 어리석었으며 교만했기 때문이다. 시간은 결코 예측할 수 없고 고무줄처럼 늘어나지도 않으며 무한하지도 않다. 어떤 경험을 뒤로 미루는 것은 종종 그 경험을 결코 할 수 없음을 의미한다. 뇌졸중을 겪은 뒤 나는 나이에 따르는 신체적 대가와 미래의 불확실성을 새롭게 자각하게 되었다. 나는 수동적이고 싶지도 게으르고 싶지도 않았다. 아무것도 뒤로 미루고 싶지 않았다.

어쩌면 톰이 떠난 빈자리를 채우고 싶기도 했을 것이다. 아침에 커피를 마실 때 아파트에는 정적이 감돌았다. 밤에 이불 속으로 파고들 때 침대가 너무 넓었다. 하지만 톰의 부재는 개를 돌보는 일을 내가 도맡아야 한다는 의미였다. 아니면 개의 산책 시간을 보충할 다른 수단을 마련해야 했다. 다시 말해 내 일상에 심각한 혼란을 일으키지 않을 개를 찾아야 했다. 배변 훈련이 필요한 어린 강아지는 데려올 수 없었다. 행동에 문제가 있어 쉽게 입양되지 않는 성견을 데려오는 것도 불가능했다. 나는 전략적이어야 했다. 혼자서 그런 생각을 하고 있던 어느 날 동생 해리가 네 자녀 중 셋이 대학에 진학해 집을 떠났고 자신은 규칙적인 근무시간을 따르던 일에서 해방되어 전보다 자주 실비아와 비행기로 여행을 다니고 이따금 해외로도 나간다는 말을 했다. 그래서 서너 주에 한 번씩, 어떨 때는 몇 주 연달아 리건을 반려견 호텔에 맡긴다는 것이었다.

"그러면 이렇게 하자." 나는 고민 없이 그저 떠오르는 대로 말했다. "리건을 나한테 보내는 게 어때."

나는 두 사람보다는 여행을 덜 다닌다는 것 말고도 수

많은 이유를 댔다. 나는 자주 달리기 때문에 리건은 충분히 에너지를 발산할 수 있다. 리건은 사람들과 같이 자는 것을 좋아함에도 해리와 실비아는 리건의 잠자리를 따로 마련했지만 나는 리건을 데리고 잘 수 있다. 해리와 실비아는 아메리카대륙의 더운 지역에서 살지만 리건의 털은 추위에 적합하다. 리건은 이미 나를 잘 알고 있으니 이 변화가 그리 큰 충격을 일으키지는 않을 것이다. 게다가 나는 리건에게 어마어마한 애정을 쏟아부을 것이다. 두 사람은 그런 나를 잘 알고 있었다.

해리와 실비아는 내가 심적으로 힘든 상황이라는 것을 알고 있었지만 나는 그 부분은 언급하지 않았다. 적어도 소리 내서 말하지는 않았다. 하지만 내 목소리와 눈빛에서 빤히 드러났을 것이다. 당시 내 삶에는 웃돈을 붙여서라도 받고 싶을 만큼 위로가 필요했다. 내게 위로의 가치는 그들의 삶에서와 같은 척도로 존재하지 않았다. 해리와 실비아는 알고 있는 사실이었다. 두 사람은 나를 동정하고 있었다.

그래도 괜찮았다. 나는 동정을 받는 것에 개의치 않았다. 동정은 다른 것들과 마찬가지로 실질적인 결과를 가져올 수 있었다. 동정은 내게 리건을 가져다주었다.

〰

여기서 다시, 나는 하나의 클리셰였다. 위맨을 키우는

대니가 그랬던 것처럼. 개는 외로움을 쫓아줄 존재였다. 개들은 애정을 보장했다. 하지만 대니나 나는 반려견 보호자에 관한 전통적인 이해를 벗어난다. 그것은 우리가 무조건적인 사랑을 받으려 한다는 것을 강조하기 때문이다. 나에 대해 말하자면 (그리고 나는 대니도 마찬가지일 것이라고 확신한다) 나는 무조건적인 사랑을 주고 싶은 충동을 더욱 강하게 느낀다. 그 역동을 실시간으로 정확히 가늠해본 적은 없다. 하지만 지난 시간을 돌아보면 나는 이 관계에서 받는 사람보다는 주는 사람이 되기를 기대했다. 내 신체적 역량이 문제시되는 지금 나는 나의 정서적 역량을 과시해보고 싶었다.

어쩌면 특별한 목적을 띠고 운영되는 온정적인 사업을 통해 정서적 역량을 쏟을 수도 있었을 것이다. 어쩌면 강의나 봉사 활동을 통해 과시했을 수도 있다. 어떤 것이든 현재 내 삶에 대한 지혜로운 반응이었을 것이다. 무엇이든 힘든 일이 닥쳤을 때 충격과 고통을 막아주거나 무디게 만들어주는 것이기 때문이다. 리건은 나를 나 자신으로부터 꺼내주었다. 나는 리건에게 생각과 에너지를 쏟아부어야 할 때만 나 자신의 복지에 관심을 가질 수 있었다. 리건은 내 안에 너그러움을 불러일으키는 기폭제였다. 그리고 새로 샘솟은 너그러움은 나 자신이 쇠약해지고 있다는 느낌을 상쇄해주었다.

하지만 이 모든 것을 차치하더라도 나는 여전히 선물을 받았다고 확신했다. 리건의 모든 버릇과 재능이 내게는 새로운 발견이었다. 이러한 생물체와 관계를 맺게 된 것은 분명

큰 선물이었다. 나는 리건에 관해 많은 것을 새로 알게 되었고 그 모든 것에 매료되었다.

리건의 하루는 대체로 센트럴 파크에서 시작해 센트럴 파크에서 끝났다. 우리는 아침 9시 전에 보통 75~90분 정도의 시간을 산책하고 저녁 9시 이후에 다시 60~75분 정도를 함께 보냈다. 훈련이 되어 있는 개들은 이 시간대에 목줄을 풀어놓을 수 있었기 때문에 이때를 잘 활용했다. 리건의 행동은 감시가 느슨하게 적용되는 기준을 충분히 만족시켰지만, 신경 쓰이는 점이 전혀 없는 것은 아니었다. 리건은 절대 사람에게 달려들지 않았다. 붙임성이 좋고 기분이 들떠 있는 개들이 흔히 그렇듯이 낯선 사람에게 뛰어든다거나 코를 킁킁댄다거나 침을 흘린 적이 없었다. 그러나 누군가가 다리 밑에 털 있는 동물을 데리고 있거나, 주머니가 불룩하거나, 손에서 희미한 고기 냄새가 나면 리건은 가까이 다가가서 고개를 바짝 든 채 어떤 대가를 바라는 눈빛으로 가만히 앉아 있음으로써 자기 자신을 소개했다. 리건은 공원에서 헐렁한 코트를 입은 사람들을 간식을 나누어주는 페즈 디스펜서(기다란 용기의 머리 부분을 누르면 사탕이 하나씩 나오는 제품—옮긴이)로 간주했고 경험은 리건의 생각이 옳다는 것을 증명해주었다. 리건은 간식을 받고, 받고, 또 받았고 여기에는 "이렇게 예쁘고 착한 아이한테 어떻게 안 줄 수가 있겠어?"라는 식의 찬사가 늘 수반되었다. 행운은 아름다운 것을 보고 미소 짓는다. 그런데 아름다움이 좋은 매너까지 갖추고 있다면? 행운은 활짝 웃을 수밖에.

이따금 다람쥐를 쫓아갈 때를 제외하면 리건은 내 곁에서 대략 150센티미터 이상 떨어지지 않았고 대체로 더 가까이 있었다. 리건은 나와 멀어지지 않았는지 늘 확인했다. 내가 어디에 있는지 놓치는 경우는 특별히 눈에 띄게 아름다운 핀셔 종과 팽팽한 줄다리기를 벌이느라 눈을 동그랗게 뜨고 몸을 바들거리며 고개를 이리저리 돌리느라 바쁠 때였다. 그러나 결국 나를 발견하면 리건은 내게로 달려와 몸을 내맡겼다. 리건은 잠시나마 두려웠던 세계에서 이 모든 온기와 안전을 되찾은 것이 몹시 기쁘다는 것을 온몸으로 표현했다. 나는 항상 리건이 슬로모션으로 내게 껑충껑충 달려오는 모습을 상상하곤 한다. 거기에는 피치스 앤 허브의 클래식 〈재회Reunited〉가 배경음악으로 흐른다. 어떤 (완벽에 가까운) 그림 안에 리건과 내가 있었다.

우리는 달리기를 잘하지 못했다. 리건은 자신에게 강요된 단조로운 페이스에 짜증을 냈다. 가던 길을 잠시 멈추고는 수국이나 가로등 기둥, 나무둥치 따위의 냄새를 맡고 싶어 했다. 나는 나중에서야 개들 사이에서는 가로등 기둥이나 나무둥치가 마치 인터넷 같다는 것을 알게 되었다. 개들이 싸놓은 오줌은 일종의 이메일이나 트윗 같은 것이었다.

멀리 던진 물건을 되가져오는 것도 리건에게 잘 맞는 일은 아니었다. 목줄을 풀고 산책할 때 처음에 나는 공 하나를 주머니에 넣어오곤 했고 리건은 몸을 흔들며 자기가 도로 물어올 테니 얼마든지 던져보라는 듯한 자세를 취했다. 하지만 내가 잘못 알아들은 걸까? 어떨 때 리건은 공이 저 멀리 날아가는 것을 그냥 멀뚱히 보기만 했다. 어떨 때는 총알처럼 달려가서 공을 집어 왔다. 어떨 때는 도중에 멈춰서 가까이에 있는 저먼 셰퍼드의 배를 보러 갔다. 어떨 때는 공이 있는 데까지 가서 공을 물었다가 돌연 그대로 돌진해서는 혼자서 공원의 다음 구역까지 가버렸다. 어떨 때는 실수로 하수구나 결코 사람의 손이 닿을 수 없는 어느 컴컴한 틈새에 공을 떨어뜨리기도 했다. 매번 종잡을 수 없었다.

나는 리건이 물건을 물어올 가능성을 높일 두 가지 방법을 알아냈다. 하나는 다른 개들도 주변에 있을 때 삑삑 소리가 나는 공을 던지는 것이었다. 리건은 다른 개들을 이기는 것을, 아니면 최소한 경쟁하는 것을 좋아했다. 그리고 이겼을 때는 승리감에 취해 사방을 활보하며 패배한 개들 앞에서 공을 물어 점점 더 큰 소리를 냈다. 삑. 삑. 삐익! 삐익! 리건은 의기양양했다. 꼴불견인 리건은 사랑스러웠다.

다른 방법은 공을 60에서 90센티미터 높이의 울타리 너머로 던져서 리건이 울타리를 넘을 수밖에 없게 만드는 것이었다. 리건은 그 도전 역시 무척 즐겼다. 내가 울타리 너머로 공을 연속해서 던져서 사실상 장애물달리기를 하게 만들면 리건이 공을 찾아올 가능성은 더더욱 컸다. 리건은 자신의 운동 능력을 한껏 즐기며 뽐내기를 좋아했다.

그런데 내가 너무 인간의 기준으로 리건을 보고 있는

건 아닐까? 우리가 개를 지나치게 낮게 평가하는지 또는 지나치게 높게 평가하는지에 관한 격렬한 논쟁이 있어왔다. 우리가 개를 분석할 때 관찰보다는 인간의 투사에 의지하고 있지 않은가도 논쟁거리다. 하지만 나는 리건에 관한 몇 가지, 가령 리건이 느끼는 자부심이나 네발 동물이 느끼는 그와 비슷한 감정에 관해 확신을 갖고 있었다.

물건을 찾아오는 놀이를 하고 있지 않을 때도 리건이 가끔 우리가 가고 있는 길에서 벗어나 가까운 울타리를 훌쩍 뛰어넘었다가 되돌아온 이유도 바로 그 때문일 것이다. 리건은 분명 공중에 떠 있는 느낌을 즐기고 있었다. 어쩌면 울타리라는 제한선을 무시하고 몇 초 동안이나마 반대쪽을 탐색하고 돌아옴으로써 위반이라는 행위에 수반되는 달콤한 흥분감을 만끽하는 것인지도 몰랐다. 하지만 어째서 리건은 항상 점프를 하기 전에 나와 눈을 맞추고 돌아온 직후에도 내 쪽을 보는 것일까? 그건 자기를 보고 감탄하라는 뜻이었다. 과시였다. "잘 봐요. 난 이런 것을 할 수 있어요."

그래서 나는 보았다. 그리고 감탄했다. 리건의 화려한 공중뛰기에 대해뿐만이 아니었다. 이 한 번의 바보 같은 순간이 얼마나 나를 행복하게 만들 수 있는지, 얼마나 전적이고 온전하게 행복감을 느끼게 할 수 있는지에 대해 감탄했다. 내가 어떻게 그 순간 안에서 몸을 둥글게 말 수 있는지, 어떻게 그 순간을 내 주변으로 그러모을 수 있는지, 그래서 그 바깥에 자리한 절망스럽고 두려운 기운을 잊어버릴 수 있는지에 대해 감탄했다. 이토록 사려 깊은 순간이 실은 내가 언제나 붙잡을 수 있는 곳에 있었다는 사실에 감탄했다. 여기에는 작은 것으로도 충분할 수 있음을 인정하는 태도, 평범한 것이 특별할 수 있음을 인정하는 마음이 필요했다. 심리 치료나 거창한 사상이 없어도 리건은 살아 있음을 만끽했다. 그리고 나 역시 그럴 수 있게 도와주었다.

2020년 코로나바이러스 팬데믹이 덮친 다음 어퍼웨스트사이드에는 개가 점점 늘어나는 것 같았다. 리건과 나는 산책하러 나갈 때마다 새로운 얼굴을 발견했다. 여기서 새로운 얼굴이란 리건의 눈높이에서 보이는 털북숭이들을 말한다. 녀석들은 리건의 몸에 코끝을 갖다 댄다. 이쪽에 훈련을 제대로 받은 골든 리트리버 강아지가 있다. 저쪽에 구조 단체에서 데려온 다 자란 래브라도 믹스견이 있다. "앉아!", "가만히 있어!", "이리 와!", "이리 와!" 온 도시가 훈련장이었다.

닉 패움가튼은 2021년 6월 《뉴요커》에 기고한 글 「팬데믹 시대에 반려동물의 미래는?」에서 "반려동물 입양은 코로나 시기에 하나의 강박이 되었다"고 썼다.

"수의사들은 일이 많아졌다. 펫코 Petco 는 11퍼센트, 츄이 Chewy 는 47퍼센트 매출이 상승했고 모건 스탠리는 반려동물 돌봄 산업의 규모가 향후 10년간 거의 세 배 이상 성장할 것으로 예상한다." 패움가튼은 반려동물 구조 및 입양 단체들의 풍경은 입양되는 반려동물의 수가 현저히 증가했다는 진단과 사실상 배치되지만, 현재 반려동물 열풍이 불고 있고 이와 더불어 관련 제품의 판매도 증가하고 있는 것은 분명한 사실이라고 썼다.

또한 보호자들은 반려동물의 "시시각각 변하는 기분은 말할 것도 없고 혹시 멍이 없는지 다리를 저는지"를 일일이 살핀다고 전했다. 그런데 어째서일까? 이 치명적인 전염병의 그 무엇이 사람들에게 캔넬과 사료와 털에 그토록 마음을 쏟게 만든 것일까?

몇 가지 해답은 자명했다. 정부 수칙을 지키기 위해서나 위험을 피하려고 아파트에만 갇혀 지내던 사람들이 외출을 감행할 정당한 변명거리, 고립에 맞서 야외에 머무를 동기가 필요했다는 것이다. 개는 그 이유를 제공했다. 여기에 더해 개를 키우지 말아야 하는 이유들(주인이 직장에 나가 있는 동안 개는 외롭고 지루하고 따분하며 그런 시간이 개에게 해롭다는 것, 개가 낮에 나가서 용변을 보는 휴식 시간을 갖도록 산책시켜줄 사람을 구하려면 큰돈을 써야 한다는 것 등)이 사라졌다. 개가 새 환경에 빨리 적응할 수 있도록 옆에서 살필 시간이 있어야 한다고 걱정했다면, 흠, 팬데믹 기간에는 그 어느 때보다 개 옆에 바짝 붙어 돌볼 수 있는 시간이 많았다.

새로운 개를 집에 들이는 것은 누군가와 연결되는 계기도 될 수 있었다. 당신의 개와 연결되는 것은 물론이고 길거리, 반려견 놀이터, 개가 많이 모인 공원에서 자주 마주치는 다른 개의 보호자와도 연결되는 계기를 만들어준다. 당신의 개가 총총 걸어가 다른 사람의 개를 살피면 당신은 결국 그 사람과 전혀 나눌 일이 없었을 대화를 시작하게 된다. 이러한 대화는 2미터나 떨어져서도, 마스크를 쓰고서도 충분히 가능하므로 식당이나 매장 같은 실내 공간에서 나누는 대화보다 훨씬 안전한 느낌이 든다. 아무리 환풍 장치가 좋아도 실외와는 비교할 수 없으니까. 당신은 팬데믹이 일반적으로 허락하는 것보다 좀 더 정상적인 상황에 가깝게 행동할 수 있다. 개들은 사람들을 이어주는 다리가 되었다.

나는 팬데믹이 시작되기 훨씬 전에도 사람들이 그들의 개를 낯선 사람과의 어색한 분위기를 깨뜨려주는 도우미나 자신의 분신으로 이용하는 방식이 매혹적이고 흥미로웠다. 우리는 개들을 통해 사회적 욕망을 송출하고, 우리에게 거의 존재하지 않는 외향성을 개에게 위탁해 불러낸다.

"우리 개가 그 아이랑 인사를 나누어도 될까요?" 골든 두들을 데리고 나온 여성은 자신의 개가 리건에게 관심을 보이든 보이지 않든 이렇게 물을 수 있다. 사실 중요한 문제는 그 개의 관심이 아니다. 그 여성이 이쪽으로 다가와 엉망인 날씨나 실망스러운 시장이나 최근에 너무나 길었던 근무 시간에 관해 이야기하기 시작하고, 자신의 개와 리건이 서로를 쫓아다니다 목줄이 꼬여 마치 그물에 걸린 커다란 물고기들처럼 꼼짝할 수 없게 되어도 그 상황을 알아채지 못한다면 말이다.

엉큼하기는 나도 마찬가지였다. 나는 가까이 있는 매력적인 남자에게 말을 거는 한 방법으로서 리건에게 말을 붙이곤 했다. 리건에게 하는 말을 나에 관해 알리는 광고로 사용하는 것이다.

"이렇게 개가 많으니까 어쩔 줄을 모르겠지, 그렇지? 평소에는 아침 일찍 나오거나 밤늦게 나오니까 말이야." 나는 표면적으로는 리건에게 말하고 있었지만 실은 개들이 모인 들판에서 자기 비글과 놀아주고 있는 한 남자에게 말하고 있었다. 내가 얼마나 부지런한 아빠인지 '공언하는' 나만의 방법이었다. "괜찮아, 착하지. 가서 친구들이랑 놀아." 내가 돌봄에 얼마나 능숙한지 저 비글 주인이 눈치를 챘을까? 리건을 바람잡이로 이용하고 있는 것이 효과가 있었을까?

이러한 상황을 넘어서 리건은 나의 행복을 증진시켜주었을까? 모든 개가 전반적으로 그러할까? 이 문제에 관한 과학적 연구가 수행되었지만 그 결과는 모순되고 확정적이지 않았다. 노년기에 개를 키우면 낮에 여러 번 산책하게 되어 심혈관 건강은 확실히 향상되었다. 하지만 그 이상은?

웨스턴캐롤라이나대 심리학 교수 헤럴드 허조그는 사람들이 반려동물과 맺는 관계에 관해 연구와 집필 활동을 해왔다. 그는 샌디 라모트가 CNN에 기고한 글에서 포괄적인 결론을 내놓기는 꺼렸지만 이렇게 말했다. "사람들이 반려동물과 함께 있을 때 긍정적인 기분은 증가하고 부정적인 기분은 감소한다는 것이 여러 연구 결과에서 반복적으로 확인되었습니다. 반려동물과의 상호작용에 신체적으로나 심리적으로 즉각적인 단기적 혜택이 있다는 것을 알 수 있습니다. 여기에는 의심의 여지가 없습니다." 노인 복지관이나 어린이 병동에 개들을 데려가는 것은 이러한 이유에서다. 개들은 경쾌한 리듬을 더하고 스파크를 일으킨다.

그러나 과학자들에 따르면 이것이 반드시 오래 지속되는 것은 아니다. 터프스대의 인간 동물 상호작용 연구소 공동 소장 메건 뮬러는 역시 CNN에 기고한 글에서 이렇게 말했다. "반려동물을 키우는 사람들은 흔히 '아, 반려동물은 누구한테나 다 좋을 거야'라고 생각한다. 하지만 진실은 좀 더 복잡하다." 뮬러는 반려동물이 우리에게 좋은가라는 질문 자체를 거부한다. 더 나은 질문은 "반려동물은 누구에게 좋은가? 어떤 환경에서 좋은가?"다.

팬데믹을 생각해보자. 팬데믹 시기는 현재 논의되는 주장들을 확인하기에 적절한 환경이었다. 친밀한 어울림이 제한되는 상황에서 반려동물들이 서로의 접촉을 늘려주고 촉진함으로써 사람들의 기분을 밝게 해주었다는 단순한 이유 때문만은 아니다. 공중 보건의 위기를 이겨내기 위해 봉쇄와 고립에 처한 사람들에게 개들이 도움이 된 이유는, 실명할 수도 있고 그러지 않을 수도 있는 어느 나이 들고 겁먹은 남자에게 개가 도움이 된 이유와 같았다. 개들은 그들이 삶에서 고대하고 갈망하던 색채를 주입하고 생기를 증폭시켰다.

물론 개들은 불편을 초래하지만(개들은 때로 아프고, 침을 흘리고, 카펫이나 가구에 흙을 묻히고, 산책하러 나가자고 졸라댄다) 이 불편들마저도 그들이 없었다면 지나치게 공허했을 나날을 채워주고, 지나치게 조용했을 시간에 소음을 더하며, 지나치게 잠잠했을 공간에 움직임을 더했다. 어수선함은 일종의 풍요로움이었다. 어수선함을 완전히 차단하는 삶은 지나치게 위축된 삶, 과도하게 통제된 생활이었다.

아울러 나는 리건에게서 배웠다. 정말 그랬다. 이 말이 일부 독자에게 얼마나 고루하고 디즈니스러운 말로 들릴지 안다. 나는 다른 데서는 도저히 배울 수 없는 것을 리건이 상기시켜주었다고 말하는 것이 아니다. 리건은 내가 어디서든 응당 배워야 하고 상기해야 하는 것을 가르쳐주었다.

그중 한 가지는 이미 소개했다. 리건이 울타리를 뛰어넘으면서 공중에서 의기양양해하는 모습을 묘사했을 때다. 개들은 기쁨을 느끼는 재능을 갖고 있다. 나를 포함해 대부분의 사람은 갖고 있지 않은 재능이다. 개들이 승리감에 도취할 때, 재미에 빠질 때, 안락함을 만끽할 때 여기에는 다른 어떤 것도 섞여 있지 않다. 한 시간 전의 복잡한 기억이나 한 시간 뒤의 잠재적인 스트레스에 관한 생각이 끼어들지 않는다. 그렇다. 이것은 전부는 아니어도 부분적으로는 무지라는 축복의 범주에 들어가지만 그럼에도 훌륭한 모범이 될 만하다. 우리가 여전히 본받을 만한 가치가 있다.

개들은 미니멀리즘에도 재능이 있다. 리건이 만족감을

느끼기 위해 필요한 것은 무엇일까? 온기를 나눌 수 있는 다른 존재가 가까이 있는 것이다. 더 나은 표현이 있을지 모르겠는데, 아마도 뜻이 잘 맞는 (그러니까 내 말은 앞발이 잘 맞는) 생명체들과 이따금 만나는 것. 배고플 때 나오는 기본적인 식사. 루틴, 왜냐하면 그 반대말은 혼란이니까. 오랜 시간 방해받지 않는 깊은 잠을 자기 위해 필요한 기온과 방석 그리고 평화.

인간들에게는 분명 그보다 많은 것이 필요하지만(넷플릭스, 네스프레소 머신, 향이 좋은 로션⋯⋯) 우리는 분위기에 영향을 받는 존재이기도 해서 나는 리건을 보고 있으면 욕망이 점차 간소해지는 느낌이 들고, 더 분별 있는 요구를 따르게 된다. 허기를 달랠 수 있는 정도의 간격으로 기본적인 식사를 하고, 우리 종의 동료 구성원들을 만나고, 오랜 시간 방해받지 않는 깊은 잠을 자게 된다. 다른 것들은 부수적으로 따라오는 뜻밖의 횡재 같은 것이다.

무엇보다 개들은, 아니면 적어도 일부 개들은 가진 것에 만족하는 재능이 있다. 리건을 렌터카 뒷좌석에 태우면 처음 몇 분 동안은 살짝 들썩거리며 동요한다. 어째서 갑자기 이런 낯선 차에 태우느냐고, 자기를 어디로 데려가는 거냐고 묻는 것이 분명하다. 하지만 리건은 이내 자신에게 주어진 것을 받아들인다. 리건은 낮잠을 자기에 가장 편안한 자세를 취해 몸을 쭉 늘어뜨리고는 진동하는 차가 흔들리는 요람처럼 자신을 재워주기를 기다린다.

엄청난 눈보라가 지나가고 처음으로 집 밖에 나갔을 때 리건은 20센티미터 깊이의 눈에 다리가 움푹 빠지자 어리둥절한 표정으로 가만히 얼어붙어 있었다. 대략 20초 후에 리건은 몸이 풀렸다. 아무리 말이 되지 않는 상황이어도, 아무리 큰 혼란을 느꼈어도 리건은 공원에 가야 했기 때문에 최선을 다해 앞으로 걸어갔고 몇 걸음 나아갈 때마다 조금씩 속도가 붙었다. 리건이 느낀 혼란은 몇 분 지나지 않아 새로운 결심으로 완전히 대체되었다. 리건은 예상하지 못한 불안한 상황을 마주하자 거기에 대응했다. 왜냐하면 그 밖의 다른 대안은 그저 영원히 거기 붙박여 있는 것뿐이니까. 무엇보다 그것은 리건이 받아들일 수 없는 일이었다.

*M*

나는 늘상 새로운 결심을 하고 이를 뒤엎는 기술에 일찌감치 통달했다. 새해가 밝을 때뿐만이 아니다. 매일까지는 아닐지라도 매주 그랬다. 다이어트를 단념했고, 무슨 일이 있어도 완독하겠다고 맹세한 책을 한 번도 펼치지 않았으며, 다른 도시에 사는 한동안 잊고 지낸 친구를 방문하지 않았고, 변명거리를 찾아 일정을 한없이 발로 차서 뒤로 미루고 미루어 그것은 결국 다른 나라의 표준 시간대에 떨어져 있곤 했다. 호탕해서가 아니다. 나약해서다. 그럼에도 나는 리건에게 한 약속은 지켰다. 내가 그런 약속을 했다는 것을 리건은 분명 알지 못하겠지만 말이다.

적어도 하루 세 시간의 야외 활동. 내가 정한 최소한이
자 목표였다. 나는 이것이 거리를 지나다니는 사람들을 구경
하기에는 지나치게 높은 층의 방 두 개짜리 아파트에서 대부
분의 시간을 보내는 개에게 꼭 필요한 외출 시간이라고 판단
했다. 그중 45분은 이른 오후에 개를 산책시켜주는 서비스
를 이용했지만 나머지 시간은 내가 맡았다. 나는 리건을 잃
어버릴 때를 대비해 GPS 추적 장치를 목에 달아주기로 하면
서 핏빗 기능이 추가된 장치로 구입했다. 리건의 활동량을
기록하고 나의 책임감을 높이기 위해서였다. 이 장치는 리
건이 매일 돌아다닌 거리와 활동적으로 움직인 시간을 각각
마일과 분 단위로 기록했다. 덕분에 리건이 하루에 180마일
(약 290킬로미터) 넘게 움직이는지 확인할 수 있었다. 보통은
200마일(약 320킬로미터)을 넘겼다. 일단 이 정도의 움직임
이 일상이 되자 이것은 리건의 기대 수준으로 작용했다. 드
물게, 가령 150마일(약 240킬로미터)을 겨우 넘긴 날에는 리
건이 안달복달하는 것을 느낄 수 있었다.

그런데 리건이 우리 집에 오고 두 달쯤 지났을 때 내 부
실한 몸 때문에 이 결심이 엎어질 위기에 처했다. 몸에 원인
을 알 수 없는 증상이 나타났다. 오른쪽 정강이가 발갛게 부
풀고 따끔거리더니 걸을 때나 걷기 위해 일어설 때 다리에
힘을 주면 이 부분이 몹시 쓰라렸다. 나는 한 걸음 옮길 때
마다 찌르는 듯한 통증을 느꼈다. 의식하지 못한 사이에 뼈

가 삐거나 부러지는 일이 가능할까? 그런 것이 아니라면 도대체 무슨 일이 일어난 걸까? 나는 일단 두고 보려고 했지만 친구 엘리가 긴급 치료 센터로 데려갔다. 치료 센터에서는 원인을 알 수 없는 심각한 피부병에 감염되었고 그 주변부에 염증이 생긴 것 같다고 했다. 의사는 항생제를 처방해주면서 부종과 통증을 사흘에서 일주일 정도 잘 관리해야 한다고 당부했다. 그동안에도 리건은 산책해야 했다.

그래서 나는 산책을 강행하기로 했다. 통증으로 얼굴을 움찔거리면서 말이다. 오른발을 바닥에 내디딜 때 통증이 덜 느껴지는 보폭과 방법을 터득했고 일부러 생각을 다른 데로 돌렸다. 나는 계속 움직였다. 다른 방법이 없었다. 나는 산책 서비스를 날마다 두세 차례 이용하는 사치를 누릴 형편은 되지 않았다. 게다가 아침과 밤에 목줄 없이 다니는 산책 시간은 우리 둘만의 소중한 시간이었다. 그래서 대략 나흘간 나는 절뚝이고 찡그리고, 찡그리고 절뚝였다. 나는 나 자신의 모습, 그러니까 왼쪽 절반은 완벽하고 아무 문제 없이 작동하지만 오른쪽 절반은 재앙 그 자체인 남자를 머릿속에 떠올리며 혼자 웃었다.

앞서 말했듯이 나는 리건을 공정하게 대하겠다고 다짐했다. 리건이 나를 얼마나 사랑하는지보다 내가 리건을 얼마나 사랑하는지에 훨씬 더 집중했다. 나는 이따금 지나치게 까다로운 리건의 입맛에 맞는 건강한 음식을 알아내는 것이, 리건의 장에 문제가 생겼을 때 재빨리 동물병원에 데려가 스트레스를 없애주는 것이, 리건이 유난히 더 활기차게 돌아다니는 하이킹 코스를 파악하는 것이, 내가 꼼꼼하게 고르고 적당한 위치에 놓아둔 강아지 침대에서 오랜 시간 평화롭게 잠든 모습을 보는 것이 얼마나 큰 만족감을 주는지 그리고 그 만족감이 얼마나 오래가는지 미처 생각해보지 않았다. 아니, 결코 예상하지 못했을 것이다. 리건과 함께 살기 전에 나는 개 주인들이 온갖 문제와 말썽을 일으키는 개에게 쏟는 정성을 의아하게 여기곤 했다. 이 관계를 완전히 잘못 판단한 탓이었다. 여기에서 중요한 것은 개들이 가져다주는 보장된 기쁨이 아니었다.

이 관계에서 중요한 것은 헌신이었다. 이 문제에 관해 나는 아무런 과학적 근거를 갖고 있지 않다. 그리고 이 문제를 다루는 연구는 사실상 불가능하거나, 뇌 영상 촬영 따위를 고려하면 어마어마하게 많은 예산이 필요할 것이다. 그러나 나는 우리가 "사랑해"라는 말을 들을 때보다 말할 때 훨씬 더 많은 세로토닌이나 도파민이나 엔도르핀이 분출된다고, 어쩌면 그 모든 것이 한꺼번에 분출된다고 확신한다. 그 어떤 말도 사람을 이보다 더 활기 있게 만들 수 없으며 그 어떤 선언도 사람을 이보다 더 고귀하게 만들 수 없다.

반려견 놀이터에서 리건은 친구들과 잠깐 놀고는 언제나 내가 앉아 있는 벤치를 찾아와 주차장에서 후진하는 자동차처럼 뒷걸음질해서 내 양다리 사이에 자기 뒷다리를 끼워 넣었다. 그렇게 리건은 우리의 몸을 안전하게 꽉 끼운 채

느긋한 태도로 고개를 왼쪽으로, 다시 오른쪽으로, 다시 뒤쪽으로 돌리며 행동을 관찰했다. 나는 리건의 평온함을 느낄 수 있었다. 리건의 만족감을 느낄 수 있었다. 나는 손가락으로 리건의 털을 빗겨주었다. 그리고 "사랑해"라고 속삭였다.

아침이면 리건은 내가 잠자리에서 일어나 커피를 내리고 온라인에 접속하는 동안 침실에 오래 머물렀다. 내가 컴퓨터 자판을 탁, 탁, 탁 치는 동안 리건 자신은 할 일이 없다는 것을 알고 있었다. 코트 지퍼를 잠그는 소리나 쟁그랑거리는 열쇠 소리가 나기 전에는 몸을 일으킬 이유가 없었다. 나는 간밤에 수면등 아래 놓아두었던 책을 가지러 침실에 들어갔다가 리건이 침대에 올라가 내 베개에 머리를 얹고 또다른 베개에 왼발을 얹은 것을 보았다. 그런 나를 보고 리건은 꼬리를 평소보다 좀 더 세차게 흔들었다. 리건이 꼬리를 흔든다는 것은 내게 부디 화를 내지 말라고 부탁하고 애원하고 강요하는 것이었다. 바보 같긴. 침대 시트에 떨어진 개털 몇 가닥은 걱정할 일이 아니었다. 나는 리건에게 몸을 기댔다. 리건의 정수리에 입을 맞추었다. "내가 너를 얼마나 사랑하는지 모르지? 그렇지?" 나는 말했다. 리건은 내 말에 대꾸하듯 눈을 파르르 떨며 감았다.

한번은 재미 삼아 리건의 DNA 검사를 해보았다. 리건은 보더콜리로만 보이지는 않았기 때문에 어떤 종이 섞여 있는지 궁금했다. 나는 리건의 입 안쪽을 면봉으로 문지르고 실험실로 샘플을 보냈다. 몇 주가 지나 결과지가 도착했다.

놀랍게도 리건은 보더콜리 유전자를 전혀 갖고 있지 않았다. 리건의 절반은 오스트레일리언 셰퍼드였고, 5분의 1은 시베리안 허스키였으며, 나머지는 복서와 올드 잉글리시 쉽독과 스태퍼드셔 테리어와 핏불과 슈퍼 무트super mutt로 이루어져 있었다. '슈퍼 무트'란 실험실에서 파악할 수 없는 종이라는 뜻이었다. "유전자적 대혼돈이로구나." 내가 말했다. 리건이 귀를 쫑긋이 세우고 고개를 갸우뚱했다. "그래도 사랑해."

사람들은 내게 묻는다. "이름이 왜 '리건'이에요? 『리어왕』을 좋아하세요?" 나는 그렇다고 대답한다. 하지만 내가 만일 셰익스피어에게서 영감을 얻었다면 리어 왕의 신뢰할 수 없는 두 딸 중 한 명의 이름을 붙이지는 않았을 것이다. 나는 믿음직한 막내 코델리아의 이름을 붙여주었을 것이다. 리건의 이름은 해리의 아이들 이름 중 하나에서 따왔다. 단순히 그 발음을 좋아해서였다. 그렇지만 나는 사람들에게 그 이야기를 하지 않는다. 나는 사람들에게 리건의 이름은 영화 〈엑소시스트〉에 나오는 소녀의 이름을 딴 것이라고 말한다. 리건이 다른 개들과 맞붙었을 때 내는 험상궂은 소리를 설명하면서 말이다. 그럴 때 리건은 무시무시하고 흉측하고 이 세상의 소리가 아닌 것 같은 소리를 낸다. 이 소리를 들으면 나도 그렇고 누구나 움찔할 수밖에 없다. "내가 너를 성수聖水로 씻기리라. 그러나 그것은 오로지 내가 너를 사랑하기 때문이니라." 나는 리건에게 말한다.

극도로 드문 일이지만 일전에 공원에서 리건이 다른 개

와 싸웠을 때 나는 본능적으로 다가가 둘을 떼어내고 리건을 안전하게 지켰다. 오로지 리건을 사랑하기 때문이었다. 그 사이 상대편 개가 내 오른손을 깨물어서 피가 났다. 그 개의 주인은 연신 "죄송합니다!"를 외치더니 당황한 나머지 눈에 눈물까지 글썽였다.

"괜찮습니다." 나는 그 여성을 안심시켰다. "이런 일이 일어날 줄 모르셨잖아요. 일부러 하신 일도 아닌데요." 그것이 거의 확실한 진실이기에, 아마도 진실일 가능성이 크기에, 어쩌면 진실일 것이기에 그렇게 말했다. 피는 많이 나지 않았다. 상처를 꿰맬 필요까지는 없을 것 같았다. 그리고 이미 일어난 일을 되돌릴 수도 없으니까. 그 일로 마음을 졸여봐야, 분통을 터뜨려봐야, 탓을 해봐야 그저 우리 둘에게 거북한 시간만 연장될 뿐이었다.

게다가 나는 그 여성의 광고판에 무슨 말이 쓰여 있을지 전혀 알 수 없었다.

"괜찮습니다." 나는 다시 한번 말했다. 손이 욱신거렸다. 하지만 그 어색하고 긴장된 순간에 나는 어쩌면 전보다 더 큰 사람, 더 나은 사람이 되지 않았을까 하는 생각이 들었다. 그리고 만일 그렇다면 거기에 리건의 공이 약간은 있지 않을까 하는 생각이 들었다. "정말입니다. 별일 없을 겁니다."

## 10장

모든 틈새를 알아가는 사치

"버지니아 노포크에서 살 때 나는 아무에게도 말하지 않고

냄비 하나를 '후려치기 전용'으로 사용했어.

나 자신이 한심하게 느껴지거나 분노가 치밀거나

그냥 지금의 기분을 감당할 수 없을 때 몰래 뒷마당으로 가서

그 냄비로 땅바닥을 내리쳤어. 후련한 기분이 들었지.

나는 그 냄비 덕분에 더 좋은 아내가 되고 더 좋은 엄마가 되고

전반적으로 더 좋은 사람이 될 수 있었어.

내 문제로 다른 사람에게 짐을 지우거나 남편을 닦달하는 대신

나는 찰진 흙바닥과 찌그러진 냄비를 얻게 되었지."

도리는 하루에 행복을 부여하는 한 조각이 어디에 있는지 아는 사람이었다.

도리는 그 리듬이 아무리 어긋나 있을지라도 그쪽을 향해 움직였다.

센트럴 파크에서 가장 좋아하는 장소는 서밋록 Summit Rock 이다. 서밋록은 센트럴 파크의 서쪽인 웨스트 83번가와 웨스트 84번가 사이에 있다. 흔히 센트럴 파크에서 가장 높은 자연지물이라고 말하지만 내 생각에는 110번가 바로 아래에 자리한 노스우즈의 봉우리들이 여기에 정당한 이의를 품고 있을 듯하다. 아울러 델라코트 극장과 램블의 끄트머리 사이에 위치한 벨비디어 성도 하늘 높이 치솟아 있지만 이 둘은 인공지물이니까 실격이다. 예전에 나는 서밋록에 사람이 그렇게 많은지 미처 몰랐다.

솔직히 나는 서밋록이 있는지조차 몰랐다. 리건이 내 삶에 들어오기 전에는 말이다. 벨비디어 성은 알고 있었다. 센트럴 파크에서 벨비디어 성을 보지 못하는 것은 불가능한 일이니까. 아테네를 둘러볼 때 파르테논 신전이 자꾸 눈에 들어오는 것과 마찬가지로. 하지만 그동안 벨비디어 성의 돌계단을 올라가 시의 정경을 둘러본 적이 없다. 센트럴 파크의 한가운데에 자리한 섬 같은 공간인 램블에 한 번도 들어가지 않았다. 수풀이 우거진 램블의 경사길들은 공원에서 가장 큰 호수의 다양한 만곡부나 그 부근에서 끝난다. 나는 이 동네에서 수년을 살았고 공원에서 종종 10킬로미터가량을 뛰면서도 공원을 둘러싼 노스우즈에 다양한 산책로가 있다는 것을 몰랐고 이 산책로들을 따라가면 세찬 폭포가 나온다는 것도 당연히 알지 못했다. 이 폭포를 깊숙이 안고 있는 협곡을 따라 오랜 시간 걸어서 맨해튼의 난투극과 비정함으로부터 멀어지면 어느새 나는 도시에 있다는 사실 자체를 잊어버린다. 리건과 함께 다니다 나는 성과 램블과 폭포를 알게 되었다. 나는 그 모든 사치를 마음껏 누렸다.

서밋록에 대해 말하자면, 청명한 날에 자리를 잘 잡고 서쪽을 보면 허드슨강은 물론이고 강 건너편 뉴저지까지 보인다. 붉은빛과 분홍빛, 보랏빛이 어우러진 광휘 속에서 해가 지평선 아래로 가라앉는 광경도 볼 수 있다. 180도 돌아 뒤를 보면 어느새 내려앉은 어둠에 맨해튼 어퍼이스트사이드 건물들의 불빛이 어느 때보다 밝게 빛난다. 발아래 보이는 나무 우듬지들은 아까는 물결처럼 출렁이는 초록빛 카펫이었지만 이제는 형체 없는 검은 담요로 바뀌어 있다. 이것은 결코 중단되지 않는 쇼, 관객을 절대 실망시키지 않는 극장이다.

동쪽으로 펼쳐진 우듬지 카펫은 가을이면 노란빛과 주

황빛, 진홍빛을 띤다. 겨울이면 카펫은 사라지고, 잎이 떨어져 뼈대만 앙상히 남은 가지들이 격자무늬를 이룬다. 그런데 여기에도 선물이 있다. 90층 이상 높이로 솟아 있는 미드타운 맨해튼의 거대한 마천루들이 서밋록의 남쪽 가장자리를 껴안은 나무 벽의 거대한 틈새로 마법처럼 모습을 드러내기 때문이다. 마치 장막이 내려지거나 커튼이 양쪽으로 걷히며 어디에도 견줄 수 없는 도시적 웅장함을 보여주는 연극의 한 장면이 시작되는 것 같다.

이 모든 것은 내가 사는 아파트에서 도보로 불과 몇 분밖에 되지 않는 거리에 있었다. 이 모든 것은 그저 거기에 있었기에 나는 손을 내밀어 붙잡기만 하면 되었다. 하지만 나는 붙잡지 않았다. 나는 그저 운동을 하러 공원에 가서 자전거를 타거나 달리기를 하는 사람들과 더불어 한 바퀴를 돌고 올 뿐이었다. 아니면 셰익스피어 공연을 보기 위해 델라코트 야외 극장까지 직진하거나, 어퍼웨스트사이드와 어퍼이스트사이드를 연결하는 우묵한 도로를 따라 달리는 택시 안에서 잠깐씩 내다본 것이 전부였다. 나는 센트럴 파크를 탐험하지 않았고 센트럴 파크의 풍부함을 이해하지 못했다. 그 모든 덤불과 그 모든 초원과 그 모든 구릉과 그 모든 우묵과 그 모든 광장과 그 모든 기념비와 그 모든 구석과 그 모든 틈새를.

리건을 맞아들이며 보낸 6개월 동안 나는 달라졌다. 1년이 채 지나지 않은 사이 센트럴 파크를 철저하고 친밀하게 알게 된 것이다. 이제 나는 세로로 59번가에서 110번가까지 약 4킬로미터 길이에 가로로 약 0.8킬로미터 길이의 직사각형을 이루는 센트럴 파크의 약 3.4제곱킬로미터에 이르는 땅어디에 나를 떨어뜨려 놓아도 공원의 어디에 있고 거기서 다른 지점으로 어떻게 갈 수 있는지 경로를 그려 보일 수 있으리라. 나는 공원에도 사람처럼 어떤 기분이라는 것이 있음을 알게 되었다. 사람보다 공원이 분위기를 더 많이 탄다. 이 분위기는 계절, 날씨, 시간, 빛의 특정한 색조에 따라 다르고, 뉴욕 시민과 여행자의 수에 따라 다르다. 그들은 공원에서 운동하고 빈둥거리고 곡을 연주하고 각자의 리건을 산책시킨다. 공원은 우리의 심장박동을 빠르게 할 수도 있고 느리게 할 수도 있다. 공원은 기운을 불어넣는가 하면 스트레스를 해소해주기도 한다. 공원은 필요에 따라 활성화되고 임무에 따라 표적이 정해지는 약이다.

나는 전망이 제일 좋은 지점들을 모두 파악했다. 서밋록과 벨비디어 성뿐만 아니라 램블의 서남쪽 구석에 자리한, 흔히들 잘 모르고 지나치는 조그마한 빈터도 전망이 좋았다. 그곳에는 주변의 작은 나무나 큰 관목을 모아 얼기설기 엮어 놓은 듯한 프레츨 모양의 나무 벤치 두 개가 놓여 있었다. 빈터의 한쪽 끝에는 호수가 있고, 호수 건너편으로 완벽한 액자에 담긴 산 레모의 석재 장식 탑이 보였다. 1930년에 지어진 산 레모 아파트는 센트럴 파크 웨스트에서 가장 선망받는 주거지 중 하나다. 뉴욕시의 보석 같은 건물들이 흔히 그렇듯 산 레모 아파트도 주변 건물들 사이에 끼어 있어서 인도에서 가까이 가서 올려다보면 일부만 조각조각 보인다. 그러나 램블에서는 낮은 층을 제외한 건물 전체가 한눈에 들어온다. 이른 아침, 해가 동쪽 하늘에 높이 떠올라 공원의 가장 키 큰 나무들을 밝게 비추고 산 레모의 돌탑에도 빛줄기를 드리우면 평소 흐릿한 회색으로 보이던 돌탑은 밝은 황금빛을 발한다. 탑은 작열한다.

쉽메도 Sheep Meadow 의 남쪽 경계를 따라 길을 걷다 보면 센트럴 파크 웨스트를 따라 특히 길게 늘어서 있는 아름다운 주택들이 한눈에 보인다. 사람들은 이 길을 잘 지나다니지 않고 밤에는 불빛이 없다. 쉽메도는 믿을 수 없을 만큼 넓게 펼쳐진 잔디밭으로, 날씨가 따뜻해지면 사람들은 이곳에서 피크닉이나 일광욕을 즐긴다. 나는 센트럴 파크 동물원을 따라 나 있는 넓은 보도가 대중에게 개방되어 있다는 사실을 안다. 물개들이 도넛 모양 풀장에서 헤엄치거나 도넛의 가운데 구멍에 자리한 바위에서 몸을 식히는 것을 이 보도에서 구경할 수 있다. 동물원에서 경사가 급한 북쪽 언덕을 따라 몇십 미터 올라가면 정자 같은 것이 있다. 이 정자는 공원 지도에 "꿈꾸기 위한 나무집 A Treehouse for Dreaming"이라는 잘 어울리는 이름으로 표시되어 있다. 이 정자는 주변에 서 있는 마천루들의 4분의 1 정도 높이에 해당하는 지점에 있다. 이는 정자의 아래쪽에서 올려다볼 때만 언뜻 감지할 수 있는 사실이다. 이 정자에서 마천루들은 마치 손을 뻗으면 금방이라도 닿을 것 같다.

하지만 내가 말하고 싶은 것은 센트럴 파크의 경이로움이 아니다. 그것은 지금까지 다른 사람들도 누누이 열거해온 것이니까. 말하고 싶은 것은 이렇듯 빛나는 것이 아주 가까이에 있었지만 나는 다른 데 열중해 있거나 정신이 팔려서 또는 심지어 게을러서, 미처 알아보지 못했다는 사실이다. 센트럴 파크는 그 완벽한 상징이었다. 많은 사람이 공공장소로서 모두에게 공짜인 센트럴 파크의 진가를 알지 못하고 있었다. 특별한 것이 되기에는 너무나 쉽게 얻을 수 있는 것이기 때문이었다. 센트럴 파크는 귀중한 것이 되기에는 너무나 쉽게 다가갈 수 있었다. 그래서 센트럴 파크는 다음에 즐겨도 상관없는 것이었다. 다음 날, 또는 다음 주, 아니면 다음 달에.

우리 중 몇 명이나 정신에 자극과 활력을 주는 초록 들판을 찾아 살고 있는 도시나 동네를 탐사할까? 우리 중 몇 명이나 사람들이 어디에 많이 모이는지 알까? 사람들이 거기서 무엇을 하는지 알까? 그들 사이에 있으면 얼마나 기운이 나는지, 편안해지는지, 최소한 기분 전환이 되는지 알까? 우리 중 몇이나 날씨의 변동과 빛의 변화에 관심을 기울일까? 단순히 언제 재킷을 입고 선글라스를 쓰고 우산을 들고 나가야 할지를 알기 위해서가 아니라 그 무한한 다양성이 그 자체로 매력적이고 고혹적이기 때문에?

우리 중 몇 명이나 그러한 것에 주의를 기울일까? 마침내 내 주의를 기울이기 시작한 나는 어느 늦가을 밤, 리건을 공원으로 데리고 가면서 나뭇가지에 달린 잎사귀만큼이나 땅바닥에 깔린 잎사귀에서도 많은 것을 관찰했다. 낙엽들이 만든 마법의 카펫은 발밑에서 바스락거리며 짙은 향기를 내뿜었다. 이 잎사귀들을 나뭇가지에서 떨어뜨린 바람은 아직 가지에 붙어 있는 잎사귀들을 간지럽혔다. 잎사귀들이 내는 소리는 키득거림처럼 들렸다. 이 노래를 과거에 들은 적이 있다는 것이 어렴풋이 기억났다. 내가 그리 귀 기울이지 않았던 그때에도 그 노래는 내 마음을 달래주었다. 세상에는 우리가 의지할 수 있는 현상들이 있었다. 계절의 변화는 그중하나였다.

나는 센트럴 파크를 낭만적인 곳으로만 묘사하고 있다. 인정한다. 사람들이 공원에 운집해 흥청망청 시간을 보낸 무더운 날이면 쓰레기가 아스팔트 바닥에까지 널려 있고 밤에는 쥐들이 출몰한다. 나는 그 쥐들을 생략하고 있다. 그 쓰레기, 너무나 늦게 치워지는 쓰레기도 생략하고 있다. 나는 물의 색깔도 생략하고 있다. 그나마 가장 나을 때는 검은빛이고 가장 무시무시할 때는 조류가 떠 있어 끔찍한 녹색을 띠는 물의 색깔을.

그러나 이것들은 기적과도 같은 공원 그 자체에 비할바가 못 된다. 사방에서 압박을 가하는 콘크리트에 맞선 지속적인 저항을 도저히 예상하지 못한 곳에서 이토록 용솟음

치는 자연. 자연만큼 우리가 제대로 알아보지 못하는, 우리가 충분히 만끽하지 못하는 찬란함의 원천은 없다. 우쭐하고 득의만만한 우리 인간들이 이처럼 부끄러운 줄 모르고 당연히 여기는 것은 없다. 그리고 이만큼 훌륭한 위안은 없다.

나는 뉴욕시 외곽에 자리한 웨스트체스터카운티의 아버지 집을 방문해 리건과 함께 가까운 오솔길을 탐험할 때마다 이 생각을 했다. 내 친구 조엘, 니콜과 함께 롱아일랜드 동쪽에 길게 뻗은 뉴욕 새그하버에 머물면서 차로 가까운 공원을 찾아갈 때마다 이 생각을 했다. 시더포인트카운티 파크의 숲은 구불구불한 만灣에서 끝난다. 리건과 나는 숲을 가로질러 2~3킬로미터를 걸은 다음 해안선을 따라 몇 킬로미터를 더 걸었다. 그렇게 우리는 모래 언덕과 키 큰 해안 식물들이 있는 반도의 한쪽 끝까지 갔다가 그 길을 되밟아 왔다.

이따금 나는 속으로, 앞서 이야기했던 내면의 대화, 그러니까 나만의 기도를 했다. 하지만 이제 그 내용은 바뀌고 진화하고 있었다. 그것은 나 자신의 진전과 성장을 알아볼 수 있게 해주는 표지였다. 나는 내게 힘을 달라는 부탁을 점차 덜하게 되었다. 그보다는 내 안에 이미 자리해 있는 힘에 경탄했고, 내가 이 힘을 영예롭게 여기고 간직하는 것에 경탄했다. 이 조용한 대화들은 내가 현실에 단단히 뿌리를 박고 있어 환경의 변덕에 쉽게 쓰러지지 않는다는 것을 느끼게 해주었다. 나는 리건에게도 가끔은 직접 소리 내어 많은 말을 했다. 리건의 눈빛에 담긴 알 수 없는 무늬는 동의를 의미하리라고 나는 자신하곤 했다.

우리가 함께 걸을 때 나는 가끔 노래를 불렀다. 나는 항상 남몰래 노래를 불렀다. 물론 '남몰래'에 강조점을 찍어야 한다. 뻥 뚫린 고속도로를 달릴 때는 크게 노래를 부르는데, 다른 차가 내 차 옆에 설 때마다 마치 나쁜 짓을 저지르고 있었던 것처럼 노래를 중단한다. 요즘에도 내 목소리가 들리는 반경 안에 아무도 없을 때만 노래를 부른다. 하지만 분명히 누군가는 굽잇길을 돌다가 또는 나무들 저편에서 내 노래를 들었을 것이다. 나도 안다. 하지만 뭐 어떤가? 어차피 에이미 와인하우스의 〈백 투 블랙 Back to Black〉을 부르다가 들키는 것보다 훨씬 더 민망한 상황을 겪을 수밖에 없을 테니까.

아니면 내가 〈시스터스 오브 더 문 Sisters of the Moon〉의 클라이맥스를 크게 부르는 것을 누가 듣는다면? 플리트우드 맥의 스티비 닉스가 작곡했고 〈터스크 Tusk〉 앨범에 수록된 이 곡은 스티비 닉스에게 신비로운 마녀 이미지를 선사했다. 늦겨울의 어느 밤 나는 이 노래를 아이폰으로 재생하고 무선 이어폰을 통해 듣고 있었다. 리건과 나는 밤 10시쯤 산책을 나갔는데 마치 우리가 공원을 독차지한 기분이었다. 국지적인 안개가 맨해튼에 축축하게 내려앉았다. 뺨으로 안개가 느껴졌고 심지어 혀에서도 안개의 맛이 느껴졌다. 안개는 미드타운 맨해튼에 솟은 마천루들의 중앙을 희부옇게 가리고 있어서 마치 건물의 위층이 공중에 둥둥 떠 있는 듯했다. 침침한 빛의 리본들은 아래에 있는 것이 무엇이든 그것들로부터 단절된 듯했다. 나는 스티비를 따라 노래를 부르다 문득 일시 정지 버튼을 눌렀다. 노래를 제외하면 주변에 오로지 정적만이 흘렀기 때문이었다. 이 광란의 도시에서 너무나도 귀한 정적이 흐르는 이 순간을 놓치고 싶지 않았다. 사이렌 소리도 없었다. 고함도 없었다. 아무것도 없었다. 나는 얕은 물웅덩이에 발바닥이 닿는 소리를 들을 수 있었다. 리건의 헐떡이는 숨소리를 들을 수 있었다.

리건은 나보다 몇십 센티미터 앞서 있었다. 흔히 도시의 개들은 밤에 빛이 나는 목줄을 차지만 리건에게는 그런 것이 필요하지 않았다. 어둠 속에서 피스톤처럼 움직이는 하얀색 긴 양말을 보면 리건이 어디 있는지 알 수 있었다. 리건은 이쪽에서 저쪽으로 미끄러져 갔고 나는 다시 음악을 틀고 노래를 불렀다. 적어도 내가 판단하기에 우리를 쫓아내거나 저지할 사람은 주변에 아무도 없었다.

〈시스터스 오브 더 문〉은 스티비의 다른 곡 〈앤젤 Angel〉에게 자리를 내주었다. 평소에는 특히 알아들을 수 없었던 반복 구간이 그 순간 또렷하게 들렸다. 스티비와 나는 함께 노래했다. "그래서 나는 부드럽게 눈을 감아요. 이따금 우리 모두가 갈망하듯 내가 바람의 일부가 될 때까지." 이 음악. 이 공원. 이 안개. 이 바람. 눈을 뜨든 감든, 나는 그 일부였고 그 순간 아무것도 바라지 않았다.

삶의 풍부함에 대한 이러한 새로운 자각은 야외에 국한되지 않았다. 어느 날 나는 집에서 이리저리 돌아다니며 책장을 점검하고는 이 수백 권의 책 중에, 아니 어쩌면 수천 권의 책 중에 내가 아직 읽지 않았거나 끝내지 못한 책이 얼마나 될지 가늠해보았다. 최소 3분의 1이었다. 이 책들은 내가 읽고 싶었던 책, 여전히 읽고 싶은 책들이었다. 그저 이 책들을 읽는 일은 우선순위에 오를 만큼 다급하지 않았을 뿐이었다. 다른 책이 눈길을 사로잡으며 내 이름을 부르는 바람에 이미 있던 책들을 뒤로 밀어낸 것이다. 집에 책을 들이는 것을 이제 그만둔다고 해도 앞으로 읽기에 충분하고도 남을 만큼 많은 책이 있었다. 아직 읽지 못한 책을 어찌어찌 다 읽는다고 하더라도 나는 수십 년 전에 이미 읽었고 몹시 좋아했지만 그 내용을 거의 기억하지 못하는 책들로 다시 돌아갈 수 있었다. 만일 제대로 된 재고 조사표를 작성한다면, 내 삶은 재고가 꽉 차다 못해 밖으로 흘러넘칠 지경이었다. 읽지 않은 책들은 하나의 메타포였다.

삶의 풍부함을 넘어서, 나는 새로운 능력을 경험하고 단련했다. 그것은 잠시 멈추어 음미할 가치가 충분한 개별적인 순간들을 알아보고 그 가치를 증폭시키는 능력이었다. 나는 의례화할 수 있는 일을 의례화했다. 칵테일 시간이 그 예였다. 칵테일 시간을 매일 가진 것은 아니었다. 이틀에 한 번도 아니었다. 변동이 없는 어느 특정한 시간에 칵테일 시간을 둔 것이 아니었다. 반드시 칵테일이어야 할 필요도 없었다. 칵테일이 아니라 화이트 와인일 때가 많고 이따금 심지어 아페롤 스프리츠(이탈리아의 식전 음료-옮긴이)일 때도 있었다. 누가 비웃든 말든 프로세코(스파클링 와인의 일종-옮긴이)와 아페롤과 클럽소다(탄산과 미네랄을 인공적으로 첨가한 물-옮긴이)를 섞기도 한다. 그렇게 하면 일몰의 색깔이 나오는 데다 맛있다.

7시 반(당연히 오후다)이든 6시 반(뭐 어떤가?)이든 5시 반(극도로 드문 경우다)이든, 칵테일을 즐길 때마다 나는 서두르지 않으려고 노력한다. 아울러 디테일에 집착하지 않으려고 한다. 윤곽선이 아름다운 와인 잔도 괜찮고 손에 잡히는 느낌이 좋은 하이볼 글라스도 괜찮다. 이 시간에 그동안 읽고 싶었던 가벼운 글을 읽어도 좋고, 즐거운 전화 통화도 좋고, 내가 만나야 한다는 의무감을 느끼는 상대가 아니라 진정으로 함께 시간을 보내고 싶은 누군가와 함께하는 것도 좋다. 마시는 음료도 내가 의지할 수 있는 음료, 나를 분명히 즐겁게 해줄 음료로 정한다. 일주일에 한 번쯤은 마티니 한 잔(또는 두 잔)을 허락한다. 나는 마티니를 만드는 과정의 페티시즘적 즐거움, 그 흔들기를 좋아한다. 게다가 첫 한 모금이 하나의 전율하는 파도가 되어 나를 뚫고 지나가는 느낌을 주는 술은 마티니 말고는 딱히 없는 것 같다. 낮을 누그러뜨리고 밤을 살리기에 마티니만 한 것은 없다.

그간의 확신이 무너지는 불안한 인생의 변화를 겪어본 사람들과 대화할 때 나는 구체적인 단어는 아니더라도 아이디어들이 거듭 머릿속에 떠올랐다. 그들은 인간은 약한 존재라는 것을 새삼 되새겼고 인간은 언젠가 죽는다는 생각을 새로이 떠올렸다. 나는 이러한 수많은 사람과 대화를 나누었다. 당신도 자신을 드러내보면 알게 될 것이다. 내가 한쪽 눈이 손상되고 다른 눈마저도 손상될 위기에 처했음을 글로 썼던 것처럼 말이다. 세상이 당신에게 활짝 열린다. 나의 취약성을 인정하면 다른 사람들에게서 비슷한 고백을 듣게 되고, 나 자신의 여정은 다른 사람들이 공유해준 여정을 통해 타당성을 얻는다.

그것은 내 친구 도리가 지닌 막강한 재능 중 하나였다. 파킨슨병이 도리에게 어떤 시련을 주었는지. 몸의 떨림, 낙상, 얼굴과 몸의 뒤틀림, 뇌 수술······. 도리는 몸 안에 일종의 점퍼 케이블을 이식했다. 이 케이블을 통해 뇌에 전달되는 전하량을 미세하게 조정했고, 케이블에 연결된 피하皮下 전지를 주기적으로 충전했다. 병 때문에 목소리가 작아진 탓에 가족들은 그녀의 말을 잘 알아듣지 못해 답답해했다. 그런데도 도리는 그 햇살을 잃지 않았다. 도리의 전략은 자신이 받은 모욕이 아닌 축복의 총계를 내는 것이었다.

도리를 성인聖人으로 만들려는 것도 순진한 바보로 만들려는 것도 아니다. 도리의 축복은 자신이 무엇과 마주하고 있는지, 무엇을 박탈당했는지 모르는 데에서 오지 않는다.

도리는 안다. 도리는 파킨슨병 초기에 순수한 분노의 시간을 경험했다고 말했다. 그때 도리는 괴상한 습관을 갖게 되었다. "버지니아 노포크에서 살 때 나는 아무에게도 말하지 않고 냄비 하나를 '후려치기 전용'으로 사용했어. 나 자신이 한심하게 느껴지거나 분노가 치밀거나 그냥 지금의 기분을 감당할 수 없을 때 몰래 뒷마당으로 가서 그 냄비로 땅바닥을 내리쳤어. 물론 에릭이 없을 때만 냄비를 휘둘렀지. 후련한 기분이 들었어. 나는 그 냄비 덕분에 더 좋은 아내가 되고 더 좋은 엄마가 되고 전반적으로 더 좋은 사람이 될 수 있었어. 내 문제로 다른 사람에게 짐을 지우거나 남편을 닦달하는 대신 나는 찰진 흙바닥과 찌그러진 냄비를 얻게 되었지." 도리와 에릭은 새로운 도시에 집을 얻어 이사를 하게 되었는데, 에릭은 상자를 비우다 거의 짓이겨지다시피 한 이 냄비를 꺼냈다. 에릭은 냄비를 쳐들고 한참 바라보더니 도리에게 이렇게 불평했다. "일꾼들이 아주 작살을 내놓았군, 그렇지?"

2019년 도리와 에릭이 뉴욕에 들렀을 때 나는 내 아파트에서 열 블록 정도 떨어진 식당에서 그들과 브런치를 들었다. 개를 좋아하는 도리는 아파트에 가서 리건을 만나도 되느냐고 물었다. 도리는 사진을 보고 리건에게 흠뻑 빠졌다. 에릭은 이 생각을 그리 달가워하지 않았고 나는 그를 이해했다. 도리가 걷기 힘들기 때문이었다. 도리는 그즈음 힘든 시기를 보내고 있었고 실제로 우리가 함께 교차로를 건널 때 도리는 길에서 세게 넘어졌다. 하지만 도리는 일어났다. 도리는 웃었다. 도리는 계속 걸었다. 도리는 손으로 리건을 쓰다듬었다. 그건 분명히 리건을 최대한 기쁘게 해주고 싶어서 하는 행동이었다. 도리는 하루에 행복을 부여하는 한 조각이 어디에 있는지 아는 사람이었다. 도리는 그 리듬이 아무리 어긋나 있을지라도 그쪽을 향해 움직였다.

하루는 도리가 내게 이렇게 썼다. "내가 갖고 있지 않은 것들의 수렁에 빠져 있기를 거부해. 내 철학은 매일 최선을 다해 사는 거야. 어느 날 약이 듣지 않을 수도 있어. 아침에 깼는데 몸이 너무 뻣뻣할 수도 있고, 그냥 이유가 무엇이든 전반적으로 엉망인 날도 있겠지. 그날은 지나갈 거야. 병자든 아니든 누구에게나 엉망인 날이 있기 마련이니까."

에릭 데보스도 그렇게 말한다. 데보스는 뇌졸중 이후 알게 된 커뮤니티의 구성원이다. 이 커뮤니티는 실명의 두려움을 알거나 알았던 사람들로 이루어져 있다. 뉴저지의 은퇴자인 데보스는 10년 전 예순을 즈음해 나와 같은 일을 겪었다. 오른눈이 갑자기 흐릿해진 것이다. 하지만 데보스의 경우는 NAION이 아니라 수막종이었다. 뇌에 생긴 양성 종양이 오른쪽 안구 뒤에 자리한 시신경을 누른 것이다. 의사들은 종양을 그대로 두어도 된다면서 (이것 때문에 죽지는 않는다고 했다) 만일 종양을 제거한다면 모든 일반적인 수술, 특히 뇌 수술에 동반되는 위험을 감수해야 한다고 말했다. 그대로 두면 종양은 계속 커질 것이고 데보스는 결국 양쪽 눈의 시력을 모두 잃게 될 터였다. 이것은 가능한 일이 아니었다.

확실한 일이었다.

데보스는 의사들에게 수술해달라고 했다. 의사들은 종양을 제거하기 위해 오른눈 위에서 두개골을 열었다. 수술은 여섯 시간 이상이 걸렸다. 데보스는 깨어났을 때 엄청난 두통에 시달렸다. 하지만 종양이 제거되자 오른쪽 시야가 말끔해지고 왼눈도 안전해졌다.

그 후 데보스는 달라졌다. 결과의 불확실성과 상황의 불안정성은 데보스가 삶의 모든 것을 더욱더 음미하게 만들었다. 그리고 끝없이 이어지는 의료적인 문제와 수술(고령은 그에게 중압감으로 작용했다)은 오히려 데보스가 지금까지 순조로웠고 여전히 순조로운 모든 일에 감사하게 했다. 데보스에게는 안락한 집이 있었다. 데보스는 경제적 곤란을 겪지 않았고 사랑하는 가족이 있었다. 데보스는 이 점을 어느 때보다 분명하게 볼 수 있었다.

데보스는 대화를 나누던 중에 일상에서 느끼는 경이들을 열거했다. "아내의 얼굴, 딸아이의 얼굴, 3주 된 손녀의 얼굴…… 딸아이가 3주 되었을 때와 똑같아요. 아기가 내 눈을 들여다볼 수 있는 것. 아기의 작은 코를 내 코에 갖다 대는 것. 모두 놀라운 순간들이지요."

~

뇌졸중을 겪은 지 2년 하고 조금 더 지났을 때였다. 코로나바이러스의 심각성이 분명해지고 봉쇄조치가 내려지기 직전, 나는 차를 빌려 맨해튼에서 여동생 아델이 사는 뉴저지 중부까지 운전해갔다. 당시 고등학교 3학년이었던 조카 벨라가 학교 연극에 출연한다고 했다. 정확히 말하면 뮤지컬이었다. 〈맘마미아〉. 신이여, 저를 도우소서.

나는 대체로 뮤지컬을 좋아하지 않는다. 아바ABBA도 한몫 거들었던 것 같다. 사실 영화 〈맘마미아〉를 볼 때도 영화가 시작되고 30분 만에 나와버렸는데 (메릴 스트립에도 불구하고, 크리스틴 바란스키에도 불구하고) 내가 그만큼이라도 자리를 지킨 이유는 20분이 지났을 무렵부터 함께 간 세 명에게 나가자고 설득했지만 결국 실패했기 때문이었다. 그러니 체육관 바닥에 나란히 놓인 딱딱한 금속 의자에 앉아 현저히 형편없는 연출력으로 무대에 올려질 〈맘마미아〉 공연을 감상해야 한다는 생각은 내게 그리 큰 기대감을 불러일으키지 못했다. 하지만 조카를 위해 그 자리를 지킨다는 생각에는 마음이 들떴다. 예전에 벨라의 노래를 한 번도 들어본 적이 없었던 나는 (벨라가 노래에 관심이 있는지조차 몰랐다) 그날 완전히 정신을 잃었다. 벨라의 목소리는 맑고 강하고 사랑스러웠다. 벨라의 동작은 확신에 차 있었고 긴장한 기색은 조금도 느껴지지 않았다. 전날 나와 나눈 문자의 내용과는 다르게 말이다. 벨라의 노래를 듣는 나는 눈물이 차올랐다. 내가 사랑하는 사람들의 깊이를 가늠할 수 없는 재능, 예고되지 않은 용기.

토요일 밤의 공연은 충분히 감동적이었지만 그보다 더 의미 있고 내 안에 오래 머문 순간은 다음 날 찾아왔다. 내가 차를 빌린 이유는 벨라의 공연을 보러 가기 위해서이기도 했지만, 역시 그곳을 찾은 아버지를 다음 날 아침 웨스트체스터카운티에 다시 모셔다드리기 위해서이기도 했다. 내가 아버지 집에 함께 가서 한동안 돌봐드릴 계획이었다. 이때는 앞서 언급했던, 아버지가 아내와 떨어져 지냈던 시기였다. 아버지는 혼자서 생활하기에 정신이 분명치 않았다. 그래서 일요일 오전 11시경 우리는 뉴저지 프린스턴에서 출발해 장장 90여 분에 걸친 여정에 나섰다. 그중 대부분의 구간은 지루하기로 악명이 높은 뉴저지 턴파이크 고속도로였다.

한때 외향적이고 매력적이었던 아버지는 이제 대화를 좋아하지 않았다. 나는 어떻게 해야 할지 알 수 없었다. 자칫 90분이 아홉 시간처럼 느껴질 수도 있을 것이다. 하지만 뜻밖에도 최신 기술과 최신이 아닌 음악이 나를 구했다. 내가 빌린 차는 아이폰을 자동차의 음향 시스템에 연결해 노래를 재생할 수 있었다. 아버지는 감탄했다. 전에도 십수 번은 경험해보았음에도 아버지는 매번 이런 기술을 놀라워했다.

"이것 보세요." 내가 아버지에게 말했다. 그리고 시리에게 "프랭크 시나트라를 틀어줘"라고 말했다. 시나트라의 최고 히트곡들이 연이어 재생되었다. 우리가 직접 선택한 곡이 아니기에 한 곡 한 곡이 깜짝 선물이었다. 아버지는 노래에 맞춰 허밍을 했다. 그중 몇 곡은 몇 소절을 따라 부르기도 했다.

나도 그렇게 했다. 이제 나는 앞으로 얼마나 더 달려야 하는지, 얼마나 빨리 또는 얼마나 천천히 달릴지에 관해 더 이상 생각하지 않았다. 나는 서두르지 않았다.

그러고는 터무니없이 행복해졌다. 누군가를 즐겁고 편안하게 해주는 것이 가끔은 얼마나 쉬운 일인지를 알게 되어 행복했다. 누군가에게 평범한 것이 다른 사람에게는 새로운 발견일 수 있다는 것을, 그것을 나누는 것이 삶을 끝없는 선물의 교환으로 바꿀 수 있다는 것을 되새기게 되어 행복했다. 무엇보다 이 연결의 순간이 행복했다. 아버지와 나는 나이로는 거의 서른 살 차이가 났고, 감수성이나 정치 성향, 각자 선택한 모험, 빚어온 삶도 사뭇 달랐다. 아버지의 인지 능력 감퇴는 이러한 차이를 더욱 크게 벌려놓았다. 하지만 우리는 시나트라에서 뜻이 맞았다. 우리는 〈서머 윈드 Summer Wind〉를 들으며 함께 기뻐했다.

"제가 좋아하는 곡이에요." 이 곡이 나오자 아버지에게 말했다. 〈플라이 미 투 더 문 Fly Me to the Moon〉의 다음 곡이었다.

"나도 좋아하지!" 아버지가 놀라워하며 말했다.

드라이브가 심지어 더 즐거워졌다. 〈서머 윈드〉가 끝나고 맨해튼의 스카이라인이 시야에 들어온 바로 그 순간 시작된 곡은 〈뉴욕, 뉴욕 New York, New York〉이었다. 그때 우리는 차 안에 있지 않았다. 우리는 영화 속에 있었다. "소식을 퍼뜨려주세요 Start spreading the news"라고 시나트라가 노래를 불렀다.

바로 그때 뉴저지 턴스파이크 고속도로의 오른쪽으로 저 멀리, 시나트라가 노래한 열정의 대상, 그의 오디세이아의 최종 목적지, 유난히 분주하고 빛나고 갈망이 넘치는 도시가 나타났다. 나는 '나의 도시'라고 생각하며 그 말의 높이와 무게를 다시 한번 헤아렸다. 나는 강철과 바위와 벽돌과 콘크리트가 뒤섞인 저 도시 깊숙이 내 집을 마련했다. 내 이름이 쓰인 우편함과 내 독서 의자가 놓인 방과 내 훈제 파프리카와 딜이 있는 찬장이 저 도시에 있었다.

〈뉴욕, 뉴욕〉이 끝나자 아버지는 시나트라가 어느 여자가수와 부른 듀엣곡이 항상 좋았다고 말했다. 아버지는 그 가수의 이름을 떠올리려고 애썼지만 기억해내지 못하고 있었다.

나 역시 그 이름을 떠올리려고 한참 애쓰다 마침내 물었다. "엘라 피츠제럴드요?"

"맞아!" 아버지가 말했다.

나는 미소 지었다. "네, 아버지." 그리고 나는 시리에게 엘라 피츠제럴드를 틀어달라고 말했다. 그리하여 엘라는 집에 도착할 때까지 시니어와 주니어, 우리 두 프랭크에게 노래를 불러주었다. 엘라의 〈마이 퍼니 발렌타인 My Funny Valentine〉, 엘라의 〈아이 겟 어 킥 아웃 오브 유 I Get a Kick Out of You〉……. 나는 수년째 엘라의 목소리를 듣지 않았다. 어째서? 이 삶에는 너무나 많은 아름다움이 있고 너무나 많은 보물이 쌓여 있어서 커다란 한 도막이 통째로 가려지고 묻히고 잊혀서 사라지기도 했다. 그러니 우리는 스스로에게 그것을 재차 상기시켜야 했다.

아버지와 내가 그때 누린 것과 같은 순간들은 활짝 피어나는 순간 꽉 붙잡아야 했다. 그날의 드라이브가 빛났던 이유는 단순히 내가 행복했기 때문만이 아니라 그 행복을 알아보고, 적절한 이름을 붙여주고, 거기에 오래 머무르고, 기념품처럼 간직했기 때문이었다. 나중에 필요할 때 묵은 먼지를 털어내고 새롭게 떠올릴 수 있도록 잘 간직했기 때문이었다.

나는 아버지와 2주 동안 함께 지냈고, 나중에 팬데믹이 장기화하고 단호한 봉쇄조치가 시행되었을 때 다시 5주 동안 함께했다. 나는 식료품과 생필품을 사러 이따금 집에서 나왔지만 나보다 취약한 여든넷의 아버지는 조심하느라 방문객도 들이지 않고 집에만 머물러야 했다. 나는 아버지가 단조로운 일상을 보내는 것이 몹시 안타까웠다. 아버지는 침실과 주방과 거실을 오갈 뿐이었다. 거실에서 아버지는 몇 시간이고 텔레비전만 봤다. 나는 닭을 구웠다. 양갈비를 구웠다. 우리는 카드 게임을 했다. 아버지가 오랫동안 아주 잘 알고 있었고 덜 헷갈려하는 카드 게임이었다. 아버지의 여든네 번째 생일이 지나갔다. 부활절이 다가왔다. 우리 형제자매들은 아버지의 생신과 부활절 모두를 아버지에게 익숙하고 누려 마땅한 방식으로 보내지 못했다. 내가 마침내 그 가치를 충분히 누릴 수 있게 된 순간들을 우주가 아버지로부터 그리고 나로부터 빼앗아가고 있었다.

나는 어떻게 해야 그런 순간을 마련할 수 있을지 궁리했다. 더더욱 열심히 궁리했다. 우리가 할 수 있는 일 중에서 아버지에게 기분 전환이나 어떤 의미 있는 일이 되면서도 감염의 위험이 전혀 없거나 그리 크지 않은 일이 무엇일까? 나는 드디어 한 가지를 떠올렸다. 부활절 일요일에 직접 만든 양고기 요리를 대접한 다음 아버지의 큰 황갈색 캐딜락의 조수석에 아버지를 태우고 매끈한 검은색 가죽 시트가 깔린 뒷좌석에 리건이 편안하게 누워 있게 하고는 아버지의 과거로 여행을 떠났다.

아버지는 이따금 고향 웨스트체스터카운티에서 멀리 떨어진 곳에서 살기도 했지만, 지금도 그렇고 대부분의 삶을 유년기의 집으로부터 대충 16킬로미터 반경 이내에서 살았다. 아버지는 여기서 오는 마음의 평안, 심지어 만족감을 근거로 들어 사람은 무게 중심을 유지해야 한다고 강력하게 주장했다. 아버지는 거리를 거닐고 공원에 가고 식당을 방문하는 일이 주는 특수하고 특별한 위안을 알았다. 그러한 일들은 우리의 생활을 구성했고 우리가 현재까지 지나온 길의 사진첩을 가득 채웠다.

부활절 일요일, 우리는 추레한 주택에 들렀다. 할아버지가 장남인 아버지를 포함해 삼 형제를 기른 집이었다. 어릴 적 아버지는 크리스마스가 돌아오면 항상 가족들과 함께 앞마당 잔디밭에 거대한 아기 예수 요람을 만들었다. 나무 판잣집을 세우고 그 안팎에 마리아와 요셉 그리고 아기 예수의 수행단을 11월 말부터 1월 초까지 놓아두었다. (석고로 구운 아기 예수는 줄곧 나타나지 않았다. 크리스마스이브의 자정이 되면 브루니 할머니가 무언극을 통해 아기 예수의 탄생을 알리고 그를 침실 가구의 서랍에서 나무 판잣집의 지푸라기 깔린 요람으로 옮겼다.) 다음에는 아버지와 어머니가 산 첫 번째 집에 들렀다. 생애 첫 7년여를 케이프코드식(맞배지붕에 중앙 굴뚝이 있고 단층이나 복층으로 된 단순한 구조의 주택 양식―옮긴이)으로 지어진 이 초라한 집에서 보냈다.

다음에는 아버지와 어머니의 두 번째 집에 들렀다. 첫 번째 집의 세 배 크기인 이 집은 아버지가 사회적으로 확고히 비상했음을 상징했다. "우리는 그 집에서 평생 살 줄 알았단다." 아버지가 회상했다. 이후 아버지는 승진을 거듭하며 10년 반 가까이 뉴욕을 떠나 있었고, 어머니는 암에 걸려 세상을 떠났다. 아버지가 어머니를 떠나보낼 수밖에 없었던 때가 오기 훨씬, 훨씬 전에. 부활절 일요일에 나선 이 작은 여행은 우리에게 그 모든 기억을 가져다주었다. 추억들이 밀려들자 아버지는 미소를 띤 채 고개를 가로저었다.

아버지가 마지막에 한 가지를 부탁했다. 두 분이 고등학생 연인이었던 시절 아버지가 데리러 가곤 했던 어머니의 집에 들를 수 있느냐는 것이었다. 나는 아버지가 그 집은 고사하고 그 집이 있는 길목을 알려줄 수 있을지조차 의심스러웠지만, 치매 걸린 사람이 흔히 그렇듯 아버지는 불과 30분 전에 읽거나 들은 것보다 수십 년 전의 정보를 더 잘 기억해냈다. 아버지는 그 집 바로 맞은편의 갓돌 옆에 차를 세워달라고 부탁하더니 그 집을 한참 동안 바라보았다.

아버지와 함께 지내는 동안 나는 어머니를 떠나보내고 스무 해 넘는 세월 동안 아버지의 약해진 정신이 아버지에게 비범한 친절을 베푼 것을 알 수 있었다. 아버지는 별다른 기복 없이 평범하고 좋았던 결혼 생활을 평생의 로맨스 가운데 가장 위대한 로맨스로 받아들였다. 아버지는 이 동화 같은 이야기의 모든 장과 중요한 장면을 원하면 언제든 다시 볼 수 있었다. 그것은 아버지의 슬픔에 대한 답이었다. 나는 우리가 차에 앉아 있던 그 시간에 아버지가 그 장면 중 하나를 재생하고 있는 것을 알 수 있었다. 아버지가 인생의 말년에 나를 충분히 편안하게 여기는 것, 그리고 자기 자신을 충분히 편안하게 여기는 것이 보였다. 그리고 나는 아버지가 느끼는 감정이 비애가 아님을 알 수 있었다. 그것은 감사였다.

나는 그것을 받아들이면서 그로부터 배운 이 배움을 앞으로 잊지 않기를 바랐다. 이것은 친밀하고 아름다운 어느 한 순간이었다. 나는 이 순간을 기념품 창고에 놓아두었다. 거기에 기념품을 충분히 쌓아두면 우리에게는 절망에 맞설 강력한 방패가 생긴다.

그리스의 키오스섬(유향수 농원과 신경학적 희망이 깃든

곳)에 갔을 때 나는 한 가지 새로운 깨달음을 얻었다. 그 깨달음은 《뉴욕타임스》에 실릴 사진을 찍기 위해 고용한 아테네 출신 프리랜서 사진작가 마리아 마브로풀로스와 점심을 먹고 있을 때 찾아왔다.

우리는 섬을 돌아보다 해변이 내다보이는 어느 타베르나(그리스의 작은 식당이나 카페-옮긴이)에 들른 터였다. 마리아와 나, 그리고 마리아의 조수 외에도 우리에게 가이드 역할을 해주던 키오스의 유향수 기업체 대표가 같이 있었다. 그는 이 타베르나를 소개했고 우리는 주인이 이날 가장 신선하다고 추천한 새우, 노랑촉수, 그리고 기억나지 않는 다른 하나 중에 무엇을 먹을지 고민하고 있었다. 여하튼 내가 하는 이 일은 그리 나쁘지 않았다. 전혀 나쁘지 않았다.

마리아와 나는 여전히 서로에 관해 알아가고 있는 중이었다. 마리아는 내게 출장 차 여행한 지역들에 관해 질문하더니 이어 어디 어디를 여행해봤는지 물었다. 나도 마리아에게 같은 질문을 했다. 마치 흑백 세계 지도를 활짝 펼치고 거기에 하나하나 색을 채워가는 듯한 기분이 들었다. 예전에 이런 일을 해본 적이 없는 나는 그동안 방문해본 지역이 상당히 많다는 데 스스로 놀랐다. 브라질과 보츠와나, 아이슬란드와 이스라엘, 노르웨이와 네덜란드, 포르투갈과 폴란드, 사우디아라비아와 남아프리카, 튀니지와 튀르키예. 나는 계속해서 색을 채워나갔다.

"그러니까 러시아에는 한 번도 안 가봤네요?" 마리아가 물었다.

"아니요, 아니요. 가봤습니다!" 나는 즉각 답했다. 아직 언급하지 않았을 뿐이었다. "상트페테르부르크에 가봤어요." 나는 뇌졸중을 겪기 한 달 전에 《뉴욕타임스》의 지시를 받아 발트해에서 유람선을 탄 이야기를 했다. 《뉴욕타임스》는 스톡홀름, 코펜하겐, 헬싱키, 그리고 이 여정의 보석인 상트페테르부르크를 경유하는 유람선을 타고 연재 글을 쓸 필진을 모았다. 대부분 《뉴욕타임스》의 필자들이었고 나도 그중 한 명이었다.

"하지만 모스크바에는 안 가봤죠?"

거기에도 가봤다. 하지만 마리아가 언급하기 전에는 잊고 있었다. 대화 전에도 대화 중에도 한동안 기억 속에 없었다. 참 이상한 일이었다. 나는 모스크바에 가봤을 뿐만 아니라 거기에서 굉장한 모험을 했기 때문이다. 십수 년 전 단명한 패션잡지 《멘즈 보그》는 당시 탄탄한 자금 지원을 받고 있었다. 이 잡지의 선임 편집자로 일하던 내 친구는 필자를 구하고 있었다. 사기업과 시민들 사이에서 관심이 높은 우주여행 산업이 어떻게 준비되어가고 있는지를 알아보기 위해 모스크바를 방문하고 글을 쓸 사람이 필요했던 것이다. 그는 나를 선택했다. 나는 무중력 비행 코스를 예약했다. 뉴욕 라과디아 공항에서 출발한 비행기가 바다 위를 날아 30초 동안 포물선을 그리며 급하게 하강하자 무중력 상태가 조성되었고 이어 승객 십수 명의 몸이 공중으로 떠올랐다. 나는 러

시아 우주인들이 훈련을 받은 음산한 스타시티도 방문했다. 모스크바 외곽 숲속에 조성된 스타시티의 꽃은 세계 최대의 원심 분리기라고 홍보하는 거대한 기계 장치였다. 이 안에 사람을 집어넣고 (이번 경우에는 나를) 돌리면 우주인이 견디는 굉장히 높은 중력을 경험하고 거기에 익숙해질 수 있었다.

나는 〈양들의 침묵〉에서 한니발 렉터가 이송될 때처럼 수직 보드에 몸이 단단히 묶였다. 조금 전에 만난 러시아인들이 다가오더니 내가 묶인 보드를 캡슐에 밀어 넣었다. 나는 의지대로 움직일 수 없는 취약한 상태에 놓여 있다는 사실에 몸을 떨었다. 저 사람들이 나를 여기 내버려둔다면 어떻게 될까? 나를 너무 빨리 또는 너무 오래 돌리면 어떻게 될까? 윙 하는 소리와 함께 원심 분리기가 돌아가고 나는 움직임을 느꼈다. 다음에는 2G, 3G, 그리고 3.55G의 물리적 압력을 느꼈다(G는 중력 가속도 단위−옮긴이). 나는 부비강에 심한 울혈이 생기고 뺨과 이마가 끔찍할 정도로 심하게 당겨질 거라는 사전 설명을 들었다. 그리고 이렇듯 당겨지는 현상은 얼굴 전체와 목과 가슴까지 확대될 것이라고 했다.

이 모든 이야기를 마리아에게 하는 동안 부끄러운 기분이 몰려들었다. 얼마나 감사를 모르는 사람이기에 이토록 이국적이고 독특한 경험을 하고도 거의 까맣게 잊어버리고 있었을까? 어떻게 이러한 일을 머릿속에서 재방문하고 재체험하지 않고 몇 해를 흘려보냈을까? 나는 그 점에 관해 생각했고 나중에는 페라가모 넥타이에 관해 생각했다.

워싱턴 D.C.에서 살던 30대 후반에 몇 년간 몸무게가 10킬로그램 이상 늘었지만 도무지 살을 빼지 못하고 있었다. 허리가 6인치나 늘었고 양 볼은 풍선처럼 빵빵했다. 섹스를 한 지도 오래되었다. 어쩔 수 없이 필요한 옷이 아니면 대체로 옷을 사지 않았다. 새 옷을 입어볼 때마다 치욕을 겪고 싶지 않았다. 그리고 한시적으로 필요한 물건에 돈을 쓰고 싶지 않았다. 나는 어느 날 어느 주에 살이 빠질 거라고 자신했다. 얼마 지나지 않아 쓸모없어질 옷을 사들이는 것은 어리석은 짓이었다.

하지만 넥타이는 달랐다. 넥타이는 굳이 매볼 필요가 없고, 몸무게가 빠진 뒤에도 여전히 맬 수 있다. 나는 가끔 넥타이를 샀다. 그것은 게임 밖에 있으면서 게임 안에 머무를 수 있는 한 가지 방법이었다. 그것은 내가 아직은 포기하지 않았다고, 나는 여전히 나에게 마음을 쓰고 있다고, 내 외모가 실은 전혀 괜찮지 않아도 여전히 괜찮다고 말하는 한 가지 방법이었다. 그것은 현재에 불편한 마음을 느끼지 않고도 미래에 투자할 수 있는 한 가지 방법이었다. 그것은 기분 전환이 되어주었다. 그리고 넥타이를 맬 일이 별로 없어서 많이 필요하지 않았지만, 어쨌든 넥타이는 오래가는 물건이니까, 그렇지 않은가? 나는 오늘 산 넥타이를 15년 뒤에도, 심지어 20년 뒤에도 맬 수 있었다.

당시 살던 연립 주택 가까이에 있는 남성복 매장에는 페라가모 넥타이가 특히 많았다. 부드러운 색상에 내가 좋아하는 소용돌이무늬 넥타이가 있었고 항상 몇 개는 할인가에 판매되고 있어서 나는 종종 구경을 하다가 몇 달마다 두세 개씩 샀다. 넥타이는 여섯 개가 되었다가 열두 개가 되었고 나중에 열다섯 개 정도가 되었다. 나는 그쯤에서 사들이기를 멈추었다. 하지만 스스로에게 이건 낭비가 아니라고 말했다. 나중에 사용하려고 이 넥타이들을 모으고 쟁여놓는 것이니까. 이렇게 좋은 넥타이들을 지금 사두었으니 그때는 좋은 넥타이를 살 필요가 없을 것이다.

키오스섬에서 마리아와 함께 모스크바와 상트페테르부르크에 관해 이야기하다 문득 내 지도에 색칠된 그 나라들이 어쩌면 그 넥타이들과 같은 것일지 모르겠다는 생각이 들었다. 오랜 시간 나를 지탱해줄 금화 무더기. 나는 반은 무의식적으로, 아니 어쩌면 4분의 1은 무의식적으로, 넥타이로 했던 것을 여행으로 해왔다. 나는 그저 나중에 머릿속 옷장과 서랍을 열어 보물을 꺼내 보는 일을 잘하지 못했을 뿐이다. 하지만 그 보물은 여전히 거기에 있었다. 나는 보물들을 꺼낼 수 있었다. 나는 이제부터 꺼내는 일을 잘할 수 있었다. 그리고 이것은 크나큰 위안이 되었다.

나는 속도를 크게 늦출 계획은 없었다. 아직은 아니었다. 그저 앞으로 밀고 나가는 최선의 방법은 '앞으로 밀고 나가는 것', 즉 삶에 참여하는 것임을 깨달았다. 나 자신의 삶에서는, 그리고 내가 더 유심히 살펴보게 된 내 주변 사람들의 삶에서는 더더욱 그랬다. 하지만 운명은 우리의 속도를 늦출 수 있다. 그것은 우리가 팬데믹에서 얻은 수많은 교훈 중 하나가 아니었을까? 사람들은 그때 지도에 색칠을 많이 하지 않았다. 사람들은 한동안 그때까지 색칠한 지도를 그대로 간직했다.

우리는 흔히 과거에 사는 사람들을 동정하거나 비난한다. 그러나 현실은 그보다 복잡하다. 우리의 과거는 반짝이는 보물과 부드러운 바세린이 될 수 있다. 그러나 이 보물을 잘 활용하고 위안을 얻는 것은 전적으로 감사함을 느끼는 것에 달려 있었다. 오만함에서 감사함으로 가는 여정만큼 커다란 보상이 따르는 여정은 없다.

2020년 영화 〈노매드랜드〉는 아메리칸 드림을 이루지 못한 사람들에 관한 이야기다. 이 영화에서 쉽사리 잊히지 않는 아름다운 장면이 하나 있다. 스웽키라는 이름의 유목민은 어째서 그리고 어떻게 노년 그리고 말기 뇌종양과 화해하게 되었는지 이야기한다. "나는 올해 일흔다섯이 돼. 썩 좋은 삶을 살았다고 생각하지." 스웽키는 카약을 타고 전부 돌아본 아메리카 서부 지역의 풍광과 야생동물을 떠올린다. 스웽키는 특히 어느 강에서 있었던 일을 회상한다. 그곳에서 스웽키는 굽이를 돌다가 보게 된다. "절벽에 제비 둥지가 수백 개, 정말이지 수백 개가 붙어 있었고 제비들이 사방으로 날아다녔어. 제비들이 날아다니는 모습이 물에 비쳐서 나도 꼭 제비들과 함께 날고 있는 것만 같았지. 제비가 내 밑에도 내 위에도 날아다녔고 제비 새끼들이 여기저기서 알을 깨고 나오는 통에 빈 알껍데기들이, 그 작고 하얀 알껍데기들이 둥지에서 강물에 내려앉거나 강 위를 둥둥 떠다녔어. 정말이지 경이로웠어. 나는 이만하면 충분하다고 느꼈어. 내 삶은 완전했어. 나는 그때, 그 순간 죽어도 괜찮다고 생각했지."

그녀는 그 제비들에게 생생히 살아 있었고, 그 제비들 역시 그녀 안에 생생히 살아 있었다.

## 11장

언제나 무슨 수가 있지

마지는 자기 삶의 빼기와 같은 상실로부터 주의를 돌려

자신에게 남은 것과 여전히 더할 수 있는 것에 주목했다.

이것이 마지가 선호하는 산수이자 마지가 고집하는 관점이었다.

맨해튼의 유대인 박물관에서 도슨트로 활동하는 마지는 새로운 전시를 앞두고

관련한 교육을 받으며 벼락치기로 공부하는 것을 무척 좋아했다.

밥이 떠난 뒤에도 링컨 센터의 메트로폴리탄 오페라 회원권을

그대로 유지하면서 시즌마다 손주들에게 함께 가고 싶은 공연을 고르게 했다.

손주들과 자녀들은 마지 집 뒷마당의 수영장과 널찍한 테라스의

야외 그릴을 자주 이용했다.

마지는 "날씨가 조금이라도 따뜻해지면 주말마다 뒷마당이 북적거린다"고

내게 말했다. 마지는 이것 역시 몹시 사랑했다.

팬데믹이 시작되고 두 달이 지난 2020년 늦봄, 멀리 떨어진 주에서 혼자 사는 오랜 친구에게 전화를 걸었다. 나는 친구가 잘 버티고 있는지 궁금했다. 그때는 사람들이 식료품점 바깥까지 줄을 길게 서고 진열대가 텅텅 비어 있던 시기였다. 그러니까 내가 걱정한 것은 휴지는 충분히 사두었는지, 직장 일은 괜찮은지 같은 것이었다. 혹시 외롭거나 슬프지는 않은지? 이 두 가지 문제를 한 방에 해결해줄 재미있는 드라마 시리즈에 빠져 있는지?

친구는 홀푸드Whole Foods 마켓의 모차렐라 치즈 진열대에서 남자에게 추파를 던진 이야기를 했다.

그녀는 예순이 넘었고 항상 나이를 직업적 시장성, 신진대사, 연애 생활에 대한 심각한 방해물로 취급했지만 그날 대화에서는 나이가 이점으로 작용했다. 홀푸드는 개점 후 한 시간을 고령자 전용 시간대로 정했고, 친구는 자격조건에 해당되었다. 코로나바이러스에 더 취약한 고령자들에게는 2미터 사회적 거리두기가 가능한 한산한 공간이 훨씬 더 필요하다는 고려에서 나온 조치였다.

친구의 목소리는 한껏 들떠 있었다. "프랭크, 내 나이대 남자들을 만날 장소와 방법을 드디어 알아냈어!"

친구는 바를 전혀 좋아하지 않았다. 인터넷 데이트 사이트도 마찬가지였다. 그렇지만 치즈 진열대는? 그녀에게 완벽하게 어울리는 장소였다.

"게다가 남자들이 쳐다볼 더 젊은 여자도 없어. 그런 경쟁이 전혀 없지. 마스크가 주름을 가려주고 말이야. 화장에 신경 쓸 필요도 없어. 모든 에너지를 헤어에 집중하면 된다고." 그녀의 헤어스타일은 멋졌다.

"하루는 키가 180센티미터쯤 되는 몸 좋은 남자랑 나, 단둘뿐이었어. 내가 얄스버그 치즈 조각을 떨어뜨렸어. 혹시 그 남자가 집어주지 않을까 싶었지." 그 남자는 집어주지 않았다. 아마 치즈가 떨어지는지도 몰랐던 것 같았다.

다음에는 그뤼에르 치즈로 시도해보라고 내가 말했다. "아무래도 연애 기술을 더 개발해야겠어." 친구가 한숨을 쉬었다.

나는 치즈 떨구기가 과연 성공 가능성이 있는 짝짓기 전략인지에 관한 의구심을 드러냈다. 게다가 마스크는 양방향으로 작용하니, 그녀 입장에서도 상대 남자가 만체고 치즈를

떨어뜨려볼 만한 상대인지 아닌지 분간하기 어렵지 않으냐고
도 했다. 하지만 나는 절반만 진지했다. 친구가 3분의 1만큼
만 진지하다는 것을 알고 있었기 때문이다. 그녀는 유당 함
량이 높은 이 연애에 진짜로 돈을 걸지는 않았다(물론 일이
잘 풀린다면 그녀는 그 상황을 최대한 이용할 것이다). 그녀는 어
려운 시기를 맞아 재미있는 위안을, 그리고 물론 진정한 가
능성의 씨앗을 찾고 있었다. 당시는 그녀가 즐기는 것과 같
은 유쾌한 장난이 필요한 시기였다.

　나는 전화를 끊고 5년도 더 된 과거의 어느 오후를 떠
올렸다. 그때 나는 등에서 진홍색 언덕을 제거하는 시술을
받기 위해 외과 의사의 대기실에서 기다리고 있었다. 당시
오십에 다가가던 나는 나이 듦에 동반되는 다양한 의례 중
하나는 내 몸이 제발 만들지 말았으면 싶은 과잉의 것들, 즉
털, 혹, 살이 늘어나는 것임을 깨달아가고 있었다. 그것들을
제거하는 시술은 때로는 허영이 아닌 생존의 문제였다. 내
경우에는 양 어깨뼈 사이에 생긴 꼬마 암종을 방치하면 골치
아픈 사춘기 암종으로 발전될 수 있었다.

　내 맞은편에 한 남자와 한 여자가 앉아 있었다. 두 사람
모두 일흔은 확실히 넘어 보였다. 그들의 대화를 통해 나는
두 사람이 조금 전에 처음 만났으며, 이러한 문제로 전에도
이곳을 여러 차례 방문한 적이 있다는 것을 알 수 있었다. 암
종에 관해서라면 그들은 단골 고객인 셈이다.

　"테니스를 너무 많이 쳤어요." 여자가 햇볕에 망가진 목

부분의 살갗을 가리키며 남자에게 말했다.

"나는 골프 치느라." 남자가 이마에 생긴 비슷한 부위를 만졌다. "모자를 써야 해요."

여자는 치마 아랫단을 살짝 들어 올려 무릎 바로 아래에 생긴 우둘투둘하고 붉게 성난 줄을 보여주었다. 붉은 줄은 그녀가 다리를 보여줄 핑곗거리가 되었다. 그러고는 이내 손을 뻗어 남자의 팔뚝에 도드라진 자국을 만졌다. 시술 흔적이었다.

"마당에서 일하다 그랬다오." 남자가 한껏 남성적인 목소리로 말했다. 여자의 손가락이 남자의 시술 자국에 오래 머물렀다. 남자는 잠자코 있었다.

나는 문득 영화 〈죠스〉에서 상어 사냥꾼들이 서로의 흉터를 비교하던 장면이 떠올랐다. 다만 나의 동료 환자들이 치르는 전투의 상대는 심해의 괴물이 아니었다. 그들은 배신하는 몸과 싸우고 있었다.

미용의 측면에서 이 두 사람의 역량은 감소되었다. 하지만 다른 잣대에서는 어떨까? 나는 불한당 세포들이 화해 가능한 추억으로 바뀌고 수난이 추파로 바뀌는 것을 보면서 그들의 역량은 사실 확장되었다는 느낌을 지울 수 없었다. 우리가 구성되는 방식에 어떤 자비나 일종의 기적이 있었던 것이 아닐까. 유당에 흥분해 있는 친구의 이야기를 듣다가 나는 또다시 그 느낌을 받았다. 우리의 신체적 근육이 약해지면 우리의 정서적 근육은 강해지고, 우리는 갈수록 비극에서 희극을, 후퇴에서 전진을, 나쁜 것에서 좋은 것을 보는 능력을 키우게 된다.

우리는 관점에 대해 위대한 장인이 된다. 관점은 모든 미조정의 미조정이고, 모든 묘책의 묘책이며, 모든 적응의 초석이다. 바버라가 홀푸드 매장에서 했던 일과 두 고령의 환자가 암종 중앙 병원에서 했던 일은 그들이 통과하는 괴로움, 그들이 여전히 마주한 도전, 시간이 저지르는 만행을 보는 관점을 수정하는 것이었다. 도리와 후안 호세와 미구엘 네리는 모두 긍정적 관점의 대가였다. 그들은 긍정적 관점의 우산 아래에서 각자 적응해나갔다. 그것은 내가 앞서 소개한 '광고판'을 상상할 때 연습하던 것이기도 했다. 그것은 자신이 처한 환경 조건을 새로운 각도에서 조명하는 기술, 그 크기를 다른 관점에서 재어보는 기술, 더 보기 좋은 액자를 씌움으로써 그림은 그리 암울하지 않다는 것을 깨닫는 기술이었다. 새로운 액자를 씌운 그림은 이따금 더 흥미롭다.

이 미조정과 묘책은 특정한 고난들을 헤쳐나갔던 사람들이 앞서 했던 것이라고 생각한다. 그러나 그것은 우리 모두 활용할 수 있는 도구이고, 대체로 삶의 후반기에 더 중요한 도구다. 이 도구는 위험할 정도로 예리하기 때문에 마스크를 쓰고 슈퍼마켓에 입장하는 취약한 시니어들의 행렬을 로크포르 치즈가 등장하는 로코물로 바꾸어놓을 수도 있다.

내가 최선을 다해 말해보자면 관점을 구성하는 건 세 개의 기둥이다. 이 세 기둥은 서로 중첩된다. 하나는 자신이 겪고 있는 일을 맥락에 위치시킬 수 있는 능력이다. 저 모든 광고판에 주의를 기울이고 다른 사람들의 광고판에 적힌 단어들을 이해하는 것은 내가 가진 단어들로 애너그램(주어진 단어에 속한 글자들의 순서를 바꾸어 새로운 단어를 만드는 놀이 —옮긴이)을 하는 것과 같다. 다른 두 기둥은 한계를 다시 구성할 수 있는 능력, 그리고 상실을 재개념화할 수 있는 능력이다. 한계는 사실상 한계가 아니며, 상실을 개념화하는 것은 단순히 빼기의 연산이 아니다.

노스캐롤라이나의 은퇴한 심리학자 돈나 본 바전은 관점의 세 기둥을 터득했다. 어릴 때 바전은 심한 천식을 앓았다. 성인이 되어서는 만성적인 탈진으로 고생했다. 바전은 아마도 어릴 때 받은 천식 치료가 면역 체계를 방해하는 부작용을 낳은 것이 아닐까 추측했다. 의사들은 바전의 문제가 무엇인지 확신하지 못했다. 바전은 일을 많이 하려고 하면 쉽게 피로해졌고, 여러 사람과 어울리면 전염병에 걸렸으며, 심각한 위장염으로 수차례 고생했다.

이것은 고생담이다, 그렇지 않은가? 하지만 바전은 이 야기를 그런 식으로 풀지 않았다. 바전은 이 모든 도전을 인생의 짐이 아니라 영향력으로 묘사했다. 바전이 보기에 이 모든 도전은 자신이 앞으로 시간을 어떻게 보낼지, 삶을 어떤 형태로 빚을지, 어떤 사람이 될지를 결정한 요인이었다. 바전은 자신의 현재가 마음에 들었다. 바전과 잘 맞기 때문이다. 그래서 바전은 자신이 지나온 경로를 어려운 것이 아닌 특별한 것으로 액자를 씌웠다.

"가령 어릴 때 천식을 앓지 않았다면 그러한 가족과 환경에서 자란 내가 심리학자가 되었을 리는 없습니다." 바전은 내게 말했다. 바전은 캐나다 온타리오의 노동자 거주 지역에서 자랐다. "어머니는 세이프웨이 마트에서 수납원으로 일했어요. 아버지는 제지공장에서 일했고요. 다른 아이들은 뛰어놀 때 나는 앉아서 책을 읽었어요. 만화책이든 뭐든 잡히는 대로 읽었지요. 읽는 것을 정말 잘했어요."

바전은 읽기를 잘했기 때문에 학교에서 공부도 잘했다. 학교에서 공부를 잘했기 때문에 오랫동안 공부를 붙들 수 있었고 마침내 심리학 박사학위를 취득했다. 바전은 이 학위로 상담사로 일했고 주로 사람들이 트라우마를 극복할 수 있도록 도왔다. 바전 자신이 경험한 도전 덕분에 다른 사람의 도전을 더 잘 이해할 수 있었다. 바전의 도전들은 쉽사리 사라지지 않았다. 힘든 시기에는 환자에게 충분히 집중하기 위해 환자를 만나기 전과 후에 낮잠을 자야 했다.

바전은 말했다. "나는 사교적인 삶은 많이 누릴 수 없다는 점을 받아들이기 위해 무척 애를 써야 했어요. 일과 가정이 전부였지요. 시간과 기운이 남지 않았거든요." 남편이 두 딸을 교회에 데려갔다. 일요일 아침에는 기력을 회복하기 위해 휴식을 취해야 했다.

바전은 밤에 열리는 대형 행사에도 빠졌다. "한두 명 정말 좋은 친구들을 알게 되었어요." 바전은 자신에게는 이러한 친밀한 관계가 잘 맞는다는 사실을 알게 되었다고 덧붙였다. "수다 좀 떨었다고 배가 흔들리지는 않아요. 그런 적은 없어요. 앞으로도 없을 거고요." 바전의 건강은 그러한 감수성을 만들어낸 것까지는 아닐지 모른다. 하지만 바전의 건강은 그러한 판단을 앞당겨주었다. 어느 쪽이든 바전은 만족했다.

바전은 자신의 한정된 에너지를 언제 어디서 어떻게 배치해야 할지 늘 궁리해야 했기 때문에 인생의 모든 측면에서, 비교적 피상적인 측면에서도 우선순위가 무엇인지 늘 따져볼 수밖에 없었다. "화장." 바전은 말했다. "나는 화장을 하지 않아요." 바전은 아무리 적은 노력으로 화장을 제대로 할 수 있어도 화장에 관심을 갖지 않는다. 어느 시점에 이르러서는 머리 모양에 신경을 쓰는 것도 그만두었다. 하지만 염색은 한다. 염색은 바전에게 중요하기 때문이다. "나는 곧잘 패션과 외모에는 특정한 수준까지만 손을 댄다고 말해요. 내가 편안하다고 느끼는 최저 수준을 찾아야겠다고 결정했습니다."

바전은 자신이 지금의 모습을 띠게 된 것은 흠 많은 건강 덕분이라고 설명했다. 나는 나이 덕분이라고도 생각한다. 이 정도면 만족한다, 이 정도도 상당히 만족스럽다는 정서는 나보다 나이가 많은 친구들이나 친척들에게서 들은 말과 일치한다. 그들은 본질적이지 않은 것, 사소한 것을 옆으로 밀어내는 것에 관해 이야기한다.

그것은 팬데믹이 심각해지는 동안 우리가 해야 했던 일이기도 하다. 내가 아는 상당수의 사람들은 얼마나 많은 활동이 그리운지 못지않게 얼마나 많은 활동이 딱히 그립지 않은지에 놀랐다. 일자리나 사랑하는 사람이나 상당한 재산을 잃지 않은 운 좋은 사람이라면, 생활이 무너지고 제약받고 격리되는 데에도 최소한 몇 가지 장점이 있다는 것을 발견했다. 물류와 관련한 새로운 현실 덕분에 사람들의 생활은 나빠지지 않았다. 생활은 다른 방식을 띠게 되었다. 커다란 원 안의 사람들과 시간을 덜 보낸다는 것은 작은 거품 안의 사람들과 시간을 더 보낸다는 의미였다. 우리는 사무실과 통근 수단을 이용할 수 없었다. 줌 회의는 이상적이지 않았다. 하지만 비행기, 공항, 여행용 가방 따위가 필요한 회의 역시 이상적이지는 않았다.

일과 사랑과 삶을 바라볼 수 있는 여러 다른 각도가 있다. 수많은 도로와 이동 수단이 있다. 한 가지가 닫히면 다른 것을 이용할 수 있고, 심지어 이견의 여지가 없는 희생조차 우리가 견뎌낼 수 있는 일종의 방향 전환일 수 있다. 이따금 끝은 새로운 시작이다. 내가 앞 챕터에서 언급했듯이 한계나 상실은 우리가 모색하지 않았을 실험, 우리가 습득하지 않았을 능력, 우리가 얻지 못했을 통찰로 가는 관문이 된다. 우리는 그저 그러한 전망을 허용하고 그러한 관점을 우아하게 내 것으로 취해야 한다.

데빈 퍼슨은 그 좋은 예다. 나는 2019년 우연히 《뉴욕 타임스》에서 퍼슨에 관한 기사를 보았다. "나는 이상하지만 보람 있게 산다: 지하철에서 이 마법사를 만나보았나요?"라 는 제목의 기사였다. 퍼슨은 당시 서른한 살로 브루클린에서 살고 있었다. 퍼슨은 종종 기다란 초록색 예복과 그에 어울 리는 원뿔 모양 모자를 쓰고는 스스로를 전문 마법사로 여겼 다. 퍼슨은 집단 명상 수업을 진행했다. 그중에는 퍼슨이 "마 법사의 시간"이라고 부르는 수업도 있었다. "퍼슨은 기업을 상대로 강연을 한다." 매리 필론 기자는 썼다. "퍼슨은 결혼 식을 주례한다. 타로를 읽고 최면을 건다. 팟캐스트를 진행 한다."

모든 내용이 퍽 신기하고 흥미로웠다. 하지만 퍼슨의 이야기에서 가장 흥미로운 대목은 독특한 외모를 갖게 된 사 연이었다. 길고 하얀 수염은 마법사에게 완벽할지 모르지만 퍼슨처럼 젊은 남자에게는 어울리지 않았다. 알고 보니 퍼슨 은 관절염을 앓은 뒤 흰 수염이 생긴 것이었다. 퍼슨이 처방 받은 관절염약은 검은 털을 희게 변색시키는 부작용이 있었 다. 의사가 이 점을 미리 경고했을 때 퍼슨은 "진료실에서 탭 댄스를 추었다"고 필론에게 말했다. 그때 퍼슨은 마법사를 직업으로 삼기 시작했고 치료의 부작용을 선물로 여기기로 결심했다. 그것은 자연이 특별히 선사한 무대의상이었다. 퍼슨의 관절염은 나쁜 사건이었다. 하지만 퍼슨의 하얀 수염은 마법사라는 직업에 제격이었다.

킴 체임버스도 불행을 연금술로 변화시켰다. 2020년 초 저널리스트 보니 추이의 신간 『수영의 이유Why We Swim』를 통해 나는 체임버스를 알게 되었다. 하지만 분명히 그전에도 체임버스에 대해 들어봤을 것이다. 나는 『수영의 이유』에 몹시 끌렸다. 아홉 살부터 열일곱 살까지 일주일에 12시간에서 25시간을 수영장에서 보냈고 경쟁에서 뒤지지 않는 뛰어난 수영선수였기 때문이다. 추이는 체임버스가 "세계 최고의 마라톤 수영선수 중 한 명"이라고 썼다. 추이는 체임버스에게 한 챕터를 통째로 할애했다. 체임버스는 "장거리 수영 부문에서 다수의 세계 신기록을 보유하고 있다. 그중 하나는 2015년에 패럴론 제도에서 골든게이트교까지 약 48킬로미터 거리를 여성으로서는 최초로 혼자 헤엄친 기록이다. 암흑처럼 캄캄한 바닷물로 뛰어드는 것과 함께 시작된 이 여정은 자정이 되기 직전에 거대한 흰색 상어들이 수시로 출몰하기로 악명 높은 '레드 트라이앵글' 해역에서 끝났다." 체임버스는 또한 "세븐 서밋(일곱 대륙을 대표하는 일곱 개의 최고봉—옮긴이)에 준하는 바다의 '오션스 세븐'을 역사상 여섯 번째로 전부 헤엄쳤다."

이 모든 것은 그 자체로도 특기할 만하지만 체임버스가 "수영을 시작한 것은 성인이 된 다음인 2009년에 한쪽 다리를 거의 전부 절단하고 재활을 위해서"였다는 사실을 고려하면 더더욱 놀랍다. 체임버스는 샌프란시스코의 아파트에서 하이힐을 신고 걷다가 계단에서 굴러떨어졌다. 의사들은 체임버스에게 그 다리는 기능적으로 거의 가망이 없다고 말했다. "걷기를 다시 배우기까지 2년이 걸렸다"고 추이는 썼다. 하지만 "그보다 훨씬 짧은 기간에 체임버스는 자신이 장거리 수영에 미친 듯이 재능이 있다는 것을 알게 되었다." 체임버스는 이 사실로 미친 듯이 충만한 기분을 느끼게 되었다. 체임버스는 다른 방식으로는 그러한 재능을 발견하지 못했을 것이다. 체임버스는 하나의 문이 닫혔을 때 또 다른 문을 찾았고 그리로 몸을 돌렸다. 체임버스는 자신에게 남아 있는 재능이 가진 이점을 확고히 자기 것으로 취했다.

　다만 대양에 뛰어들었을 때 체임버스의 나이는 대략 서른 살이었다. 그 나이에 실행할 수 있는 전환은, 내 눈이 파업에 들어간 50대나 노화가 우리의 육체적 힘을 앗아가는 60대 이후에 실행할 수 있는 전환과 같을 수 없다. 그러나 우리의 첫 번째 자아가 손상되거나 죽었을 때 우리에게는 우리를 구해줄 두 번째 자아가 있다는 것, 아마도 세 번째, 네 번째 자아도 있다는 발상 또는 현실에는 나이 제한이 없다. 삶은 수많은 선택과 가능성이 가득한 코르누코피아(신화에 나오는 과일과 곡식이 가득한 풍요의 뿔―옮긴이)이기에 그중 일부가 차단되더라도 다른 부분이 기다리고 있다는 발상에도 나이 제한이 없다.

시력을 잃기 전까지 잊고 있었지만 나는 이런 상황에 놓여본 적이 있었다. 어릴 때 내가 게이라는 사실에 어떻게 대처했는지를 말하는 것이다. 나는 자기 연민에 쉽게 빠지는 데다 스스로를 멜로드라마의 주인공으로 만드는 천부적인 재능을 가졌지만, 내 운명에 분노하지 않았고 하늘을 저주하지 않았으며 평생 비난과 배척을 감수해야 하리라고 체념하지 않았다. 나는 나를 위해 새로운 지도를 그렸다. 내게는 자식이 없겠다고 판단하고는(당시에는 동성연애자 대부분이 자녀를 키우지 않았다) 이것을 일종의 해방으로 여기기로 했다. 내가 벌어들일 수입은 덜 중요한 일이 되었다. 거기에 의지할 사람 수가 더 적을 것이기 때문이었다. 나는 범죄율이 낮고 우수한 학교들이 있는 교외 지역의 장점을 무시하고 도시의 코즈모폴리턴 시민이 될 수 있었다. 도시는 내가 환영받는 장소였으므로 내가 가야 할 곳은 도시였다. 그렇게 결정이 내려졌다. 결정이 내려졌다는 것은 좋은 일이었다.

선택할 때는 몇 가지 기준을 따라야 했다. 동성애는 내 기준이었다. 그것은 분명해지고 있었다. 나는 불순응주의자들이 차고 넘치는 직업을 갖겠다고 결심했다. 남들과 다르다는 것에 대해 비난을 듣거나 불이익을 받게 될까 봐 지나치게 걱정하지 않아도 되기를 바랐기 때문이다. 그리고 나는 이 필요성을 형벌로 여기지 않았다. 이것을 선택지를 고르고 추리는 유익한 기준이자 자기 규정의 수단으로 여겼다. 완전한 자유는 그 자신의 폭군이 될 수 있었다. 나는 덜 자유로움으로써 더 방향성을 가질 수 있었다. 하지만 그것은 조금도 공정하지 않았다. 그것은 명백한 불공정이었다. 나는 내 커리어의 상당 부분을 그리고 내 글쓰기의 적지 않은 부분을 동성애자들에 대한 혐오와 차별이 가져올 대가(여기에는 부서진 꿈들뿐만 아니라 부서진 뼈들도 있었다)를 탐사하고 굳이 주장할 필요조차 없는 것, 그러니까 동성애자들에게도 이성애자들과 동등한 범위의 기회가 주어져야 마땅하다는 것을 항변하는 데 바쳤다. 그러나 나는 주장하고 싸우는 동안 나 또한 그 범위의 대부분을 누리고 싶었다. 나는 그저 화난 사람이 아니라 행복한 사람이고도 싶었기 때문이다.

그러한 과거와 생각이 뇌졸중 뒤에 다시 떠올랐다. 바로는 아니었다. 감정을 다스리고 두려움을 달래는 와중에 그랬다. 한 눈이 감기면 다른 눈이 뜨인다. 이것은 사실은 아니다. 이것은 관점이다. 그렇다고 해서 이 말의 진실성은 조금도 줄지 않는다. 이 말은 가장 작고 어리석지만 더 크고 지혜로운 역동을 상징하는 방식으로 스스로를 드러내 보인다. 리건과 센트럴 파크를 거닐었던 수많은 밤 중에 어느 날은 새 아이폰을 들고 나갔다. 설정을 아직 마치지 못한 터라 그날 무선 이어폰으로 듣고 싶었던 오디오북을 재생할 수 없었다. 음악도 재생할 수 없었다. 그날 밤에는 〈시스터스 오브 더 문〉도 없고 〈앤젤〉도 없었다. 나를 당황하게 한 여러 가지 문제로 인해 결국 내가 들을 수 있는 것은 팟캐스트가 유일했다. 그러나 '유일했다'는 틀린 말이었다. NPR, CNN,《뉴욕타임스》,〈테드 토크스〉등 언론 매체 종류가 다양했기 때문이다. 손안의 작은 화면을 톡톡 두드리기만 하면 무료로 들을 수 있는 그 모든 오디오 다큐멘터리 시리즈는 말할 것도 없었다. 나는 팟캐스트를 서밋록에서도 쉽메도에서도 들을 수 있었다.

쉰 살을 훌쩍 넘긴 우리는 세상이 얼마나 나빠지고 있는지, 우리는 그나마 나은 시절을 살다가 떠나게 되어 얼마나 다행인지를 말하고 싶어 한다. 악랄한 정치 양극화, 전제정의 끈질긴 유혹, 환경 재앙, 기후 변화가 그 이유다. 하지만 그것은 하나의 시선일 뿐이다. 여기 또 다른 시선이 있다. 기술 진보 덕분에 우리는 교육과 오락을 그 어느 때보다 빠르게 접할 수 있다. 기분 전환을 위한 활동이 그 어느 때보다 풍부하며 접근하기 쉽다. 팬데믹 기간에 영화관이 폐쇄되었을 때도 우리는 여전히 영화를 볼 수 있었다. 음악 콘서트는 중단되었지만 우리는 여전히 음악을 들을 수 있었다. 우리는 다양한 형태로 책을 소유했다. 종이 책, 디지털 책, 오디오북. 우리는 서로 물리적으로만 단절되어 있었다. 우리는 여전히 깊게 그리고 항상 연결되어 있었다.

나는 그런 방식으로 느끼는 법을 터득했지만 기술을 그리 잘 다루는 것은 아니다. 나는 그 방면에서 영 형편없어서 벽을 치며 통곡할 때가 한두 번이 아니다. 렌터카에서 잘 작동하던 '애플 플레이'는 휴게소를 들렀다가 다시 출발하면 더는 작동하지 않았다. 아이패드가 재부팅되어 나는 넷플릭스에 접속할 수 없고 그 이유도 도통 알 수 없었다. 그래서 애플 플레이 대신 구식 라디오를 틀면 무슨 일이 벌어지는지 아는가? 우익 토크쇼가 흘러나오는데 그 내용이 사회학적으로나 인류학적으로 사뭇 흥미진진하다. 내가 고심해서 골랐을 어느 팟캐스트 방송보다 더 흥미진진하고 전문성에서도 앞선다. 넷플릭스 연속극을 하염없이 보는 대신 나는 예전에 다운로드해두고 줄곧 방치한 콜린 해리슨의 스릴러를 읽으며 맥박이 빨라지는 것을 느낀다. 이러든 저러든 나는 이긴다. 나 자신에게 승리를 허용했기 때문에 나는 이긴다. 또는 나 자신이 승리하도록 의지를 발휘했기 때문에. 여하튼 그것은 승리다.

토드 블렝콘도 그 필터 또는 그것과 상당히 비슷한 필터를 사용했다. 2020년 초 우리는 이메일을 주고받다가 결국 전화로 대화를 나누었다. 그때 마흔두 살이던 토드는 아내와 아이들과 토론토에 살면서 캐나다 전국 시각장애인 협회에서 정보기술과 관련된 일을 했다. 토드가 전국 시각장애인 협회에 고용된 것은 우연이 아니었다. 토드는 어릴 때부터 시력 문제를 겪었다. 토드의 시력은 의사들이 알 수 없는 방식으로 악화와 호전을 되풀이했으므로 의사들은 정확한 진단을 내리기 꺼렸다. 토드는 "원인 불명의 시신경 장애"라는 문구가 익숙했다. 그것은 머리 긁적임의 의학적 표현이자 어깨 으쓱해 보이기의 의미론적 표현이었다. 토드의 증세도 나처럼 시신경과 연관되어 있었지만 시신경의 네메시스가 누구인지는 밝혀지지 않았다. 토드는 대학에 다닐 때 중심부 시력에 별문제가 없어서 특별한 도움 없이 글을 읽고 컴퓨터 작업을 할 수 있었지만 주변부 시력에는 문제가 많았다. 특히 중앙 아래쪽의 시야가 상당 부분 손상되어 어떤 활동들은 하기가 어렵거나 불가능했다.

토드는 시력이 점진적으로 악화되었고 2013년경 30대 중반에 접어들자 더 이상 지면이나 컴퓨터 화면의 글자를 읽을 수 없게 되었다. 토드는 결혼해서 두 아들의 아빠였고 둘째는 태어난 지 6개월도 되지 않은 때였다. 책을 귀하게 여기는 가정에서 자란 토드는 둘째에게 책을 한 번도 읽어줄 수 없고 이제 겨우 세 살이 된 첫째에게 앞으로 책을 읽어줄 수 없다는 사실에 우울했다. "대단한 일로 들리지 않겠지요." 토드는 내게 말했다. "하지만 내게는 대단한 일입니다. 내가 마주한 아마도 가장 크고 힘든 문제였습니다."

토드는 지팡이를 쓰기 시작했고 이어 시각장애인 안내견을 데리고 다녔다. 두 가지 모두 다른 사람들에게 그가 시각장애인임을 알렸다. 토드는 사람들의 반응이 흥미진진하고 즐거웠다. 토드는 사람들의 반응을 아마추어 코미디 공연에 쓸 수 있는 반복적인 대사로 만들었다. 토드는 항상 코미디언들을 좋아했다. 2019년 말 토드는 토론토의 세컨드시티에서 코미디 강좌에 등록했다. 2020년 1월에 시작된 이 강좌는 두 달 뒤에 5분짜리 코미디 클럽 공연으로 마무리되었다.

　이 강좌를 듣기 시작했을 때 토드는 실명을 농담의 소재로 쓰려는 의도는 없었다. 하지만 그런 농담이 토드에게 가장 자연스럽게 떠올랐다. 토드의 생각이 자꾸만 그쪽으로 흘러갔다. 토드는 사람들이 시각장애인에게 흔히 하는 바보 같고 어리석은 말에 관해 생각했다. 이 말들에 관해 곰곰이 생각하다 자신이 평소 인정했던 것보다 실은 더 불편하게 느꼈었다는 사실을 깨달았다. 그러나 토드는 그러한 불편함과 불만을 다른 용도로 사용할 수 있다는 것 또한 깨달았다. 마치 찰흙처럼. 그래서 토드는 그 찰흙으로 모양을 빚었고 마침내 해방감을 느꼈다. 이러한 효과는 토드가 무대에서 공연을 펼치고 관객이 웃고 또 웃었을 때 토드의 얼굴에 떠오른 기쁨에서 명백하게 드러났다.

　토드가 온라인 주소를 보내주어서 나도 공연 영상을 볼 수 있었다. 관객의 크고 잦은 웃음소리 때문에 나는 그의 농담을 다 알아듣지 못했다. 토드는 굉장했다. 토드는 지팡이를 사용하는 모습을 과장되게 표현하며 마이크 쪽으로 걸어 나왔다. 그는 지팡이를 아주, 아주 천천히 접으면서 관객의 시선을 지팡이에, 그리고 그가 시각장애인이라는 사실에 집중시켰다. 그가 첫 대사를 하기 위한 영리한 준비 작업이었다. 토드는 관객 쪽으로 얼굴을 내밀며 우스꽝스럽게 말했다. "관객들 인물이 아주 훤하구먼."

　토드는 이어 그의 장애에 수반되는 용어들이 어리둥

절하게 느껴지는 순간들을 관객들과 나누었다. "법률적으로 시각장애인이라고? 모르겠어, 나는 법률 문서 작업은 한 적이 없는데. '시각적으로 손상을 입었다'는 표현 대신 '시각적으로 불편을 겪는다'는 표현을 써야 할까? 아니, '시각적으로 불편을 겪는다'고 하면 내가 해변에서 웃통을 벗고 걸어 다닐 때 나를 보게 된, 어느 눈 좋은 사람을 떠올리게 되잖아." 토드가 말했다. "그 사람이야말로 시각적으로 불편을 겪겠지. 아마도 시각적으로 트라우마를 겪을걸."

토드는 '저 사람은 왜 지팡이를 짚느냐'고 아이가 물었을 때 "저분은 앞이 안 보이니까"라고 아이의 귀에 속삭이는 부모들에 대해서도 말했다. "괜찮아요, 나도 알고 있으니까요!" 토드는 그에게 면도는 어떻게 하느냐고 묻는 사람들에게 느끼는 답답함을 표현했다. "잠시 테스트해봅시다." 토드는 관중들에게 한 가지를 지시했다. "여러분, 모두 눈을 감아보세요. 얼굴이 어디 있는지 찾을 수 있겠습니까?"

토드가 발견한 것은 목소리였고 관점이었다. 시력을 박탈당한 것, 그리고 시력 없이 부모가 되고, 직업을 갖고, 다른 모든 일을 할 방법을 찾아야 하는 것에는 특별한 노력, 일정 기간의 슬픔, 두려움의 순간들이 필요했다. 그런데 여기에는 부조리도 있었다. 다른 관점으로 보면 그 부조리는 흥미롭고 재미있는 것이 될 수 있었다. 토드가 코미디 공연을 위한 대사를 만들든 마이크를 떠나 그 부조리와 평화롭게 지내든 마찬가지였다.

누군가는 모든 상실에는 상응하는 보상이 따르기 마련이라는 명제를 제시하겠지만 내가 여기서 하려는 이야기는 그런 것이 아니다. 나는 그 말을 결코 믿지 않는다. 모든 상실을 하나로 뭉뚱그리는 것에도 동의할 수 없고 상응한다는 표현, 그러니까 그 깔끔한 산수에도 동의할 수 없다. 우리가 아무리 멋지게 정신적으로 대응할 역량이 있다고 해도, 우리가 거기에 아무리 많은 에너지를 쏟아부을 수 있다고 해도 정신을 억누르는 제한들이 있기 마련이다. 그러나 나는 이러한 제한들이 우리를 으스러뜨리고 무력화할 것인지에 대해서는 발언권이 스스로에게 있다고 진심으로 믿는다. 상실을 그저 박탈이 아닌 재배치로 볼 수 있다.

어머니가 세상을 떠나기 전 다섯 해 동안 가장 친하게 지낸 이들은 마지 페더와 마지의 남편 밥이었다. 어머니가 세상을 떠나고 나중에 밥도 세상을 떠난 다음 이따금 나는 마지에게서 이메일을 받았다. 마지는 아버지 안부를 묻기도 했지만 《뉴욕타임스》에 실린 내 기사나 칼럼에 대한 생각을 밝힐 때도 있었다. 나는 마지에게서 소식을 듣는 것이 무척 좋았다. 마지는 누가 봐도 지적이었고, 세계관이 긍정적이었으며, 밝게 빛나는 사람이었다. 나는 아버지가 참석하는 행사를 통해 드물게나마 마지를 만날 수 있어 기뻤다. 마지와 함께 있으면 어머니에게, 알츠하이머병에 걸리기 전의 아버지에게, 어머니와 아버지가 여전히 어머니와 아버지였던 시절에 다시 연결된 기분이 들었다. 마지는 시간을 되돌렸다.

여든아홉 살이었고 퇴직할 때까지 제2외국어로서의 영어를 가르쳤으며 이후 꾸준히 봉사 활동을 했던 마지는 상실을 잘 알았다. 마지의 다섯 자녀 중 한 명은 쉰셋의 나이에 죽었다. 마지는 손주가 아홉이었는데 그중 한 아이가 두 살에 죽었다. 그러고 나서 2017년 초 밥이 죽었다. 65년 넘게 부부로 지낸 두 사람의 삶은 모든 것이 서로 뒤엉켜 있었다. 여러 맥락에서 마지는 그냥 마지가 아니라 '밥과 마지'의 반쪽이거나 '마지와 밥'의 반쪽이었다. 그들은 한 팀이었다. 하지만 이제는 그렇지 않았다. 기억에서만 한 팀일 뿐이었다.

마지는 내게 노년이 어떤 것일지 많이 생각해본 적이 없다고 했다. 자기 자신이 노년에 이르리라고 한 번도 믿지 않았다고 했다. "어머니가 쉰네 살에 돌아가셨어. 나는 솔직히 이 나이까지 살 거라고 예상하지 못했어. 나한테는 롤모델이 없었지. 밥의 아버지는 쉰일곱 살에 돌아가셨어. 두 분 다 은퇴하면 뭘 할지, 여행을 어떻게 다닐지 이야기하셨지. 그런데 두 분 다 은퇴하지 못하고 돌아가셨으니…… 나와 밥이 얻은 교훈은 아무것도 미루지 말자는 거였어. 하고 싶은 일이 있으면 할 수 있을 때 해야 한다는 걸 배웠지."

마지의 말을 들으며 내가 한동안 잊고 지낸 일이 기억났다. 2003년인가 2004년에 《뉴욕타임스》 로마 지국장으로 일할 때 마지와 밥이 로마로 와서 그들이 자주 가는 트라토리아(간단한 음식을 파는 이탈리아식 식당—옮긴이)에서 함께 저녁 식사를 한 적이 있었다. 식당은 테베레강에서 바티칸 쪽에 위치한 트라스테베레의 자갈돌이 깔린 유난히 좁은 거리에 있었다. 마지와 밥은 수년째 로마를 자주 방문해서 그들만의 특별한 식당까지 있었던 것이다. "지난 세월을 돌아봤을 때 내가 정말로 원했지만 아직 하지 못한 일이 없다는 건 퍽 멋진 일이야."

그럴 수 있는 한 가지 비결은 다닐 수 있는 한 최대한 다니는 것, 그리하여 마침내 걸음걸이가 느려졌을 때, 시간이 다 되었을 때, 추억 속에서 음미할 수 있도록 모든 영토를 다 돌아보고, 모든 도로를 다 누비는 것이었다. 그것은 키오스섬에서 그리스 사진작가와 함께 내 지난 여행들을 돌아보면서 내가 현명하게, 하지만 반쯤은 무심결에 깨달은 점이었다. 그러나 추억에 잠기는 것은 충분하지 않다. 마지는 추억에서만 만족감을 느끼는 것이 아니었다. 마지는 자기 삶의 빼기와 같은 상실로부터 주의를 돌려 자신에게 남은 것과 여전히 더할 수 있는 것에 주목했다. 이것이 마지가 선호하는 산수이자 마지가 고집하는 관점이었다.

맨해튼의 유대인 박물관에서 도슨트로 활동하는 마지는 새로운 전시를 앞두고 관련한 교육을 받으며 벼락치기로 공부하는 것을 무척 좋아했다. 밥이 떠난 뒤에도 링컨 센터의 메트로폴리탄 오페라 회원권을 그대로 유지하면서 시즌마다 손주들에게 함께 가고 싶은 공연을 고르게 했다. 손주들과 자녀들은 마지 집 뒷마당의 수영장과 널찍한 테라스의 야외 그릴을 자주 이용했다. 마지는 "날씨가 조금이라도 따뜻해지면 주말마다 뒷마당이 북적거린다"고 내게 말했다. 마지는 이것 역시 몹시 사랑했다. 그리고 마지는 매년 길지 않은 소박한 여행을 두 차례 다녔다. 하나는 한 시간 거리에 위치한 호수에 가는 것이었다. 다른 하나는 나이아가라 폭포로 가는 것이었는데 거기서 매년 그맘때 피는 꽃들을 좋아해서 였다.

마지는 가장 최근에 호수에 다녀왔다고 했다.

"카약을 탔어. 난생처음 카약을 탔다니까."

"정말이요? 여든여섯에 카약을 탔다고요?!"

"그래, 여든여섯에 카약을 탔어." 마지가 말했다.

"좋으셨어요?"

"아, 굉장히 좋았지. 나는 수영을 잘해. 평소에 자주 하거든. 그래서 생각해봤어. '벌어질 수 있는 최악의 상황이 뭘까? 배가 뒤집혀서 물속에 빠졌는데 사람들이 나를 구조하러 오지 못하는 것이 아닐까?' 모든 것이 순조로웠는데 부두에 도착했을 때 내가 카약에서 나가지를 못했어. 몸을 일으키지 못하겠더라고. 그래서 부두에 있었던 10대들에게 조언을 구했지. 결국 카약에서 나갈 유일한 방법은 배를 뒤집는 것밖에 없다는 걸 깨달았어. 그래서 그냥 내가 배를 뒤집었어. 그러고는 헤엄쳐 나왔지."

"언제나 무슨 수가 있어요, 그렇죠?" 내가 말했다.

"언제나 무슨 수가 있지, 맞아." 마지가 미소 지었다.

마지는 사랑하는 것이 많아서 한때 사랑했던 것을 상실해도 그 자리를 다시 메울 수 있었다. 그리고 상실을 넘어서는 발견들이 있었다. 마지는 밥이 죽을 것이 확실해졌을 때 혼자서도 살아갈 수 있을지, 어떻게 그럴 수 있을지 알지 못했다. 자기 자신을 어떻게 돌볼지, 집이나 청구서는 어떻게 관리할지 따위를 말하는 것이 아니었다. 마지는 그런 것은 전부 다 할 줄 알았다. 마지가 의미한 것은 밥과 함께한 사교적인 생활이었다. '마지와 밥' 그리고 '밥과 마지'의 한 해 달력은 많은 행사들로 자동으로 넘어가곤 했고 그중 대부분은 밥이 회사에서 맡은 주도적인 역할에서 나온 것이었다. 밥은 그의 이름을 딴 유망한 지역 법률 회사에 소속되어 있었다. 마지는 그러한 초대 중 일부, 아니 아마도 대부분이 사라지리라는 것을 깨달았다. 어떤 사람들은 마지에게 더 이상 연락하지 않을 것이다. 마지 스스로 주도적인 사람이 될 수 있을까? 밥이 항상 함께 참여한 행사에 마지 혼자 갈 수 있을까?

마지가 배운 것은 그런 걱정은 흘려보내도 된다는 것이었다. 그래야 해야 할 일을 할 수 있을 터였다. 마지는 자신에게 다가오지 않는 사람들에게 먼저 다가갔다. "그냥 물러앉아 기다릴 수만은 없지." 마지는 말했다. 마지는 그렇게 하지 않음으로써 스스로 통제권을 갖게 되었다.

마지는 이렇게 덧붙였다. "난 자랑스러워."

나는 사람은 심지어 80대에도, 어쩌면 그 이후에도 '새로운 근육'을 발달시킬 수 있음을 마지가 증명했다고 말했다.

"아주 적절한 표현이야, 맞아."

나는 마지에게 브루니 할머니가 좋아한 격언을 알려주었다. 이 격언의 첫 두 단어를 가족과 음식에 관한 2009년 회고록의 제목으로 쓰기도 했다. "둥글게 태어나면 네모로 죽지 않는다Born round, you don't die square." 나는 말했다. "많은 것들이 그렇듯 그 말은 진실인 동시에 진실이 아니에요. 아주머니는 나중에 네모로 돌아가실 것 같아요. 아주머니는 새로운 근육을 발달시킬 수 있으니까요."

〰

병약해지거나 늙는 것은 상실을 의미한다. 절대적으로는 그렇다. 하지만 이상적으로는 그저 흘려보내는 것이라고 볼 수 있다. 자신을 잠식하는 예민한 자의식을 흘려보내는 것이다. 변화의 기폭제가 아니라 잔인함이 되곤 하는 요란한 기대들을 흘려보내는 것이다. 분노를 흘려보내는 것이다. 분노는 자신을 되찾게 해주는 것이 아니라 자신을 더 많이 빼앗아가기 때문이다. 나는 마지가 많은 것을 흘려보냈다는 것을 알 수 있었다.

내가 등에 시술을 받은 병원의 그 남녀도 그랬다. 그 시간으로 돌아갈 수 있다면 그들의 전화번호를 받아두었다가 나중에 다시 연락해 그 순간이 있기 전과 후의 그들에 관해 더 많이 알고 싶다. 나는 그들의 대화가 어떻게 끝났는지 듣고 싶다. 그날 나는 대화를 끝까지 듣지 못했다. 아마도 중간에 의사가 나를 불렀기 때문일 것이다. 어쩌면 내가 자리를 떠난 후 더는 아무런 대화가 없었을지 모른다.

아니면 그들은 전화번호를 교환하고 몇 주 내에 함께 어딘가로 여행을 갔을지도 모른다. 그리고 어쩌면 그것은 그들 각자의 인생에서 최고의 여행이 되었을지도 모른다. 바닷물이 푸르러서가 아니고 감히 말하건대 태양이 강렬해서도 아니고 모든 즐거움을 그 어느 때보다 그윽하게 음미할 수 있는 시점에 떠난 여행이기 때문이었을 것이다.

12장

부서져 열린 마음에는
아름다움이 깃들어 있다

하비브는 2019년 여름, 킬리만자로산 정상에 올랐다.

그런데 정상에 이르기 직전의 마지막 구간에서 위기가 왔다.

몸이 너무 아파서 열 걸음마다 한 번씩 쉬어야 할 정도였다.

"이렇게 생각했어요. '정상까지 가지 못하면 사람들은 절대

기관지염이나 고산병 때문이라고 믿지 않겠지.

분명 내가 시각장애인이라서 실패했다고 생각할 거야.'" 하비브는 말했다.

"이 에피소드를 한 번도 공개적인 자리에서 말하지 않았습니다.

이 이야기는 내 허영심을 보여주니까요.

유일하게 내가 죽음보다 두려워하는 것은 공개적인 수치입니다."

뇌졸중이 닥치기 다섯 해 전쯤부터 나는 밥 케리와 저녁 식사나 술자리를 자주 가지며 가까이 지냈다. 밥은 테킬라를 좋아했다. 테킬라를 마시면 눈에 띄게 편안해졌는데 사실 테킬라를 마시지 않아도 애초부터 편안한 사람이었다. 정치인으로서의 경력에서 멀리 떨어져 있을 때의 밥은 직설적이고 격의 없고 입심이 좋아서 무슨 질문을 하든 거리낌 없이 대답했다. 이를테면 수십 년 전에 어떻게 당대 대스타였던 영화배우 데브라 윙거와 사귈 수 있었는지와 같은 질문 말이다. 나는 당시, 그러니까 1980년대 중반에 그 일 때문에 밥에게 처음으로 관심을 갖게 되었다. 그때 나는 대학생이었고 정치만큼이나 할리우드에도 관심이 많았다. 밥은 네브래스카 주지사이자 윙거의 연인이었다. 밥은 답하길 영화 〈애정의 조건〉의 촬영이 상당 부분 네브래스카에서 이루어졌고 밥은 네브래스카에서의 영화 제작을 알리는 지역 언론 발표회 자리에 참석해 윙거를 포함한 출연 배우들과 만날 기회가 있었다고 밥은 답했다.

밥은 그 일에 관해 이야기할 때도 조금도 쑥스러운 기색이 없었다. 빌 클린턴이 후보로 당선된 1992년 민주당 대통령 후보 경선에 관해 내부자 시점의 이야기를 풀어놓을 때도 주저하지 않았다. 밥과 함께 있으면 어떤 질문을 해도 좋다는 느낌을 받았다. 그럼에도 불구하고 내가 뇌졸중을 겪기 전에는 밥의 인생에서 가장 큰 변화를 일으킨 중대한 경험에 관해 한 번도 묻지 못했다. 밥은 베트남 전쟁에서 끔찍한 부상을 입고 오른쪽 다리의 말단을 잃었다.

내가 밥을 만나게 된 사연도 그의 인격과 솔직한 성품을 잘 보여준다. 2012년에는 동성 결혼에 관해 미국 전역에서 열띤 토론이 벌어지고 있었다. 뉴욕주는 한 해 전에 동성 결혼을 합법화했고 워싱턴주, 메릴랜드주, 메인주, 미네소타주에서는 이 사안을 11월에 투표에 부치기로 했다. 밥은 미국 상원의원 선거에 출마하기 위해 뉴욕주에서 네브래스카주로 복귀한 터였다. 밥은 민주당 후보였고 당시 네브래스카주는 몇 년 사이 좌파적 성향이 갈수록 두드러지고 있었기 때문에 민주당은 밥에게 큰 기대를 걸었다.

공화당은 이 기대를 깨뜨리기 위해 물불을 가리지 않았다. 공화당은 뻔뻔하게도 밥이 뉴욕주 그리니치빌리지의 이름난 좌파 거주지 출신이라면서 네브래스카주에 연고가 없는 뜨내기이자 유랑객인 것처럼 묘사했다. 분명히 말하건대 밥은 네브래스카주에서 태어났다. 밥은 네브래스카주에서 자랐다. 밥은 네브래스카대를 졸업했다. 밥은 베트남에서 군 복무를 마치고 훈장을 받은 다음 고향인 네브래스카주로 돌아왔다. 네브래스카주 오마하에는 밥의 이름을 딴 다리도 있다. 밥은 2001년 초에 상원에서 물러날 때까지 네브래스카의 주지사나 상원의원으로 총 16년을 일했다. 그제야 밥은 50대 후반의 나이로 뉴욕주 맨해튼으로 이사해 뉴스쿨 New School의 교장이라는 새로운 직업을 갖게 되었다.

하지만 밥이 2012년 선거에서 진보적인 시각을 강조하는 것은 정치적 이해에 전혀 맞지 않는 행보였다. 밥의 정적들이 그를 네브래스카와 거리가 먼 인물인 양 묘사하는 전략에 반응해서 적들에게 먹잇감을 던져주는 것과 마찬가지였다. 그래서 나는 밥의 선거 캠프에서 재정 업무를 돕고 있었던 한 친구로부터 밥이 네브래스카를 돌며 자주 동성 결혼을 지지하는 발언을 한다는 말에 상당히 놀랐다. 친구는 밥의 연락처를 전달해주었고 나는 직접 연락해 동성 결혼에 관한 그의 입장을 칼럼에 쓰고 싶다고 말했다. 괜찮다면 조만간 네브래스카를 방문해 그를 직접 인터뷰하고 싶다고도 했다. 밥은 즉석에서 동의하며 캠프 사람을 통해 다시 연락할 테니 그때 구체적인 시간을 정하자고 덧붙였다. 그리고 이후 누군가가 내게 연락을 주긴 했지만 그는 밥이 잘못 말했다면서 이 인터뷰는 성사될 수 없다고 통보했다.

나는 직감적으로 선거 캠프에서 개입해 밥을 보호하는 것이라고 느꼈다. 밥이 동성 결혼을 지지한다는 사실이 관심을 끌지 못하게 하려는 것 같았다. 나는 밥에게 다시 직접 연락을 취해서 실망감을 드러냈다. 밥은 인터뷰는 반드시 성사될 거라고, 자신이 직접 날짜를 잡겠다고 했다. 일주일쯤 지나 나는 오마하로 날아갔고 어느 날 밤 도심의 식당에서 그와 술을 마셨다. 보좌관 한 명이 나타나 함께하려고 했지만 밥이 그를 돌려보냈다.

밥은 동성애자들은 애초에 그렇게 타고난다는 신념을 분명히 밝혔다. "제정신을 가진 사람이라면 누가 네브래스카에서 게이가 되기를 선택하겠습니까?"라고 반문했다. 밥은 동성애자들은 모든 권리를 누려야 마땅하고 그중에는 분명히 결혼할 권리도 포함된다고 말했다. 밥은 오래전부터 그렇게 믿어왔다면서 1996년 상원에서 결혼은 남자와 여자의 결합이라고 정의한 '결혼보호법'에 반대표를 냈다고 말했다. 조 바이든을 포함해 상원에 속해 있었던 밥의 동료 민주당 정치인들은 이 법에 찬성했다. 빌 클린턴은 이 법을 승인했다. 밥은 예나 지금이나 자신의 태도가 인도적이고 정당하며 올바르다고 믿고 있었다.

나는 이 모든 이야기를 칼럼에 썼다. 밥은 예상대로 상원의원 선거에서 졌다.

그리고 우리는 그때 이후로 친구가 되었다.

2017년 말에 내가 오른눈을 다쳤다고 말했을 때 밥은 이 일이 내게 도전을 제기하고 나를 변화시킬 것이라고 했다. 그리고 그 방식은 내가 기대한 것보다 더 지속적인 방식이며, 아마도 더 의미 있는 방식임을 깨닫게 되리라고 했다. 밥은 내 나빠진 시력과 관련해 특별한 소식은 없는지, 내가 전반적으로 어떻게 지내고 있는지 꾸준히 안부를 물어준 친구 중 한 명이었다. 밥은 다른 대부분의 사람보다 이러한 일에 관해 더 잘 알고 있었고 이 일이 내 머릿속에서 위험한 방식으로 덜거덕거리고 있을 가능성을 경계했다. 하지만 나는 뇌졸중을 겪고 몇 해가 지나서야 밥이 앞서 겪은 훨씬, 훨씬 더 큰 고난에 관해 물어볼 수 있었다. 나는 그 사건에서 무엇을 배웠는지 질문했다. 우리는 처음으로 밥이 베트남에서 입은 부상과 그 뒤의 일에 관해 이야기를 나누었다.

$\mathcal{M}$

그 일은 1969년 3월 중순에 일어났다. 밥은 해군 특수부대 네이비실 Navy Seal 의 동료 대원들과 함께 베트콩 야영지에 접근하다 적군에게 집중 사격을 받았다. 밥 쪽으로 수류탄이 날아와 발치에서 터졌다. 밥은 기절했고 깨어났을 때 느낌은 "아직 살아 있다는 안도감이 거의 전부"였다. 하지만 이내 오른 다리에 끔찍한 상처를 입었다는 사실을 깨달았다. "발꿈치가 날아갔고 발가락도 두 개 날아갔어요." 엄청난 양의 모르핀이 투여되었고 가장 먼저 전쟁터 밖으로 옮겨져

필라델피아의 어느 병원에 도착했다. 그동안 밥은 오른 다리의 석고붕대 밖으로 삐져나온 남은 발가락들이 점점 새까매지는 것을 지켜보았다. 다리의 말단으로 혈액을 공급하는 동맥이 제 역할을 하지 못해서였다. 밥은 이것이 무엇을 의미하는지 알고 있었다.

"그 정도 생각은 할 줄 알았죠." 밥이 말했다. 밥은 필라델피아에서 다리를 수술하려는 의사에게 말했다. "남길 수 있는 만큼 최대한 남겨주십시오."

의사는 밥의 오른발과 발목을 절단해야 했다. 밥은 그 자리에 보철물을 달았다. "미치게 아팠어요. 연한 조직과 흉터가 남은 다리를 딱딱한 홈에 집어넣고 처음 걸을 때는 아, 이것 참 만만치 않겠구나 싶었지요. 비행기를 타고 네브래스카로 돌아가 오헤어 공항에서 걸어가는데 노인들이 나를 앞질러 가더군요. 나는 2주 전만 해도 특수부대원이었는데 말입니다."

이후 오랜 기간에 걸쳐 엄청난 통증을 겪고 수많은 의료적 처치를 받아야 했지만, 무엇보다 큰 고통은 그가 잃어버린 부분이 자기 이미지에 미친 영향이었다. "내가 괴물인 것 같은 기분이 들었어요." 밥은 내게 말했다.

"얼마나 오랫동안 그런 기분이 따라다녔습니까?"

"아직도 그렇게 느낍니다." 그래서 보철물을 착용하면 여전히 아프지만 집에서도 보철물을 벗고 싶지 않았다고 했다. "지금도 약간 불편함을 느낍니다." 밥이 말했다. 우리는 밥이 좋아하는 그리니치빌리지의 어느 매점 맞은편에 앉아 있었다. "빼놓고 있으면 훨씬 편하겠죠. 열 배는 더 편합니다."

"얼마나 자주 벗어놓으십니까?"

"밤에 잘 때요."

"집에 가서 바로 벗지는 않는군요."

밥은 그런 상태로 앉아 있고 싶지 않다고 했다. "여전히 자의식이 좀 남아 있는 거죠. 아내와 아들과 있을 때도요." 밥은 앞서 이야기한 적이 있는 윙거와의 연애에 대해서도 언급했다. 윙거와의 관계는 (밥은 아내를 만나기 전 독신일 때 윙거와 만났다) 강렬했는데, 그 이유는 이 대단한 유명 배우가, 그러니까 존 트라볼타나 리처드 기어의 연인 역할을 맡는 이 배우가 눈에 잘 띄는 신체적 결함에도 아랑곳하지 않고 그를 만났기 때문이었다. 그것은 '선물'이었다고 밥은 설명했다.

밥이 신체적 결함을 가장 의식하게 만드는 것은 그저 경미한 통증이나 불편함이 아니다. 그것은 운반 문제다. 보철물은 물에 젖으면 안 되기 때문에 샤워용 보철물이 따로 있다. 하지만 샤워용 보철물은 휴대하기에 부피가 지나치게 크다. 밥은 여행을 다닐 때마다 샤워용 보철물을 집에 두고 한쪽 다리에만 의지해 위태롭게 씻을지 아니면 짐이 늘더라도 가지고 갈지 매번 결정해야 한다.

베트남에서의 사고 이후 수십 년 동안은 군용 병원의 절단 환자들을 자주 방문했다. 밥은 환자들에게 말했다. "모든 일을 전과 다를 바 없이 할 수 있다는 말은 거짓입니다.

그러니 나중에 너무 실망하지 마세요. 그리고 앞으로 뭘 할수 없는지 알고 싶다면 제가 목록을 적어드리겠습니다. 세상이 끝나는 건 아닙니다. 오히려 예전과 다른 사람이 되었기 때문에 새롭게 할 수 있는 일들이 있습니다."

밥은 자신에게 일어난 변화를 이렇게 설명했다. "나는 아픈 사람을 잘 알아봅니다. 통증이 무엇인지 잘 알고 어떻게 대처해야 하는지도 잘 아니까요. 우리는 모두 고통을 이겨내며 살아갑니다. 그리고 내 눈에는 그게 보여요. 얼굴에 나타나지요." 밥은 그들이 언제 깊은 터널에 빠지고 언제 거기서 꺼내주어야 하는지 알아볼 수 있다. 밥은 사람들이 깊은 터널의 입구에 서서 거기에 빠지지 않으려고 저항하는 순간을 알아볼 수 있다. 밥에게는 그 터널이 익숙하기 때문이다. 이따금 밥은 누군가와 회의를 하거나 대화를 나누다가 문득 "지금 어디 불편하십니까?" 하고 묻는다. 그러면 상대방은 "네, 그런데 어떻게 아셨어요?" 하고 대답하곤 한다.

밥의 대답은 간단하다.

"저도 그런 적이 있으니까요." 밥은 내게 말했다. 그는 나중에 이렇게 덧붙였다. "다른 사람들의 고통에 더 잘 공감하게 되는 것은 나쁘지 않은 일이지요."

나는 처음 들었을 때도 나중에도 밥이 한 말을 곰곰이 생각해보았다. 나는 고난이 더 깊은 삶으로의 초대가 될 수 있을지 궁금했다. 고난이 새로운 관계와 동류의식을 촉진할 수 있을까, 고난이 인간애를 높일 수 있을까. 인간애라는 것은 중대한 혼란에 맞닥뜨리지 않는 한 삶의 이러저러한 사건들 속에 너무나 쉽게 묻히곤 했다. 나는 취약해진다는 것에 관해 궁금해졌다. 어떤 질병이나 사건 때문에 인생 초반에 찾아오든, 노화 때문에 인생 후반에 찾아오든 취약성은 다른 어딘가로 가는 관문이나 다리가 아닐까?

1997년에 발표된 회고록 『잠수종과 나비』에서 장 도미니크 보비는 이 생각을 탐구했다. 줄리앙 슈나벨 감독은 2007년에 이 회고록을 아름답고 매력적으로 영화화했다. 주인공 패션잡지 에디터 보비는 뇌졸중으로 이른바 '감금증후군'을 겪는다. 보비는 정신은 전혀 손상되지 않았음에도 몸을 움직이거나 말을 하지 못했다. 보비는 왼쪽 눈꺼풀만 움직일 수 있었다. 그래서 그는 그 눈을 깜빡여 의사소통을 했다. 보비는 이 방법으로 회고록을 썼다. 보비는 독서도 할 수 있었다. 지인들은 보비에게 보내는 편지에서 삶의 고통과 의미의 본성에 관한 각자의 고민을 털어놓았다. 보비는 "신기하게도 이러한 근본적인 질문에 가장 면밀하게 집중하는 사람들은 내가 그저 피상적으로 알던 사람일 때가 많았다. 그들과 나눈 사소한 담소는 그들의 깊이를 은폐하고 있었다. 나는 눈과 귀가 먼 사람이었던 걸까? 아니면 한 사람의 진정한 본성을 보려면 강렬한 재앙을 겪어보아야 하는 걸까?"

작가 레이놀즈 프라이스Reynolds Price의 1994년 회고록 제목 『완전히 새로운 삶A Whole New Life』은 저자가 중대한 사건을 통해 얻은 자각을 가리키는 말이기도 하다. 1984년 프

345

라이스는 걸음을 잘 걷지 못하게 되었는데, 의사들은 프라이스의 척수 중심 부분에서 꼬여 있는 종양을 발견했다. 프라이스는 수술과 방사능 치료로 목숨을 보존했지만 오랫동안 재활 치료와 끈질긴 통증을 감내해야 했을 뿐만 아니라 다시 정상적으로 걸을 수 없어서 휠체어를 사용해야 했다. 『완전히 새로운 삶』에서 프라이스는 암, 죽음에 대한 두려움, 치유 작업을 겸허하고 명료하게 묘사했고, 종양이 생긴 이후의 삶이 이전보다 여러모로 더 좋았다고 선언한다. "나는 많은 것을 얻었고 많은 것을 보냈다. 나는 애정과 돌봄을 얻었고, 지식과 끈기를 얻었으며, 짧은 시간에 많은 일을 할 수 있게 되었다." 실제로 프라이스는 인생의 마지막 시기에 가장 많은 글을 남겼다.

친구 도리는 파킨슨병 덕분에 남들에게 더 잘 공감하게 되었다고 확신한다. 도리를 그렇게 만든 것은 파킨슨병에 걸렸다는 사실뿐만은 아니었다. 파킨슨병의 성격이, 그리고 파킨슨병에 걸린 이후 세상이 자신을 대하는 방식이 그렇게 만들었다고 도리는 확신한다. 나도 그런 장면을 본 적이 있다. 식당 종업원들은 테이블에서 도리보다 옆 사람들에게 더 많은 시선을 보냈다. 도리의 부자연스러운 동작 때문에 눈에 잘 띄는 그 병이 마치 도리에게서 목소리까지 빼앗아간 것처럼 종업원들은 도리의 부드러운 목소리를 굳이 들으려고 하지 않는 것 같았다. 마치 도리에게는 목소리뿐만 아니라 뇌도 부족하다는 듯 사람들은 도리에게 할 질문을 동행에게 대신 물었다. 도리는 이제 이런 일에 익숙해졌다고 말했다.

하지만 도리가 어떤 사람인가. 도리는 이 상황을 다른 긍정적인 것으로 바꾸었다. "파킨슨병은 이 나라에서 흑인이 된다는 것, 무슬림이 된다는 것, 히스패닉이 된다는 것, 게이가 된다는 것이 어떤 느낌인지 잘 이해하게 해주었어. 사람들이 나를 어떻게 대할지 알 수 없을 때의 느낌, 누군가가 단지 피부색을 이유 삼아, 내 경우에는 장애를 이유 삼아 어떻게 반응할지 알 수 없을 때의 느낌을 말이야." 도리는 이메일에 썼다. 그리고 이렇게 덧붙였다. "내가 내는 소리나 겉모습 때문에 주변화되는 느낌을 받아. 아마 그것과 비슷한 경험일 테지."

도리는 항상 자신이 충분히 이타적인 사람인지, 충분히 사려 깊은 사람인지 질문한다. 대학 때도 그랬다. 나는 도리의 이런 면에 감동하기도 했고 가끔은 부끄러움을 느끼기도 했다. 지금 그런 질문이 도리에게 더 큰 힘이 되었다는 것을 부정할 수 없다. 도리에게 어떤 일이 생기면 도리가 보이는 첫 번째 반응, 아니면 적어도 가장 주된 반응은 그것이 주변 사람들에게 미칠 영향을 고민하는 것이다. 2021년 봄, 도리의 남편이 원하던 새 직장을 얻어 두 사람은 위스콘신주 매디슨에서 캘리포니아주 새크라멘토로 이사했다. 도리는 2021년 6월 말에 내가 안부 차 보낸 이메일에 답장을 보내왔다. "그래서 나는 뒷문으로 상자를 옮기다가 갑자기 몸이 얼어붙었어. 그러니까 몸은 계속 앞으로 향하고 있는데 발만 멈춘다는 뜻이지. 여하튼 여기저기 긁히고 흉이 지고 멍드는 건

이제 예삿일이야. 팔뚝에 20센티미터 길이로 찰과상을 입었고 양쪽 정강이에는 5센티미터짜리 긁힌 자국이 있어. 내가 너무 많은 일을 하려고 해서 그래. 가족들이 몇 년째 나한테 하는 말이야. 나는 그동안에는 가족들이 아무리 말려도 못 들은 척했어. 필요한 싸움을 하고 있다고 생각했거든. 그런데 오늘 생각이 바뀌었어. 머리가 부딪쳤으면 정말로 죽을 뻔했다는 걸 깨달았어. 아니면 적어도 정말 크게 다쳤을 거야."

"그동안 내가 사랑하는 사람들에게 내 행동이 어떤 영향을 미칠지 미처 생각하지 못했어." 도리는 덧붙였다. "그러니까 파킨슨병은 나를 이 세상에 더 이로운 사람으로 만들어주기도 했지만, 가족이나 친구들에게는 이기적인 맹점을 만들었던 거지. 그동안 내가 '계속 굳세게 나아간다면' 가족들은 나를 자랑스럽게 여길 것이고 내 병에 관심을 덜 가질 거라고 생각했어. 그런데 오히려 가족들은 자칫하면 내가 돌이킬 수 없을 만큼 크게 다칠지도 모른다는 걱정과 불안에 시달리고 있었던 거야." 도리는 틀리지 않았다. 도리의 투지는 가족에게 공포였고, 거기에는 약간의 어리석은 자부심, 심지어 약간의 오만함이 있었다. 그렇지만 그것마저 도리에게 배움이 된다면? 장애물과 상처 앞에서 흐느껴 우는 대신 거기에 담긴 의미를 찾아낸다면? 이것은 너그러움을 넘어선다. 대학 때 나는 도리의 미소에 어울리는 단어를 찾지 못해 항상 고심했지만 지금은 도리의 광채에 딱 맞는 단어를 찾지 못해 더더욱 고심하고 있다.

나는 사이러스 하비브를 2020년 초에 알게 되었다. 그때 하비브는 서른여덟 살이었고 워싱턴주 부지사로서의 첫임기가 끝나가고 있었다. 하비브도 시각장애인이었다. 하지만 나는 그러한 이유 때문에 하비브에게 관심을 가진 것이 아니었다. 내가 하비브와 대화를 꼭 나누고 싶었던 이유 역시 그러한 정보 때문이 아니었다. 나는 하비브의 선언에 관해 묻고 싶었다. 하비브는 잠재적으로 어마어마한 미래가 기대되는 정치인이었음에도 그해 말 정계에서 물러나 예수회 사제가 되겠다고 선언했다.

처음으로 길게 전화 통화를 하던 날 하비브는 첫 10분간 예수회 계율에 따라 사제로 임명받기 위해 해야 할 일들을 설명했다. 최소 10년은 어려운 사람들을 위해 봉사할 것, 신학 교육을 받을 것 등. 기본적인 사제 서품보다 의무가 더 많았고 요구 조건들도 더 까다로웠다. 하비브는 순결 서약뿐만 아니라 청빈과 순종의 서약도 해야 했다. 처음 2년간은 로스앤젤레스에서 다른 수습 사제들, 즉 예수회 수련생들과 함께 생활하며 겸손한 삶, 심지어 수행적인 삶을 살면서 무료 급식소나 양로원 같은 곳에서 봉사 활동을 해야 했다. 하비브 자신도 알고 있듯이 이 모든 것은 천지개벽에 맞먹는 큰 충격이 될 것이었다. 하비브는 이란계 미국인으로서는 최초로 주를 총괄하는 공직에 선출되었다. 하비브는 서른다섯 살에 워싱턴주 부지사가 되었다. 하비브는 정계에서 이 정도 지위에 오른 사람으로서는 극히 드물게도 시각장애인이었다. 하비브는 그전에도 이미 잇따라 남다른 성취를 거두었다. 그중 하나는 로즈 장학생으로 선발된 일이었다.

하비브는 이란 출신의 미국 이민자 부모에게서 태어났다. 외아들이었던 하비브는 아주 어릴 때 어린이에게 주로 생기는 희귀암 질환인 망막모세포종을 진단받았다. 하비브는 세 돌이 지나기 전에 왼쪽 망막을 제거했다. 오른쪽 망막과 시력을 최대한 오래 지키기 위해 하비브는 방사선 치료와 항암 치료를 받았다. 하비브는 이 모든 이야기를 들려주는 내내 주로 부모님이 겪은 시련에 초점을 맞추었다. "지옥은 소아 암 병동에 걸어 들어가서 인퓨전 펌프(약물 자동 주입기 -옮긴이)에 연결된 아이들이 줄줄이 누워 있는 침대를 보고, 내 부모님이 그랬던 것처럼 내 자식도 그렇게 되리라는 것을 아는 것과 크게 다르지 않을 겁니다." 하비브는 말했다. 그는 자신이 운이 좋았다고 했다. 여덟 살까지 앞을 볼 수 있었던 덕분에 훗날 넘겨볼 수 있는 시각적 기억들을 잔뜩 쟁여놓을 수 있었다고 하비브는 말했다.

하비브는 점자를 배웠고 시애틀 교외의 공립학교에 다녔다. 하비브의 부모는 아들이 다른 아이들과 다른 취급을 받아서는 안 된다고 주장했다. 하지만 학교 책임자들은 시각장애인인 하비브가 실수로 다칠 수 있으니 운동장 가장자리에만 있어야 한다고 했다. 이 사실을 알게 된 하비브의 어머니 수전 아미니는 교장실로 직행해 자신이 직접 아들에게 운동장 구조를 가르칠 테니 이제부터 하비브가 운동장에 마음껏 들어갈 수 있게 하라고 요구했다. 부서진 팔은 부서진 정신보다 더 쉽게 고칠 수 있다고 하비브의 어머니는 말했다.

하비브는 대중소설, 순문학작품, 역사책을 탐독했다. 점자책을 읽거나 녹음된 내용을 들었다. "나는 책을 읽으면서 저자의 눈, 화자의 눈을 통해 세상을 볼 수 있었습니다." 하비브는 말했다. 하비브는 학업 성적이 우수했다. 또래보다 우수한 성적은 하비브가 자기 자신을 과소평가하거나 주변화하지 않도록 그를 보호해주었다. 하비브는 피아노와 가라테, 활강 스키를 배웠다.

하비브는 컬럼비아대에 합격해 비교문학과 중동학을 전공하고 로즈 장학금을 따낸 다음 예일대 로스쿨에 진학했다. "점자에서 예일로 From braille to Yale"는 하비브의 모든 사연의 정수가 응축된 문구다. 하비브는 이후 정치인이 되어 이 문구를 공개적인 자리에서 사용했다. 정치는 하비브가 자기 자신을 증명하는 또 다른 수단이었다. 정계는 하비브 같은 사람이 얼마나 높이 오를 수 있을지 의심쩍어하는 사람들을 깜짝 놀라게 할 수 있는 또 다른 영역이었고, 언제나 더 올라야 할 가로대가 있는 또 다른 사다리였다. 여하튼 이것이 하비브가 이 사다리를 오르며 이해하게 된 점이었다. 하지만 하비브는 자신이 찾고 있었던 평화와 기쁨은 발견하지 못했다.

하비브에게 그것이 정치의 전부는 아니었다. 정치는 하

비브에게 기회를 주었다. 하비브는 가두 연단에 올라 주장을 펼침으로써, 그리고 공직자로서 옹호한 변화들을 통해, 그가 얻은 기회들을 다른 약자들에게까지 확대했다.

그러나 정치는 또한 경쟁이자 난투였다. 2012년 워싱턴주의 첫 하원의원 선거에서 승리했고, 2014년 역시 워싱턴주의 첫 상원의원 선거에서도 승리한 하비브는 이어 2016년 부지사 선거에서도 승리했다. 하비브는 정치자금 모금에서도 가히 초자연적이라고 할 정도로 탁월한 성과를 올렸다. 지지자들은 하비브가 더 높은 공직에 오르기를 기대했다. 그들은 하비브를 유력한 차기 주지사로 꼽았다.

그러나 사람들이 그렇게 말할수록 하비브는 거북하기만 했다. 컬럼비아대에서 하비브와 함께 수학한 친구 리 제이슨 골드버그에 따르면 하비브는 다른 정치인들이 텔레비전 카메라 앞으로 잽싸게 달려가고 경력을 치밀하게 관리하다가 어느 날 사람들의 관심 밖으로 사라지는 것을 지켜보았다. "한 걸음 내디디면 또 다음 걸음을 내디뎌야 할 것처럼 느껴지지요." 골드버그는 말했다.

하비브는 회상했다. "뉴욕의 일류 출판 에이전트와 책 계약에 관해 대화를 나누고 있었어요. 오로지 '나의' 전기, '나의' 정체성에 관한 것만 예상하더군요." 하비브는 미국 정치에서 공공 봉사와는 무관한 '유명인 문화'가 자기 자신을 빨아들이고 있는 것을 느꼈다. 하비브는 자부심이 자신을 삼키고 있는 것을 느꼈다.

"떠오르는 별이라고 불릴 수 있는 방법은 몇 가지가 있을까요?" 하비브는 말했다. 그리고 별이 되는 것에 얼마나 집착하게 될까? 다른 사람이 그에 관해 한 말과 쓴 글에 앞으로 얼마나 의존하게 될까?

하비브는 2019년 여름, 킬리만자로산 정상에 올랐다. 그것은 목표 달성의 즐거움을 주는 일 중 하나였다. 그런데 정상에 이르기 직전의 마지막 구간에서 위기가 왔다. 몸이 너무 아파서 열 걸음마다 한 번씩 쉬어야 할 정도였다. "이렇게 생각했어요. '정상까지 가지 못하면 사람들은 절대 기관지염이나 고산병 때문이라고 믿지 않겠지. 분명 내가 시각장애인이라서 실패했다고 생각할 거야.'" 하비브는 말했다. "이 에피소드를 한 번도 공개적인 자리에서 말하지 않았습니다. 이 이야기는 내 허영심을 보여주니까요. 유일하게 내가 죽음보다 두려워하는 것은 공개적인 수치입니다."

하비브 스스로 자신이 무엇이 되었고 어디로 향하고 있는지를 다시 평가하게 한 또 다른 계기가 있었다. 2016년 말, 하비브의 아버지가 64세를 일기로 세상을 떠났다. 슬픔이 하비브를 집어삼켰다. 하비브는 비애로 가득 찼고 그 어떤 탁월함의 표지標識(사다리의 가장 높은 가로대)도 그를 달래줄 수 없었다. 이 일은 또한 하비브에게 협상이 불가능한 어떤 한계가 있다는 것을 상기시켜주었다. 바로 죽음이었다.

"예전에 누군가가 이렇게 말하더군요. 마음이 부서졌다고 말하는 것은 마음이 부서져 열렸다는 것과 아주 가까운 말이라고요." 하비브는 회상했다. 그리고 하비브의 부서져 열린 마음은 생각의 최전방에 이러한 질문들을 가져왔다. "나는 진정한 기쁨을 경험하고 있는가? 이것은 내가 걷고 싶었던 여정인가?"

하비브는 어릴 때나 대학에 다닐 때 특별히 종교적이지 않았음에도 가톨릭교에 끌렸다. 하비브가 다니는 성당의 정신적 조언자들은 미국의 명망 높은 예수회 사제이자 베스트셀러 작가 제임스 마틴James Martin의 저서 『(거의) 모든 것에 대한 예수회 가이드The Jesuit Guide to (Almost) Everything』를 읽어보라고 권했다. 하비브는 그렇게 했다. 이 책은 하비브에게 사람들을 도울 다른 방법을 제시했고 이 세계의 다른 장소를 제시했다. 그곳에서 하비브의 입술과 두뇌에 머무는 수많은 문구를 시작하는 단어는 '나의'가 아니었다. 그곳에서는 가로대가 사라졌다. 위로 오른다는 것은 더 큰 영광이 아닌 더 큰 너그러움을 향한 것이었다.

그 장소에 대해 오래 열심히 생각한 하비브는 자신이 있어야 할 곳은 그곳이라고 결심했다. 그리고 2020년 3월 11일에 있을 부지사 재선에 출마하는 대신 로마가톨릭교 사제가 되기 위해 조만간 공직을 떠나겠다고 선언했다. 하비브는 자신의 결심을 설명하기 위해 1인칭 시점의 에세이를 써서 예수회 잡지 《아메리카》에 기고했다. "사회 정의에 나를 더욱 깊이 헌신할 가장 좋은 방법은 내 삶의 복잡성을 줄이고 그 삶을 다른 사람들을 위해 바치는 것이라고 믿게 되었다. 나는 또한 수많은 미국인이 오늘날의 소비지상주의, 불신, 양극화의 시대에 초월적인 것, 기쁜 것, 사랑하는 것을 만나기를 갈망한다는 것을 안다." 이 수많은 미국인 중에는 하비브도 포함되어 있었다.

하비브에게 순결 서약을 하는 것이 정말로 괜찮겠냐고 물었다. 하비브는 그동안 몇 차례 연애를 해봤지만 결혼해서 아이를 낳고 싶다는 충동을 느낀 적은 없었기 때문에 그리 걱정되지 않는다고 했다.

하비브의 어머니에게 하비브가 남들에게 명령받는 일을 할 수 있을 것 같냐고 물었다. 하비브의 어머니는 말했다. "나는 사실 순종 서약이 그 애를 어떻게 만들지 보고 싶다고 함께 우스갯소리를 했답니다. '예수회에 더 많은 힘을 주소서'라고밖에 할 말이 없군요."

하비브의 친구들에게 이 결정을 어떻게 생각하는지, 그리고 이 일로 많이 놀랐는지 물었다.

친구들은 놀라지 않았다. 그중 한 명은 하비브와 예일대 로스쿨을 함께 다닌 로넌 패로였다. 패로는 이렇게 말했다. "하비브는 항상 자아 성찰을 깊이 하는 친구였습니다. 어쩌면 그것이 사이러스가 신앙을 갖게 된 것과 관련이 있을지 모르겠습니다. 사이러스는 어떤 도정에 있는 사람입니다. 그는 고요함과 중심성을 개발했습니다. 나라면 그런 것을 꼭 기대하지 않았을 겁니다. 사이러스는 이렇게나 똑똑하고 빛나고 굉장히 야심 찬 지도자였으니까요. 사이러스에게는 이

채로운 호광孤光이 있습니다."

M.

2020년 4월 부활절 주말에 나는 하비브와 그의 어머니, 친구들과 《뉴욕타임스》에 실린 칼럼에 대해 담소를 나누었다. 1년 뒤인 그다음 부활절의 끝에 하비브에게 다시 안부를 물었다. 앞서 8월에 로스앤젤레스로 이사해 다른 수습 사제들과 합류한 이후 어떻게 지내고 있는지 궁금했다.

하비브는 지금 워싱턴주 타코마 외곽에 있다고 알리며 지적장애인들을 돕는 국제단체 라르쉬 공동체에서 석 달간 지내는 과제를 받았다고 했다. 예수회 수련 과정에 포함된 봉사 활동의 하나였다. 수련 과정에는 앞서 11월에 30일간 진행한 묵언 수행이 있었다. 이 기간에 하비브는 뉴스나 소셜미디어와 단절되어 지냈기 때문에 대통령 선거일 이후 일요미사를 집전한 신부가 대통령 당선인 조 바이든에게 힘과 행운을 빌어주는 것을 들을 때까지 선거 결과를 전혀 모르고 있었다. 하비브는 그때도 재검표나 선거 불복에 대해 듣지 못했다. 한때 정치적 수완가였던 하비브는 정치적 무관심층이 되었다. 그리고 이것은 하비브에게 아주 잘 맞는 것 같았다.

하비브는 살이 12킬로그램 정도 빠졌지만 워낙에 빼야 할 살이었다고 했다. 하비브는 어느 때보다 잠도 잘 잤다. 밤새 한 번도 깨지 않고 여덟 시간을 자는 날이 많다고 했다.

"참으로 행복합니다." 하비브가 내게 말했다. "중학교 때 이후로 가장 차분하고 평온합니다. 참 무서운 것이 그게 벌써 30년 전이거든요." 하비브가 그 시기를 기준으로 삼은 것은 중학교를 졸업할 때부터 명문대에 진학하려면 앞으로 남보다 두드러져야 한다고 걱정했기 때문이라고 했다. 그러고 나서 대학에 가서는 다음 어딘가를 위해 남보다 두드러져야 했다. 그러고 나서 그다음에는 '아드 인피니툼 ad Infinitum(그리고 무한히)', 삶은 야망으로 너무 분주해졌다. 하비브는 지금 하는 일에 관해 진정으로 생각하고 다른 것에 관해서는 생각하지 않는 능력을 잃어버렸다는 것을 수습 사제가 되고 나서야 깨달았다고 했다. 전에는 심지어 휴가를 떠나서도 경력을 발전시킬 방안에 관해 생각하면서 사회관계나 연애에 관해 걱정하거나 다음 달 업무를 구상했다. 하비브는 그 모든 걱정으로부터 자기 자신을 분리하고 현재에, 여기에, 자기 앞에 놓여 있는 것에 충분히 오래 집중할 수 없었다. 하지만 새로운 종교 생활은 하비브에게 그것을 하라고 가르쳤다.

새로운 종교 생활은 또한 하비브가 나는 행복한가라는 질문에 대한 답에서 얼마나 많은 부분을 다른 사람들에게 위탁할 수 있는지 깨닫게 했다. "그러니까 내가 본능적으로 다른 사람들이 내 경험을 어떻게 보는가에 관해 얼마나 많이 생각하는지 깨달은 것이지요. 나는 '이야, 킬리만자로에 오르니 정말 재미있어'라고 말할 겁니다. 왜냐하면 모든 사람이 킬리만자로를 보고 거기에 오르는 것이 재미있으리라고 생각할 테니까요. 그동안 나는 나를 프랭크 브루니가 어떻게 생각하는지, 《뉴욕타임스》의 독자들이 어떻게 생각하는지, 워싱턴주 사람들이 어떻게 생각하는지, 어머니가 어떻게 생각하는지 잊어버릴 수 없었습니다. 머릿속의 독백은 내 마음에 있는 것이 아니었습니다. 그 목소리들은 가상의 대화자들, 가상의 구경꾼들이었습니다"라고 말했다.

하지만 이제는 아니었다. 하비브는 그러한 목소리들을 듣지 않는 방법을 배우고 있었다. "내 마음을 다른 사람들이 원하는 모양으로 빚으려는 노력을 멈추었습니다."

거기에 이르기 위해 반드시 교단에 입적하거나 30일간 묵언 수행을 해야 하는 것은 아니다. 하비브의 호광에서 가장 중요한 부분은 그 호가 사제직을 향해 있다는 것이 아니다. 바로 하비브가 그 길에서 커다란 망치로 자아를 부수어나갔다는 점이다. 하비브의 장애가 거기에 한 가지 요소로 작용했을까? 나는 그랬다고 믿는다. 나는 하비브의 장애가 세계에서 그의 자리에 관해, 다른 사람들에 대한 그의 의무에 관해, 그 모든 것의 의미에 관해 깊게 응시하도록 그에게 자극을 주었을 거라고, 아니 어쩌면 그를 세차게 떠밀었을 거라고 본다. 하비브의 장애는 밥 케리의 부상과 도리의 파킨슨병과 적지 않은 공통점을 띠고 있다. 거기에는 마음을 부수어 여는 파괴들이 있다. 그리고 그 파열에는, 그 파편들에는 아름다움이 깃들어 있다.

## 13장

나이 듦이 주는 평온의 시간들

"긴즈버그가 예순에 자기 일에서 정점에 도달했고

여든에 자기 시대의 아이콘이 되었다는 게 믿어져?"

믿어지냐고? 물론이다. 흥미롭고 생각할 만한 가치가 있냐고? 당연하다.

그리고 이 점은 긴즈버그를 평가하고 분석할 때 다소 소홀히 취급되는

측면이기도 했다. 다만 그 주된 이유는 긴즈버그의 삶에는

평가하고 분석해야 할 수많은 다른 측면이 있었기 때문이다.

하지만 부분적으로는 미국인들은 젊음이라는 것에 지나치게 붙들려 있어서

나이 든 사람들의 승리는 나이에 맞서 거둔 성취가 아니라,

나이 덕분에 거둔 성취임을 제대로 보지 못하기 때문이라고 생각한다.

때때로 최고의 기회는 한참이 지나도록 오지 않는다.

기회는 뜻밖의 행운 같은 것이라서 미리 계획을 세울 수 없다.

조 바이든이 2020년 대권 도전을 선언하기 전에 나는 그가 대통령 후보로 출마하기에는 나이가 너무 많다는 칼럼을 한 편만 쓰지 않았다. 두 편을 썼다.

아, 나는 나이만을 이유로 들지 않았다. 앞서 두 차례의 대선 운동에서 나타난 해이한 기강 문제를 언급했다. 이 두 번의 선거운동이 잘 관리되지 않았고 여러 차례의 실수가 나타났다는 사실은 바이든이 선거를 성공적으로 이끌 능력이 부족한 인물임을 시사한다고 언급했다. 나는 유권자들, 특히 민주당 유권자들은 대체로 과거지향적 인물보다는 미래지향적 인물을 선호한다고 주장하면서 바이든은 자기 자신을 버락 오바마 행정부의 복원, 즉 과거로의 회귀로서밖에 내세울 수 없을 것이고 선거운동에서도 그를 그렇게밖에 제시할 수 없을 것이라고 논했다. 그러나 이 모든 논점은 그저 바이든이 정치판을 얼마나 오래 떠돌았는지, 바이든이 얼마나 기력이 쇠해 보이는지, 젊음의 빛이 얼마나 완전히 사그라들었는지에 대한 한탄을 이리저리 재조합한 것에 지나지 않았다. 모든 것은 한 문장으로 요약되었다. 바이든은 전성기가 끝났다.

그러나 그것은 사실이 아닌 것으로 판명되었다. 그것은 적어도 우리가 전성기를 정의하는 방식에 따라 달라질 수 있었다. 전성기는 수많은 방식으로 정의될 수 있다. '전성기'는 보는 사람의 관점에 있다. 전성기를 넘긴 바이든, 그러니까 2020년 11월 대통령 선거일에 일흔일곱 살이었고 이듬해 1월 대통령 취임일에 일흔여덟 살이었던 바이든은 전성기의 바이든이 갖고 있지 않았던 것을 많이 갖고 있었다.

전성기를 넘긴 바이든은 비관론자들을 잘 견뎌냈다. 민주당 대통령 선거 후보 경선에서 그랬다. 아이오와 예비선거에서 4위를 기록하고 일주일 뒤 뉴햄프셔 예비선거에서 5위를 기록했을 때 바이든은 당황하지 않았다. 바이든의 자신감은 무너지지 않았다. 바이든의 선거운동 조직은 서로를 향한 폭풍 같은 비난과 손가락질로 자폭하지 않았다. 바이든에게서는 패배감이나 두려움이 보이지 않았다. 바이든은 묵묵히 나아갔다. 네바다에서는 아이오와와 뉴햄프셔 예비선거보다 나은 성적을 거두었고, 사우스캐롤라이나에서는 낙승했다. 바이든의 경쟁자들에게는 그때가 끝의 시작이었다. 이때부터 바이든은 승세를 이어갔다.

바이든은 이어 여름에 열린 민주당 전당대회에서도 비

관론자들을 잘 견뎌냈다. 전당대회의 넷째 날 밤 바이든의 가장 중요한 연설을 앞두고 그 자리에 함께 있었던 사람들을 포함해 여러 노련한 관망자들은 바이든이 속도를 잃거나 횡설수설하지 않고 끝까지 기력을 유지할 수 있을지 궁금해했다. 그리고 바이든은 그렇게 했다.

물론 바이든의 지금은 오랜 정치 경력 중에 가장 빠르고 빛나고 명민한 상태는 아니었다. 일흔네 살인 도널드 트럼프는 스스로도 페라리급이 아님에도 이 점을 공격 지점으로 삼았지만 말이다. 그러나 바이든은 자신에게 부족한 것을 다른 것으로 메웠다. 팬데믹으로 아팠고 트럼프의 불안한 임기로 휘청인 나라에 바이든은 활력과 낙관주의의 모범이 되었다. 크나큰 고통의 시기에 바이든은 인내력의 화신이었다.

바이든은 개인사에서 비극을 겪은 사람이었다. 바이든이 20대 후반일 때 젊은 아내와 딸이 교통사고로 사망했다. 바이든은 또 다른 자식 보 Beau 를 앞세웠다. 보는 당시 델라웨어주의 법무장관이자 민주당의 떠오르는 신성이었지만 마흔여섯 살의 나이에 뇌종양으로 세상을 떠났다. 바이든은 또한 수차례 정치적 수모를 겪었고, 사람들은 오바마의 부통령을 지낸 8년 동안 바이든의 정치적 경력은 사실상 끝났다고 생각했다. 오바마와 그의 보좌관들은 바이든이 2016년에 민주당의 야심을 짊어지기에는 지나치게 말이 많고 지나치게 아둔하며 지나치게 진부하다고 보았다. 그들은 힐러리 클린턴에게 지지를 몰아주었다. 그렇기에 사람들은 바이든이 끝났다고 생각했다.

그러나 트럼프의 임기가 초래한 소동은 바이든에게 틈을 만들어주었고 사람들은 바이든을 우호적으로 바라보게 되었다. 선거운동 기간에 보여준 바이든의 평정한 태도도 이 기회를 극대화했다. 이 시기에 바이든이 보여준 참을성, 견실함, 간명함은 젊은 시절의 그에게서는 찾아보기 힘들었다. 그러한 자질들은 바이든의 나이에 이르면 기존의 습관이나 성향이 완화되지 않고 오히려 고착된다는 오래된 관념, 그리고 늙은 개에게는 새로운 재주를 가르칠 수 없다는 오래된 개념과 모순된다. 바이든은 새로운 재주를 배웠다.

바이든은 한때 수다쟁이였다. 방 안의 산소를 혼자서 다 마시기로 유명했다. 2012년 노스캐롤라이나 샬럿에서 민주당 전당대회가 열리는 동안, 나와 《뉴욕타임스》의 동료 칼럼니스트들 몇 명은 바이든과 오찬을 함께할 기회가 있었다. 식사는 원래 정해진 시간을 한참 넘기고도 끝나지 않았다. 바이든은 청중의 관심을 받으며 말하고 있을 때는 결코 시간 제한을 지킬 줄 몰랐기 때문이었다. 우리는 오찬장에서 나오며 바이든이 격의 없고 따뜻한 사람이라는 것 못지않게 그의 수다스러움에도 놀라움을 금치 못했다. 이러한 면은 바이든이 이듬해 《뉴욕타임스》를 방문해 나를 포함한 편집자들과 필자들 몇 명과 만났을 때도 조금도 다르지 않았다. 우리가 제기한 질문들에 대한 답변 중 어떤 것은 장장 5분에서 10분까지 길게 이어졌다. 바이든은 말하고, 말하고, 또 말했다.

2020년 대선 운동 기간과 대통령 취임 직후 몇 개월간 나는 바이든을 주시했고 연이어 감탄했다. 바이든의 변화는 내게 현대 미국 정치사상 가장 놀라운 인격의 전환 중 하나로 느껴졌다. 얼핏 광대 같아 보였던 호들갑은 찾아볼 수 없었다. 잦았던 실언도 없었다. 과거의 허풍쟁이는 사라졌다. 바이든은 겸손했다. 관심의 초점은 이제 자기 자신의 포부와 업적이 아닌 미국인의 희망과 요구에 있었다. 바이든은 이제 연예선(배에 탄 손님에게 연예인들이 음악, 무용, 연극, 만담 따위의 재주를 보이는 배―옮긴이)이기보다는 예인선(강력한 기관을 가지고 다른 배를 끌고 가는 배―옮긴이)이었다. 바이든은 겸손하게 몸을 굽혀 우리를 위험한 풍랑으로부터 끌어낼 준비가 되어 있었다. 매일, 매주 바이든은 고개를 숙인 채 끌고, 끌고, 또 끌었다. 발언은 신중했고 초점은 정밀했다.

바이든이 대통령 임기를 앞두고 취한 접근방식은 온전히 그가 그동안 터득한 교훈들에서 나왔다. 바이든이 경험에서 그리고 연륜에서 얻은 귀중한 혜택은 그가 하는 일과 하는 말(또는 하지 않은 말)에서 진가를 발휘하고 있었다. 예를 들어, 과거에 오바마 행정부에서 일한 관료들은 2009년의 대규모 경기 부양책이 지나친 제지를 받았다고 판단했다. 또한 정부 지원이 전달되는 메커니즘이 수혜자들이 이해하기 쉽지 않았고 홍보도 적절히 이루어지지 않았다고 판단했다. 따라서 바이든도 1조 9000억 달러 규모의 '미국 구조 계획'과 이 정책을 미국 전역에 알리는 공공 행사를 준비하면서 그러한 우려에 관해 고심했다. 과거 오바마 행정부의 관료들은 오바마케어에 대한 공화당의 지지를 조금이라도 끌어내기 위해 지나치게 많은 시간을 허비했다고 느꼈다. 그들은 결코 공화당의 지지를 얻지 못했다. 바이든은 상·하원 어디에서도 공화당의 표를 단 한 표도 얻지 못했지만 미국 구조 계획을 법제화했다.

이러한 산술법은 바이든이 자기 자신을 묘사한 방식과 맞지 않았다. 바이든은 자신이 초당파적이며 타협에 열려 있다고 자주 말해왔다. 그러나 바이든은 미국사의 이 걱정스러운 시기와 공화당의 방해주의는 다른 것을 요청하고 있다고 판단했다. 그래서 바이든은 새로운 방향을 감행했다. 그리고 사람들은 갑자기 진보적 분수령, 미국 국민과 정부 관계에서의 전환점, 전환기적 순간을 맞이했다. 이 순간은 최고령으로 취임한 대통령 덕분에 왔다. 그리고 바이든이 이러한 일을 해낼 수 있었던 것은 만년의 탈바꿈 이후였다.

새로운 인생의 장章에 접어들어 예전에는 한 번도 해보지 않은 방식으로 나이 듦을 응시하고 경험하기 시작했다. 그리고 그 변화에 이점이 있다는 생생한 증거를 그동안 내가 가장 빈번하게 다룬 주제인 미국 정치에서 꽤 많이 발견했다. 사실 미국 정치는 진정한 장로제다. 민주당 예비선거에서 2등을 차지한 경선 후보는 바이든보다 한 살 '많은' 버니 샌더스였다. 샌더스는 낸시 펠로시보다 한 살 반 '어리다.' 펠로시는 평생에 걸친 공직 생활 중에 트럼프의 대통령 임기에 가장 많은 대중의 존경을 받았는데 트럼프의 임기는 펠로시가 일흔여섯 살일 때 시작되어 여든 살일 때 끝났다.

펠로시는 아마도 트럼프와 가장 내실 있게 언쟁한 정치인이었을 것이다. 그럴 수 있었던 한 가지 이유는 펠로시에게는 수년에 걸쳐 수차례의 전투를 치르며 단련해온 침착성과 뚝심이 있었기 때문이었다. 전투력은 마치 주름처럼 비바람에 오래 노출되는 과정에서 축적된다는 것을 펠로시는 확실히 보여주었다. 펠로시도 바이든처럼 수차례 사랑해보고, 수차례 상실해보고, 수차례 재정비해보고, 어떻게 해야 단호히 밀고 나갈 수 있는지 수차례 모색해본 사람이 가질 수 있는 도덕적인 권위를 지니고 있었다. 펠로시는 체계들이 작동하는 방식을 알고 있었고 체계들을 작동시킬 방법도 알고 있었다.

펠로시는 일흔다섯 살을 한참 넘긴 어느 누구 못지않게 강력했다. 그리고 27년간 미국 연방 대법관을 지낸 루스 베이더 긴즈버그는 여든다섯 살을 한참 넘긴 어느 누구 못지않게 큰 인기를 누렸다. 긴즈버그가 대법원에서 사반세기 넘게 재직하고 2020년 9월 여든일곱 살의 나이로 세상을 떠났을 때 한 친구는 내게 이렇게 보냈다. "긴즈버그가 예순에 자기 일에서 정점에 도달했고 여든에 자기 시대의 아이콘이 되었다는 게 믿어져?"

믿어지냐고? 물론이다. 흥미롭고 생각할 만한 가치가 있냐고? 당연하다. 그리고 이 점은 긴즈버그를 평가하고 분석할 때 긴즈버그의 삶, 그리고 그 삶의 호광에서 다소 소홀히 취급되는 측면이기도 했다. 다만 그 주된 이유는 긴즈버그의 삶에는 평가하고 분석해야 할 수많은 다른 측면이 있었기 때문이라고 생각한다. 하지만 부분적으로는 우리 미국인들이 젊음이라는 것에 지나치게 붙들려 있어서 나이 든 사람들의 승리는 나이에 맞서 거둔 성취가 아니라 나이 덕분에 거둔 성취임을 제대로 보지 못하기 때문이라고 생각한다. 때때로 최고의 기회는 한참이 지나도록 오지 않는다. 기회는 뜻밖의 행운 같은 것이라서 미리 계획을 세울 수 없다.

젊음에는 피부로 보나 두뇌로 보나 이론의 여지없는 이점들이 있다. "우리의 빠른 시냅스 처리 속도와 작동 기억은 20대에 절정에 달합니다." 『레이트 블루머Late Bloomers』의 저자 리치 칼가아드가 2019년 미국 공영 라디오 방송NPR에서 말했다. 칼가아드는 호평을 받은 2015년의 연구 사례를 인용했다. 이 연구는 사람들이 인생의 마지막 10년 동안 가장 잘하는 일이 무엇인지를 조사했다. 20대가 받아 마땅한 트로피가 있는가 하면 고령자들이 받아 마땅한 메달이 있었다. "30~50대에 들어서면 우리는 예전과는 완전히 다른 범위의 능력들을 키우기 시작합니다. 실행 능력, 관리 능력, 동정심, 평정심. 이 모든 것을요. 그리고 60대와 70대에는 지혜가 자리 잡기 시작합니다." 칼가아드는 말했다.

물론 이중 어느 것도 뚜렷하고 분명하지 않다. 모든 사람에게 적용되지도 않는다. 그러나 내가 바이든에게서, 펠로시에게서, 긴즈버그에게서 본 것은 지혜와 매우 비슷했다. 나는 서로 겹치는 다양한 재능들을 보았다. 긴 안목을 취하는 재능, 필요할 때는 숨을 들이마시는 재능, 어떤 사람이나 사건을 올바르게 평가하기 위해 충분히 넓은 맥락에 놓고 판단하는 재능, 위로가 가장 빠르고 믿음직스러울 때 자기 자신을 위로하는 재능, 지금까지 잘 해냈고 여전히 조금 더 해낼 수 있다는 데에서 용기를 얻는 재능……. 아울러 나는 《뉴욕타임스》에 실린 에세이에서 지혜를 읽었다. 60대 후반의 누군가가 쓴 이 에세이는 내가 50대 후반에 느끼기 시작한 것을 매우 정확하게 이야기하고 있었다.

에세이의 제목은 "늙어서 좋은 이유, 심지어 팬데믹에도"로, 저자는 밥 브로디 Bob Brody 였다. 생명을 위협하는 코로나19 감염 사례에서 65세를 넘긴 사람들이 통계적으로 훨씬 더 취약한 계층에 속한다고 해서 그들이 두려움에 웅크리고 있으리라고 예단하지 말라고 브로디는 주장한다. 브로디가 그러한 취약성을 의문시하거나 두려움을 무시한 것은 아니다. 다만 브로디는 작금의 위험한 시기보다 더 큰 진실이라고 믿는 것, 이 위험한 시기로 인해 축소되지 않는 진실이라고 믿는 것을 분명하게 밝혔다. 브로디가 말하는 진실은 "나이 듦은 여러 면에서 우리를 어느 때보다 더 훌륭한 사람으로 만들 수 있다"는 것이었다.

브로디는 자신이 "이제 자연의 모든 것이 그러하듯 우리의 삶도 돌고 돈다는 것을 알 정도로 충분히 나이가 들었다"고 설명했다. 브로디는 예전과 달리 한 주나 하루가 좋지 않았다고 해서 크게 허탈해하지 않았다. 충분한 경험을 한 덕분에 "내일은 더 나은 하루가 될 가능성이 크다"는 것을 이해하기 때문이다. 브로디는 이렇게 덧붙였다. "나이가 들수록 현재의 내 모습에 만족하게 된다. 나는 전보다 더 얇아진 동시에 더 두꺼워졌다. 이제 나는 이 모든 한계를 안고 있는 나 자신을 있는 그대로 받아들이게 되었다. 젊었을 때 우리를 괴롭힌 무수한 불확실성(정체성, 공동체에서의 역할, 삶의 철학)은 대체로 증발했다. 이제 나는 내가 무엇을 좋아하는지, 무엇을 싫어하는지를 확실하게 안다." 브로디는 이 글을 바이든에 대해서도 쓸 수 있었을 것이다. 또는 펠로시에 대해서도. 나에 대해서도 또는 지금의 발전 속도대로라면, 몇 년 뒤의 나를 위해서도. 내가 지닌 동정심과 평정심을 놓치지 않으면 지혜가 길모퉁이 너머에서 나를 기다리고 있을 것이다.

브로디는 조너선 라우시의 저작 『인생은 왜 50부터 반등하는가The Happiness Curve』를 언급하지 않았지만, 브로디의 이야기에는 동일한 내용이 압축되어 있었다. 라우시는 50대 이상인 사람들의 사연, 수차례의 전문가 인터뷰, 저자 자신의 개인적 성찰을 통해 사람들은 40대를 지나 노년에 다가갈 때 대부분 놀라운 일을 겪는다는 것을 보여주었다. 만족감이 자리를 잡는 것이다. 그 이유는 성숙이라는 것이 그런 방식으로 작동하기 때문이다. 이것은 예측할 수 있는 일이다. 도표화가 가능하다. "대략 50세 이후에는 스트레스가 감소하고 정서 조절 능력이 향상된다." 라우시는 썼다.

그리고 라우시는 한 연구 결과를 인용해 50세 이상의 사람들이 강점을 보이는 심리적, 정서적 습관을 열거했다. "현재에 살기. 하루하루를 있는 그대로 받아들이기. 긍정성의 진가를 음미하기. 부정적인 것을 덜 생각하기. 받아들이기. 과잉반응하지 않기. 현실적인 목표를 설정하기. 인생에서 정말 중요한 사람들이나 관계들을 우선시하기." 이것들은 다양한 연령을 대상으로 자기 자신과 환경에 관한 느낌을 묻는 조사에서 나이 든 사람들이 말한 행복 쌓기 블록에 해당한다. "삶의 만족도에 평점을 매기라고 했을 때 60대와 70대 응답자들이 가장 높은 점수를 기록했고 80대에서 살짝 감소했다." 라우시는 말했다.

사우스캐롤라이나대 웹사이트에 게재된 수전 벨의 탁월한 기고문도 동일한 조사 결과를 일부 참조했다. 캘리포니아대 어바인 캠퍼스의 심리학 교수 수전 찰스와 서던캘리포니아대의 심리학 교수 마거릿 개츠가 수행한 획기적인 종적연구에 따르면 "분노감, 불안감, 좌절감 같은 부정적 정서는 나이 듦과 더불어 사실상 감소하는 것으로 드러났다. 흥겨움, 자부심, 차분함, 고양감 같은 긍정적 정서는 평생에 걸쳐 안정된 상태를 유지한다. 가장 나이가 많은 집단에서만 긍정적 정서에서 경미한 감소가 나타났다." 여기서 가장 나이가 많은 집단이란 60대나 70대가 아닌 80대 이상을 의미했다.

벨이 언급한 또 다른 연구에 따르면 나이 든 사람들은 긍정적인 장면이나 자극을 잘 알아보고 거기에 집중하는 경향성을 드러냈다. 라우시도 이 부분을 강조했다. 나이 든 사람들은 말하자면 웃는 아기의 이미지가 묘지의 이미지보다 더 많은 뇌 공간을 차지하도록 세상을 편집할 수 있었다.

"아울러 이것은 기억에도 영향을 준다. 나이 든 사람들은 젊은 사람들보다 긍정적인 이미지를 더 자주 떠올린다. 젊은 사람들은 부정적인 이미지를 떠올릴 가능성이 더 크다." 벨은 신체적으로 병약한 사람들에게 주목하면서 이러한 조건이 반드시 불만족으로 이어지는 것 같지는 않다고 보고했다. 이것은 이미 성숙을 거친 나이 든 사람들이나 아직 젊은 사람들이나 매한가지였다.

"우리는 몸이 아프거나 휠체어 신세를 지게 되면 삶이 불행해질 거라고 믿지만 실은 그렇지 않다는 연구들이 잇따라 발표되고 있다." 서던캘리포니아대에서 심리학과 마케팅을 가르치는 노버트 슈워츠는 사람들의 행복은 신체 조건이나 능력에 달려 있는 것이 아니라 그들이 무엇에 관심을 두는지, 무엇을 중시하는지, 자신에게 허용된 가능성 내에서 무엇을 성취하는지에 달려 있다고 설명했다. 슈워츠는 벨에게 말했다. "무슨 병에 걸렸든 하루 24시간 내내 환자인 것은 아니라는 사실을 깨닫는 것이 중요합니다. 해는 여전히 빛나고 당신은 친구들과 시간을 보내고 여전히 음식 맛도 좋지요. 이 모든 것을 전과 다름없이 누릴 수 있습니다."

라우시의 책과 벨의 기고문 외에도 이 주제에 관한 글들은 만족감은 우리가 무엇을 받아들이는지, 무엇을 기대하는지, 현재 상황을 무엇에 견주어 가늠하는지와 관련이 있음을 강조한다. 밥 브로디가 《뉴욕타임스》에 기고한 글에서 설명했듯이 젊은 사람들은 흔히 불안한 마음으로 자기 자신을 탐색한다. 그들은 무엇을 받아들이고 무엇을 기대해야 할지 알지 못한다. 업적을 쌓느라 여전히 바쁘다. 이 과정은 흥분되기도 하지만 사람을 몹시 지치게 만들기도 한다. 아울러 그들은 상당수가 세상에서 아직 확고한 재정적 기반을 마련하지 못했다. 이러한 것은 나이가 들면서 마련될 가능성이 더 크다. 그들은 흔히 자신이 창출하고 있는 미래에 관해 두려움을 느낀다. 내 미래는 조금이라도 안정된 미래일까? 내 미래가 과연 세상에 통할까?

나이 든 사람들은 이미 미래에 도달했기 때문에 후자에 대한 답이 '그렇다'라는 것을 알고 있다. 나이 든 사람들은 이미 미래를 살고 있다. 축적하는 시간은 끝났다. 불안해해봐야 의미 없다. 그저 부수적인 좌절이 있을 뿐이다. 게다가 나이 든 사람들은 부수적인 좌절을 실존적인 좌절로 착각하지 않는다. 부수적인 좌절은 순전한 인내심으로 다져진 근본적인 자신감을 뒤흔들지도 않는다.

미국의 팬데믹 대응을 이끌었던 국립 알레르기·전염병

연구소 소장 앤서니 파우치는 최근 경력과 삶이 대중에게 최대치로 노출되고 대중의 관심을 가장 많이 받은 사람이다. 팬데믹 초기에 트럼프 대통령의 일일 기자 회견에 참석하기 시작했을 때 파우치는 일흔아홉 살이었다. 트럼프의 임기가 끝났을 때 파우치는 여든 살이었고, 이때 파우치를 악마로 묘사하는 우익의 움직임은 더욱 거세졌다. 우익은 파우치를 인명의 구조보다 자유의 억압에 더욱 열중하는 안경 쓴 바알세불(기독교에서 말하는 마귀 두목—옮긴이)로 묘사했다. 보수파 의원들은 의회 청문회에서 대중의 눈길을 끌기 위해 혈안이 되어 파우치를 공격했고, 보수 언론은 파우치를 맹렬하게 물어뜯었다. 파우치는 살해 위협을 받았다. 그의 가족도 그랬다.

나는 파우치와 2021년 7월에 만났다. 한참 반反 파우치 열기가 정점으로 치닫고 있었다. 파우치는 미소를 짓고 있었고 목소리도 차분했다. 나는 파우치에게 이 모든 일이 그가 30대나 40대 또는 심지어 60대에 일어났더라도 지금처럼 평정을 유지할 수 있었을지 물었다.

"잘 모르겠지만, 그랬을 것 같지 않군요." 파우치가 말했다. "적절하지 않은 유추를 좋아하지 않습니다만, 어쩌면 이건 적절한 유추가 될지도 모르겠습니다. 전투에 참여하고 있는 군인들을 생각해볼까요. 예전에 전투를 치러본 군인들은 그들 앞에 위험이 놓인 것을 알지만 끝이 있다는 것도 압니다. 승리가 있지요." 트럼프와 팬데믹이 등장하기에 앞서 파우치는 이미 에이즈 팬데믹을 경험한 적이 있었다. 당시 파우치는 초기의 실수에서 배운 것이 있었고, 초기에 파우치를 냉담하다고 비난했던 많은 활동가들은 나중에 그를 매우 존경하게 되었다. 이후 파우치는 사스와 에볼라를 겪었다. 그 과정에서 파우치는 괴로울 정도로 불완전한 증거에 기대어 최선의 결정을 내리는 것이 무엇을 의미하는지, 다른 사람들이 그러한 결정을 문제 삼는 것이 무엇을 의미하는지, 동기와 방법을 따로 떼어서 생각한다는 것이 무엇을 의미하는지를 터득했다. 파우치는 여러 대통령의 기질을 간파했고 그들의 요구를 처리했다. 그중에 트럼프와 조금이라도 비슷한 인물은 단 한 명도 없었지만 말이다. 따라서 파우치는 신념을 지킬 수 있었다. 과학에 대한 신념, 스스로에 대한 신념, 상처는 시간이 지나면 치유된다는 신념. 이러한 신념은 오로지 경험과 함께 오며 경험은 나이와 함께 늘어난다.

아울러 파우치는 현재 자신이 응당 있어야 하는 자리, 자신이 있을 수밖에 없는 자리에 있음을 알고 있었다. 그가 젊을 때보다 스스로에 관해 더 잘 알기 때문에 가능한 일이었다. 이제 파우치는 자신에게 평화를 가져다주는 것은 무엇인지 알았다. 그것은 위안의 원천이기도 했다. 파우치는 자신의 나이에는 은퇴하는 것이 합리적이라는 것을 알고 있었다. 대개의 사람들은 일주일 중 64시간을 성난 대중의 반발을 상대하는 데 쓰느니 은퇴를 선호할 것이다. 그러나 파우치는 말했다. "저는 해변에 누워 피냐 콜라다를 마시는 유형의 사

람이 아닙니다. 한 번도 그래 본 적이 없지요." 그보다 파우치
는 일을 시작하면 마무리를 지어야 하고, 헐렁해진 끈을 팽
팽히 조여야 하고, 길잡이가 될 만한 것이 자신에게 있고 그
것이 어딘가에 필요하다면 꼭 내주어야 하는 사람이었다.

파우치는 또한 분노와 지저분한 비방을 이겨낼 수 있
는 사람이었다. 나이가 들면서 모욕에 덜 민감하게 반응하게
되었고 그때그때의 평판에 크게 집착하지 않게 되었기 때문
이다.

파우치는 신문 기사에 자신이 어떻게 언급되었는지가
아니라 어떻게 하면 미국 국민이 최대한 빨리 이 사태를 종
결지을 수 있게 할지를 자문한다고 말했다. 파우치는 팬데믹
에 관한 중요한 논문을 써서 유명 의학 저널에 게재할까가
아니라 어떻게 하면 미국 전체가 이 위기를 성공적으로 넘길
수 있을까에 집중했다. 중요한 것은 찬사를 받는 것이 아니
라 옳고 선한 일을 하는 것이었다. 파우치의 허영심은 썰물
처럼 서서히 빠져나갔다. 아니면 적어도 더 건설적인 형태를
갖추었다. "나이가 들수록 이 모든 것은 나에 관한 일이 아니
게 됩니다." 파우치는 말했다. "앞으로 나아가려고 분투하는
것은 갈수록 덜 중요해지고 내 주변에서 어떤 일이 일어나고
있는지를 보고 거기에 긍정적인 영향을 주려고 노력하는 것
이 더 중요해집니다." 그리고 그것은 해방되는 것보다 더 원
대하고 좋은 일이었다. 그것은 행복을 가져다주었다.

유명인과의 인터뷰는 나의 저널리스트 경력에서 언제나 하나의 축을 차지했다. 나는 1990년대 초, 미시간주의 권위 있는 대형 조간 신문 《디트로이트 프리프레스》에서 저널리스트 경력을 시작했다. 20대 후반에 이 신문사에서 최고 영화 평론가를 맡았고 1995년 《뉴욕타임스》로 직장을 옮기기까지 줄곧 그 자리를 맡았다. 《디트로이트 프리프레스》에서는 영화 평론뿐만 아니라 영화계 인물에 관한 장문의 기사도 썼다. 나는 〈브레이브하트〉를 홍보하는 멜 깁슨을 만났고, 〈당신이 잠든 사이에〉의 세트장에서 샌드라 불럭을 만났으며, 〈퀴즈쇼〉가 개봉되었을 때 이 영화를 감독한 로버트 레드포드를 만났다. 또한 로만 폴란스키 감독의 〈시고니 위버의 진실〉 개봉을 앞두고 시고니 위버를 오랜 시간 인터뷰했다. 그로부터 사반세기가 지난 2020년 여름, 위버는 그 인터뷰를 기억했다. 이때 나는 다른 이유로 위버를 여러 차례 인터뷰했고 우리는 친근한 사이가 되었다.
　위버가 기억한 것, 더 정확히 말해서 위버가 기억을 되살린 것은 그녀가 첫 번째 인터뷰에서 온갖 걱정으로 불안했다는 것이다. 쉴 새 없이 걱정을 늘어놓거나 울음을 터뜨린 것은 아니다. 다만 위버는 자신감을 확보할 수 있는 자리에 오르기 위해 오랫동안 분투해왔음을 솔직하게 털어놓았다. 그때 이미 〈에일리언〉을 찍었고 오스카상 후보에도 몇 차례

올랐음에도 그랬다. 그때 위버는 마흔다섯 살이었다.

"항상 내가 진정한 배우가 아니라고 느꼈어요." 1995년에 위버는 말했다. "액션 영화를 몇 편 찍었죠. 〈고스트버스터즈〉도 찍었어요. 사람들이 여배우들에 관해 이야기할 때마다 나는 한쪽 발은 아널드 슈워제네거의 땅을 밟고 있고 다른 한쪽 발은 이반 라이트만의 땅을 밟고 있고, 아마 발가락 하나쯤이 메릴 스트립과 글렌 클로스의 땅에 닿아 있다고 느꼈어요." 위버의 에이전트 샘 콘은 스트립의 에이전트이기도 했다. 위버는 "샘한테 가서 자리에 앉지도 않고 울면서 '하지만, 샘, 나는 〈아웃 오브 아프리카〉를 찍고 싶어요. 〈소피의 선택〉을 찍고 싶다고요'라고 말했어요. 말만 그랬지 달리 뭘 하지는 않았어요. 나는 그런 역할을 해낼 자신이 없었지요. 로만은 직접 저를 설득해야 했어요"라고 했다. 위버는 영화 〈죽음과 소녀〉에 대해 말하는 것이었다. 브로드웨이에서 올려진 〈시고니 위버의 진실〉 연극판인 〈죽음과 소녀〉의 주연은 글렌 클로스가 맡았다.

위버는 감독 마이클 앱티드가 비운의 영장류학자 다이안 포시Dian Fossey의 생애를 다룬 〈정글 속의 고릴라〉를 준비하며 스트립에게 제안할 법한 배역을 위버에게 제안했을 때 자신은 이 배역에 맞지 않는다고 감독을 설득하려고 했다. "나는 감독 옆에 앉아서 누구에게 제안하면 좋을지 알려줬어요. 다이앤 키튼, 바네사 레드그레이브, 주디 데이비스를 거론했죠. 나는 캐스팅에 능하거든요. 항상 나보다 나은 사람을 떠올릴 수 있어요."

그로부터 25년 뒤에 내가 위버와 다시 만날 수 있었던 것은 《뉴욕타임스》의 패션 잡지 《티ᵀ》에서 내게 연말 특별 시리즈 '더 그레이츠'에 실을 위버의 소개글을 작성해달라고 요청했기 때문이었다. 이 특별호에는 다섯 명을 추려 문화 분야 명예의 전당에 이름을 올릴 예정이었다. 나는 앞서 '더 그레이츠' 시리즈에서 구찌 브랜드를 극적으로 소생시킨 패션 디자이너 알레산드로 미켈레의 소개글을 작성한 적이 있었다. 위버와 나는 세 번 만났다. 팬데믹 때문에 그중 한 번만 맨해튼 동쪽에 위치한 위버의 아파트에서 직접 만났고 나머지 두 번은 줌에서 만났다. 위버는 우리가 전에도 만난 사실을 언급하며 그때 내가 쓴 기사를 다시 읽었다고 했다. 당시 자신이 심리치료를 받고 있다는 이야기까지 했던 것을 깨닫고 민망했다는 말도 했다. 위버는 내가 당시 그녀의 정확한 초상을 그려냈다는 이야기도 했다. 하지만 지금은 그때와 많이 달라졌다고 했다. 이제 훨씬 더 차분하고 평온하며 만족한다는 것이었다. 위버는 이제 일흔 살이었다.

나는 이 말이 스스로를 포장하거나 상대에게 잘 보이려고 하는 말이 아님을 직감했다. 위버의 몸가짐은 편안해 보였다. 위버는 자주 미소 지었다. 1995년에 위버가 한 말들은 자기비판과 후회가 특징을 이룬 반면, 2020년에 위버가 한 말들은 과거나 현재의 기벽들을 매혹적인 것으로 초연히 응시하는 듯한 인상을 주었다. 위버는 삶에서 일어난 뜻밖의 변화들에 어리둥절해하기도 했고, 그중 많은 것이 잘 풀린 것에 대해 감사해하기도 했으며, 그 과정에서 일어난 속상한 일들을 체념하고 받아들이기도 했다.

헌데 인터뷰 과정에서 나의 실수가 있었다. 위버의 거실에서 나는 사회적 거리두기 규정 때문에 멀찍이 떨어져 앉아 아이폰의 '음성 녹음' 앱을 켜두었다. 그런데 집에 가서 들어보니 그날 저녁 장장 두 시간에 걸쳐 진행된 인터뷰가 상당 부분 들리지 않았다. 다음 날 다시 들어보았지만 마찬가지였다. 나는 위버에게 줌으로 인터뷰를 처음부터 다시 해달라고 부탁해야 했다. "괜찮습니다." 위버는 말했다. 짜증이나 까칠한 기색은 없었다. 소란을 피우는 것은 종종 불편을 사라지게 하는 것이 아니라 오히려 키운다는 것을 아는 사람의 부드러운 대처였다.

위버의 평정심은 그저 흔들의자로 물러난 데에서 온 것이 아니었다. 2020년 인터뷰 직전에 위버는 몇 년간 여러 편의 영화를 찍었다. 촬영은 마쳤지만 대체로 팬데믹 때문에 아직 개봉되지 않은 상태였다. 몇 편은 과거에 찍은 여느 영화 못지않게 강도 높은 연기를 요구했다.

그중 〈아바타〉에서 했던 역할을 〈아바타 2〉에서 다시 하기 위해 위버는 프리 다이빙을 배워야 했다. 스쿠버다이빙용 산소 탱크 없이 깊은 물에 뛰어들어 숨을 참고 한참을 머물러 있어야 하는 프리 다이빙을 하려면 마음을 단단히 먹어야 한다. 위버가 찍은 장면 중 다수가 거대한 수조의 바닥에서 촬영되었다.

　그래서 위버는 플로리다주의 키웨스트와 하와이에서 연습했다. 다이빙을 엘리트식 군대 훈련으로 배운 코치와 몇 시간씩 함께하며 숨을 참고 버티는 시간을 늘렸다. 위버는 산소를 크게 한 번 들이마신 다음 최고 6분 넘게 참았다. 연이은 수중 촬영 중에 눈을 가늘게 뜨거나 입을 꽉 다물지 않는 요령도 배워야 했다.

　나이가 중요한 동기였다고 위버는 말했다. 위버는 모든 젊은 배우들에게 나이 든 사람도 여전히 할 수 있는 일을 보여주고 싶었다. 게다가 "내가 생각할 수 있는 그 무엇보다 대단한 것을 우주로부터 받고 싶어요. 나는 스스로에게 '흠, 넌 이건 못 해'나 '넌 저건 못 해' 같은 말을 하지 않아요. 해보자! 그러고 나서 판단하자."

　해보자! 그러고 나서 판단하자. 나는 매리언 셰퍼드의 좌우명이 떠올랐다. "우리는 살아 있는 한 계속 움직여야 해요." 둘 다 호주머니에 꽂아 넣고 50대 후반부터, 70대 그 이후까지 지닐 지침으로 썩 괜찮아 보였다. 매번 도전을 바라보는, 매일을 바라보는 나쁘지 않은 방법이었다.

　위버를 보며 낸시 루트도 생각났다. 나는 낸시를 뇌졸중을 겪기 한 달 전인 2017년 9월 발트해의 유람선에서 처음 만났다. 이후 뇌졸중을 겪고 12월에 처음으로 장시간 비행을 통해 피닉스 외곽에 위치한 낸시의 집을 방문했다. 유람선에서 만난 낸시는 여든두 살이었고 대부분의 시간을 휠체어에 앉아 지내야 했다. 유람선에서 나는 다른 연사들과 함께 우리《뉴욕타임스》강연에 등록한 승객들과 칵테일 파티를 즐기고 있었다. 낸시가 나를 찾아와 자신을 소개했다. 낸시는 그때도 휠체어에 타고 있었고 낸시의 양옆에는 그녀가 데려온 젊은 커플이 서 있었다. 두 사람은 낸시가 유람선의 좁은 복도를 지나다니고 다양한 기항지에 내렸다가 다시 타는 것을 도와주었다. 나는 그날 낸시를 굉장히 좋아하게 되었다.

낸시는 또한 나의 허영심을 채워주었다. "아델은 잘 지내나요?" 낸시는 내 여동생의 안부를 물었다. 낸시는 내 책 『둥글게 태어나면』과 칼럼들을 읽어서 형제자매들의 이름을 전부 외우고 있었다.

그날의 칵테일 파티와 한 번쯤 더 열린 파티 이후에 나는 낸시를 별로 보지 못했다. 낸시는 대략 사흘에 한 번씩 열린 내 강연에 매번 참석했다. 하지만 거의 매일 열린 다른 사교 모임들에는 불참했다. 나는 유람선 여행 마지막 날에 낸시에게 그 이유를 물어보거나 작별인사를 할 기회가 없었다. 그래서 행사 담당자에게 낸시의 이메일 주소를 얻은 다음 뉴욕 집에 돌아와 낸시에게 메일을 보냈다.

낸시는 답장에 썼다. "유람선 여행에서 나는 사람들이 우리 '신체장애인'들을 불편해하는 것을 또다시 경험했어요. 심지어 교육받은 사람들이 모인 장소인데도 나를 무시하더군요." 그래서 낸시는 노출을 줄였다. 마음을 졸이거나 맥 빠

져 지내기보다는 동행들과 어울리며 자기만의 활동에 집중
했다.

　나는 낸시에게 혹시 내가 피닉스를 방문한다면 기사화
를 염두에 두고 이 일에 관해 이야기를 더 나눌 수 있겠느냐
고 물었다. "네"라고 낸시는 답을 주었다. 나는 피닉스의 낸
시 아파트를 방문해 이틀 밤 연속 그녀와 식당에서 저녁 식
사를 했다. 낸시는 두 번 다 휠체어를 타지 않았다. 평소에도
이따금 그러하듯 외출 직전에 강력한 진통제 퍼코세트를 복
용하고는 지팡이를 짚으며 천천히 걸었다. 나는 식당까지 가
는 시간을 넉넉하게 잡았다. 그런 것쯤은 아무것도 아니었
다. 사실 이 만남은 내게 특혜에 가까웠다. 왜냐하면 낸시는
참으로 긍정적인 사고방식과 너그러운 정신의 소유자인 데
다 대단한 탐독가이기도 해서 당대의 정치 문제에 관해, 그
리고 비소설뿐만 아니라 소설에 관해서도 소양이 풍부했기
때문이다. 낸시는 글을 사랑했다. 낸시의 조건이 낸시를 방
해할 수는 없었다.

　낸시가 처한 지금의 조건은 어린 시절에 앓은 소아마비
에서 비롯되었다. 명칭은 소아마비 후 증후군이었다. 소아마
비를 앓은 환자 다수가 나중에 이 증후군을 겪고 근육 기능
이 퇴화된다. 그래서 낸시도 휠체어를 타야 했다. 낸시는 유
람선 여행을 떠나기 몇 년 전부터 휠체어를 탔고, 휠체어를
탈 때마다 자신이 사라지는 것을 느꼈다. 사람들은 낸시를
죽 훑어보고 낸시의 주변을 살핀 다음 낸시를 투명인간으로

취급했다. 사람들은 낸시에게 할 질문을 낸시와 함께 있는 사람에게 했다. 마치 낸시의 손상된 이동성이 우매함과 같은 것인 양.

나는 이 문제에 관해 낸시와 대화를 나누었고 칼럼으로도 썼다. 그것은 미국인들이 지금까지의 선입견을 더 많이 고찰하고 인정하던 시기에도 여전히 만연해 있는 일종의 편협함이었다. 낸시는 그러한 무례함에 화가 나 있었다. 하지만 낸시의 분노보다 훨씬 돋보인 것은 낸시의 결심이었다. 낸시는 자신을 무시하거나 자신에게 거들먹거리는 다른 사람들의 태도에 설득당하지 않겠다고 결심했다. 낸시는 그들이 자신에 관해 어떻게 생각하고 말하든 상관없이 원하는 곳에 가고, 여전히 할 수 있는 일을 하고, 기쁨을 주는 취미를 즐기겠다고 결심했다.

낸시는 휠체어와 온갖 짐을 싸 들고 싱가포르로 여행을 다녀왔다. 발트해 유람선을 타기 얼마 전이었다. 낸시는 피닉스 교외의 집으로 돌아와서는 좋아하는 식당을 정해 정기적으로 외식을 했다. 집에서 다소 멀었지만 개의치 않았다. 그러면서 낸시는 풍요로운 삶의 단단한 기억들을 언제든 꺼내 보았다. 오벌린에서의 대학 생활과 결혼 이후의 삶, 어머니로서 보낸 시간, 미국국립과학재단과 농림부에서 중요한 업무를 하며 성취감을 맛보았던 시간들…… "나는 정신을 지키고 있어요. 물론 다른 사람들은 내가 종종 정신을 잃기도 하는 것을 보기도 하지요." 남편은 이제 살아 있지 않지만 딸이 가까이 살고 있었다.

두 번째 저녁 식사가 끝나갈 무렵 우리는 와인을 한 잔씩 마신 뒤 낸시가 처한 조건과 관련된 어휘들에 관해 찬찬히 생각해보았다. 낸시는 스스로를 '불구crippled'라고 불렀다. 한편으로는 이 단어의 단순명쾌함에 높은 점수를 준 것이고 다른 한편으로는 그녀의 장난기가 발동한 것이었다. 낸시는 짓궂은 장난을 치고 있었다. 그렇다고 해도 나는 그 단어가 몹시 불편하다고 말했다.

"흠, '핸디캡이 있다handicapped'는 표현은 별로예요." 낸시가 말했다. "그리고 나는 내가 '다른 능력을 지녔다differently abled'고도 하지 않을 거고요. 프랭크는 작가잖아요. 좋은 단어를 대봐요."

"'제한되었다limited'는 어떤가요? 우리는 모두 어떤 식으로든 제한되잖아요. 낸시는 한 가지 특정한 방식으로 제한된 것이고요."

나는 이 해답에 만족했다. 우리 둘 다 그랬다. 하지만 나는 점차 그 단어가 만족스럽지 않았다. 그 말은 추상적인 의미에서는 진실일지라도 낸시의 관점에 비추어 보면 진실되지 않았기 때문이다. '불구'라는 말은 낸시에게 일종의 농담으로 그녀가 신체적 수모를 웃어넘겨버리는 한 가지 방법이었다. 그것은 줄어든 잠재력이나 절단된 가능성에 대한 냉혹한 인정이 아니었다. 낸시는 절단이나 제한을 강조하지 않았다. 그러니 '제한된'은 낸시에게 맞지 않았다. 내게도 맞지 않았다. 우리는 재조정되었다. 우리는 방향이 재설정되었다. 나는 대안을 찾아 유의어 사전을 뒤졌지만 적절한 어휘를 찾지 못했다. 낸시는 도전적인 상황에 놓인 사람이었다. 그것은 낸시가 다른 누구와도 같지 않다는 것 이상을 의미했다. 낸시는 끊임없는 변화 안에 놓인 사람이었다.

이후 팬데믹이 심각해졌고 어느 날 나는 낸시의 소식을 한동안 듣지 못했다는 것을 문득 깨달았다. 나는 메일을 보냈다. 하루가 지났다. 이틀이 지났다. 일주일이 지났다. 의료적 상태와 나이를 고려할 때 낸시는 코로나바이러스가 치명적일 수 있는 사람이었다. 걱정되었다.

메일을 보낸 지 아흐레 만에 답장이 왔다. "양쪽 눈에 백내장 수술을 하는 데 12월을 온전히 바치고 이제야 일상으로 복귀했어요. 여든다섯 살이 되도록 내가 근시인 것도 몰랐어요. 콘택트렌즈를 착용하고도 말이지요. 프랭크도 이런 수술을 받을 수 있으면 얼마나 좋을까 생각했어요! 하지만 프랭크, 나 같은 사람의 뇌도 열심히 보정 작업을 한답니다."

이어 낸시는 몇 달 전에 "척수 자극기를 등에 영구 이식하는 수술"을 받았다고 했다. 척수 자극기는 거실에서 아이팟과 소통하며 낸시의 뇌에 고통을 느끼지 말라는 신호를 주었다. "다시 걸을 수 있는 것은 아니지만 이제는 소아마비에 걸렸던 다리에 힘을 줄 수도 있고 밤새 한 번도 깨지 않고 잘 수도 있어요." 낸시는 기발한 과학 기술에 감탄하고 있었다. 낸시는 쾌활해 보였다. 낸시가 가진 원래의 어려움에 더해 팬데믹이 가져온 어려움까지 생각하면 몇 달간 이중고에 시달렸을 것임에도 낸시는 여전히 낸시다웠다.

낸시는 리건의 안부를 물었고 (아델의 이름을 기억했던 것처럼 낸시는 나의 쓸데없이 자전적인 글들을 통해 리건에 관해서도 알고 있었다) 우리 둘에게 '크나큰 애정'을 보냈다. 나는 앞으로 몇 달에 한 번씩 낸시가 잘 지내는지 확인하고 나 역시 낸시에게 크나큰 애정을 보내고 있음을 알려주리라고 다짐했다. 하지만 채 실행으로 옮기기 전에 낸시와 발트해 유람선 여행을 함께하며 그녀를 보조하던 커플 중 한 명으로부터 메일을 받았다. 낸시가 죽었다고.

나는 사인을 묻지 않았다. 자세한 내용은 알고 싶지 않았다. 이미 내게는 가장 중요한 것이 있었다. 모든 것이 끝나기 전에 낸시가 내게 보여준 정신, 그리고 그녀가 주장한 경험들이었다.

나는 바이든을 따라 아이오와로 갔다. 민주당 전당대회가 열리기 전 일주일 동안 머무르며 앞서 2012년과 2016년에도 했던 업무를 반복했다. 여러 대통령 후보를 따라다니며 연설을 듣고는 그들이 청중과 얼마나 잘 연결되었는지 가늠하고, 유권자들에게 미국사의 이 특별한 시기에 무엇을 찾고 있는지 물었다. 그것은 늘 하는 절차, 늘 똑같은 일이었다. 하지만 이번에는 달랐다.

　과거에는 선거가 있는 해에 아이오와에 가면 나는 동료 기자들을 의식하며, 그들이 내가 선택한 후보의 유세장에 가는지 아니면 다른 유세장에 가는지 유심히 살폈다. 나는 내 결정을 의심했고 때로는 뒤집기도 했다. 저녁 시간에는 일과 관련된 약속으로 채우고는 이 동료 기자나 저 선거 운동원의 말을 듣지 못하면 뭔가 중요한 것을 놓친다고 생각했다. 나는 일정을 새벽부터 지나치게 꽉꽉 채웠다. 기운이 넘쳐서가 아니라 불안감 속에서 헤엄치고 있었기 때문이다. 나는 나 자신을 의심함으로써 내 두 다리를 묶었다.

　하지만 이번에는 아니었다. 나는 여기에 오래 있었고 차고 넘치는 자료의 일부를 구하는 한 사람에 지나지 않는다는 것을, 지나치게 많은 자료를 모으는 것은 오히려 낭비를 낳고 스스로를 지치게 할 수 있다는 것을 알게 되었다. 또한 동료들의 생각이나 선거 운동원들의 말에 대한 집착이 간혹 나 자신의 직감과 의견을 덮어버리기도 했다는 것을 알게 되었다.

　나는 유명인에게 전화를 걸기 전에도 언제나 긴장했지만 낯선 사람에게 다가가 질문할 때는 더더욱 긴장했다. 지나치게 눈에 띄는 행동을 하는 것 같고 다른 사람의 영역을 침범하는 기분이 들어서였다. 나는 이쪽 업계에서 "길거리 행인" 인터뷰라고 알려진 범주에 속하는 것은 무엇이든 다 싫었다. 후보자 유세장에서 사람들에게 말을 거는 일은 정확히 이 범주에 속하는 일이었다. 나는 망설이고 두려워하고 스스로를 정신적으로 단단히 단속하느라 몇 분이고 시간을 지체하곤 했다.

하지만 이번 아이오와 첫 유세장에서는 (우연히도 바이든의 선거 유세였다) 곧장 뛰어들었다. 어차피 할 일이라면 더 일찍 하지 않을 이유가 있을까? 답이 분명한 말이지만 전에는 이 말에 좀처럼 설득되지 않았다. 예전의 나는 내 실수로 인해 일이 복잡하게 꼬이거나 내가 만든 덫에 스스로 빠지는 상황을 좀처럼 참아내지 못했다. 우리의 통제나 예측을 넘어서는 일이 그토록 많은데 어떻게, 어째서 우리가 통제할 수 있는 일을 통제하지 않는단 말인가? 하지만 지금의 나는 그 말에 설득되었다. 나는 아이오와에서의 하루하루를 2012년과 2016년에 그랬던 것처럼 길게 늘어뜨리지 않고, 매시간을 중요하게 보낼 생각이었다. 야망이 젊은이의 영토라면 효율은 연장자의 영토였다.

체육관이 유권자로 가득 채워지자 바이든이 수행단을 이끌고 도착했다. 바이든은 내가 앉은 널빤지 좌석 바로 앞에 일렬로 놓인 접이식 의자에 앉았다. 5미터도 채 떨어지지 않은 자리였다. 바이든의 뒤통수가 훤히 들여다보였다. 가느다란 흰머리들은 두피를 완전히 가려주지 못했다. 두피에는 지난 수십 년간 햇빛에 생긴 반점들이 있었다. 텔레비전 카메라에 비춰지지 않았고 파운데이션과 컨실러가 닿지 않는 바이든의 일면이었다. 그것은 더 정직한 피부였다.

그것은 사람들에게 최고의 정서적 풍요로움을 가져다줄 인생의 시기, 늘 가고자 갈망한 곳으로 그들을 데려다줄 인생의 시기가 언제일지 아무도 예측할 수 없다고 정직하게 말해주었다. 하지만 밥 브로디가 쓴 고색창연한 표현을 빌리면 사람들이 자기 거죽 안에서 편안함을 느낄 때는 그것이 결이 고르고 팽팽할 때보다 반점으로 뒤덮이고 늘어졌을 때다.

바이든은 아이오와 지지자들의 찬사에 귀를 기울인 다음 마이크 앞에 섰다. 바이든은 예전의 장황했던 시기에 비해 길이는 짧되 훨씬 더 확신에 찬 연설을 했다. 나는 며칠 뒤 다른 행사에서도 바이든의 연설을 듣고 칼럼을 썼다. 당시 바이든이 아이오와에서 성적이 좋지 않을 것이고 아마도 민주당 후보 경선에서 전반적으로 저조한 성적표를 받으리라는 의견이 우세했지만 나는 칼럼에서 이의를 제기했다. 당시 우세했던 의견은 아이오와에 관해서는 옳았지만 결국 큰 그림에서는 틀렸다. 하지만 바이든은 어차피 거기에 별로 신경을 쓰는 것 같지 않았다. 바이든은 내면의 목소리를 따르고 있었다. 거의 완벽하게.

## 14장

별은 아무리 오래 바라봐도
질리지 않았다

나는 믿을 수 없다는 눈빛으로 밤하늘을 올려다보았다.

어째서 이제까지 나의 시선과 경탄을 이리로 향하지 않았는지 의아해했다.

별들은 아무리 오래 바라봐도 질리지 않았다.

들판에서, 해변에서, 거리에서 빛이 드물고 약하여

별이 더 잘 보이는 때 같으면

언제나 가던 길을 멈추고 하늘을 바라보았다.

나는 가능한 한 그 순간을 길게 늘어뜨렸다.

다들 내가 비행하는 모습을 봐야 한다.

그것은 순전한 수분의 생성이다. 그것은 터질 듯이 부
푼 커다란 농담이다. 내 오른눈이 제 기능을 발휘하지 못하
게 된 것과 거의 동시에 비행에 대한 공포가 주입되었기 때
문에, 높은 고도와 탈수 상태를 주의해야 한다는 경고를 받
았기 때문에 이후 추가적인 검사 결과를 통해 나 자신을 안
심시킨 다음에도 비행기 여행으로 실명할 위험을 배제할 수
있는 한 가지 확실한 방법은 몸을 수분으로 가득 채우는 것
이라고 확신하게 되었다. 초수화超水和 상태를 유지하려면 인
간 물풍선이 되어야 한다. 산소 부족 또는 탈수 상태가 나
의 멀쩡한 시신경의 네메시스(복수를 관장하는 그리스 신화의
여신-옮긴이)가 될 가능성이 있다면 산소 부족 더하기 탈수
상태는 안구적 아마겟돈(선과 악의 승부가 결정되는 최후의 전

쟁—옮긴이)에 필적하리라고 나는 추론했다.

그래서 나는 공항으로 가는 동안 물을 한 병 마신다. 그리고 보안검색대를 통과한 다음 다시 한 병을 사서 마신다. 그다음 또 두 병을 사서 기내로 들고 간다. 내 몸을 수분 포화 상태로 유지하기 위해서다. 배가 부푼다. 방광도 마찬가지다. 그래서 나는 지혜롭게도 출발 게이트에서 가장 가까운 화장실에 들른 다음 비행기에 탑승한다. 나는 안전띠를 찢어버리고 기내의 아무 화장실로든 뛰어들고 싶어 미칠 지경이지만 승무원의 검열관 같은 눈빛과 엄격한 언어적 견책을 피하기 위해 비행기가 순항 고도에 이르기를 기다린다. 이제 남은 비행은 나 자신을 최대한 수분으로 채우고 적절한 시기에 나 자신을 후련하게 해주기 위해 화장실을 주기적으로 오가는 일로 채워질 것이다. 나는 항상 복도 쪽 좌석을 잡는다. 아무리 뒤쪽 자리여도 개의치 않는다. 창가 좌석이나 가운데 좌석은 나와 나란히 앉은 다른 승객들에게 지나친 민폐가 되기 때문이다.

내 행동이 지나쳤을까? 확실히 그랬다. 내 행동에는 미신만큼 과학도 있었지만, 사실 과학은 미량에 지나지 않았다. 그래도 나는 이 방식이 더 안전하다고 느꼈고 그래서 이것은 습관이 되었다. 사실 이것은 나와의 약속이었다. 물병 개수나 물을 홀짝이는 빈도는 시간이 가면서 점차 줄었지만 나는 이 원칙을 고수했다. 이 원칙은 비용이 많이 들었다. 공항 매점에서는 생수 가격이 꽤씸할 정도로 비싸다. 또한 이 원칙은 불편했다. 나는 잠재적으로 독서나 노트북 작업에 쓸 수 있는 시간의 대부분을 화장실에 오가는 데 바쳐야 했다.

그리고 이 원칙은 이따금 고통스러웠다. 일부 소형 비행기들은 화장실로 접근하기 원활하지 않았다. 난기류에 붙들리면 꼼짝없이 좌석에 묶여 있어야 했다. 때로는 최대한 버틸 수 있다고 생각한 시간의 두 배에 이르도록 화장실에 가고 싶은 욕구와 싸우기도 했다. 어쩌면 방광의 압박이나 공황에 빠진 뇌가 더 나쁠지도 몰랐다. 나는 착륙 시간을 초 단위로 세곤 했다. 이동식 탑승교에서 가장 가까운 터미널 화장실로 우사인 볼트보다 빠르게 달려가리라고 다짐하면서. 종종 결국 심각한 수치를 경험하게 되리라고 확신하며 내 처지를 저주하기도 했다. 물론 그런 일은 생기지 않았다.

뇌졸중을 겪고 50대 후반에 들어선 지금, 나는 전에 몰랐던 불편들을 겪게 되었다. 그리고 노화의 본성 덕분에 내게 질주해오는 걱정들도 확실히 있었다. 나는 세계를 더 우아하게 움직이기를 소망했다. "흐르는 물처럼"이라고 말하고 싶지만, 나는 앞서 이 흐르는 물이야말로 내 우아함을 방해하는 주범임을 확실히 밝혔다. 그저 내 몸이 그토록 많은 불쾌한 사건들과 감각들의 그릇이 되지 않기를 소망했다.

나는 내 몸의 불완전함과 화해했다. 만일에 대비한 계획들도 세웠다. 그리고 내 몸은, 그 과정이 얼마나 어색하든 얼마나 아프든, 내가 가야 할 곳에 나를 데려갔다. 몸은 나를 데리고 세상을 헤쳐나갔다.

나는 이 책을 쓰면서 이야기하는 모든 것에 관해 솔직하려고 노력했지만 한 가지 거짓말을 반복적으로 했다. 처음부터 의도한 것은 아니었다. 그것은 나의 적응 기제였다. 책이 끝나가는 지금 솔직하게 털어놓으려고 하지만 여전히 그리로 돌아갈 의사도 다분하다. 기만은, 적어도 올바른 기만은 나의 친구다. 나는 이 기만으로 아무도 다치게 하지 않았다.

사실 진단을 받은 지 수년이 지났어도, 그 모든 상황을 연습했어도, 뇌의 대단한 가소성에도 불구하고 시력 때문에 고통받는 날이 늘어나고 있다. 점차 시력이 나빠지고 있는 것이다. 내가 언급하지 않은 이유 중 하나는 이 경험을 묘사하는 데 여전히 어려움을 겪기 때문이었다. 자판을 치거나 글을 읽을 때 내 시야는 한 무리의 단어나 한 줄의 텍스트에 집중하는 대신 그 위를, 아래를, 둘레를 헤엄쳐 다닌다. 이것은 흔하게 보고되는 NAION의 증상과 전혀 일치하지 않는다. 내가 만난 안과 의사들은 이러한 현상을 언급하거나 경고하지 않았다. 기능이 부분적으로 정지된 시신경의 특정한 손상에서 파생된 특이한 증상이다.

이 책을 집필하는 것은 이전에 여섯 권의 책을 낼 때보다 힘든 일이었다. 칼럼이나 기사를 쓰는 것도 예전보다 힘들다. 어떤 글은 쉽게 쓰기도 한다. 어느 때보다 쉽게. 내 눈이 얌전하게 굴 때는 수십 년에 걸쳐 쌓아온 직업적 경험이 빛을 발할 수 있기 때문이다. 그렇지만 더 이상 내 눈은 얌전하게 굴지 않는다. 대부분의 날과 기사에서 그렇다. 몇 시간 일하고 나서 이만하면 잘했다고 생각하고 그때까지 쓴 글을 다시 읽어보면 빠뜨린 단어뿐 아니라 뭉그러진 리듬과 개념이 발견된다. 걸쭉한 수프가 되어버린 나의 시야는 나의 사고까지 걸쭉한 수프로 만들어버렸다.

나는 다시 시작한다. 바로잡을 수 있는 것을 바로잡는다. 바로잡을 수 있다는 사실이 중요하다. 행동을 취할 수 있다는 사실, 조정을 할 수 있다는 사실이 중요하다. 그리고 내 작업물은 나의 전부가 아니다. 나도 안다…… 하지만 그 사실은 잊히기 쉽다.

그리고 나는 아들로서 어려운 여건 아래에서 불완전한 최선을 다했고 여전히 다하고 있다. 아버지의 사생활을 존중하기 위해 자세한 내용은 생략할 수밖에 없지만 아버지의 깊어가는 혼란은 아버지와 나 사이에, 그리고 아버지와 내 형제자매들 사이에 똑같이 골을 만들었고 그 골은 점점 깊어졌다. 이 일은 살면서 마주친 그 어떤 일보다 슬픈 일이었고, 내가 바로잡을 수 없어서 더욱 슬픈 일이었다. 나는 그저 서글퍼하는 것 말고는, 지금의 상황은 아버지의 인생이나 우리와의 관계에서 예상하지 못한 별개의 한 챕터에 지나지 않는다는 사실을 기억하는 것 말고는, 달리할 수 있는 일이 별로 없었다. 그럼에도 이 장은 앞서 펼쳐진 그 모든 좋은 장들을 지우지 못한다.

나는 이 상황 때문에 형제자매들과 전보다 오히려 더 가까워졌다. 나는 그들에게서 기쁨과 위안을 얻는다. 이 기쁨과 위안은 내 시각이 얼마나 명민한지, 노화로 인해 내 신체 능력이 얼마나 감퇴했는지에 조금도 구애받지 않는다. 우리의 유대는 그런 것들과는 독립적인 힘들로부터 나온다. 이는 편안하고 떠들썩한 대화로부터, 함께 공유한 생생한 추억으로부터, 서로 잘 맞는 유머 감각으로부터, 그들이 나의 독특함을 친밀하게 이해하고 있다는 사실과 내가 그들 각각의 특별함을 이해하고 있다는 사실로부터 나온다.

나는 삼촌으로서 아홉 명의 조카들을 지켜보고, 이 아이들이 어떤 사람인지, 어지럽고 혼란스러운 세계의 어디에 속하는지 생각해보는 특권을 누렸다. 아이들은 놀라움으로 가득하다. 삶이 그러하기 때문이다. 나의 가장 큰 조카이자 대녀代女인 레슬리는 2021년 6월에 사우스캐롤라이나 힐턴헤드에서 결혼식을 올렸다. 이 지역이 선택된 이유 중 하나는 어머니가 아직 살아계시고 아버지가 여전히 정정하셨을 때 우리 가족이 자주 여행한 곳이기 때문이었다.

레슬리가 두 돌쯤 되었을 때 힐턴헤드로 떠난 가족 여행에서 나는 레슬리의 부모인 남동생 해리와 해리의 아내 실비아에게 한 가지 큰 부탁을 했다. "내가 숙소에서 해변까지 레슬리를 데려가 대서양을 처음으로 보여줘도 괜찮을까?" 두 사람은 너그럽게도 그래도 좋다고 대답했다. 나는 처음에는 레슬리의 손을 잡고 걸어가다가 나중에는 품에 안고 걸었다. 레슬리는 당시 말을 배우고 있었는데 영어뿐만 아니라 스페인어도 조금씩 하기 시작했다. 그중에는 '물'에 해당하는 단어도 있었다. 나는 레슬리에게 우리 앞에 광대하게 펼쳐진 회청빛 대서양을 가리키며 어떻게 생각하느냐고 물었다. 레슬리는 "저기 '아구아들(스페인어로 '아구아agua'는 물을 뜻한다—옮긴이)'이 엄청 많아!"라고 대답했다. 나는 결혼식 날 레슬리가 입장할 때, 혼인 서약을 할 때, 신랑 찰리와 춤출 때, 과거의 음악이 현재의 음악과 뒤섞여 더욱 아름다운 어떤 것, 그러니까 내가 지금까지 들어왔고 앞으로 언제나 들을 어떤 것을 만들 때, 그날의 레슬리 목소리가 귓전에 울렸다.

지금 나는 가르치는 사람이다. 2020년 말, 듀크대로부터 공공정책대학원 학생들에게 저널리즘을 가르치는 석좌교수직을 제안받았다. 당시 나는 《뉴욕타임스》에서 25년 넘게 재직했고 그중 15년 동안을 어퍼웨스트사이드의 아파트에서 살고 있었다(9년째에 다른 층으로 옮기긴 했지만). 그만하면 충분했다. 이제 나는 변화를, 새로운 모험을 갈망했다. 그리고 새로운 모험은 내 안에 여전히 자리한 모든 능력을 확인하는 일이기도 했고, 내가 진짜 장애를 겪게 되어도 해낼 수 있는 일에 대한 시험이기도 했다. 나는 그런 모험을 찾고 있었기 때문에, 그런 모험에 열심히 눈길을 주었기 때문에, 장애는 우리가 항해할 수 있는 어떤 것임을, 장애는 우리를 다른 길로 데려가지만 그곳이 막다른 길은 아님을 알 수 있었다. 후안 호세가 외교적 수완을 발휘할 수 있다면, 데이비드 테이틀이 복잡한 법률 사건에서 판결을 내릴 수 있다면, 토드 블렝콘이 무대에 올라 관객의 웃음보를 터뜨릴 수 있다면, 흠, 나는 또렷한 시야가 없어도 쓰고 가르칠 수 있었다. 필요하다면 나는 그렇게 할 것이다.

듀크대는 겸업을 위한 시간을 허용했기에 나는 《뉴욕 타임스》의 정규 칼럼니스트로 일하는 것을 그만두는 대신 랄리(노스캐롤라이나주 주도), 더럼(듀크대 소재지), 그리고 내가 과거에 다닌 노스캐롤라이나대의 채플힐이 세 꼭짓점을 이루는 노스캐롤라이나의 '리서치 트라이앵글', 즉 연구 삼각지대에 살면서 정기적이되 전보다는 적은 수의 칼럼을 기고했다. 그러다 2021년 여름, 나는 나무들이 우거진 어느 조용한 도로의 끄트머리에 자리한 커다란 집으로 이사했다. 채플힐에서 생활의 리듬은 맨해튼에서보다 잔잔했다. 그것은 나의 의도였다. 나 자신의 야망과 성취에서 다음 세대의 야망과 성취로 내가 방향을 재설정한 결과이기도 했다. 사이러스 하비브는 옳았다. 결국 나는 하비브보다 덜 극적이되 내게 더 적합한 방식으로 탈옥을 감행했다.

나는 새로운 풍경과 의식을 갖게 되어 좋았다. 그래도 센트럴 파크가 그리웠다. 리건도 분명 그러했을 것이다. 하지만 나는 리건이 킁킁댈 수 있는 화초가 무성하고 열몇 그루의 나무들이 그늘을 드리우는 너른 뒷마당을 리건에게 선물해주었다. 그리고 스크린드 포치(입구나 현관에 유리벽을 세우고 지붕을 씌워 조성한 휴식 공간－옮긴이)까지! 게다가 이 스크린드 포치는 무려 조망 데크로 이어졌다. 교외에 거주하는 수많은 퇴역 군인들에게는 평범한 것들이 내게는 새로운 발견이었다. 나와 리건이 우리의 새집에서 보낸 두 번째 밤, 날이 더웠지만 나는 커다란 잔에 샤르도네 와인을 따르고, 심지가 세 개 달린 시트로넬라 향초에 불을 붙인 다음, 조망 데크에 설치된 나무 벤치에 앉았다. 하늘이 어둑어둑했다. 나는 와인을 홀짝였다. 귀뚜라미 우는 소리가 들렸다. 와인 때문인지 열기 때문인지 머리가 띵했다. 정확히 내가 지금까지 찾아온 바로 그 감각이었다.

이튿날 아침, 나는 차로 8분여를 달려 노스캐롤라이나대 캠퍼스의 가장자리로 가서 차를 댈 만한 공간을 찾았다. 리건에게 목줄을 달고 3.2킬로미터 정도 구불구불한 길을 걸어 대학교 1학년 때 살던 기숙사를 지나쳤다. 그때 나는 너무 많은 불안을 품은 채 너무 많은 걱정과 싸우고 있었다. 내가 과연 5월까지 버틸 수 있을지(미국 대학 중 2학기제를 채택한 학교에서는 첫 학기가 5월 초에 끝난다－옮긴이) 확신할 수 없었다. 나는 건물로 둘러싸인 사각형 안뜰을 지나쳤다. 그곳에서 나는 예술사 수업 조교와 담요를 깔고 함께 앉아 속마음은 결코 드러내지 않은 채 넋을 놓고 그를 바라보았다. 밤에 가끔 몰래 대마초를 피웠던 캠퍼스 수목원을 지나 여러 친구와 비밀을 교환한 적이 있었던 자리에 생긴 상점을 지나쳤다. 우리는 결국 실현되지 않은 두려움들을 서로에게 고백했다. 우리는 진정한 사랑을 찾을 수 있을지에 대한 의구심을 인정했다. 우리가 멋진 집을 갖게 될까? 우리가 흥미진진한 곳에서 살게 될까? 알지 못하는 것, 이해할 수 없는 것이 너무나 많았다. 하지만 우리 중 아무도 시각장애인이 될지 물었던 것 같지는 않다.

우리는 우리에게 일어나는 일에 조금도 통제력이 없다. 동시에 우리는 우리에게 일어나는 일에 막대한 통제력이 있다. 나는 이 역설을 더 잘 이해하고 더 잘 받아들이는 데 남은 인생을 쓸 작정이다.

앞으로 남은 생을 혼자 살아가게 될까? 그러니까 남편이나 파트너 없이? 톰과 헤어진 후 나는 가벼운 만남을 짧게 몇 차례 가졌다. 친구들도 물어봤던 것처럼 나는 시력 상실의 유령이 혹시 감각을 더욱 강렬하게 만들어 내가 누군가를 더 갈망하고 더 잘 받아들이게 만들지는 않을지 궁금했다. 내 경우에는 그렇지 않았다. 시력 상실의 유령은 모호함으로 가득한 연인 관계 자체를 내가 전보다 더 참지 못하게 만들었다. 이 관계의 모호함 속에서는 신호가 불분명하고 몸짓은 모순적이며 시간은 아마도 허비된다.

나는 결국 한 남자와 8개월간 만남을 이어갔다. 그저 그가 사려 깊고 똑똑하고 잘생겼기 때문만이 아니라 확고하고 열정적인 태도를 갖고 있었고 미묘한 심리 싸움을 하지 않았기 때문이었다. 하지만 그는 나보다 스무 살 이상 젊었다. 나는 한 번도 그런 관계를 희망하지 않았고 여전히 그랬다. 그는 열망으로 가득한 인생의 한 국면을 지나고 있었다. 나는 그것을 알아보았다. 하지만 그것은 더는 내가 머무는 국면이 아니었다. 그래서 우리는 이제 친구로 지낸다.

지금은 친구들이 내가 정말 필요로 하는 모든 것을 준다. 나는 혼자 잠자리에 드는 것이 좋다. 잠이 자기 몫을 요구할 때까지 협상이나 타협 없이 보고 싶은 영화나 드라마를 마음껏 볼 수 있는 것이 좋다. 팝콘을 여기저기 흘렸더라도 뭐 어떤가? 다음 날 아침에 치우면 되는데.

그리고 긴 명상적인 산책을 할 때는 대화가 필요하지 않았다. 나는 40대까지도 이런 산책을 별로 하지 않았다. 50대에 이르러서야 이런 근본적인 즐거움을 느낄 수 있었다. 물론 리건이 동기를 제공했다. 그러나 그것이 전부는 아니었다. 내가 그러한 동기를 일으킨 것이다. 그리고 지난 시간을 돌아보건대 나는 내 행동의 의미를 정확히 알고 있었다.

*

예전에 혼자 공원에서 운동할 때는 그냥 지나치곤 했던 것들이 뇌졸중 이후 리건과 센트럴 파크를 거닐 때는 새롭게 눈에 들어왔다. 이후로는 센트럴 파크뿐만 아니라 리버사이드 파크에서도 항상 눈에 띄었으니 그것은 언제나 거기 있었을 것이다. 그것은 분명히 흔하고 계속되는 어떤 장면이었다.

　내 눈에 띈 것은 휠체어에 탄 노인들의 모습이었다. 그들이 팔랑크스(투구와 갑옷 등을 착용하고 창과 방패를 지닌 많은 병사들이 적군을 압박하는 전술－옮긴이) 대형으로 밀집해 있었다거나 머릿수가 많았다는 뜻은 아니다. 여기에 할머니 한 분, 저기에 할아버지 한 분이 있는 식이었다. 그들은 거의 항상 공원 입구 주변의 도로에서 그리 멀리 떨어지지 않은 곳에 있었다. 휠체어를 멀리까지 이동시키지는 않기 때문이었다. 아마도 친척이나 요양보호사일 보호자들이 그들과 동행했다. 연못이나 강줄기, 늘어선 나무들, 거위 떼 따위가 잘 보이는 자리에 조용히 함께 앉아 있었다.

　그들이 처음 눈에 들어왔을 때는 조금 슬픈 기분이 들었다. 나는 휠체어와 그것이 함축하는 모든 의미에 집중했다. 노인들의 구부정한 허리와 등을 보았다. 그들의 의존성에 관해 생각했다. 나는 어떠한 식으로도 그 모습을 긍정적인 변화로, 심지어 중립적인 변화로도 볼 방법을 찾지 못했다. 나는 그들의 모습이 안쓰러웠다.

　그러나 이 노인들에 대해 더 많이 관찰하고 생각한 다음에는 그렇게 느끼지 않았다. 나는 가을과 겨울, 봄에 그들의 무릎에 덮인 큼지막하고 푹신하고 아늑해 보이는 담요에 눈길이 갔다. 그들을 둘러싼 평온한 느낌에 눈길이 갔다. 그들이 이 지나치리만치 풍부한 대지의 가장 좋은 자리에 정박해 있다는 사실에 눈길이 갔다. 그들은 예전과 달리 땅을 마음껏 가로지를 수 없고, 혼자 힘으로 멀리 갈 수 없었다. 하지만 그들은 여전히 야외를, 적어도 그것의 한 조각을 누리고 있었다. 그들의 얼굴에 떠오른 표정에서 나는 그들이 그 한 조각을 충분히 즐기고 있음을 짐작할 수 있었다. 그들 중 몇 사람이 시력에 문제를 겪고 있을까? 그들 중 몇 사람이 실명했거나 거의 실명했을까?

나는 지금 어느 때보다 깊이 시각적 풍부함을 느끼고 있다는 사실이, 그리고 최악의 시나리오에서 내가 빼앗길 것이 바로 시각이라는 사실이 얼마나 미칠 듯이 분하고 잠재적으로 잔인한 일인지 생각했다. 센트럴 파크의 달라지는 빛과 변화하는 색채, 그것들이 사라진다. 미드타운 맨해튼에서 공원의 남쪽 가장자리를 바라보고 서 있는 마천루들의 풍경이 사라진다. 리건이 울타리 위에서 벌이는 갑작스러운 공중 부양, 리건이 허공에 머무는 몇 분의 1초가 사라진다. 그 짧은 순간 리건은 잠시 중력으로부터 벗어나 이내 꺼져버릴 만족감의 거품 안에 존재했다. 별들도 사라진다.

나는 믿을 수 없다는 눈빛으로 밤하늘을 올려다보았다. 어째서 이제까지 나의 시선과 경탄을 이리로 향하지 않았는지 의아해했다. 별들은 아무리 오래 바라봐도 질리지 않았다. 들판에서, 해변에서, 거리에서 빛이 드물고 약하여 별이 더 잘 보이는 때 같으면 언제나 가던 길을 멈추고 하늘을 바라보았다. 나는 가능한 한 그 순간을 길게 늘어뜨렸다. 나는 그것을 들이마시고 영원한 것으로 만들어 그 반짝이는 태피스트리를 머릿속에 새겼다. 스왱키가 알껍데기들을 자신의 머릿속에 새겼던 것처럼.

그리고 나는 눈을 감았다. 더, 더 자주 감았다. 그것은 하나의 모험, 하나의 실험, 하나의 준비였다. 나는 낙엽 진 센트럴 파크에서, 일몰이 보이는 현관에서, 성난 파도가 부서지는 해변에서 눈을 감아보았다. 내가 이 이미지들을 도둑맞는다면 어떤 일이 벌어졌을까? 나는 얼마나 철저하게 궁핍해질까?

자세한 계산은 하지 않기로 했다. 나는 남아 있는 모든 것을 느슨하고 게으르게 합산했다. 내게는 낙엽의 소리가 남아 있었고 내 살갗에서 관현악을 연주하는 바람의 어루만짐이 남아 있었다. 내게는 황혼 녘의 새소리가 남아 있었다. 언젠가는 스탠리 와이너플처럼 새가 연주하는 음악의 전문가가 될지도 모를 일이다. 내게는 가까이 다가가 열심히 집중하면 마치 만져질 것만 같은 파도의 희미한 물보라가 남아 있었다. 그리고 내게는 후안 호세나 데이비드 테이틀처럼 빈칸을 메울 수 있는 상상력이 있었다.

내 친구 조엘과 니콜이 사는 새그하버에는 길고 조용한 막다른 거리가 있었다. 태양의 마지막 자취마저 모두 사라지고 완전한 어둠이 내려앉았을 때 나는 리건을 데리고 그 거리로 나갔다. 리건은 사슴을 찾아다녔고 이따금 한두 마리를 10초에서 15초 동안 쫓아가다 내 곁으로 돌아왔다. 나는 북두칠성이나 소북두칠성, 또는 내가 이름을 붙여줄 수 있을 만한 다른 별자리를 찾아다녔다. 나는 앞서 말한 멈춤을, 앞서 말한 바라봄을 해보았다. 또한 앞서 말한 눈감기를 해보았다. 마치 이제 폐업하고는 다시는 운영을 재개하지 않을 것처럼 두 눈을 꼭 감았다.

그럴 때마다 내 몸은 공중으로 떠올랐다. 리건처럼 몇 십 센티미터 위로 떠오르는 것이 아니었다. 나는 올라가고, 올라가고, 또 올라갔다. 산들바람을 타는가 하면 우주로 치솟기도 했다. 나는 경험들의 폭동을 깊이 음미했고 그로부터 추진력을 얻었다. 그 경험들은 약탈적이기보다는 짜릿함으로 가득했다. 경험들은 이러한 마음가짐으로, 이 장소로 나를 데려왔다. 나는 좋은 것을 더 오래 붙들고 나쁜 것을 버리려는 결심과 함께 가볍게 떠오르고 있다. 나는 흔들렸고, 새벽의 저 가까운 쪽부터 황혼의 저 먼 쪽까지, 그 귀중한 날의 모든 아름다움에 대한 믿음을 날개 삼아 더 높이 날아올랐다. 나는 별들 사이를 맴돌고 있었으므로 이제 더는 별들을 볼 필요가 없었다. 빛은 한 번도 가보지 못한 장소로 나를 데려가고 어둠은 한 번도 느껴보지 못한 느낌으로 나를 채울 것이다.

## 감사의 말

이루 다 거명하기 힘들 만큼 감사해야 할 분들이 너무나 많다. 그럼에도 시작해보자면 엘리너 버케트, 케리 로어맨, 제니퍼 스타인하우어, 어너 존스, 모린 다우드, 앨러산드라 스탠리, 게일 콜린스, 트리시 홀, 톰 드 케이, 세라 로젠버그, 커샌드라 하빈, 매리수 루치, 앤 콘블루트, 댄 세너, 캠벨 브라운, 브렛 스티븐 스티븐슨, 짐 루턴버그, 온딘 캐러디, 바버라 랭, 비비언 토이, 리리엘 히거, 애나 마크스, 마이크 밸러리어, 리 제이슨 골드버그, 여러분은 지난 몇 해 동안 저에게 크나큰 다정함을 보여주었습니다. 당신들의 우정에 깊은 감사를 느낍니다. 큰 영광이었습니다.

말로는 결코 다 표현할 수 없이 감사한 조엘 클라인과 니콜 샐리그먼. 이 책은 두 사람의 도움이 아니었다면 완성할 수 없었다. 나의 마음속에서 우리 셋은 언제나처럼 히터를 세게 틀어주는 '아메리칸American'에서 와인을 마시고 있겠지. 처음에는 화이트 와인을, 그다음에는 레드 와인을.

그리고 이 책에 이야기로 소개된 모든 분들에게 큰 빚을 졌다. 그중에서도 두 분을 꼽는다면, 먼저 루드라니 바니크 박사님. 박사님이 알고 있는 것보다 더욱 간절했던 순간에 당신은 저를 매우 관대하게 대해주셨습니다. 그리고 도리펜스 선드퀴스트. 40년 전에 너를 알게 된 건 내게 축복이었어. 너와 알고 지낸 모든 시간이 내 삶에 큰 행운이었다.

에릭 존슨과 엘리저 그레이스 마틴에게도 큰 빚을 졌다. 두 사람은 자료 조사 작업에서 큰 도움을 주었고 좋은 조언을 해주었으며 나를 늘 격려해주었다.

25년이 넘는 세월 동안 《뉴욕타임스》는 내게 훌륭한 기회를 제공해주었다. 그곳의 모든 분에게 감사를 전한다. 따뜻한 새 보금자리를 마련해준 듀크대에도 크나큰 감사와 애정을 보낸다.

출판사 애비드 리더 프레스는 직원 한 분 한 분이 유쾌하고 완벽한 전문가였다. 그중에서도 벤 로넌에게 특별한 감사를 표한다. 인내심과 우아함은 물론 편집자로서의 견실한 판단력은 큰 힘이 되었다. 나는 연장에 연장을 거듭하며 최후의 보루처럼 정해둔 마감일을 향해 절뚝거리며 나아가는 저자였기에 특히 더 그랬다.

그리고 어맨다 어반, 당신을 무척이나 좋아합니다. 잔디밭을 점점이 수놓은 사슴들 사이로 리건과 함께하는 우리의 산책 시간도요.

마지막으로 나의 가족, 특히 아버지 프랭크 시니어께 감사드린다. 내가 몹시도 그리워하는 그 시기에 아버지가 가르쳐주려고 한 그 모든 것이 여전히 내 마음속에 남아 있습니다. 그리고 나의 삼촌들, 이모들과 숙모들, 사촌들, 조카들에게 감사를 보낸다. 그들은 가족이 서로를 위해 얼마나 최선을 다할 수 있는지 날마다 보여주었다. 무엇보다 내 형제자매들과 그들의 배우자들에게 감사를 보낸다. 마크와 리사, 해리와 실비아, 아델과 댄. 우리는 얼마나 멋진 하나의 팀인지…… 지면으로는 모두 표현하기 어려울 만큼 여러분은 나에게 크나큰 선물입니다. 고맙습니다.

옮긴이 홍정인

연세대학교 심리학과와 이화여자대학교 통역번역대학원 한영번역학과를 졸업하고 번역가로 활동 중이다. 지금까지 『고립의 시대』, 『메멘토 모리』, 『복스 포퓰리』, 『여성이 말한다』 등을 번역했으며 『제인 구달 평전』과 〈마스터스 오브 로마〉 시리즈를 공역했다.

# 상실의 기쁨

초판 1쇄 발행 2023년 3월 17일
초판 3쇄 발행 2023년 5월 1일

지은이 프랭크 브루니   옮긴이 홍정인

발행인 이재진   단행본사업본부장 신동해
편집장 김예원   교정교열 윤정숙
마케팅 최혜진 백미숙   홍보 정지연
디자인 studio forb   제작 정석훈   국제업무 김은정 김지민

브랜드 웅진지식하우스
주소 경기도 파주시 회동길 20
문의전화 031-956-7362(편집) 031-956-7129(마케팅)
홈페이지 www.wjbooks.co.kr
인스타그램 www.instagram.com/woongjin_readers
페이스북 www.facebook.com/woongjinreaders
블로그 blog.naver.com/wj_booking

발행처 (주)웅진씽크빅
출판신고 1980년 3월 29일 제 406-2007-000046호
한국어판 출판권 ⓒ (주)웅진씽크빅, 2023
ISBN 979-11-85424-28-6 (03840)